COLECCIÓN POPULAR

663

CARAMBOLA

Traducción de
JOSÉ MARÍA ÍMAZ

LUC DELANNOY

CARAMBOLA
Vidas en el jazz latino

FONDO DE CULTURA ECONÓMICA

Primera edición, 2005

Delannoy, Luc
    Carambola. Vidas en el jazz latino / Luc Delannoy ;
trad. de José María Ímaz. — México : FCE, 2005
    403 p. ; 17 × 11 cm — (Colec. Popular ; 663)
    ISBN 968-16-7716-1

    1. Jazz — Biografías 2. Música I. Ímaz, José María, tr.
II. Ser. III. t.

LC ML420   Dewey 920.02 D357c

Comentarios y sugerencias:
editorial@fondodeculturaeconomica.com
www.fondodeculturaeconomica.com
Tel. (55)5227-4672 Fax (55)5227-4694

Fotografía de portada: Laurent Amieux

D. R. © 2005, FONDO DE CULTURA ECONÓMICA
Carretera Picacho-Ajusco, 227; 14200 México, D. F.

ISBN: 968-16-7716-1

Impreso en México • *Printed in Mexico*

Mi espíritu no se mueve si no lo agitan
las piernas.   MONTAIGNE

Cuando cantas para ti
Abres para los demás
El espacio que desean.
GUILLEVIC, *Le Chant*, 1987-1988

Hay que declarar que el pasado existe
para prolongar en él sus raíces. Yo me
apoyo en la tradición para superarla. Llamo a esto técnica de los estilos múltiples.
ALFRED SCHNITTKE

AGRADECIMIENTOS

Agradezco a todas y todos aquellos que permiten el florecimiento de mi vida y de mi trabajo —en particular a Changa—. A mis amigos Leonardo Acosta, Hernán Lara, Bernard Legros, Rocío, Carmen y Gonzo; a Jorge Ulla, El Masabi y Wendell, por su apoyo constante. A mi amigo Laurent Amieux por nuestros años en Lyon. Y a todos los que me inspiran cada día: Louis Siret, Nusrat Fateh Ali Khan, Chico O'Farrill, Frank Zappa, Hans-Georg Gadamer, Paul Ricoeur, y a J.D. quien nos enseñó la *différance*.*

* Para entender la intención de la grafía *différance* en lugar de *différence*, véase Jacques Derrida, *Márgenes de la filosofía*, Cátedra, Madrid, 1998.

ÍNDICE

INTRODUCCIÓN

El jazz latino es una música en encrucijada. Por su naturaleza personifica el hibridismo; es, también, una música de resistencia anclada en las experiencias vividas
por distintas comunidades que se encontraron en Nueva
Orleáns durante el siglo XIX. En esas comunidades se
reunieron elementos del Caribe, europeos, africanos e incluso asiáticos. Desde sus inicios, el jazz latino ha sido
el testimonio musical de diversos movimientos migratorios: es memoria social y cultural; con independencia de sus diferentes estilos y escuelas, ha probado ser
el punto de encuentro de personas que se sitúan en la
intersección de culturas distintas. Si como lenguaje el
jazz latino puede servir de modelo hermenéutico para
las relaciones interculturales, entonces se convertiría
en la primera música planetaria; es decir, una música
coordinadora a la cual se le pueden confederar todas
las músicas populares del mundo. El jazz ofrecería
pues un espacio de diálogo entre diferentes racionalidades culturales y musicales. Como bien lo sintetiza la
pianista argentina Lilian Saba, el jazz ofrece "una sensación potencial de libertad a partir de lo que cada uno
'es' desde su propia identidad". Tras un periodo de resistencia, de unificación y constitución de identidad,[1]

[1] Con el uso del término "identidad", incluimos en él los conceptos de "ipseidad" y de "mismidad", introduciendo así la diversidad en lo idéntico, en la identidad.

el jazz entraría, así, en la segunda fase de su desarrollo histórico, su etapa federativa; es difícil saber si tendrá una tercera —o cómo será— pues el futuro sólo parece ser un simple asunto comercial. Un futuro indeterminado, se podría decir. Un desafío pues.

Música cuyas formas se abren al mestizaje, música nómada que hace malabares con la sintaxis de las músicas que la enriquecen —y que no se deja reducir a ninguna función única y precisa—, música de fusiones con identidades múltiples que sale de puertos como Nueva Orleáns, La Habana, Nueva York o Buenos Aires, el jazz latino es una comunión de ritmos afrolatinos, de estructuras armónicas y de improvisación propios del jazz. ¡No podría reducirse a una unidad! Con el paso de los años, se ha abierto de igual manera a las melodías y los ritmos de los pueblos amerindios, quechuas, nahuas, mayas, guaranís y tupí-guaranís, que como mezclas y mestizajes constituyen una dinámica fundamental. El jazz latino está siempre en movimiento y pone su futuro en las manos de otras músicas a las que ayuda a proteger la excepción. Es ahí, en el movimiento, donde reside su fuerza. "El jazz latino es un fenómeno cultural, es una fotografía de lo que la cultura latina está haciendo alrededor del mundo, de cómo influye en otras culturas y de cómo éstas han influido en ella."

El jazz latino también es una experiencia, del latín *experior:* ensayar, hacer la prueba de, intentar. Colabora a enriquecer el conocimiento; si nos procura placer y emociones, del mismo modo puede ayudarnos a comprender mejor nuestras experiencias humanas. Como una etnia cuyos movimientos se redefinen sin cesar, sus músicos, movidos por sus propios deseos e ideales, rediseñan constantemente sus identidades —y quizá también las nuestras—.

Desde la publicación de *¡Caliente!* en Francia, año 2000, en México, 2001, y de una reedición corregida y aumentada en el 2003, la información que ofrece esta obra ha sido retomada y adaptada por diversos autores de Europa, los Estados Unidos y América Latina, así como por algunos periodistas en la prensa escrita tradicional y electrónica. No cabe entonces comentar el asunto, sería pura palabrería; tampoco se trata de proponer un nuevo texto histórico ni de reemplazar el anterior, cuyo contenido sigue vigente. Por el contrario, este nuevo libro pretende ser un complemento. Si se retoman y se actualizan algunas facetas de esta historia se hace con el fin, ante todo, de abrir el debate a las cuestiones sociológicas o filosóficas —lo cual, de cierta manera, también permite actualizar la historia—. Quisiera que este libro fuera uno de explicaciones, del latín *explicare* que significa *desdoblar* (extender, abrir) *quitar los pliegues, desplegar.* Y por lo tanto, interpretar. Que sea también un libro de provocación, del latín *provoco:* ser la causa, el origen —pero, asimismo, *incitar*—. En fin, detrás de mi amor por la música está mi deseo de responderle, de ser responsable.

La filosofía nace del asombro y de la admiración que siente el hombre por el mundo que le rodea, pero también por el que él crea. El jazz latino sorprende por sus combinaciones de ritmos e instrumentos, por sus impulsos y sus aventuras, provoca preguntas y pide respuestas; se descubre y se revela con escuchas sucesivas. Es, pues, un asombro que se construye, se consolida, como durante un viaje en el que los paisajes descubiertos nos sorprenden con sus colores y sus perfumes. Y la sociología... ¿Acaso el sociólogo proscribe la singularidad del creador? ¿Se puede analizar una obra de arte sin destruir su esplendor? Si algunos consideran la música como el resultado de una experiencia divina, no por ello es necesario esperar a vivir en una sociedad en esencia atea para analizarla. ¿No podría la comprensión intensificar la experiencia estética? Desde luego, no pretendo ofrecer una versión verídica de las culturas ni saber con exactitud lo que las comunidades piensan de sí mismas; se trata, simplemente, de intentar comprender el lugar del jazz latino en la sociedad contemporánea y cómo ésta lo recibe, y ello a partir de la elección de ciertos temas que me esforzaré en ilustrar. A menos de que se trate de lo inverso: oír la música es lo que provocó los temas que se verán en las páginas siguientes. Los conciertos, la escucha solitaria y las propuestas radiofónicas, constituyen encuentros con los músicos que dan sus obras a la apreciación y al juicio. Así, nosotros llegamos a ser el eco de sus obras. Quizá de aquí vienen las experiencias y las elecciones estéticas.

Sobre esta empresa se cierne un peligro. En efecto, conviene desde el principio reconocer, como lo ha dicho el etnomusicólogo Philip Bohman, que la música "en tanto sistema simbólico sustanciado, es una fabricación que el mundo occidental hace de su propia imagen." Interpretar un objeto que se supone simboliza una cultura corre el riesgo de engendrar una forma de colonialismo. Si una cierta sustanciación del jazz latino permite su estudio se puede, sin embargo, intentar desustanciarlo, promover la diversidad en el enfoque mediante el estudio de las identidades, de las autenticidades, de sus liberaciones, por ejemplo, y evitar las trampas dispuestas por los binomios, las dicotomías, para ir más lejos y más allá del valor del objeto monetario de la música. Esto es lo que intentaremos hacer en los capítulos acerca de la identidad, la autenticidad y la liberación.

Sustanciado, muchos consideran al jazz como la música clásica estadunidense del siglo XX. Así, es políticamente correcto asignarle un lugar al jazz latino dentro del mundo académico. En los Estados Unidos el *Smithsonian Institute* puede dedicarle una exposición itinerante y organizar mesas redondas para analizarlo. Ese instituto quiere mostrar lo que tiene de admirable esta música: aquello que ha causado lo inesperado y lo asombroso; lo que ha llegado a ser el objeto estético —lo que ha logrado con éxito el poema visual de Fernando Trueba: *Calle 54*, que parece buscar un valor estético agregado en el jazz latino—. Es una forma de ratificar el gusto del público para hacerlo durar, de controlar el asombro, de manipular su sentimiento estético. También es el medio para asimilar la forma de expresión de las minorías. En nuestras sociedades occidentales tenemos la tendencia de querer descubrir todo, de excavar, etiquetar, catalogar y poner en museos para completar la apropiación. Poner en vitrina un saxofón, una conga, una partitura y algunas fotos, es una cosa; alentar la enseñanza del jazz latino en las escuelas es otra. Ante todo, habría que motivar las animaciones musicales escolares y permitir a esta música pública ocupar un espacio público.

La parte histórica de este texto no se desarrolla de manera cronológica. De paso, quiero hacer notar que los historiadores del jazz, en general, se han saltado los mestizajes musicales. En cuanto a mí lo repito, no tengo aquí, a decir verdad, la intención de hacer una historia general del jazz latino. Las selecciones de sujetos históricos vienen de mi encuentro con los músicos, sus públicos, sus obras —que tienen su propia vida y que a menudo son victorias sobre el tiempo—, durante conciertos o simplemente en el transcurso de una escucha solitaria. Músicos conocidos, reconocidos, mal conocidos, ignorados, cada uno a su manera ha contribuido a hacer de esta música que nos apasiona lo que ella es: la música más bella de nuestro mundo. Acercarse al jazz latino es una forma de encontrarse con la historia, pues no se le puede considerar como una labor disociada de su contexto; no escucharlo es ignorar la historia de la música, es ignorar nuestra historia en tanto que tribu humana. Dicho esto, espero poder continuar la reflexión que aquí se esboza en futuras ediciones.

Razón y objetividad ya no son hoy valores seguros. Tomo el riesgo de descuidarlas un poco. Es verdad que un día alguien me dijo: "existen tres clases de verdad: la mía, la tuya y la del otro". A través de recuerdos puntuales de sucesos históricos, varias historias se revuelven, se traslapan, se repelen y se atraen. Las verdades emergen. El músico y musicólogo Leonardo Acosta llamaba mi atención sobre el peligro de sólo confiarse en la memoria de los músicos; desde luego, tiene razón. Los guardalados son necesarios; sin embargo, tampoco hay que transformarse en ratones de biblioteca ante la posibilidad de repetir los errores impresos en muchas obras. Es aquí donde se descubre que numerosos "especialistas" no se han tomado nunca la molestia de visitar los países de los que evocan su cultura; algunos ni siquiera hablan el idioma.

Mientras iniciaba la elaboración de este libro, dos encuentros me marcaron de manera profunda. Uno, en febrero de 2003 en McAllen, Texas, con Luis Moreno; otro, en agosto del mismo año en Hollywood, California, con el contrabajo Al McKibbon, quien, a sus 84 años se preparaba a sacar un álbum excepcional: *Black Orchid*. Este gran gallardo y esforzado, sin duda el mejor contrabajo estadunidense de jazz latino, verdadera memoria viva del jazz que ha atravesado casi un siglo de música, mostraba la energía de un adolescente y la madurez de un sabio. Cuando nos vimos en Hollywood, Al me lanzó de entrada:

> pienso que los músicos deberían viajar más. Aquí, en los Estados Unidos, no estamos suficientemente expuestos a la riqueza de las músicas regionales latinoamericanas. Siempre he pensado que la música de América Latina que escuchamos acá no es más que la superficie de lo que en realidad sucede. Habría que descubrir de verdad lo que hacen todos esos músicos con su patrimonio.

Es exactamente la idea con la que habíamos terminado *¡Caliente!* y, sin duda, *Black Orchid* invita a un viaje así. McKibbon introdujo en este álbum al acordeonista Frank Morocco —"para regresar a las raíces, para algo más auténtico"— quien, al lado de la guitarra de Barry Zweig y de la flauta de Justo Almario, da un *swing*

19

muy particular a los perfumes latinos tan queridos por el contrabajo.

Al platicar con Luis Moreno tuve la confirmación de que la manera de escuchar, de hablar y de trasmitir la música, había cambiado irremediablemente (uso a propósito un adverbio que contiene la palabra *diable*).[2] La internet aguza nuestro sentido de lo inmediato y de la impaciencia. Con tal de que estemos equipados con una computadora, podemos escuchar hoy emisiones musicales de radio que provienen de todo el planeta, así como tener acceso de manera casi instantánea a miles de composiciones. Desde ahora, la distribución musical es un asunto individual. Nos construimos la ilusión de que somos los destinatarios privilegiados y, no obstante, esta individualidad nos precipita hacia colectividades virtuales. Buscar una composición en la internet es la aventura que reemplaza a aquella que, en los tiempos de los acetatos, nos llevaba a las tiendas a rebuscar en los anaqueles nuestros discos preferidos.

Una última nota con relación al vocabulario. Utilizo ciertas palabras en inglés sin buscar su traducción, ya que corresponden a conceptos que no son fáciles de verter: *performer, performance, performing artist, live*. A propósito de *artista* aprovecho para decir que esta palabra no debe entenderse como un cumplido ni para designar una profesión; más bien, debería reflejar el estado de aquella o de aquel que produce una obra de arte. La diferencia es significativa. ¡Desde luego, el todo está en ponerse de acuerdo en torno al concepto de obra de arte!

[2] Diablo. [T.]

APUNTES MIGRATORIOS

SE PUEDEN tratar de entender las raíces del jazz latino para cernir en la actualidad sus múltiples identidades. Si bien en la palabra raíz está el concepto de origen, de principio primero y, por lo tanto, de punto de partida, también contiene el de movimiento, de crecimiento causado por una absorción constante. La raíz no está pues paralizada y no debería tampoco incluir la idea de pureza que abre la puerta a la exclusión y al puritanismo. En verdad, el jazz latino no tiene un principio primero o, más bien, un punto de partida preciso; no se trata de justificar sus orígenes, sino, simplemente, de mencionar sus antecedentes. Su origen es movimiento, circulación, un término omnipresente en su historia. Esta movilidad se manifiesta hoy por medio de la constitución de identidades nuevas de los músicos que lo interpretan. Como toda forma artística, se trata de un proceso. Si el jazz latino se desarrolla y evoluciona, lo mismo sucede con las tradiciones que lo hicieron nacer. Esta noción de movimiento se expresa a través del fenómeno de las migraciones, un hecho constante en la historia cultural y musical de la humanidad. En ¡Caliente! hablamos de algunas grandes migraciones que aportaron en sus marchas los elementos que constituyen hoy las distintas facetas de las músicas del Caribe y de América Latina. Entregaremos pues aquí algunas viñetas, algunos elementos históricos, algunas pinceladas quizá deshilvanadas, pero cuyo hilo está relacionado directa o indirectamente con el desarrollo de las músicas de estas regiones.

*

Las primeras presencias africanas en la península ibérica en el año 1070 a.C. y, después, hacia el 700 d.C.; la islamización del Alto Senegal, del Alto Níger, del Níger Medio, de Sahel, del Imperio de Gao, de Kanem-Bornu, y con ella la introducción de instrumentos como la *algaita*, el *tumbel*, el *kunkurn*, la *gaasi*; la proliferación de escuelas de canto y de música bajo el reinado de Adb al-Rahman II (790-852), emir de al-Andalus; la publicación del tratado *De Scientiis* por el filósofo y músico del siglo X al-Farabi;[1] los trabajos en el siglo XII del músico y filósofo árabe-español Ibn Bajja, discípulo de al-Farabi y maestro de Averroes, quien fusionara las técnicas de canto occidentales y orientales y determinara la estructura de la *nuba*, símbolo de la música arábigo-andaluza; la España del siglo XIII con sus culturas cristiana, judía y musulmana; la fundación de la Universidad de Salamanca por el rey Alfonso X; la presencia en la península ibérica de instrumentos como el laúd, el salterio, el rebec y el darbuka; el comercio de oro, el de los genoveses y sus bancos;[2] la presencia de los

[1] Hay que recordar que las bulerías, las sevillanas y los fandangos de la España colonial que se encontrarán de este lado del océano, nacieron de los intercambios entre la música árabe y las tradiciones musicales judías, gitana y bizantina.

[2] A manera de ejemplo de los movimientos migratorios entre el mundo islámico de la época, Europa y América, nos parece importante mencionar el notable trabajo de Tarik Banzi, un músico marroquí originario de la ciudad de Tetuán. En su com-

almorávides en Andalucía, esos beréberes del sudoeste del Sahara que habían conquistado Ghana en 1076, seguida por la de los almohades; el desarrollo de la esclavitud en Europa, teniendo como esclavos a los alemanes de Bohemia, los sardianos, los circasenos, los tártaros, los turcos, los armenios, los búlgaros…, y en África (Sudan y Guinea); el descubrimiento de las costas africanas del Atlántico por los portugueses al día siguiente de la construcción de las primeras carabelas, a lo que siguió la autorización otorgada en enero de 1454 por el papa Nicolás V a Portugal para practicar la trata entre África y este país europeo; el desplazamiento forzado de muchas etnias africanas hacia la península arábiga, primero, y a América después; la migración obligada hacia América Latina de tribus convertidas al Islam como los wolofs, los peuls o los mandingas, y su expulsión en 1453 por haber tratado de predicar el islamismo a los pueblos locales; el viaje de Pedro de Gante a México y las primeras escuelas de música; la aparición de grandes puertos como Santo Domingo, La Habana, Veracruz, Cartagena, Portobelo, Panamá, Acapulco —pilar del puente con el Oriente y de la Ruta de la seda—; la entrada de Inglaterra en el Caribe, tanto en Barbados como en Jamaica; una mezcla de imaginarios y de formas de vida en un mundo donde los reinos y los países

posición con el título revelador de *Exodus*, que aparece en el álbum *Vision* (un título también revelador), Banzi junta el laúd con el birimbao brasileño simbolizando la historia sin fin de las migraciones musicales y del rencuentro en el tiempo de los instrumentos de cuerdas; fundador de los grupos al-Fatihah y al-Andalus, se le reconoce por haber introducido en el flamenco instrumentos como el *ney* y el *darbuka*. Además, Banzi ha grabado con Paco de Lucía, Jorge Pardo y Enrique Morente, entre otros.

cambian de nombre antes de desaparecer; tantos sucesos y movimientos migratorios —no sólo de hombres, sino también de ideas, instrumentos y músicas— que tendrán consecuencias en el desarrollo de los folclores del Caribe y de América Latina. Mas también habría que resaltar, por su importancia histórica, que entre 1405 y 1433, durante la dinastía Ming, el navegante chino Zheng He realiza expediciones que lo llevaron hasta los territorios de la actual Arabia Saudita y, en África, a las costas de Etiopía y Somalia, algunos aventuran que incluso habría llegado a las costas de Francia, de los Países Bajos, de Portugal y de América ¡en 1421!

*

A partir de estas migraciones forzadas y voluntarias hacia las nuevas colonias, se organiza el encuentro de diversas culturas africanas con culturas europeas y culturas indígenas. En ocasiones, los elementos europeos dominan; otras veces, son los africanos; los elementos de las tradiciones locales, eliminados, no dominan nunca. Este choque de culturas provocó una vena creadora sin precedente. El contacto entre los indígenas, los esclavos negros y los españoles, los portugueses, los franceses, los ingleses, los holandeses e incluso los chinos, implica un mestizaje que se traduce, no sólo en la unión de razas, sino también en una mezcla de distintas características culturales y religiosas que hacen nacer nuevas costumbres. Durante más de tres siglos, hombres y mujeres de culturas africanas diferentes, sometidas al yugo de las clases dominantes, fueron forzados a participar en la formación y consolidación de naciones e identidades inéditas.

Desde 1685, para dar legitimidad jurídica a su práctica esclavista, la Corona francesa de Luis XIV había tenido el cuidado de redactar el *Código Negro* de Versalles, el cual reglamentaba la vida de los esclavos y la actitud de los amos en las colonias. Para ordenar su esclavismo, la Corona española quiso copiar a la francesa y redactó un *Código Negro* parecido al de Versalles; se terminó en diciembre de 1784 en la isla de la Española, pero nunca se promulgó. Será, en realidad, un edicto real de 1789 que retomaba los 37 capítulos del *Código Negro*, el que se aplicará en las colonias españolas. Este edicto determinaba que:

Los placeres inocentes deben contar en el sistema de gobierno de una nación, en la cual la danza y la música provocan las sensaciones más vivas y más espirituales (...). Esta ocupación adecuada a su carácter los distraerá los días de fiesta de otras diversiones que tienen consecuencias perjudiciales, disipando de su espíritu la tristeza y la melancolía que los devoran constantemente y abrevian su vida, y corregirá al mismo tiempo la estupidez característica de su nación y de su especie.

Los esclavos podían pues reunirse. Si bien las grandes figuras del Siglo de las Luces denuncian las masacres de los indígenas perpetradas en América por los españoles, no obstante, prefieren ignorar la suerte de los esclavos conducidos a las colonias francesas.

Estas concentraciones de esclavos, autorizadas por los españoles, llegaron a convertirse en cofradías con sus propias reglas. Se les llamó *cabildos*, predominaban en las ciudades y funcionaban como refugios y asociaciones de ayuda mutua, en las cuales los esclavos encontraban un lugar seguro que también les permitía mantener las prácticas religiosas y culturales que recordaban sus orígenes. Por medio de esos *cabildos* los amos colonos, de cara al otro radical, a ese africano arrancado de su tierra y, sin embargo, tan cercano a sus ritos y sus valores, promovían lo que denunció Jean Baudrillard, a saber: "el otro negociable", "el otro de la diferencia", al que se le permitían asociaciones esporádicas. A parte de la exterminación, la cual no podían permitirse ya que tenían necesidad de ellos, ésta fue la única manera de administrar "el exotismo radical". Condescendiente, despreciativo, el amo colono toleraba, negociaba, la diferencia de sus esclavos.

*

De estas culturas nuevas, por un lado forjadas de reminiscencias de Europa y, por otro, de aquellas asociaciones autorizadas, emergieron numerosas formas de expresión musical. Éstas, como lejanos recuerdos de ritmos africanos, llegaron a ser, a su vez, símbolos que sublimaron la exclusión social y permitieron a muchas comunidades sobrevivir y determinar su propio destino. Ante la diversidad de ritmos, se encuentran fenómenos constantes en las prácticas musicales de la diáspora africana. Así, la repetición de figuras rítmicas y melódicas, de las que surgen los *riffs* y la forma antifonal que hace recordar los cantos africanos, es fundamental en el jazz, el jazz latino, el *blues*, el *reggae*, el *zouk*, el *soca*, la salsa, el *rap*...; esta repetición no sólo afecta la estructura de la composición, sino también al público y su actitud de cara a la música. Si bien atraviesa el espacio, la repetición se opone al tiempo: lo desafía, se le resiste; de hecho, se podría decir que provoca un tiempo pluridimensional. Es lo que Jacques Derrida llama lo iterable, el "surgimiento del otro" (*itara* en sánscrito). "No hay incompatibilidad entre la repetición y la novedad de lo que difiere. Una diferencia siempre hace desviar la repetición. Lo inédito surge, se quiera o no, en la multiplicidad de las repeticiones."

Sobre el principio de la repetición se componen diferentes estilos por superposición al tocar los instrumentos y se construye la improvisación. Más allá de los particularismos, los *riffs* son territorios reconocidos, recuerdos de identidad, oasis en el camino del nomadismo; son puntos de encuentro donde los músicos intercambian señales de reconocimiento antes de volver a partir, cargados de energía, por las vías de la improvisación. Entonces, ésta llega a ser una estética de lo efímero y la marca del músico. Aunque las notas que forman esas repeticiones y esos *riffs* parezcan idénticas, no son, sin embargo, ni similares ni uniformes; el ataque, así como su carga emocional, son siempre diferentes. La repetición, que motiva una participación colectiva de los músicos, impulsa la música y, al mismo tiempo, le da un sentido de dirección al ofrecer un soporte indispensable al conjunto de la orquesta. Para los músicos que participaban en los cabildos, la repetición del ritmo aseguraba un cimiento cultural. Hoy, el tejido de todos estos ritmos diferentes traduce la expresión de las relaciones interculturales.

Y qué mejor ejemplo de experiencia intercultural en el mundo del disco de estos últimos años que el álbum *Cachaito* del contrabajo cubano Orlando López.

Sin dejar de reconocer a Charles Mingus en *Tumbao Nº 5*, el contrabajo entra al mundo del *dub*, pero también al del *hip hop* con la complicidad del conguero Miguel Anga Díaz, del DJ Dee Nasty y del organista jamaiquino Clifton *Bigga* Morrison. Con las composiciones *Redención*, *A gozar el tumbao* y *Cachaito in laboratory* se dan los *Père Ubu* en La Habana, Cuba, y en Jamaica. No se trata de una simple "hip hopisación" de la música cubana, sino, más bien, de un encuentro dinámico de trayectorias musicales de países con pasados diferentes, pero semejantes. Cada música se reconoce en la otra; son solidarias. Las experiencias sonoras corren a todo lo largo del álbum: con el tresero Johnny Neptuno en *Oración lucumí*, con Hugh Masekela al *flugelhorn* y el trombón Jesús Ramos en *Tumbanga*. En la misma línea creadora se debe mencionar la composición de Ben Lapidus *Dub Tres* en el álbum *Blue Tres*. Uno se imagina el *Tres* de Lapidus rodeado por la batería de Sly Dunbar y el bajo de Robbie Shakespeare. También está, como ejemplo de intertextualidad contemporánea, de culminación migratoria, de fusiones, la aventura del trío *Vida Blue* dirigido por el pianista de *Phish*, Page McConnell, con el grupo de Miami *The Spam Allstars*. Su encuentro explosivo dio al álbum *The Illustrated Band* con *Charmpit*, una composición magistral de 24 minutos, llena de chispazos, de *riffs*, de cantos yorubas, de ritmos funky, de solos de saxofón, de flauta, de trombón, de piano; las percusiones son fulgurantes y los ritmos complejos. En plena posmodernidad se da la fuerza de lo transitorio, de lo fugaz.[3]

---

[3] Recordemos que uno de los primeros músicos en explicar estas culturas nuevas y en lanzarse a los caminos de las fusiones

Otro tipo de migración, de la cual no se habla mucho, es la que va hacia África. ¿Habrá quizá un África Latina? Es cierto que se conocen las orquestas *Africando*, *Orchestra Baobab* y, quizá un poco menos, el grupo belga-beninés *Azeto Orkestra* y su composición *A la croisière des chemins* que simboliza justamente los movimientos migratorios entre el Caribe hispanohablante (Cuba) y el África negra (Benín). En cuanto a los viajes musicales de los músicos europeos, americanos o caribeños hacia la cultura *gnawa* del sur marroquí, más bien sobresalen por el ámbito de lo espiritual. Allende *African Rhythms Jazz Quintet* de Randy Weston y del saxofonista Pharoah Sanders, son de recordar los encuentros de Archie Shepp con músicos argelinos durante el Festival Pan-Africano en Argelia, 1969, y con el pianista belga Charles Loos. Por no poderlo hacer físicamente, algunos sienten el deseo de realizar el viaje musicalmente, como por ejemplo el trombón quebequés Jacques Bourget, director del grupo de nombre nostálgico *Saudade*,[4] con su composición *Couleur Africaine*, que inicia con un llamado de conchas y un solo de flauta de bambú; también está

fue Louis Moreau Gottschalk. A partir de sus viajes a Cuba, Puerto Rico, la Guadalupe, la Martinica, Panamá, Perú, Chile, Argentina y Brasil, desarrolló un repertorio que lo convirtió en el primer músico panamericano —de alguna manera, el ancestro espiritual y aventurero de Paquito D'Rivera—. En su obra *Gottschalk*, Réginald Hamel establece una cronología detallada de muchos desplazamientos de Gottschalk por el mundo; sus apuntes acerca de los viajes del pianista en el Caribe y América del Sur son apasionantes.

[4] De acuerdo con el diccionario de la Real Academia Española, *saudade* significa: soledad, nostalgia, añoranza. [T.]

una suite corta e hipnótica, cubana pero al mismo tiempo muy africana, *Afrekete Suite*, en el álbum *Late Night Sessions* de la orquesta *Caravana Cubana*.

De manera reciente, en algunos países de América Latina, como por ejemplo México, aparece una tendencia a la africanización de ciertas músicas locales. Al margen del interés legítimo por la música de África occidental que muestran grupos como *Banderlux* en Cuernavaca y *Los Bakanes* en Xalapa, valdría preguntarse acerca de los motivos que impulsan a diversos músicos a querer africanizar, cueste lo que cueste, algunos sones mexicanos; es decir, a forzar la inclusión de tambores africanos en los grupos, por ejemplo el *djembé* o los *talking drums*, como la única vía posible para la autenticidad musical. Parece haber ahí un peligroso discurso revisionista disimulado detrás de una labor políticamente correcta.

En este "retorno" hacia África, los músicos españoles también han desempeñado un papel importante. Así lo confirma el grupo Ketama con los álbumes *Songhai* y *Songhai 2* grabados con músicos de Malí llevados por Toumani Diabate. Con *Songhai*, el primer encuentro es sin percusión, se sitúa entre el *kora*, esa arpa africana de 21 cuerdas, y la guitarra flamenca. Es difícil saber cuál instrumento es la continuación del otro. En el curso del segundo álbum, *Songhai 2*, el *ngoni*, un *luth* de cinco cuerdas, se une al *kora* y a las guitarras. A continuación, se asiste al encuentro del *balafon* con la guitarra flamenca en la composición admirable *Ndia* de Toumani Diabate. Pero, también hay una rumba española que descubre un tumbao cubano tocado con el mismo balafon. De hecho, cada uno tiene su manera de interpretar esta rumba —españoles y malienses— y cuando esas dos interpretaciones se unifican en una sola composición, como es el caso en *Sute Monebo*, uno se da cuenta hasta qué punto un antiguo pasado común puede influenciar la interpretación de una misma música. En fin, *Niani* es una composición clásica de la cultura *wolof* con un arreglo moderno que termina con un diálogo entre palmas y guitarra flamenca. Más que un acercamiento, esta migración musical traduce una continuidad cultural.

¿Pero qué, cuando se trata de la rumba congoleña, de la de Bangui, o incluso la de Conakry? En los años de 1920 y 1930, por un curioso efecto de bumerán, obreros que provenían del Caribe hispanohablante desembarcaron en el Congo Belga para trabajar en empresas belgas. Llevaron consigo algunos instrumentos y cuando se inauguró la primera gran radio nacional, Radio Léopoldville, no tardaron en participar en los programas e interpretar su música. Los artistas locales se reconocieron rápidamente en esas músicas de raíces en parte africanas (sones, rumbas, chachachás y también merengue); no dudaron en retomarlas para interpretarlas a su manera y cantar las letras en lingala o en indubil, una mezcla de español y lingala, dando así una sonoridad particular a esta "rumba". El lingala es un habla tonal de relación que nace de diversas lenguas bantúes de las regiones del río Congo. De hecho, es uno de los idiomas bantúes más importantes.

Es posible que la rumba cubana se haya adoptado de manera rápida por los países de África central, porque representaba una alternativa a las músicas europeas impuestas por los poderes coloniales. Los pioneros fueron todos guitarristas: Antoine Kalosoyi, Henri Bowane y Antoine Wendo. En 1948 Kalosoyi graba el tema *Ngoma* mezclando rumba cubana y el ritmo de la danza local zebola. Los primeros instrumentos de esta nueva rumba congoleña fueron la *sanza*, conocida en América Latina con el nombre de *mbira*, así como una guitarra acústica y una o varias botellas de vidrio como medios de percusión. Con el tiempo la guitarra eléctrica reemplazará al *sanza*; además, tomará el papel que tenía el piano en la música cubana. En relación con la guitarra, se debe saber que un músico en particular ingenioso, Mwanga Charles, remplazó la cuarta cuerda por una *cantarela*, es decir, una cuerda mucho más fina, dando así a su instrumento una sonoridad original cercana a la de la marimba. Las tiendas de instrumentos musicales y algunos comerciantes de discos no tardaron en importar los de 78 revoluciones de música cubana. En los años del decenio 1950 se desprenden dos figuras mayores: el guitarrista François Luambo Makiadi y Joseph Kabasale (el gran Kalle) quien fundó en 1953 el *African Jazz* junto con el legendario guitarrista Nico Kassanda. En 1956, Makiadi funda la *O.K. Jazz*. También es la época de las primeras casas de discos congolesas dirigidas por empresarios griegos: Ngoma, Optika, Loningisa, Esengo. Tres años más tarde, en Brazza-ville, Antoine Nedule Monswest (Papá Noel) funda *Les bantous de la capitale*, una orquesta que lanza una variante de la rumba congoleña, la "rumba boucher". Después, vendrán numerosos músicos de renombre mundial, como Pascal Tabu Ley y Papa Wemba quien dará acentos de rock a la rumba. Fue pues desde las riveras del río Congo, desde ciudades como Kinshasa y Brazza-ville, que la rumba congolesa salió a conquistar el mundo. Para terminar, anotemos el encuentro musical en estos últimos años de Papá Noel y el tresero cubano, originario de La Habana, Gilberto *Papi* Oviedo.

*

Después de los atentados del 11 de septiembre de 2001 en Nueva York y Washington, también es legítimo preguntarse cómo las nuevas políticas globales en materia de control de los movimientos migratorios van, desde ahora, a influir en las músicas y en los intercambios culturales. Hay que recordar que el gobierno del presidente George W. Bush puso en funcionamiento un sistema de control draconiano para los solicitantes de visas. Por medio del *U.S. Patriot Act* este gobierno pretendía ejercer una vigilancia todavía más estricta sobre las poblaciones consideradas marginales; es decir, cualquier persona que de cerca o de lejos participa en una aventura cultural. Muchos artistas del mundo entero, realizadores cinematográficos, directores de orquesta, músicos y escritores, que buscaban presentar sus trabajos y ganarse la vida en el mercado cultural más grande del mundo, los Estados Unidos, han sido maltratados —algunos han sido incluso retenidos en los aeropuertos—. Impedir la circulación, el movimiento y los intercambios culturales que de manera normal se realizan por el contacto físico de los artistas con sus públicos, puede hoy empujar a estas comunidades a un mundo virtual, un mundo donde rebota la idea del nomadismo y con ella la de la creación de identidades cambiantes, inestables. El contacto humano directo es fundamental en todo intercambio cultural; la tecnología es un pálido sustituto. Lo menos que se podría decir es que en una época en la que la población estadunidense tiene la mayor necesidad de cultura, el gobierno de Washington no se preocupa en asignarle un lugar dentro del ámbito público.

Impedir la circulación de bienes y personas era ya el fin del *Trading with the Enemy Act* promulgado en octubre de 1917 por el congreso estadunidense.[5] Se trataba pues de prohibir todo comercio, todo intercambio, desde y hacia las naciones con las cuales el país estaba en guerra. Esta ley impidió durante muchos años la llegada de músicos cubanos a los Estados Unidos, así como la venta de discos grabados en esa isla. Todo cambió cuando se permitieron los intercambios culturales con el gobierno castrista. La casa de discos Columbia firmó con el grupo cubano *Irakere* para el que organizaría una gira por los Estados Unidos. Esta gira fue financiada con el producto de la venta de los discos, cuyo dinero se depositó en una cuenta bancaria bloqueada de acuerdo con las provisiones de la ley. Sin embargo, en los últimos años se han suspendido conciertos de numerosos grupos cubanos, como *Irakere* y *AfroCuban Allstars*, porque muchos de sus músicos no pudieron obtener la visa.

---

[5] Es interesante notar que Prescott Bush, el abuelo de George W. Bush, devoto militante del *U.S. Patriot Act*, era el director de la Union Banking Corporation cuando el gobierno, utilizando el *Trading with the Enemy Act*, incautó y ordenó el cierre de ese banco en octubre de 1942, acusándolo de ser una compañía financiera nazi...

APUNTES DE IDENTIDAD

IDENTIDADES NÓMADAS

El jazz, por su capacidad incluyente, de hospitalidad, porque está abierto a las fusiones, es un lugar generoso que favorece la eclosión de nuevas identidades. Al nutrirse con experiencias de individuos y comunidades de los que revela sus culturas, el jazz latino desarrolla una conciencia trasnacional. Así, en su seno, la diáspora latinoamericana representa un motor importante para abrir espacios culturales, sociales y políticos.

Cuando el músico se implanta en un país que no es el suyo, sea su exilio voluntario o no, debe volver a crearse una identidad propia; es necesario restablecer la relación entre uno y el lugar donde vive; es uno mismo *en otro lugar* el que debe volver a construir en el entorno nuevo. A esta reconstrucción la acompaña la esperanza del cumplimiento de una promesa, la de una vida mejor, o por lo menos diferente. Poco a poco, uno extiende su red de conocidos, amigos y colegas, y se enfrenta a los retos de un mundo social complejo. En su vida cotidiana, según sus circunstancias, el músico emigrante latinoamericano adoptará diversas facetas, tan pronto uruguayas como colombianas o peruanas…, ya latinoamericanas, ya estadunidenses si vive en ese país. Al margen de la pregunta ¿quién es?, está la cuestión de saber qué es.

Así, como lo señala el baterista de origen costarricense Luis Muñoz:

Cuando me mudé a California, me encontré en un entorno ajeno; el idioma, la comida, la cultura, la geografía, la forma en que las personas interactúan entre sí y con Dios, todo era nuevo para mí. El ritmo general y las dinámicas de mi vida cambiaron de manera drástica. El tiempo desempeña un papel interesante en esta ecuación, en el sentido de que proporciona familiaridad con cualquier cosa nueva, pero, a la vez, te lleva más lejos de tu pasado. Mientras estás fuera, la gente envejece o muere y los pueblos se transforman en grandes ciudades imposibles de reconocer.

Ante la erosión de su identidad original, el músico se adapta entonces a necesidades y oportunidades nuevas que se le presentan: muy a menudo debe expresar su alteridad en una lengua que no es la suya; a su alrededor, el paisaje es diferente, las estaciones cambian y el clima es distinto. Algunos cantarán este destierro climático combinando un doble sentido, ironía y nostalgia, como en la composición *Frizilandia* en la que Bobby Escoto, bajo la dirección de Chico O'Farrill, se complace en repetir: *Qué lindo es Nueva York para vivir oye, aquí mismo en Frizilandia moriré*. Pero, la nostalgia ya se había instalado un poco antes: *Si te vas de mambolandia nostalgia te va dar*. Mambolandia es, desde luego, Cuba. Del calor al frío, del mambo a los rascacielos, del copretérito al presente en el espacio de unos cuantos compases.

En el siglo XX, los músicos puertorriqueños, y en menor medida los cubanos, exiliados, emigrados, se juntaban en un suburbio del este de Harlem en Nueva York, *El Barrio*, donde, como decía el escritor Ed Morales, eran "almas desplazadas". En 1926, Rafael Hernández, el compositor de *Lamento borincano*, funda el famoso *Trío Borinquen*; se instala en *El Barrio* con su hermana Victoria, maestra de piano, quien abre una tienda de música en Madison Avenue, *Almacenes Hernández*. Pronto, el lugar llega a ser un lugar de reunión para los músicos puertorriqueños que buscan trabajo. Mientras no lo encuentran, algunos organizan en sus departamentos veladas con baile en las que se cobra la entrada. Seis años después de la apertura de la tienda de Victoria, otro puertorriqueño, Gabriel Oller, abre un negocio donde vende rollos de pianola, discos de 78 revoluciones y guitarras: *Tatey's Guitars*, ubicado a un lado del *Teatro San José* en la calle 110. Oller descubre que su comunidad tiene sed de una música que le recuerde el calor de la tierra natal; decide entonces grabar a los músicos amateurs del *Barrio* y de Brooklyn. En 1934 funda la primera casa de discos puertorriqueña de los Estados Unidos, *Dynasonic*. Realiza las grabaciones en su trastienda, hace un acetato que usa como master y reproduce discos de 78 que vende en dicha tienda. En 1945, a causa de su éxito, se instala en la calle 51 y rebautiza su negocio como *Spanish Music Center*. Funda entonces un nuevo sello, *SMC*, que se llamará *Coda* en 1947.

En ocasiones, debido a su desplazamiento y para reencontrar sus hitos, el músico se repliega sobre sí mismo. A pesar de este semiaislamiento, siempre tiene la necesidad de oír la música de su tierra, pues ella le despierta un sentimiento de pertenencia; pero, también existe la necesidad de escuchar la que otro produce, exiliado como él. Es pues la afirmación de otra singularidad, como si ello le diera confianza en la suya; como si probar el sabor del otro le confirmara el suyo. Este es el atractivo de las grandes salas de concierto. Al mismo tiempo, los puertorriqueños tuvieron la idea de organizar veladas con baile para financiar la formación de un movimiento en defensa de los derechos cívicos. A principios de la década de 1930, todos los sábados, rentaban el salón de reuniones de un fondista judío en la esquina de la calle 110 y la Quinta avenida, el *Park Palace Jewish Caterers*. Poco tiempo después y no lejos de ahí, el *Photoplay Theater* fue renombrado como *Teatro San José* y comenzó a proyectar películas mexicanas. En 1934, el puertorriqueño Marcial Flores abrió el *Club Cubanacán* en la calle 114 y avenida Lenox, y contrató a la orquesta del flautista cubano Alberto Socarrás. Algunos meses más tarde, Flores rentó el *Mount Morris Theater*, en la calle 116 y la Quinta avenida, renombrándolo *Teatro Campoamor*.

Al año siguiente, el promotor puertorriqueño Fernando Luis organizó "batallas" de orquestas sobre dos escenarios distintos dentro del mismo teatro, el *Golden Casino*, un salón que se ubica en el sótano del *Park Palace*. Ante los gritos entusiastas del público, se enfrentan las orquestas de Alberto Socarrás y del trompetista Augusto Coen, en la cual se encuentra el pianista Norberto (Noro) Morales, recién desembarcado de Venezuela. También fue en el *Park Palace* donde el 3 de diciembre de 1940 debutó Machito con su nueva orquesta *Machito & The Afro Cubans*. Mario Bauzá, su cuñado, se encarga de la dirección musical del grupo;

contrata dos arreglistas formidables: John Lewis Bartee y Edgar Sampson, además de algunos solistas de jazz como el trompetista Bob Woodlen y los saxofonistas Leslie Johnakins, Fred Skerritt y Gene Johnson. En fin, Bauzá llama a un joven timbalero de 17 años nacido en Nueva York, de madre puertorriqueña y padre de ascendencia española, Ernest Anthony *Tito* Puente. Durante el verano de 1942, invitan a Machito a presentarse en *La Conga*, un club situado en la avenida 50; ésta es la primera vez que una orquesta de músicos negros y latinoamericanos toca en pleno corazón de Manhattan.

*

A pesar de todos sus esfuerzos y de una búsqueda iniciática, los músicos emigrados nunca tienen realmente el sentimiento de pertenecer a la tierra que los recibe, incluso cuando el exilio es para alejarse y reencontrarse ellos mismos en otro lugar —o para poder descubrir una representación inédita de sí mismos—. Las identidades nuevas que los músicos se crean son híbridas; se componen de elementos del país de origen y otros del que los acoge. Al identificarse con reglas diferentes el músico interioriza hábitos musicales nuevos. Si no cambia el carácter de su música, la parte que cambia de su identidad se vuelve plural; cuando sigue siendo el que es —profundamente latinoamericano en sus ideas musicales— su diversidad se enriquece. Si vive en una ciudad como Nueva York, Los Ángeles, Boston, París o Tokio, su percepción del ritmo puede cambiar, pues interioriza nuevas experiencias rítmicas; esto también vale si decide dejar una gran ciudad por la provincia. Además, se le puede encontrar en un trío, un cuarteto, un quinteto, una gran banda, un club, una sesión de grabación, la orquesta de un teatro: son vidas como las de Arturo O'Farrill, Gato Barbieri, Tito Puente, Cachao... El problema es que no se puede verificar la validez de una afirmación tal salvo después de sucedido, *a posteriori*, y no durante.

El jazz latino se presta bien para que estos músicos se expresen; asimismo, refleja las tensiones sociales (y psicológicas) esporádicas, pero fundamentales, del momento —o del pasado que quedó grabado en sus memorias—. También se podría decir que el destino del músico de jazz latino exiliado es el de estar permanentemente "en otro lugar"; no vive en su casa, su morada y su música son a la vez el pasado y el presente. La memoria constituye el punto original de una faceta de su identidad; cuando el músico presenta su trabajo, invita al público a participar en el recuerdo, pero también a la construcción instantánea de una memoria nueva; ésta, al expresarse en la música, se convierte en un refugio que puede provocar un choque en el público y suscitar un interés renovado por alguna cultura. La experiencia sensorial despierta entonces una conciencia.

Esto es un poco lo que surge de la grabación *Central Park Rumba* que el percusionista Eddie Bobé dedica a la fiesta popular neoyorquina de las percusiones. Tal reunión de músicos, esta rumba de Nueva York que brota de una explanada de Central Park en Manhattan todos los domingos por la tarde desde hace unos 30 años, es un refugio para los percusionistas cubanos, puertorriqueños, *nuyoricans* e incluso afroamericanos de esa ciudad que se sienten exiliados en su propia tierra. Este refugio también es una posada que recibe públicos de todo tipo, junto con sus familias, y les invita a compartir recuerdos y culturas. Las composiciones *Rumba de Central Park* y *Rumba para los Olu Bata* —esta rumba cubana que tanto ha enriquecido al jazz— es otra forma de cristalizar búsquedas de identidades.

Como lo explica apropiadamente Eddie Bobé: La rumba de Central Park sólo era una extensión de otros escenarios de rumba de las comunidades latina y afroamericana dentro y alrededor de Nueva York. El productor puertorriqueño, René López me dijo que desde los años cincuenta los puertorriqueños acostumbraban a improvisar en azoteas y parques públicos. Tuve suerte de tener un maestro de maestros que me iniciara en las artes de las percusiones caribeñas cuando era yo muy joven. En mi adolescencia toqué en muy diversos escenarios; más tarde, conocería a otros percusionistas que andaban en los tambores folclóricos y eran de alto calibre, así que desarrollamos nuestras habilidades juntos; coleccionábamos álbumes de rumba y otras músicas típicas ¡y las oíamos siempre! Después, conseguimos esas cintas que René López trajo de Cuba y fueron la pieza que faltaba en nuestro rompecabezas musical. Pero incluso antes de las cintas de López ya estábamos experimentando, porque teníamos nuestras propias ideas y habíamos heredado el conocimiento a través de la sangre ¡Somos los descendientes del ritmo! Nuestro círculo de percusionistas provenían de diversas culturas latinoamericanas y afroamericanas. Improvisábamos en apartamentos y en parques pequeños desde el Bronx hasta Queens, desde Brooklyn hasta *El Barrio*, y nos juntábamos en Central Park los domingos porque había otros tamborileros ahí. Era una manera de mantener viva nuestra identidad como latinos en este país, también de representar y celebrar nuestro ancestral espíritu africano de percusionistas; era conservar esa flama ardiendo, que fuera encendida en África hace siglos. Había familias enteras que venían cada domingo a vender comida y bebida latinas. Entre nosotros había actores, profesores de Harvard, doctores, abogados, arquitectos, lunáticos… ¡lo que te imagines! ¡Generábamos tal fuerza que nos sentíamos un campo de poder envolvente! Fue junto al lago, en la calle 72; empezó en los inicios de los setenta y hoy continúa. Yo cantaba la mayor parte del tiempo. Ser un cantante de rumba es como ser un chamán del más alto nivel. El asunto está en entender, no sólo los patrones de la percusión y de las canciones, sino también la manipulación de las energías del público y hacerlas cantar a coro. No son los tambores los que crean una rumba, es la gente que es atraída hacia el vórtice magnético del sonido rumbero de los tambores vudú.

*

Como ejemplos para la memoria escogimos seis artistas y algunas composiciones. En primer lugar el baterista argentino Guillermo Nojechowicz, director del grupo *El Eco*, con *Chacarera de Paloma*, una obra que aparece en el álbum *Two Worlds*: "Este tema se lo dediqué a mi amiga Paloma Alonso que es una de las 'desaparecidas' durante la guerra sucia en Argentina al final de los años setenta. El movimiento de este ritmo está marcado por el bombo. El bajo marca la melodía, luego entra el acordeón." Nojechowicz escogió la chacarera, un baile de origen europeo que desde hace doscientos años representa, con otras formas de expresión, la identidad popular argentina; la utiliza aquí como una memoria activa. Normalmente, la chacarera es un ritmo más bien alegre, animado; en este caso, tiene un aire marcial, al menos en su primera parte; en la segunda, se desliza en la melancolía con un ritmo de *baguala*. Hay que notar que el exilio de un buen número de músicos argentinos fue provocado por la dictadura militar, durante la cual se limitó la producción discográfica.

Con *Chicos de Malvinas* el contrabajo argentino Fernando Huergo evoca la guerra por ese archipiélago.

Chicos de Malvinas es casi un réquiem. La forma es AAB, va cambiando un poco la orquestación y la intensidad pero básicamente se repite cuatro veces. La batería tiene un solo que va entrando poco a poco y desaparece antes del final. El tema de las Malvinas es muy delicado. Los argentinos crecimos aprendiendo que en 1832 los ingleses nos robaron las islas. En la escuela cantamos el himno a las Malvinas, las islas están incluidas en todos los mapas del país y seguimos atentamente los fútiles intentos de la cancillería para recuperar la soberanía. Los militares de la dictadura usaron la recuperación de las Malvinas para mantenerse en el poder, en un momento en el que la presión del pueblo amenazaba con voltearlos. Yo tenía 13 años cuando empezó la guerra y me afectó profundamente. Trate de convencer a mi padre para que me dejara alistar como voluntario porque yo sabía un poco de inglés. Un año antes, conocí a Marcelo, un primo lejano de la provincia de Salta. A los tres meses empezó la guerra, nunca más lo vi. Supe que estuvo en el rescate de los sobrevivientes del Manuel Belgrano, el barco de guerra más grande de nuestra flota. Quedó muy mal, me dijeron que después de la guerra tuvo muchos problemas psicológicos, estuvo internado un tiempo... "Quiero ver el mar limpio de sangre" decía, nunca antes había visto el mar. *Chicos de Malvinas* lo escribí pensando en él y en tantos otros jóvenes que con su sacrificio nos mostraron el valor supremo de la vida.

El saxofonista brasileño Felipe Salles recuerda para él un suceso más reciente:

Acababa de mudarme a Nueva York cuando sucedió el ataque a las Torres. Durante muchas semanas mi esposa y yo tuvimos pesadillas de accidentes de aviones, de edificios destruidos, de bombas; era algo muy pesado. Una mañana temprano me desperté sudando, ansioso, con una nueva pesadilla. Me senté al piano para tratar de sacar esa ansiedad. Compuse el tema *Laura's Nightmare*.

Acerca del mismo tema está la composición del trombón Papo Vázquez, *Las Torres*; a pesar de que ésta se desarrolla en un ritmo de *bomba*, con la lamentación torturada del saxofón de Willie Williams y en eco el trombón de Vázquez, no obstante, esta obra refleja una función similar a aquélla de la *plena*, la de contar un evento a varias comunidades. El canto narrativo bilingüe se dirige a los grupos hispanos y angloparlantes.

Bandón 33, nombre que lleva el grupo del pianista uruguayo Eduardo Tancredi, evoca un hecho impor-

44

tante en la historia de su país: el desembarco en las playas de Agraciada, el 19 abril de 1825, de 33 insurgentes que provocaron los primeros movimientos de insurrección y que terminarían en la independencia del país. Tancredi forma parte de esta joven generación de músicos para quienes la composición es esencial en el desarrollo de su carrera. *Ongoing*, su primer álbum, sólo contiene obras originales, entre las que destaca *La mamá vieja*, una composición densa, *monkiana*, con una maraña asombrosa de ritmos que hace recordar el carnaval en las calles de Montevideo.

El último ejemplo es revelador de una memoria en constitución. El compositor canadiense Donald Varzé trabajaba en la escritura de dos obras justo en el momento de los sucesos del 11 de septiembre de 2001; las retocó y se las dedicó a los habitantes de Nueva York. Así la *New York City Suite* se compone de *Arumba* y de *Gotham City Blues*; la interpreta con brío el quinteto del baterista Sandro Dominelli, que incluye a uno de los raros músicos salvadoreños del jazz latino: el timbalero Tilo Paiz

Todas estas composiciones llegan a ser expresiones formales de la historia; son las intérpretes de su tiempo, un tiempo cargado de sensibilidad. Pero también, son una consolación, pues si en alguna parte la música es testigo de nuestras experiencias, ella puede sublimar el horror y despertar la esperanza al volvernos más sensibles al significado de esas mismas experiencias. Asimismo, esas composiciones permiten a los músicos afectados por sucesos que deterioraron sus vidas encontrar un consuelo y transmitir, a su vez, un alivio al público.

Parece que en estas composiciones también hay un elemento de resistencia, una resistencia omnipresente en el jazz latino y que se desarrolla por la fuerza de la improvisación. La realidad social se ubica pues en el seno mismo de la música y ésta, a su vez, afronta la realidad. De cara a ella, el músico ofrece lo que Julia Kristeva llama "un contrapeso estético". Por lo demás, y no es una oposición, una obra puramente estética, sin referente social ni político es desinteresada: des-interesada, como diría el filósofo francés Emmanuel Levinas para significar la salida del ser de sí mismo. La estética que trasciende su propia esencia. Se trata de la superación de lo social por lo estético, son las composiciones como las del pianista Guillermo Klein en sus álbumes *Los Guachos II* y *Los Guachos III*, o el álbum *Suite Llatina 0.7* de Ramón Escalé; o las del pianista Nando Michelin. Es, a pesar de su título, el burbujante *Ejército moreno* de Babatunde Lea en su álbum *Soul Pools* —con la inspiración poética de Kevin Jones, Hilton Ruiz, Mario Rivera y Frank Lacy—. O la versión de *El Gaucho* de Wayne Shorter, interpretada por el grupo holandés *Bye-Ya!* La experiencia estética, el poder comunicativo que contiene, puede modificar la relación con el mundo que nos rodea. A la estética del compositor se añade la nuestra; con la escucha repetida y cambiante podemos dar una mirada nueva a nuestro entorno. Apoyado en el cajón de Alex Acuña, Wayne Shorter volteó hacia América Latina con algunas composiciones que aparecen en su álbum *Alegría*. Además, su tema *Angola* había sido retomado por el pianista Mark Levine y su grupo *The Latin Tinge*, interpretado ahí con una oración *abakuá* como introducción.

*

En los tiempos de la esclavitud se trataba de guardar los ritmos de los esclavos cautivos en territorios cerrados. Así el saber de una comunidad se reducía, se confinaba. Hoy liberados, esos ritmos y sus descendientes están en todas partes, aún tienen la resonancia de ese saber. Por ello, se puede decir que la música viaja al final de la memoria y explica lo vivido en un tiempo reorganizado. Los arreglos contemporáneos de melodías tradicionales, la aplicación de figuras tradicionales a las composiciones de jazz, la improvisación y el uso de tecnologías nuevas para volver a visitar grabaciones antiguas, son otras tantas iniciativas que caminan en el mismo sentido. El jazz latino crea su propio espacio; arreglistas y compositores proyectan así el pasado en el presente para reinventarlo sin cesar. El pasado es movimiento. Sin embargo, al día siguiente de la abolición de la esclavitud, algunos músicos quisieron ignorar, entiéndase suprimir, esos recuerdos rítmicos que habían traído desde sus tierras natales. Olvidarlos era olvidar la esclavitud.

En la actualidad, ese saber corre el riesgo de perderse en la masa musical informe que invade todos nuestros espacios; una masa revuelta en un molinillo cultural para agradar a cualquier gusto. Es aquí donde el músico debe intervenir de verdad; debe decir la verdad. Verdad, una palabra que viene del griego antiguo *aletheia* y que significa descubrir, quitar el velo, actualizar lo que hasta el momento estaba disimulado pero que también implica el concepto de verdad, de verdadero, de auténtico. Los músicos han cazado el tiempo en el espacio; el tiempo ha llegado ahora al presente con su bagaje y el músico debe darle una forma. Al descubrir el saber, el músico hace de su cultura una experiencia colectiva y su búsqueda de identidad individual puede, a su vez, desembocar en la creación de una identidad colectiva. No obstante, debe haber un lado efímero en la reinterpretación de las memorias musicales, como un "guardalado", y es en la sucesión de estas fotos instantáneas donde vive la efervescencia, el movimiento del jazz latino. El segundo disco del álbum doble *Le coq rouge* del flautista alemán Mark Alban Lotz, ilustra apropiadamente esta sucesión de instantáneas: va y viene moviéndose entre el pasado y el presente. El pasado aquí son los cantos a los orishas; el presente, las armonías del jazz y los arreglos donde las partes vocales se reemplazan con otras instrumentales. Por la elección de los temas, de los instrumentos y la variedad de sonidos que producen, el disco simboliza e ilustra también un desplazamiento constante entre el África negra, el Caribe y Europa.

Mediante las nuevas identidades expresadas por el prisma del jazz latino, se manifiestan y se mantienen una diversidad cultural y un conjunto de ritmos con sus conocimientos; son prácticas artísticas que producen encuentros, aperturas en las alteridades. Las diferencias culturales que no necesitan reconciliarse son más que un alimento espiritual: ellas representan en sí mismas una resistencia social, intelectual y moral; primero, porque permiten al músico expresar su humanidad, el apego a su cultura —"quiero mantener el carácter único de mi cultura"—; pero también, porque esta aclaración manifiesta un deseo de resistirse a una forma de globalización que apunta a hacer desaparecer su cultura o, más bien, a una mundialización que está apunto de crear una cultura global por medio de la colonización de las conciencias; una cultura en la cual todos seríamos peones intercambiables, habituados a los mismos gestos, a las mismas palabras mecánicas. Sería el advenimiento de un tiempo presente permanente y globalizado que nos impediría mantener contacto con nuestro pasado. Similitud, uniformidad, monotonía. Una cultura de la banalidad en la cual, bajo el camuflaje de una falsa diversidad, a cada instante, desaparecen músicas, lenguas, especies animales. Si la globalización,[1] esta conquista de territorios, cuerpos y almas, parece ser un fenómeno irreversible, convendría preguntarse en qué términos se dará para los artistas y los músicos.[2] Estos últimos, en lugar de ver su producción musical diluída en la masa, pueden diseminarla y fracturar aquello que tiende a globalizarse, esto, a través de prácticas transgresivas como la autoproducción, la promoción y la distribución de su música por medio de la internet. También se puede constatar que, de manera paralela a la mundialización, se opera una fragmentación del ser bombardeado de manera constante por nuevos criterios socioculturales; una fragmentación que encierra el concepto mismo de migración y el de incoherencia. Una incoherencia que también puede provocar un retorno a ciertas raíces.

[1] Algunos ven en la mundialización una muestra secreta de un deseo a la vez de concentración y de circulación, una respuesta contra el sedentarismo.

[2] Una pregunta que ya se hacía el etnomusicólogo Theodore Levin, autor del libro *The Hundred Thousand Fools of God. Musical Travels in Central Asia*, Indiana University Press, 1996.

*

Gracias a su música, a su nueva identidad, el músico le da un sentido a su vida. Uno de los ejemplos más sorprendentes es el del saxofonista y clarinete Paquito D'Rivera. Todas las notas retozonas de Paquito son como una carrera desenfrenada, un grito por la libertad. Esta afirmación de la identidad y de la individualidad se expresa también por su aliento, por su gesticulación exuberante. La música de Paquito es la manifestación del "ser-por-el-otro". Es la entrega y luego la relación social con su público. Sale y se desprende de sí mismo, retozando como sus notas para dominar y conducir su libertad. Como todo exiliado, puede reivindicar sus raíces —con el uso de metáforas—, pero no puede llegar a reconstituirlas totalmente. ¿No es por ello que se dice que es el viaje lo que conforta y no el echar raíces? Paquito escogió el virtuosismo como ideal de libertad. "El virtuosismo representa la actividad triunfante del hombre libre", declara. Es la afirmación de un músico liberado que trasciende las categorías musicales. Éste es el sentido de una vida, plena de intenciones y de reflexiones, como se exponen a través de su clarinete o su saxofón o, incluso, en la escritura.

La curiosidad musical, el gusto por la aventura, también dan a D'Rivera un sentido de la orientación. En 2002 organiza un trío original, el *Chamber Jazz Trio*, con clarinete, violonchelo y piano. Un encuentro entre música de cámara y jazz, para la interpretación de obras de Astor Piazzolla, Dizzy Gillespie y suyas. En este trío se encuentra el violonchelista Mark Summer, miembro del *Turtle Island String Quartet*, y el pianista

Alón Yavnai. Yavnai es un músico notable —"nunca he conocido un pianista tan versátil", comenta D'Rivera— que ya se le había escuchado hace algunos años con el *Jinga Trio* en los escenarios de Boston. Es la segunda experiencia de Paquito en terna.

En La Habana el trío con el pianista Emiliano Salvador y el bajista Carlos del Puerto fue un trabajo voluntario ¡de verdad! Nosotros nos reuníamos, primero, porque a mi me botaron de todos lados, de la Orquesta Cubana de Música Moderna... y Carlos era muy aburrido, Emiliano estaba acompañando cantantes de trova en el ICAIC. Emiliano fue el baterista más original que hubo en Cuba después de *Changuito*. Él tocaba en una forma tipo Roy Haynes y nunca fue aceptado, tampoco nunca trató de ser baterista profesional. Para mí era el baterista más creativo que había con la libertad que tocaba. Entonces, hicimos este trío con Carlitos tocando el contrabajo y Emiliano. Yo tocaba tenor y soprano. Había temas de Eric Dolphy, de Mingus y algunos de Emiliano también, y algunas piezas mías... Ensayábamos en el ICAIC donde Emiliano trabajaba. Tocábamos en la universidad conciertos que nosotros mismos organizábamos. Era en 1974, 1975. No se grabó nada. Había una grabación de casete que hizo un arquitecto italiano que vivió en Cuba, se llama Roberto Gotardi. Nosotros hicimos una clase de arquitectura con él, con este trío. Era la música aplicada a la arquitectura, era una clase y el la grabó, una clase en la Universidad de la Habana.

*

En la actualidad es difícil ver músicos que manifiesten un sentido de la dirección conjunta; músicos a la búsqueda de una identidad común y deseosos de desarrollarla con el paso de los años. Parece que la mayoría de los músicos se han convertido ahora en itinerantes, aliándose de acuerdo con las necesidades, prestándose a operaciones efímeras, tengan éxito o no. Según Alex García, fundador del grupo *AfroMantra*:

> mantener un grupo unido por muchos años es difícil. Una fuerza musical no es sólo un grupo de individuos creando música, sino también una fuerza de ideas y conceptos de la vida en sí. En cualquier banda existe un buen grado de convivencia en la medida en que el proyecto madura, en donde la comunicación de objetivos profesionales, conceptos musicales, filosofía de vida, se comparten, canalizándose a un punto de convergencia en la misma música, si esto no sucede, más tarde o más temprano, la energía se disipa y la relación llega a su fin. Ser líder de una banda con objetivos serios es un trabajo que requiere de mucha dedicación y compromiso, no siempre todos los miembros están dispuestos a pagar el precio que esto significa o hacer el sacrificio que un proyecto original requiere, ya que las diferentes razones y circunstancias que se presentan en cada individuo son totalmente distintas en cada caso.

Un punto de vista que comparte el pianista francés Christian Granddenis del sexteto *Black Chantilly*:

un grupo sólo puede funcionar si los músicos están en él por las mismas razones. Si no es el caso, se sigue una pérdida de energía y conflictos de personalidades. La historia de *Black Chantilly* se remonta a principios de los años noventa. Se trataba de un grupo de café-concierto que tocaba *covers*. Marc Glomeau, el percusionista, había incluido en el repertorio algunos fragmentos afrocubanos. En esa época, yo no estaba en el grupo (tenía mi propio quinteto de jazz latino en París) pero había conocido a Marc durante una gira y simpatizamos. Entonces me hizo parte de su proyecto futuro de integrar un grupo de música afrocubana. En 1996 me llamó por teléfono y la idea empezó a tomar forma. Yo aporté algunas piezas de jazz latino y como era casi el único compositor, es verdad que marqué fuertemente la identidad musical del grupo. En ese entonces, queríamos poner un repertorio que uniera un poco todas las facetas de la música afrocaribeña; a la vez, teníamos pedazos cantados estilo salsa y otros instrumentales más de tipo jazz, lo que hacía un repertorio bastante diversificado que se oía bien en el escenario.

El lugar del jazz latino en Francia es casi inexistente, creo que se podrían contar los grupos franceses con los dedos de una mano. Se debe saber que no es suficiente tocar los temas del *Real Book* con ritmos latinos para hacer jazz latino. Hay que cavar más hondo, tener un conocimiento importante de la música afrocaribeña y siendo ella misma una fusión obliga, de la misma manera, a conocer la música africana, española e incluso la música clásica. Que haya poco jazz latino en Francia se debe, también, a algunas otras razones que no se deben desdeñar. En primer lugar, la dificultad que tiene un grupo de músicos franceses para imponerse a los organizadores de conciertos. De la misma manera en que habrán sido necesarios algunos decenios para que se entienda que no hay que ser negro estadunidense para tocar jazz, asimismo, harán falta todavía algunos años para comprender que un francés puede tocar música afrocubana tan bien como un caribeño. Aclaro que se trata de una resistencia de los organizadores y no del público, éste no se hace tantas preguntas. En segundo lugar, lo escaso de los grupos engendra también un aislamiento y una falta de confederación. Por ejemplo, si tomamos un estilo de música extendido como el rock, se hallarán cantidad de revistas, de asociaciones, de estaciones de radio que difunden de manera permanente una actualidad y contribuyen a la vida y promoción de este estilo. En cuanto a la música afrocubana, y *a fortiori* para el jazz latino, la promoción es inexistente. Hasta los disqueros tienen problemas para clasificar este género de música. Hay que notar que no existe un sello francés de jazz latino, es necesario ir a los Países Bajos o a Alemania para encontrar uno. Por último, el efecto de la moda "Buena Vista Social Club" no necesariamente ayudó a la expansión de la música afrocubana, en el sentido de que los grupos tuvieron más bien una tendencia a parodiarla que a la búsqueda de crear y hacer evolucionar esta música. Pienso también que los medios masivos han creado una imagen estereotipada del género y que ¡sin un puro y 80 años es difícil conseguir la menor oportunidad de un concierto! Las disqueras agotaron el filón sin buscar nuevos talentos. Pasado el efecto de la moda, es evidente que sólo quedarán los grupos sinceros. Sea lo que sea, al cabo de seis años de trabajo con el grupo, hemos adquirido cierto reconocimiento en el medio, pero desde hace dos años veo la situación bloqueada. Me pareció necesario salir, tanto por mi bien como por el del grupo. Es muy posible que si *Black Chantilly* continúa existiendo, su música evolucionará hacia un estilo diferente, en todo caso no será jazz latino.

*

La dirección conjunta se manifiesta también en las descargas, el marco perfecto para el encuentro de los nómadas. Verdadera bisagra y laboratorio en el cual los músicos experimentan ideas nuevas, la descarga contribuye al desarrollo del jazz latino. Hay, en efecto, un carácter dionisiaco en las descargas: el instante domina el futuro; la música desborda de la música, se niega a encerrarse y, de esta manera, a limitarse. Para animarse, los grupos se forman y se separan en un impulso permanente hacia el cambio, el descubrimiento, la experiencia nueva. Hubo un sinnúmero de descargas en La Habana, en casas particulares así como en los clubes y cabarés; también en casa del guitarrista Manolo Saavedra, en la casa de campo de los padres de Chico O'Farrill y en casa de Guillermo Barreto en Santa Amalia… "Cuando los músicos no tenían que ir a tocar al Tropicana, dirá Barreto, venían a mi casa, donde había un piano e improvisaban." Barreto también recuerda una descarga monstruo registrada el 23 de diciembre de 1941, en el teatro Riviera, con la orquesta Bellamar, la de los hermanos Palau, Germán Lebatard y Armando Romeu.

Y después, se sucedieron descargas en las diferentes estaciones de radio, como la Artalejo. El periodista Horacio Hernández, fallecido en 2001, antiguo animador del programa radial *La Esquina del Jazz*, recuerda haber asistido de manera regular a estas sesiones de improvisación: "para ir, me ponía una boina y me pegaba una barba de chivo falsa ¡a la Gillespie! Y, desde luego, las del Tropicana, los domingos en la tarde, animadas por Guillermo Barreto y que recibieron a Roy Haynes, Jimmy Jones (en 1957), Kenny Drew (en 1958), Richard Davis... ¡Y aquella descarga en honor del escritor Julio Cortázar! Fue Leonardo Acosta quien organizó, junto con la cantante Maggie Prior, la descarga para Cortázar en la clínica veterinaria del doctor Caiñas, ubicada en la esquina de Línea y F., en el barrio de Vedado. Asimismo, es en esa clínica donde iban a ensayar los músicos de *Los Van Van*. "Esa noche estábamos Raúl Ondina, Cachaíto, Armandito Romeu y yo... Todos los perros se pusieron a aullar cuando empezó la descarga", recuerda Acosta. Después de esta noche memorable, se dio una sólida amistad entre Acosta y Cortázar, y cada vez que este último visitaba La Habana salían juntos.

A menudo, al día siguiente de una descarga, para comentarla, los músicos se reunían en el bar, en la tienda de discos o en *El Bodegón de Goyo*, donde Domingo, el hijo de Goyo, tenía una colección de más de 200 discos de jazz que compraba de manera regular en los Estados Unidos. Además, fue en ese lugar que varios músicos le organizaron un homenaje a Chico O'Farrill cuando éste, por una invitación del Club Cubano de Jazz regresó a La Habana en 1959 para dar un concierto en el teatro de la Confederación de Trabajadores Cubanos.

El Bodegón de Goyo, cerró sus puertas en 1962, antes de la nacionalización general de la economía.

En *¡Caliente!* habíamos presentado *Con Poco Coco* —la descarga grabada por Ramón Bebo Valdés en La Habana, octubre de 1952, para el sello Mercury del productor estadunidense Norman Granz— como la primera descarga grabada con fines comerciales. Después, el cantor cubano Francisco Fellove desmintió los hechos:

> En 1952, Julio Gutiérrez juntó varios músicos en el estudio del sello Panart en el centro de La Habana, en las calles de San Miguel y Campanario; era entonces el único estudio de la ciudad. La idea era improvisar sin parar. Empezamos pues con un tumbao y luego yo me puse a improvisar. La mayoría de los temas eran míos;[3] enhebramos todo en una jornada. Nadie pidió dinero, ya que Gutiérrez nos había asegurado que no se trataba de una grabación comercial. Pero Gutiérrez se fue con las cintas bajo el brazo para buscar un sello. Tras esta grabación de 1952 ya no tuve contacto con los músicos que participaron en las descargas. Años más tarde, cuando finalmente salieron los discos, me di cuenta que se le habían añadido otras descargas que debieron ser grabadas posteriormente y en las cuales yo no participé. Todo lo que puedo decir es que la descarga en la que participé fue grabada en 1952 y que nunca recibí nada por derechos desde esa fecha. Llegué a México en 1955 y los discos de esas descargas salieron en 1956, septiembre, me parece. Y la reedición en formato de CD ¡ni siquiera tiene mi nombre!

[3] De manera clara se escucha la voz de Fellove en los temas *Cimarrón* y *Descarga caliente*.

Entonces, según Fellove las *Cuban Jam Sessions* publicadas en 1956 por el sello Panart habrían sido grabadas en varias fechas, y la sesión en la cual él habría participado en 1952 sería anterior a la grabación de *Con poco coco* de Bebo Valdés. Fellove no fue el único músico perjudicado en esta historia. En efecto, cuando el saxofonista Chombo Silva deambulaba por las calles de Manhattan descubrió los cinco álbumes de esa descarga en la vitrina de una tienda de la calle 116. Después, con *Con poco coco*, Bebo regresará a los estudios para grabar descargas nuevas que verán la luz con el sello Decca: *Holiday in Habana* (1955) y *She Adores the Latin Type* (1955). Más tarde aparecieron las de Cachao, *Cuban Jam Sessions in Miniature* y *Descargas Cubanas*.[4]

IDENTIDADES MÚLTIPLES

Consideraremos primero la multiplicidad que puede revestir la forma musical de la *suite*; después, abordaremos las múltiples identidades de un mismo músico. ¿Quién mejor que Arturo Chico O'Farrill, el maestro innegable de la suite —sin olvidar a los compositores europeos Luc LeMasne y Ramón Escalé—, así como

---

[4] En Nueva York, algunos años después, con el impulso de Jack Hook y de Art D'Lugoff, le Village Gate organiza descargas memorables alrededor de nombres de cartel como Tito Puente, Arsenio Rodríguez, Eddie Palmieri... de las que existe una lejana continuación en las descargas coordinadas por Mappi Torres, en el 2003, y publicadas bajo la forma de tres acetatos por el sello Tico Records.

Bobby Sanabria para ilustrar estas identidades múltiples y la multiplicidad interior? En la mayoría de los casos, la suite reposa sobre una sucesión de composiciones independientes y preexistentes relacionadas con el baile. Para los músicos más visionarios, ella permite una reinterpretación y una organización personales. Una suite alberga diversos movimientos y por lo tanto diversas identidades, y es el carácter lúdico del arreglista-compositor lo que hace que la música se manifieste.

El espíritu de aventura es lo que impulsa a Chico O'Farrill, quien siempre soñó con suites y sinfonías, a componer su primera gran obra: *The Afro Cuban Jazz Suite*. Era 1945, La Habana, él tenía 24 años y terminaría su trabajo en Manhattan, otra isla, en 1950. Como ya lo habíamos señalado en *¡Caliente!*, se trata de una suite en cinco movimientos —*Canción, Mambo, 6/8, Jazz y Rumba abierta*— para una orquesta de 20 músicos. Es pues la primera suite de *cubop* de la que el saxofonista Benny Carter dirá: "Considerando la coherencia de las partes rítmicas y sus relaciones con los solos, que tienen ellos mismos su propia vida e independencia, esta suite es la obra maestra de un genio." La composición empieza con un largo solo de trompeta de Mario Bauzá, cuyo sonido casi sinfónico será retomado por Gillespie algunos años más tarde para la suite basada en el tema de *Manteca*. En la introducción del tercer movimiento, *6/8*, se puede escuchar un solo de trompeta breve seguido inmediatamente por el clarinete. Este segmento de clarinete es significativo: demuestra ya el interés de Chico por ese instrumento, un interés que terminará en la famosa *Clarinet Fantasy*, compuesta para Paquito D'Rivera en 1997. "Fue una extraña combinación de clarinete y saxofones, dirá Chico, pero siempre con predominio del clarinete." El cuarto movimiento, *Jazz*, es el de los solos: primero Flip Phillips, seguido por un pequeño solo de Charlie Parker y, finalmente, un largo solo de batería por Buddy Rich.

La suite estaba totalmente escrita, incluso los solos. Siempre he buscado una unidad de escritura y un equilibrio justo entre la improvisación y las partes escritas. De manera invariable, dejo suficiente espacio a los solistas, para que puedan expresarse como ellos quieran, a menos que yo tenga alguna cosa especial que hacerles tocar. En general, no escribo para los percusionistas, sólo para la batería, de otra forma se sienten limitados... Es difícil combinar los conceptos musicales cubanos con el fraseo del jazz en razón de un posible conflicto rítmico. El instinto es pues capital. Usted escribe de acuerdo con lo que escucha en su cabeza, pero a veces no se oye nada, todo viene de manera instintiva, como si estuviera usted poseído...

La estructura del espacio musical en la cual evoluciona *The Afro Cuban Jazz Suite* resulta ser también la estructura del espacio musical en la que O'Farrrill se movía en La Habana. Un espacio poblado por el placer de los ritmos afrocubanos de la orquesta *Casino de la Playa*, por el descubrimiento apasionado del *bebop* y por el estudio atento de la música clásica europea. Esta composición representa más que el producto de un entorno, es, también y ante todo, la prueba de que su autor supo librarse de ese entorno; una liberación que le permite trasformar la música y que lo conducirá a Nueva York.

En septiembre de 1952, Chico graba *The Second Afro Cuban Jazz Suite* con los solistas Doug Mettome y Flip Phillips para el sello Norgran. Esta segunda suite inicia y termina con un hipnótico dúo de flauta y conga que refleja la esencia misma de la forma cubana de tratar la unión de dos universos musicales: el europeo (la flauta) y el africano (la conga). Después, estos dos instrumentos son alcanzados por el oboe seguido de las trompetas, los saxofones y el tumbao del contrabajo. Tras un regreso al *swing* y al *bebop* en el cuarto movimiento, O'Farrill nos lleva a los orígenes del jazz latino con una melodía de claros acentos árabes, antes de relanzarse al universo de las percusiones afrocubanas.

Chico considera esta suite superior a la primera en el plano de la composición. "La primera suite era tan popular que la segunda pasó desapercibida. Cuando uno escribe para otros músicos, es indispensable tener en cuenta la personalidad y el estilo de cada uno." *The Second Afro Cuban Jazz Suite*, una obra a la vez experimental y tan consumada, señala el interés de Chico por la composición clásica. "Una de mis más grandes influencias era Stravinsky y sus composiciones *Petrouchka* y *La consagración de la primavera.*" Pero si bien admira la música de Stravinsky, por la relación que tiene con la danza, y esas dos obras en particular, por el uso de la repetición, Chico también mira hacia el futuro que en esa época representan Arnold Schoenberg y Anton Webern.

En el jazz latino nada permitía pronosticar la aparición de una forma musical como esa. Aunque la suite, en tanto que forma, parece confirmar de manera pasiva una ideología dominante en la época, su uso para manifestar danzas y músicas afrocubanas es en sí un desafío a esta misma ideología. O'Farrill le da de manera anticipada la razón al sociólogo francés Pierre Bourdieu, quien más tarde escribiría: La revolución estética sólo se puede lograr estéticamente... hay que afirmar el poder que tiene el arte para constituir todo en virtud de la forma, para transformarlo todo en obra de arte por la eficacia propia de la escritura." Si, hablando con propiedad, la suite no tuvo importancia social, estéticamente, tal como lo veía Chico, el concepto representaba la vanguardia; apareció como un meteoro. En cuanto al jazz y al jazz latino, sin duda, O'Farrill es el último gran maestro de la modernidad. Manteniendo el concepto de unidad y coherencia, interpreta, analiza y modifica las obras que cita y todas las citas que utiliza son, de alguna forma, mini homenajes. Después de la grabación de sus dos primeras suites, muchos arreglistas de América Latina entran al universo de un jazz latino en vías de llegar a ser y aceptan la idea de que todo es posible.

Manteca Suite (1954), aunque también *Aztec Suite* (1959) y *Tanga Suite* (1992), reflejan experiencias críticas de composiciones originales. La crítica proviene del interior mismo de la música. Chico dice lo que piensa de las obras que interpreta; como otros arreglistas excepcionales (John Bartee, Ray Santos), lleva la obra pasada al presente y este desplazamiento permite apreciar mejor las composiciones originales. Chico responde a Chano Pozo y a Mario Bauzá, pero también a Irving Berlin, Dizzy Gillespie, César Portillo de la Luz,

Silvestre Revueltas, los autores originales; los reexamina y los hace encontrarse. Es la revelación de una nueva realidad cultural.

Cuando O'Farrill está en Los Ángeles, a petición del productor Norman Granz, se inspira entonces en el tema *Manteca*, de Chano Pozo, para escribir lo que llegará a ser *Manteca Suite*. Compone tres movimientos nuevos: *Contraste, Jungla y Rumba Finale*. La suite se graba en 1954 con una orquesta de 21 músicos que contaba, entre otros, a ¡Gillespie, Ernie Royal, Quincy Jones, J.J. Johnson, Lucky Thompson, Charlie Persip y los percusionistas José Mangual, Ubaldo Nieto, Mongo Santamaría y Cándido Camero! Compuesta en la ciudad de México para el trompetista Art Farmer, grabada en Nueva York en 1959 bajo la dirección de Al Cohn, la *Aztec Suite* comprende cinco movimientos *Heat Wave* (un tema de Irving Berlin que ya se había grabado en 1952 en el álbum *Jazz*), *Delirio*, *Woody'n You* (a partir de un tema de Gillespie), *Drume Negrita* (un clásico cubano) y *Alone Together*. Aunque Chico me haya dicho que esta suite no tenía nada de "azteca", lo que quería decir, en otras palabras, es que no tenía nada de mexicano; sin embargo, hay que mencionar que usó algunas secciones de *Noche de los mayas* de Silvestre Revueltas, una obra que contiene, a su vez, varias secciones afrocubanas. También de Revueltas cita las siete primeras notas y el primer intervalo de la composición *Redes*, una música que el creador mexicano escribiera en 1932 para la película del mismo nombre.[5]

[5] Para escuchar: *Aztec Suite* en el álbum *Carambola*; la cita de *Redes* aparece en el minuto 6'3".

La suite *Three Afro Cuban Jazz Moods*, compuesta en 1970 bajo el título *Suite in Three Movements* y grabada en 1975 por el sello Pablo de Norman Granz, forma parte del repertorio de Chico, desde hace mucho tiempo, cuando éste se presentaba los domingos por la noche en el *Birdland* de Nueva York. *Exuberante*, título del segundo movimiento, traduce bien el sentido de esta suite que fuera una de las obras más interpretadas del compositor. En 1992 Mario Bauzá le pide a O'Farrill que le escriba una suite para gran orquesta basada en la composición original *Tanga*. Esta suite comprende cinco movimientos: *Cuban Lullaby, Mambo, Afro Cuban Ritual, Bolero, Rumba abierta*. Según Bobby Sanabria, Marta Vega, directora del Centro Cultural Caribeño de Nueva York, junto con la cantante Sandra Rodríguez, son las responsables de haber llevado en ese entonces a Mario Bauzá al centro de la escena. Fue Sandra Rodríguez quien obtuvo el financiamiento necesario para permitir que Bauzá contratara a Chico O'Farrill.

Yo entré en la orquesta de Mario en 1988, recuerda Sanabria, y en la sección original de saxofones estaban Ronnie Cuber, Jerôme Richardson, Ron Grunhut, Jerry Dodgeon y Rolando Briceño; como sustitutos se veía llegar a Jon Faddis, Joe Lovano, Lew Soloff, Lew Tabackin, John Purcell, Lou Marini... Al principio estuvo Jorge Dalto en el piano e Ignacio Berroa en la batería..

Tanga Suite se presenta por primera vez al público durante el concierto que celebraba el 80 aniversario de Mario Bauzá en el teatro Symphony Space en Broadway, Manhattan.

La última gran suite de O'Farrill es *Trumpet Fantasy*, compuesta en 1994, grabada con Jim Seeley en 1999 y figura en el álbum *Heart of a Legend*. Su primera interpretación pública tuvo lugar el 30 de noviembre de 1995 en el Alice Tully Hall, Manhattan. La composición comienza y termina con una rumba abierta y entre ambos, después de un afro lamento, un blues se superpone hábilmente a un 6/8. Es interesante notar que esta suite fue en un principio escrita para Wynton Marsalis quien nunca la grabó. Hubo que esperar a los meses posteriores de la muerte de O'Farrill en 2001, para que Marsalis decidiera por fin darle un lugar al jazz latino en la programación del famoso Lincoln Center en Manhattan, donde hace oficio, desde hace mucho tiempo, de "maestro pensando en jazz".

*

Si la suite refleja la multiplicidad, debemos entonces también mencionar a tres compositores europeos contemporáneos, el español Ramón Escalé, el francés Luc LeMasne y el finlandés Jere Laukkanen. En el jazz latino, como en todos los demás géneros musicales, aparecen obras mayores en el momento en que menos se esperan; la *Suite Llatina 0.7* del pianista español Ramón Escalé, interpretada por su orquesta *La Big Latin Band*, es un ejemplo reciente. Grabado en vivo, Barcelona abril de 2002, el álbum es en realidad una serie de mini suites con atmósferas, viñetas rítmicas y hechizantes que, a su vez, pueden constituir una suite única. Todas las compuso Ramón Escalé. La primera, que da el título al álbum, *Suite Llatina 0.7*, se inscribe en la tradición de las grandes suites (de las cuales el compositor cubano Arturo O'Farrill fue el mejor). Además, se encuentran varios guiños dirigidos a O'Farrill: lo cubano de las trompetas, por ejemplo. Más adentro del álbum, se encuentra también un guiño a Eddie Palmieri con la composición *All About Muñeca*. Así, esta suite de 12 minutos, anclada en la tradición de las percusiones afrocubanas, cuenta con tres movimientos: *A Capella* (una introducción neoclásica para instrumentos de metal y viento, como si se tratara de una orquesta de cámara), *Suite* y *Danzón*, con un gran solo del viola Llibert Fortuny. La segunda composición, *Prayer*, inicia con un largo solo de piano que enseguida nos conduce al ambiente bailador de Nueva Orleáns, del *gospel* y del blues. Aquí, La Habana y Nueva Orleáns, dos ciudades gemelas, se observan. Además, esas introducciones caracterizan la manera de componer de Escalé. A parte de los dos temas anteriores, está *Divertimento en F* que ostenta claros colores arábigo andaluces propios del flamenco y que empieza con un solo de percusiones. *En Dansa* inicia con un solo de tuba —aquí son las flautas las que relacionan (y equilibran) la tuba con los demás metales y percusiones que dirigen la descarga que sigue—. Flauta y tuba son el auténtico motor del *swing* ante una cadencia estrictamente cubana. Estas cuatro piezas son las más ricas, las más intensas, las más rebuscadas en el sentido de la escritura, las mejor logradas.

En la *Suite Llatina 0.7*, dice Ramón Escalé, hay un deliberado intento de extraer la esencia del sonido latino y fusionarlo con la tradición de siglos de la música europea, de la cual procede la riqueza melódica y armónica del jazz. Es como una vuelta a los orígenes: por una parte desnudar lo latino y específicamente lo cubano de estridencias sobreagudas, de percusiones protagonistas en demasía, de estaticismo harmónico y, por otra parte, desanquilosar el clasicismo europeo de sus estrechas paredes. La instrumentación y el tratamiento tímbrico de varios de los temas (*A Capella, Prayer, Divertimento, Coral, Intro Prayer*) así lo corroboran. El tratamiento de la Big Band se asemeja en muchos momentos más a una orquesta de cámara que a una banda latina propiamente dicha. La utilización solista de cada uno de los instrumentos, en muchos pasajes melódicos, sustituye a la función mucho más habitual de "secciones" en las que todos los elementos participan habitualmente de los mismos ataques rítmicos. Otra característica primordial de esta suite es la utilización habitual de instrumentos como clarinetes, flautas, flugelhorns, sordinas y tuba, a parte de los habituales saxos, trombones y trompetas. La suite se adentra en muchos momentos en terrenos y sonoridades que pertenecen a un mundo intimista e impresionista. Sobre unos cimientos rítmicos, africanos en su origen, se desarrollan los motivos melódicos en un concepto claramente europeo, todo ello bajo el envolvente omnipresente de una visión armónica absolutamente cercana a los orígenes del jazz más étnico (concretamente el *gospel*), y al jazz sinfónico mucho más "blanco" de compositores como Gershwin.

Laietana Jazz Project es una propuesta de los productores Roger Font y Antonio Peral que reúne a varios músicos de Bilbao, Valencia, Madrid y Barcelona.

Nuestra vocación es mestiza totalmente. Bajo el formato de Big Band, trabajamos para no repetirnos, para descubrir nuevos sonidos y mezclas partiendo de la tradición del jazz, del flamenco y de la música latina, lo cual no es fácil, pero sí posible. Nos gusta tanto Celia Cruz como Gil Evans, Wayne Shorter, Jobim, Stravinsky o Camarón de La Isla. Y la experiencia ha sido muy bella en este CD que hemos llamado "Selva" (pues como en la selva, hay mucha vida diversa, exótica, rítmica y misteriosa). A la orquesta se le ha añadido un grupo de percusiones nada clásico que combina instrumentos de España, el Caribe, Turquía, Nigeria, etc. Ellos, por ejemplo, mezclan patrones afrocubanos en un género flamenco y suena natural y fantástico (*El vito en el Congo*). Al experimento lo hemos llamado "afro-tanguillo". Con el aire de soleá, hemos recreado en "Grana," la música del compositor catalán de principios del siglo XX, Enrique Granados, donde Raynald Colom hace un discurso magistral con su trompeta. Gorka Benítez improvisa al tenor sobre un *baiao* brasileño en "Musica desfeta" de Jordi Riera. Mi composición "Sueños exóticos" es un tema característico de nuestra orquesta: sobre un ritmo de conga cubana van improvisando libremente algunos músicos mientras varias líneas de vientos colorean la música de manera impresionista. También "Habanera excéntrica" es otro ejemplo de nuestro estilo: ahí, Jaime Muela suena muy flamenco con su saxo, interpretando este tema cadencioso y misterioso que suena a la época "Jungle" de Duke Ellington.

De la prolífica obra del compositor francés Luc LeMasne, nos detendremos en el álbum grabado con la orquesta *Le Manacuba*, en el cual aparecen dos suites formidables. *Once Once Pas* es una suite en cinco movimientos que tiene como solistas a Román Filiú, saxofonista; a Stéphane Lambotte, percusionista; a Luis Guerra, pianista, y a Eric Giausserand, trompetista. *Nometoca* es una suite en siete movimientos basada en diversas piezas del repertorio de la gran orquesta *Bekummernis*, cuyo número de músicos oscila entre 25 y 50; el furioso tercer movimiento incluye un largo solo del saxofonista Irving Acao. Luc LeMasne, nacido en París el año de 1950, fundó y dirigió, de 1982 a 1992, la gran orquesta *Bekummernis*; en 1996 forma el grupo *Anima* con nueve cantantes y en 1998 crea *Papaloapan*, una orquesta de marimbas franco mexicana con seis músicos. En cuba, junio de 2000, y en Francia, 2001, funda la gran orquesta franco-cubana *Le Manacuba* con 26 músicos, la mitad de nacionalidad francesa y la otra mitad cubana.

Mi primer contacto con las músicas cubanas y latinas se remonta a los años setenta en París, fueron *Los Van Van*, *El Gran Combo*, Willie Colon, etc. En los años ochenta, los discos de mi gran orquesta *Bekummernis* llegaron a Cuba por la mediación de mi amigo Guillermo Fellove, quien había dejado la isla a los 16 años junto con Pérez Prado. Según me dijeron, mis composiciones *Hommage à Fernand Léger*, *NoSi* y *Le cercle de pierres*, han sido estudiadas y analizadas en las escuelas de música de La Habana. Sin embargo, es a partir de 1995 que mi atracción por Cuba y sus músicos realmente tomó cuerpo, fue entonces cuando pasé largas temporadas en Veracruz, México, donde escribía la ópera *Las Marimbas del Exilio* —creada en el 2000 (México, Massy, Besançon)—. En esa época escuchaba sobre todo música tradicional: Eliades Ochoa y el *Cuarteto Patria*.

A propósito de esta ópera, debo decir que hice mi primer viaje al puerto mexicano de Veracruz en 1994. Se trataba de encontrar los puntos de referencia para escribir una ópera que debía tratar sobre la migración; en particular, una actual, de un francés que desembarca en México sin conocer nada de ese país: ni la lengua, ni las costumbres, nada. En realidad, se trata de la historia verídica de un pueblo de Franco Condado, Champlitte, cuyos habitantes viticultores se vieron arruinados por la filoxera y emigraron en varias oleadas a la costa este de México, en el norte de Veracruz (entraron por el río Nautla), entre 1830 y 1860. Tras de un periodo en la población de Jicaltepec (donde todavía hoy se pueden ver casas con techos de teja típicos de los francoconteses e incluso escuchar personas mayores que hablan francés), algunos cruzaron el río Nautla y fundaron la ciudad de San Rafael; son llamados "los franceses". Se acumularon fortunas inmensas entre esas familias (plátanos, vainilla y, más recientemente, crianza de caballos de carreras). Estos franceses se mezclaron poco con los indígenas, los cuales viven apiñados alrededor de San Rafael. Gracias a una beca llamada Villa Médicis "Extramuros", regresé a Veracruz en 1995 y los años posteriores, para pasar largas temporadas. Al principio, no hablaba nada de español; de alguna manera, estaba en los zapatos del personaje de mi ópera. Por desgracia, la producción francocontesa había escogido un libretista mexicano al que le parecía una total incongruencia que un francés llegara en la actualidad a instalarse en México: él mismo estaba irresistiblemente atraído por Europa y los cafés literarios parisinos o londinenses; hoy vive en Barcelona; además, era más poeta que dramaturgo y su libreto no me entusiasmó. Creo que la ópera se grabó, pero yo no tengo copia; fue producida por la compañía Justiniana, ubicada en Besançon. Durante mis estancias, frecuenté muchos músicos de son huasteco y jarocho, y grabé un disco de marimba mexicana titulado *Un français à Veracruz*.

Un día de septiembre de 1997, al estar en el aeropuerto de la ciudad de México esperando a mi libretista mexicano (el cual había desaparecido), de manera inopinada tomo el avión rumbo a La Habana. La idea de una gran orquesta franco-cubana se me impuso rápidamente. Después, hago el primer contacto: el compositor Harold Gramatgés quien me canaliza al ICM (Instituto Cubano de la Música), dirigido por Alicia Perea y al Centro de Música de Concierto que coordina Roberto Chorens. En 1998 y 1999 iba y venía de París a La Habana para hacer funcionar el proyecto: una orquesta de 26 músicos con paridad de franceses y cubanos. Quise hacer una prueba real de la capacidad de los músicos cubanos para tocar mi música y del público isleño para apreciarla: entonces me propuse para dirigir un taller en el ISA (Instituto Superior de Arte) de La Habana. En verdad, era más bien de este vivero de músicos jóvenes y muy talentosos de donde quería reclutar los futuros miembros de la orquesta *Manacuba*. Este taller de dos semanas se realizó en abril de 1999, con 40 estudiantes del quinto y sexto año de ese instituto; se concluyó con un concierto en la Basílica de San Francisco de Asís. Había llevado conmigo a tres músicos franceses: Catherine Delaunay (clarinete), Stéphane Lambotte (percusiones) y Vincent Limouzin (vibráfono). No escribí nada especial para el taller ni para el concierto, sólo reorquesté algunas obras del repertorio de *Bekummernis* y de *Terra Nova* (*Hommage à Fernand Léger*, *Le Cercle de Pierres*, *Locomotive*, *Chacha*, etc., más un arreglo para seis voces a *capella* de *La paloma*...). Fue el "lado europeo" de mis composiciones lo que interesó a los músicos cubanos. Creo que habría sido un error mío si hubiera renunciado a lo que caracteriza mi música: las medidas impares, las polirritmias, la herencia de Ravel, Debussy, Bartok, etc. Me permití dos "citas" cubanas, sin pretensiones: un son con *Silenay*, un danzón/chachachá con *Micro Nueve Santiago*. Pero la pieza que me parece la más interesante es la que los músicos cubanos también más apreciaron (y mejor tocaron), aunque está en 11/8: *Once Once Pas*. Los juegos polirrítmicos a los que se entregan los cubanos alcanzan mi gusto, igualmente lúdico, por la arquitectura, los encajes y las construcciones rítmicas que culminan en un todo. Además, preparo una pieza para *Manacuba*: *Mille Temps et Un Temps*, que va tan lejos como posible en el sentido de conciliar las fuertes tensiones estructurales y el "lirismo" que hace audible, entiéndase agradable, la escucha de una obra musical.

Jacques Bourget, compositor y trombón quebequense, tuvo una experiencia parecida a la de LeMasne. En noviembre de 2001 llevó a su orquesta de nueve músicos a La Habana para una estancia. Su grupo *Saudade* se presentó en el Teatro Amadeo Roldan en compañía de cuatro músicos cubanos invitados para la ocasión. El álbum *Habana* es testigo de ese concierto.

Para terminar esta evocación, se puede mencionar también la suite afrocubana *Three Prayers* del compositor finlandés Jere Laukkanen, interpretada por su orquesta *Laukkanen's Finnish Afro Cuban Jazz Orchestra* (fundada en 1996). Es clásica en su hechura y en sus arreglos. Es de notar que en la composición *Hispaniola* Laukkanen retoma un motivo de bongo que de manera frecuente utiliza Chico O'Farrill en su *Afro Cuban Jazz Suite*; la melodía se dibuja con un largo solo de trombón bajo, un instrumento poco usado en el jazz latino.

*

El conjunto de la carrera musical de Chico O'Farrill nos sirve de ejemplo para ilustrar las múltiples identidades de un mismo músico. O'Farrill es múltiple en su obra, la cual es abundante y variada —tanto en el ámbito de la música cubana, como en el del jazz, como en el de la música clásica—. Y esto sin contar su trabajo con numerosos cantantes; ni la música que escribió y grabó para anuncios comerciales en radio y televisión, una producción que sin duda convendría estudiar por su ingeniosidad; ni sus aventuras en el blues, el soul, el funk, el rock y la música pop (Ringo Starr en 1970, *The Manhattans* en 1971, Gary Byrd en 1972, David Bowie en 1993). Grabó en los Estados Unidos, Cuba y México; otros tantos reflejos de una identidad múltiple. Personalidad nómada que viaja entre músicas de diferentes orígenes y reivindica su derecho a la meta-

73

morfosis, siempre se alimentó del pasado abrevando en su presente.

Para O'Farrill no había una forma musical más honesta ni más digna que otra; no había género musical inferior, en el sentido de que siempre se esforzó para darles un título de nobleza. Todos, desde los mayores hasta los más jóvenes, le son deudores, pues logró confirmar el jazz latino como un arte en constante realización. Cuando los músicos de América Latina conocen la música de O'Farrill, se dan cuenta de que ella les abre un campo de acción para develar, enriquecer y presentar sus propias tradiciones musicales. ¡Cuántas vidas han sido marcadas por el encuentro con una música, un libro, un poema, una película, una pintura, una escultura, un ballet! Estas experiencias estéticas son el resultado de la libertad creadora de los artistas. En este sentido, la escritura sensual de O'Farrill y el gusto carnal por las notas que mostró durante toda su vida, constituyen una invitación a un viaje iniciático.

Si dijimos que O'Farrill era sin duda el último gran maestro de la modernidad, también debemos considerarlo como el primer gran maestro del posmodernismo. Su pluralidad se manifiesta en su propia discografía que es testimonio del deseo permanente de escapar al encierro, a la categorización sistemática. Incoherente en su producción, contradictorio, sin identidad musical estable según algunos; pecados para unos, cualidades para otros. Sea lo que sea, uno se desliza con placer en los intersticios de su personalidad musical donde se revelan amores apasionados por diversas músicas. Aventurero abierto a las colaboraciones efímeras, leal con sus pares, dejó un poco de su talento y de su visión en las producciones de muchos músicos. ¿Cuáles son esas identidades plurales?

Del lado de la música cubana, se pueden citar los álbumes que arregló para el Cuarteto D'Aida, para Elena Burke, Omara Portuondo, Xiomara Alfaro, La Lupe, Graciela, Girardo Rodríguez, Miguelito Valdés, Antobal y Aldemaro Romero; el álbum *Cuban Jazz King* con Generoso Jiménez y Rogelio "Yeyito" Iglesias, sin contar sus propias composiciones de rumba, mambo, chachachá y bolero que se encuentran en los sellos Clef, Norgran y Verve, entre otros.

En el ámbito del jazz, se recuerda el famoso *Undercurrent Blues* que compuso para Benny Goodman, al que acompañó en giras durante 1948 y 1949; también hubo otra veintena más de títulos que Goodman interpretó en la misma época, entre ellos: *Shiskabop, Bop Hop, El Greco, Chico's Bop* y *Fiesta Time*. Sus colaboraciones con los *jazzmen* fueron demasiado numerosas para citarlas todas. No obstante, se pueden mencionar los temas *Mosquito Brain* y *Botao*, para el grupo que llevó Cozy Cole en 1949, *The Cuboppers*. Menos conocida es su colaboración con una *big band* dirigida por Lionel Hampton y Cornell Dupree, para la cual compuso *All Stops* y *How's this for Closure* (grabadas bajo el sello de Manhattan Records). Además, está el álbum *Jumping Moods* (1952) que él arregló para el saxofonista Flip Phillips; desde luego, los álbumes realizados para Count Basie y esa pequeña joya de guitarras, *The Guitar Sessions* (1981), con Jay Berliner, Gene Bertoncini, Richard Resnicoff y Toots Thielemans. Varios de sus arreglos fueron retomados por orquestas como la de Glenn Miller (dirigida por Buddy DiFranco), *The Mills*

Brothers, la *Mingus Big Band*, la *Pratt Brothers Big Band*, y la de Víctor Rendón... Salió el polémico álbum *Nine Flags*, cuya promoción se realizó de manera conjunta con la loción para después de rasurarse *Gillette 9-Flags* —lo que le valió muchos reproches—. En 1969 compone dos piezas que no se grabarían nunca; la primera para James Moody, *Three Moods for Moody*, y la segunda para Dizzy Gillespie, *Windfall*. Las dos obras reflejan la misma estructura instrumental no común: dos flautas, dos oboes, un corno inglés, cuatro cornos franceses, dos clarinetes, un clarinete bajo, cuatro trompetas, cuatro trombones, una tuba, un timpani, un vibráfono, una arpa, un piano, un contrabajo y una batería.

En México, donde vivió de 1957 a 1965, hizo arreglos para los álbumes de los cantantes Alejandro Algara (1959), César Costa (1961 y 1962), Andy Russell (1960-1962) y para el chileno Antonio Prieto. También acompañó a varias cantantes: la mexicana Sonia López, la argentina Libertad Lamarque, la puertorriqueña Emilia Conde y la estadunidense Chris Connors; esta última cantaba en el cabaré Terraza Casino y Chico era el director musical de su orquesta. Durante esos mismos años, se le veía en numerosos programas de televisión como *Las Estrellas y Usted*, *Variedades de Medianoche*, dirigido por El Loco Valdés, *Kraft Musical*, *Jazzlandia*... Entre todas estas emisiones la más interesante fue en 1963, *Jazz en México*, difundida por el Canal 2, en la cual los *jazzmen* invitados improvisaban ante una pintura moderna. Asimismo, fue en este país donde grabó en los estudios Churubusco varias composiciones para las películas *México nunca duerme* (1958) y *El cielo y la Tierra* (1962). En 1964 cuando

Johnny Matis viajó a México fue Chico quien le organizó su orquesta.

En cuanto al jazz latino, sus principales composiciones son suites, originales o basadas en trabajos preexistentes, entre las que destacan *Afro Cuban Jazz Suite*, *Second Afro Cuban Jazz Suite*, *Manteca Suite*, *Suite in Three Movements* (grabada con el título *Three Afro cuban Jazz Moods*), *Tanga Suite* y *Trumpet Fantasy*. El trompetista Paul López recuerda el periodo californiano poco conocido de Chico:

La primera vez que me encontré con Chico fue en Los Ángeles, a principios de los años cincuenta; estaba en compañía de su primera mujer, a cuyos padres visitaba en una pequeña ciudad que ¡precisamente se llama Chico! Yo acababa de terminar una serie de conciertos con Miguelito Valdés en el hotel Fairmont de San Francisco. Cuando llegó a establecerse en Los Ángeles, tocamos juntos en la orquesta del timbalero Tito Rivera. Éramos cuatro trompetistas: Chico, Mago Mendoza, otro músico del que se me escapa el nombre y yo. Bobby Montes era el contrabajo, Art Bustamente el pianista, Carlos Vidal el conguero, Lionel (Chico) Sesma el trombón. Nuestro repertorio se componía de mambos y de chachachás. A decir verdad, la orquesta no era muy buena, quizá por eso nunca grabamos. Tocábamos en clubes y cabarés como La Bamba Club. En 1953 nos separamos, pues no lográbamos conseguir conciertos. Yo me fui a tocar a Las Vegas en la orquesta del hotel Flamingo. Carlos Vidal se quedó un tiempo en Los Ángeles y acompañó a Stan Kenton, tiempo después se fue a Hermosa Beach; creo que se casó en 1959. Chico se quedó en la ciudad, tenía un proyecto de *big band* y Norman Granz quería que preparara un disco. A todos los demás músicos les perdí la pista...

En el curso de su carrera, O'Farrill colaboró también con Stan Kenton, Gato Barbieri, Charlie Palmieri, Cándido Camero, Willie Bobo, Cal Tjader... Entre sus composiciones de jazz latino que no son suites, la más notable es sin duda *Oro, incienso y mirra* (1975), en la que retoma una idea ya expresada en *Aztec Suite*: el uso de dos cornos franceses. En la orquesta que interpreta esta obra se encuentra el pianista Jorge Dalto, también Mario Bauzá, Machito, Dizzy Gillespie y Dana McCurdy en el sintetizador; además, contiene un segmento asombroso, muy breve, una especie de conversación entre el sintetizador, la trompeta de Gillespie y las percusiones. Su último álbum, *Carambola*, es el testamento de un compositor sin par; es un álbum que oscila entre el arte y la magia, que descansa en la espera del descubrimiento; con él, Chico deja para siempre su marca en nuestro futuro musical.

Fue el ingeniero de sonido Jon Fausty quien realizó la última mezcla de O'Farrill: "Antes de conocerlo de manera personal, yo ya conocía la música de Chico". En *Heart of a Legend*, mezclé tres canciones y todas las de *Carambola*. Así llegué a entender al hombre a través de su uso de las armonías y contrapuntos en sus arreglos; llegué también a amarlo aunque él no estuviera en el estudio, sólo por mezclar sus arreglos y escuchar la simplicidad y, al mismo tiempo, la extrema complejidad de su contrapunto y de su armonía, así como la estructura armónica de las líneas y pasajes de los cornos en *Afro Cuban Jazz Suite* y en *Aztec Suite*.

En el campo de la música clásica, compuso varias obras que se interpretaron en diversos países: los Estados Unidos, Corea, Costa Rica, Cuba, Venezuela; se trata de *Symphonie núm. 1* (1948), *Winds Quintet* (1948), *Saxophone Quartet núm. 1* (1948-1949), *Tres Danzas Cubanas* (1952-56), *Hommage to Mozart* (1973), *Piano Suite* (1991) y *Clarinet Fantasy* (1997), para Paquito D'Rivera. Existen grabaciones de estas obras, pero no se han comercializado nunca. Una casa de discos alemana se ha mostrado interesada en una posible edición de todas estas obras. El autor se recuerda de muchas discusiones que tuvo con O'Farrill, en las cuales este último insistía en la importancia de Stravinsky, de los cuartetos de Bartok y de las obras de Anton Webern, cuya *Symphonie núm. 21* fue, además, objeto de un estudio profundo entre ambos. Está también *Conga de medianoche*, que interpretó el cuatro de mayo de 1958 la Orquesta Filarmónica de La Habana, en esa misma ciudad y dirigida por Alberto Bolet. Por último, mencionemos los arreglos a composiciones de Bach, Vivaldi y Purcell para el álbum *Museum of Modern Brass* del trompetista Al Stewart (1973), la *Sonata núm. 6* y la *Sonata núm. 188* de Scarlatti para Ettore Stratta (1976).

*

El percusionista Bobby Sanabria, otro ejemplo de músico con identidades múltiples, en realidad representa lo flexible en la identidad; muy bien podría responder a la proposición de Arthur Rimbaud: "Yo es otro". Sanabria se identifica en diferentes contextos musicales (cubano o puertorriqueño, por ejemplo), también simboliza al "nuyorican" contemporáneo, una figura que antes de él había encarnado Tito Puente.

Tengo la habilidad de funcionar en una variedad completamente distinta de espacios musicales. En el fondo, soy un músico de jazz; en esencia soy un improvisador. Ésta es la base de la estética del jazz. Mi visión como músico de jazz es amplia. No sólo se trata de ser capaz de funcionar en el *bebop* y el blues vernáculo y de tener la habilidad de hacer *swing*; es poder servirse de cualquier influencia externa y ser adaptable y respetar esas influencias culturales, ya sea en un escenario para interpretar, componer o hacer arreglos. "Música es cultura", es un dicho que aprendí desde muy joven. Pero, al hacer esto, mantengo la estética del jazz en su esencia. Creo que un mejor concepto para describir mi persona sería "Músico del jazz mundial". Estoy muy orgulloso de nuestra cultura pan-latina; es lo que mejor representa aquello que puede ser el mundo, un planeta totalmente multicultural. Es la razón de que seamos multidimensionales, especialmente como músicos. Pienso que el jazz también es una representación de esta cultura.

La identidad del *nuyorican* es completamente urbana y multicultural, es sofisticación artística y *hipness* (estar al día, autoconciencia, estilizado) en todos los sentidos de la palabra. Hemos sido afortunados al heredar nuestras propias tradiciones isleñas, lo que nos da un sentido de humildad, de familia y de folclor rural; tradiciones que se han desarrollado a lo largo de cientos de años. Además, debido a nuestra relación única con Cuba, nuestra isla hermana, también hemos heredado un increíble legado musical que los puertorriqueños han tenido una mano única para preservar, perpetuar y ayudar a su evolución. Esto se hace extensivo a la cultura y música de la República Dominicana y las islas que la rodean. Tenemos una exclusiva perspectiva pan-caribeña y americana.

La clave de esta ecuación es la parte "Nueva York" del ser *nuyorican*. No se necesita decir que esta ciudad es el centro cosmopolita del mundo; al ser un puerto, nos ha impulsado bien. Es la ciudad africana secreta, donde las tradiciones que nos heredaron nuestros antepasados han florecido y se han mejorado con lo que sólo se puede expresar con la idea de una "actitud Nueva York".

Hemos heredado la cultura afroamericana urbana (mayoritariamente jazz y R&B), un sentido del humor judío, un sentido de supervivencia y una visión general del mundo que incluye todo. Y somos pioneros en términos de programas sociales, habiendo desarrollado muchos de ellos durante el movimiento de derechos civiles de finales de los cincuenta y principios de los sesenta, lo que nos llevó a la educación bilingüe en los Estados Unidos, así como al desarrollo de formas musicales nuevas como el *boogaloo* latino y el *hip-hop*. La experiencia *nuyorican* es un ejemplo excelente del efecto de la geografía en la existencia cultural de uno. Sí, yo soy *nuyorican*.

Por desgracia, no son muchos los músicos que ahora reflexionen, no sólo en términos musicales acerca de la música que componen, sino también del lugar que ésta puede tener en la historia y el papel que pueden tener un intérprete o compositor en la sociedad contemporánea. ¿Quién hace gala hoy de un verdadero pensamiento musical? El proceso de reflexión permanente, con sus certezas y sus dudas, se siente en la música de Sanabria; este proceso se manifiesta también en su trabajo pedagógico.

IDENTIDAD Y EDUCACIÓN

Como actividad social, la práctica de la música supone una educación, la cual, implica a su vez, que el sistema educativo de cada país tome conciencia de la importancia de sus tradiciones culturales, de la necesidad de preservarlas y trasmitirlas. La educación musical debería ser considerada como necesaria para el buen desarrollo de todo ciudadano; a mediano plazo, ella ampliaría el panorama del jazz latino al consolidar sus bases y promover la diversidad. Si la enseñanza de la música comunica el saber hacer una cierta técnica, entonces no podrá, en ningún caso, sustituir al contenido musical que cada músico aporta. Por desgracia, en demasiados casos, la técnica ha llegado a ser un fin en sí. De esta manera, el jazz pierde su aura (para retomar un término de Walter Benjamin); la técnica encubre la ausencia de ideas. Sin embargo, en otros casos, el dominio de la técnica permite a los músicos jóvenes presentar ideas nuevas y aventurarse hacia nuevos caminos para abrir terrenos vírgenes.

En la medida en que la educación se adquiere de otro, ¿puede ella contribuir a la formación de la identidad del que aprende? Una identidad que se apoyaría en el respeto de una tradición asumida, pero también, en una posible trasgresión. Para Mark Levine:

> los músicos con los que yo he estudiado —Jaki Byard, Hall Overton, Herb Pomeroy— todos han tenido un profundo efecto en mí, no sólo en las técnicas que aprendí, sino también en la formación de mi visión del mundo. Ellos discutían la música en relación con la política, la religión, las demás artes así como qué escala va con cuál acorde. En esa época casi no existían "escuelas de jazz" y, hasta la fecha, estoy agradecido por sus consejos y su amor. Los recursos al alcance de los músicos jóvenes en la actualidad son incomparablemente mayores que cuando empecé a tocar en la década de 1950, pero también ¡hoy existen más maestros incompetentes y peores consejos! Siento que tengo el deber de explicar la improvisación de manera clara, respetuosa de la tradición, pero que, con todo, les permita a los estudiantes la libertad de crecer en su propia dirección. Una cosa que no entiendo es que, a pesar de que el jazz parece estar muriendo en muchos aspectos (menos clubes, el negocio de los discos en peligro, etc.) la enseñanza del jazz está en auge por todas partes. Nosotros los maestros estamos creando la siguiente generación de admiradores y de músicos.

Si eres serio en tu oficio, opina Bobby Sanabria, siempre lo estarás estudiando. No importa qué tanto talento musical se tenga, ese talento tiene que nutrirse. Cuando uno "estudia" se ve influido por una multitud de cosas diferentes a lo que está escuchando o con quien pueda estar tocando. Cuando yo era joven, estuve expuesto a muchas formas musicales diferentes, a través de la colección de discos de mi padre y de su costumbre de sentarse en una mecedora, después de la cena, fumar un puro y relajarse escuchándolos. Yo los oía con él mientras acababa mi tarea. Inevitablemente le hacía preguntas como: "¿Por qué la música suena de esa manera? ¿Qué idioma es ese? Oh, es portugués y ¿eso es lo que hablan en Brasil? ¿Por qué el grupo de Count Basie suena como el de Machito?" Rápidamente, me di cuenta de que si quería saber más, tenía que ponerme serio y estudiar música de verdad. Me impulsó mi director de la banda de música del bachillerato, un señor William Ryan, y me inspiró Tito Puente, a quien yo veía como el músico completo. Cuando entré a la escuela *Berklee College of Music* fui feliz, pues por fin estaba descubriendo los laberintos de lo que escuchaba y mucho más. En la clase de dirección estudié *La consagración de la Primavera* de Stravinsky y, en verdad, tuve que dirigir algunos extractos, también de trabajos de Mahler, Schoenberg y otros. No pueden imaginar la alegría cuando se tocó mi primer proyecto de arreglo y escuché lo que yo había escrito. Encontré personas de distintas partes del mundo, llegué a conocer algunas y compartimos nuestras experiencias. Todos los días aprendía algo. Mis compañeros estudiantes tenían gustos musicales diferentes a los míos y tenía que escuchar en lo que andaban. Mis maestros me alentaban a explorar absolutamente todo y a utilizarlo en mis escritos y en mi manera de tocar; le dieron forma a mis valores estéticos respecto al arte. Estaba obligado a cursar estética, ética e historia del arte para graduarme. Esos cursos eran muy importantes y no los habría tomado si no hubiera recibido una educación musical; esta educación se puede recibir de varias maneras, lo mejor es una combinación de las dos formas de autoaprendizaje, la formal y la de la calle, todo lo cual tuve la suerte de poder experimentarlo. Es la combinación de lo sagrado y lo profano, todo en el mismo plano.

Históricamente, todos los artistas han vivido en tiempos de prejuicio extremo y he descubierto que la mayoría de los avances más importantes en cualquier forma del arte, los alcanzan aquellos que muchas veces han carecido de educación formal. Sólo hay que mirar en la historia de la pintura. Pero, creo que la educación musical también afecta la evolución de la forma del arte; tiene que ser así. Cuando uno aprende algo nuevo, desea incorporarlo, experimentar con ello y, en última instancia, crear con ello. Hay que ver el caso de la orquesta cubana *Los Muñequitos de Matanzas*, no se necesita ir más lejos para encontrar un mejor ejemplo de esto; la forma en que hoy tocan rumba poco tiene que ver con la forma como solían hacerlo en los cincuenta; es más rápida, más compleja y más altamente estructurada en los arreglos vocales y de las percusiones. La generación más joven de músicos y el efecto de lo que llamo el "movimiento técnico virtuoso" en Cuba durante los sesenta, han influido en todos los grupos folclóricos de la isla, incluyendo a *Los Muñequitos*, para elevar su forma artística a un nuevo nivel. Puede ser que la educación no haya sido formal, pero esa influencia [forma de escuchar] es una manera de educación formal... La tradición de la rumba en *Los Muñequitos* fue afectada por lo que llegó antes; no crearon su estilo, su acercamiento, en el vacío; fueron influidos por sus pares, el escenario del cabaré, la política, la sociedad (muchas de sus letras tienen referencias sociopolíticas discretas) y siguen siendo influidos por todas las cosas que dije antes. A pesar de que quizá no hayan recibido una educación formal en su preparación, creo que la tradición oral que practican constituye una manera de educación formal. Hay una participación familiar que lleva a la influencia-educación por parte de los mayores; existe un aprendizaje y, desde luego, el hecho de que hay competencia; la excelencia se lacta, se exuda y se aplaude. En verdad creo que la educación formal mejora, refuerza y, en última instancia, ayuda también a que la identidad cultural crezca. Se puede argumentar con éxito que la trasmisión, en forma oral, de la tradición rumbera constituye una manera de educación formal. Lo que me parece interesante es que la educación musical (la educación en general con relación a este asunto), la excelencia en todas las artes y el orgullo de esto es parte inherente de la identidad cultural Cubana.

En cambio, Rebeca Mauleón considera que:

la educación musical no tiene una importancia real en el desarrollo de la identidad cultural. Creo que su relevancia tiene más que ver con las condiciones y necesidades particulares del artista individual y, quizá, con saber si su trabajo es "validado" o no por una amplia parte de la comunidad musicóloga. Al mirar el legado del folclor y otras tradiciones orales (como en Cuba), vemos que la mayoría de estas formas se desarrollaron sin importar la educación formal del artista; muchos creadores folclóricos vivieron durante tiempos de prejuicio extremo y a lo mejor se les negó la educación superior. Desde luego, también están aquellos que fueron educados musicalmente y su trabajo se puede documentar de una manera más sencilla. Se podría argumentar que la educación formal ciertamente ayudaría a la capacidad de archivar y documentar los eventos que conducen a la creación artística, pero esto no tiene un impacto significativo en el proceso creativo como un todo. Una identidad cultural fuerte se forma sin importar la educación formal.

Desde 1993 Bobby Sanabria enseña en la New School, donde dirige la *Afro Cuban Big Band* y a partir de 1999 hace lo mismo en la Manhattan School of Music.

Enseñar es importante, pues es una forma de preservar, trasmitir, continuar y, en este caso, de hacer avanzar una tradición musical que es exclusivamente americana. Y digo esto considerando que América es tanto el norte y el centro como el sur y el Caribe. Enseñar provee respeto por uno mismo, por los demás y, en última instancia, por aquellos que vinieron antes que nosotros. Mi trabajo como maestro implica muchos niveles de pedagogía. Ante todo, me parece de la mayor importancia que cada estudiante, de cualquier estilo de música, conozca la historia de ese estilo. Al preparar a estas orquestas el reto es doble, porque tengo que hacerlas concientes de la historia de la música afrocubana y de su relación con la tradición del jazz. Esto se remonta al periodo colonial y tiene que ver con los problemas de la esclavitud y la subsiguiente transferencia de la cultura del oeste africano a Cuba, así como al resto del llamado Nuevo Mundo hasta Nueva Orleáns y el nacimiento del jazz y de ahí al surgimiento del jazz afrocubano en la ciudad de Nueva York.

Se empiezan a dar cuenta de que hay un gran vacío en su educación, conocimiento y conciencia de la dicotomía de estos dos géneros y de qué manera la historia del jazz tiene que volverse a escribir para incluir las contribuciones de lo latino, del *rock*, del *funk*, del R&B y de la música *pop* en general. El siguiente nivel es, simplemente, aprender a interpretar la música de manera correcta, esto implica sumergirse en el concepto de clave, el cual es el secreto para entender la música afrocubana y sentir algo por ella. La mayoría de mis estudiantes ya son expertos en el vocabulario de la improvisación sobre el estilo *bebop*; casi todos piensan que sería muy fácil para ellos tocar jazz afrocubano; pero, rápido, se dan cuenta de que están tristemente equivocados. Los hago participar en ejercicios rítmicos tamborileando clave y cantando frases para que "sientan" cómo la música hace *swing* hasta su máxima intensidad cuando está "en" clave, y cómo no hace *swing* cuando está "fuera" de clave. También les pongo grabaciones, sólo de los mejores intérpretes de esta música y que se adhieren a las tradiciones de la clave. También hago un recorrido por las diversas formas de la música cubana, desde las tradiciones de la rumba y el son, hasta las tradiciones de África occidental basadas en cuestiones religiosas y la elegancia del danzón. También, les muestro cómo bailar "en clave" usando el mambo; esto en verdad les hace dar vueltas la cabeza, porque por fin se dan cuenta de la relación entre la clave y el baile. Después, está el nivel de simplemente aprender cómo frasear, respirar y actuar juntos en el escenario de una *big band*; éste escenario separa a los hombres de los niños, a las mujeres de las niñas. Es comparable a tocar en una orquesta sinfónica, donde las mezclas y las dinámicas tienen la mayor importancia. Para coronar esto, tienen que interpretar la compleja síncopa inherente a la música afrocubana y lidiar con el poder de este estilo de la sección rítmica. Esta última constituye el desafío más difícil a enfrentar. Estos chicos no tienen absolutamente ningún punto de referencia, a menos que vengan de una familia latina y aún así, en el mundo actual, la mayoría de los jóvenes latinos no están escuchando esta música, porque la radio de hoy es una mierda. Cuando mejor les va, oyen "Schmalsa" estilo *pop* o las cosas hiperquinéticas estilo *chop* contemporáneas que vienen de Cuba. Muy bien, esto es todo, pero tienes que aprender a caminar antes de correr. Yo tengo opiniones muy firmes con relación a esto; durante los últimos 30 años ha habido en Cuba una falta de cuidado en cuanto a sumarse al concepto de clave. Una vez que se pierde esto, se pierde lo que hace a la música cubana tan especial. Esto no quiere decir que yo sea tradicionalista ni que haya quedado atrapado en las arenas del pasado.

Soy un futurista, un trasgresor de géneros; pero amo lo que dijo el filósofo estadunidense John Dewey: "cuando lo antiguo no se incorpora, lo que resulta es mera excentricidad". Por eso, en mi propia música, digo que yo tengo un pie en el pasado, otro en el presente y la cabeza en el futuro. Entonces ¿qué hago con la sección rítmica y con el resto de la orquesta? Hacerlos cavar profundo y que empiecen a escuchar lo que había antes. Nada nace en el vacío. En lugar de oír a *Irakere,* David Sánchez, Danilo Pérez, Jerry González y *The Fort Apache Band,* Chick Correa y *The Electric Band,* o para esto, mi propia música, etc., mejor hago que escuchen a Machito, a Puente, a Tito Rodríguez, a la *Orquesta Aragón,* a Cal Tjader, las primeras grabaciones de charanga de Johnny Pacheco, la *Alegre All Stars,* etc. Les proyecto escenas de películas de archivo, les doy sermones sobre los grandes músicos del pasado y cómo me afectaron a mí y a mis contemporáneos. Después, cuando ya están cómodos como sección que toca dentro de la tradición, y sólo entonces, empiezo a enseñarles *hip,* mozambique contemporáneo, timba, algunos acercamientos *songo* de hoy que están muy conectados con el pasado, especialmente las percusiones en la rumba.

El saxofonista Miguel Zenón sigue el punto de vista de Sanabria en cuanto a historia se refiere:

La enseñanza del jazz es muy importante cuando se trata de entender la historia de la música. También sirve como una buena fuente de información para los improvisadores y los compositores. Pero todo esto debe combinarse con la mejor educación de jazz que existe: la del quiosco.

Y para Nando Michelín:

> la enseñanza del jazz es extremadamente importante
> en el conocimiento de la tradición estilística, pues es el
> vínculo entre los que escuchan y los que tocan, tanto
> como los compañeros músicos en un grupo. Todos
> comparten ese lenguaje común de las cosas que
> sonaron antes y de los sentimientos que despiertan en
> los que oyen. Otro aspecto de la educación es el creci-
> miento personal de cada artista, quien al estudiar ar-
> monía y técnicas de improvisación es capaz de extraer
> sus preferencias y, así, traducirlas a su propio lengua-
> je. Si se hace un paralelo con las artes visuales, es
> como saltarse algo en el cubismo o combinar los colo-
> res al estilo Gauguin fuera de toda ignorancia. No creo
> que un artista pueda darse el lujo de ignorar todos los
> canales para expresar su arte.

Harvie S., maestro de contrabajo en la Manhattan
School of Music, estima que:

> en esta época el músico del futuro es bastante diferen-
> te al del pasado. La competencia es muy dura y se
> espera mucho de los músicos; deben tener un gran do-
> minio del instrumento, conocer muchos estilos, ser ca-
> paces de enseñar e impartir talleres, conocer el nego-
> cio y promover sus conciertos y sus personas. Es muy
> complicado ahora y entre mejor entrenados estén ten-
> drán mayores posibilidades de convertirse en un éxito.
> Las escuelas también son un lugar donde los músicos
> se encuentran e inician relaciones musicales que los lle-
> varán al futuro.

En materia de enseñanza y educación la Hispanic Musicians Association (HMA), en particular, trabaja de manera activa en California. Como dice su actual presidente, el trompetista Bobby Rodríguez:

esto empezó en 1986. El catalizador fue tanto el pianista Eddie Cano como el deseo de tantos músicos —jóvenes y viejos, de ascendencia latina o que han tocado música latina— de juntarnos y ayudarnos mutuamente para seguir adelante. Eddie Cano fue el primer presidente, después Elmo Questell y luego yo desde 1989. La asociación empezó tratando de ayudarse a sí misma, pero rápidamente me di cuenta de que, debido a tan diversos antecedentes y habilidades, el intentar ayudarnos nos conduciría muy probablemente a la autodestrucción. Así, en los últimos 10 años, la HMA se ha dedicado a nuestra orquesta de 23 músicos, concibiéndola como un embajador, y también al proceso de educar a la juventud, siendo ambas cosas partes importantes de la legislación local. A través de estos dos elementos, hemos sido capaces de ayudar a cientos de jóvenes con clases particulares y de grupo, y hemos puesto a miles de músicos a trabajar. Les hemos permitido a los nuevos experimentar el sentimiento de tocar con profesionales en nuestra orquesta y muchos músicos se han llegado a conocer entre sí y a compartir e invitarse a las presentaciones, esto es de lo que se trata. Bajo mi dirección, la orquesta ha grabado dos discos compactos, está viva y muy activa tocando en conciertos, así como en eventos públicos y privados. El escenario del jazz latino en Los Ángeles y el sur de California es muy movido. Hay muchos grupos y bandas trabajando y practicando por todas partes. Hay muchos grupos de jazz latino en las escuelas de bachillerato y conozco muchos músicos jóvenes a través de mis contactos escolares. El trabajo de enseñar a nuestros muchachos a que miren adentro de sus corazones para descubrir lo que su alma está diciendo es muy difícil, porque no sólo significa lo que sienten sino también educación (...) acordes, armonía, teoría, orquestación y composición.

IDENTIDADES NACIONALES

La música, como uno de los posibles símbolos de la identidad de un país, refleja diferentes realidades y distintas experiencias sociales acumuladas en el curso del tiempo. Hoy podemos aventurar que las identidades nacionales de Cuba, Puerto Rico y Argentina, cristalizadas a través de sus diversas expresiones musicales, son las que tienen, por su difusión, el mayor impacto en el jazz latino. Veamos brevemente cómo estas identidades musicales pueden manifestarse y de qué manera las viven algunos músicos. No se trata, en ningún caso, de minimizar la importancia de otras identidades nacionales y con ello establecer una jerarquía de valores culturales y musicales. Iniciamos aquí estos pequeños viajes al interior de las identidades nacionales y lo continuaremos en el capítulo dedicado a las diferentes formas de liberación.

La identidad musical cubana reposa esencialmente sobre las tradiciones religiosas que cimentan la isla. Las músicas afrocubanas hunden sus raíces en tres manifestaciones culturales religiosas de origen africano: la Abakuá, la Santería y las religiones bantúes. Otras manifestaciones religiosas, como el Palo Monte con sus ritos *mayombe*, *brillumba* y *kimbisa* o el vudú cubano, son menos conocidas por el gran público. A través del sincretismo, estas tradiciones religiosas han penetrado todos los niveles de la sociedad isleña con un procedimiento que Argeliers León califica de "laicismo de las creencias africanas". Sin embargo, dicho procedimiento se opondrá a las concepciones oficiales de las clases dirigentes pasadas y actuales.

Los abakuás utilizan dos tipos de instrumentos, aquellos que están reservados a sus ritos sagrados: cuatro tambores que los sacerdotes tocan de manera individual; y los demás, es decir, los "instrumento públicos", organizados en una orquesta de percusiones que se conoce con el nombre de *biankomeko*: cuatro tambores, una campana, sonajeros y dos matracas de madera. El tambor principal de esta orquesta es el *bonkó enchemiyá*. Los *batás*, tambores en forma de ampolleta, son la base de la música lucumí, de la Santería. Los músicos usan esencialmente tres batás llamados: *Okonkoló*, *Itotelé* e *Iyá*. Se distinguen dos tipos de batás, los de fundamento que son los tambores sagrados, y los abericulas o destinados al mundo profano, que los pueden tocar las mujeres y se usan en las orquestas de jazz y en grupos de música popular. La mayoría de las veces se tocan juntos, se coloca primero el Iyá al centro, a la izquierda el Itotelé y a la derecha el Okonkoló. A pesar de que la base de la música lucumí sea el tambor batá, se encuentran también tambores *bembé*. En general, los batás se acompañan de tres güiros y congas.

Los instrumentos de las manifestaciones religiosas bantúes son muy variados, los principales son los tres tambores yucas que acompañan el baile del mismo nombre, así como los tambores *ngomas;* estos últimos se consideran como los ancestros de las congas que hoy se usan en muchas músicas populares occidentales. El juego de congas se compone, normalmente, de tres tambores: tumba (grave), conga (medio) y quinto (agudo). Durante un buen tiempo, la conga se hacía con toneles de vino, en la boca de los cuales se pegaba una piel de vaca; se servían de una bujía para tensar la piel y poder afinarla. Durante la década de 1940, en La Habana, el conguero Cándido Requena y los hermanos Vergara instalaron un sistema de llaves metálicas que permitieron un mejor manejo del instrumento. En la actualidad, la conga se fabrica a base de fibras de vidrio.

En esta breve descripción de los instrumentos de percusión se debe mencionar también a la clave, al cencerro, al bongo y a los timbales. La clave es un instrumento que se compone de dos palos pequeños y cilíndricos, de madera muy dura que, al golpearse uno contra el otro, producen la estructura rítmica del mismo nombre. El bongo es un instrumento que se forma con dos tambores pequeños e iguales. Los timbales provienen del *timpani* sinfónico; en la década de 1910, en las orquestas militares, este instrumento se componía de dos pequeños tambores sostenidos por una armadura de madera. En 1912, el músico Antonio Manengue añade a los timbales el famoso cencerro —una campana que, en general, se coloca en el cuello de las vacas—. Para mayor información sobre los instrumentos que "nacieron" en Cuba, véanse las obras de Fernando Ortiz y *¡Caliente!*

Las principales músicas populares cubanas son la rumba y el son, junto con sus numerosas variantes. Música que nace en los campos y los barrios pobres de las ciudades de Matanzas y La Habana, la rumba integra elementos melódicos de la España andaluza con elementos rítmicos de los pueblos africanos yoruba, conga y carabalí; sus variantes son el yambú, el guaguancó y la columbia. En cuanto a las variantes del son, se pueden citar: changuí, son montuno, regina, son habanero, guajira-son, guaracha-son, pregón-son, guaguancó-son, rumba-son, afro-son, bolero-son, sucu-sucu.

Otros géneros de música cubana como la bachata, el danzón, el mambo, el chachachá, el bolero, la guajira, la guaracha y la timba sirven de base e inspiración al jazz latino —de esto ya hablamos en *¡Caliente!*—. Continuando en esta isla, durante los años sesenta aparecieron varios ritmos: el *pilón*, una idea de Enrique Bonné, es una mezcla de son santiaguero con la tumba francesa; el *pacá*, de Juanito Márquez, es una mezcla de son y de joropo; el *mozambique*, de *Pello El Afrokán* (Pedro Izquierdo), una fusión de la conga habanera con música yoruba; el *songo*, un conjunto de motivos rítmicos afrocaribeños[6] combinados con ritmos brasileños, rock, jazz y funk, desarrollado por Blas Egües y José Luis Quintana; la *batanga*, un polirritmo creado por

---

[6] Desde 1969 los ritmos afroantillanos y afrolatinos penetran el mundo del rock y se convierten en otras tantas fuentes de inspiración. Citemos entre otros: Santana, el primer álbum de Carlos Santana en 1969 con los percusionistas Mike Carrabello y José Chepito Areas; Eric Burdon y su grupo War con la canción *Spil the Wine;* el grupo Quicksilver and the Messenger Service con su percusionista José Rico Reyes; el grupo Rare Earth; el baterista

Ramón Bebo Valdés, que se basa en la clave y se toca con un tambor batá, una conga, un tanga (variante de la conga pero más grave), timbales y un contrabajo. Todos estos elementos, religiosos, musicales, instrumentales, se presentan en las creaciones de numerosos músicos, ya sean cubanos o no, en la misma Cuba, Europa, Asia o en otras partes...

El repertorio de las orquestas *New Yor-Uba* de la pianista Michele Rosewoman, *Caravana Cubana* y *Jazz on the Latin Side All Stars,* las tres radicadas en los Estados Unidos, ofrecen un buen ejemplo de la identidad musical cubana tal como se ha preservado, asimilado y enriquecido por muchos artistas. ¿Acaso no es sorprendente constatar que esta identidad parece conservarse más fuera de la isla que en la misma Cuba? Estas tres orquestas le toman prestado al jazz la estructura de la big band, y a las formas musicales cubanas sus repertorios. *New Yor-Uba* es en este sentido más tradicional, en tanto que *Allstars*, constituida originalmente para celebrar el décimo aniversario de una emisión de radio, se entrega más gustosa al jazz; su último álbum y primero en grabarse en estudio, *The Last Bullfighter*, es una explosión de percusiones con solos magistrales del trompetista Sal Cracchiolo y de Justo Almario, saxofonista y flautista.

Ginger Baker y su grupo Airforce. En Cuba, los pioneros del rock fueron Los Barba, Los Dadas, Los Gnomos, Signos, el Grupo de Experimentación Sonora del ICAIC con Emiliano Salvador y el guitarrista Pablo Menéndez que hoy dirige Mezcla. Y después, también están los grupos Almas Vertiginosas, Arte Vivo y Síntesis.

*

El sentimiento de conciencia nacional es omnipresente
en los músicos puertorriqueños. A veces, el desplazamiento y la migración pueden vivirse como un regreso
hacia sí mismo, como un viaje a sus raíces. Estas son
otras formas de identidades que se ilustran con las vidas
recientes de dos músicos boricuas: Jerry González y
Willliam Cepeda. En 2001, después de una gira por seis
ciudades españolas y al día siguiente de la tragedia del
11 de septiembre que sumió al mundo occidental en el
más grande desasosiego, el conguero y trompetista Jerry
González decide instalarse en Madrid y vive esto como
un retorno a las fuentes.

De hecho, primero dejé Nueva York por Puerto Rico;
luego, después de la filmación de la película de Fernando Trueba *Calle 54*, hice una gira por España, durante la cual descubrí verdaderamente el universo co-
tidiano de los músicos del flamenco. Trabajar con esta
gente es un poco como hacerlo con los negros de Nueva
York; las personas del medio flamenco son los negros
de España: ellos en verdad viven lo que tocan. Desde
luego, yo no vivo su misma experiencia, pero tengo la
sensación de saber lo que sucede en su vida social y
musical. Creo que estoy a punto de ver resurgir elementos genéticos ocultos en lo más profundo de mi ser
pues, de hecho, mi bisabuelo materno era de Asturias;
se fue a Puerto Rico y finalmente se instaló ¡en Cuba!
Todos estos músicos son como hermanos; nacimos se-
parados por el mar, pero pensamos y reaccionamos de
la misma manera.

Grabado en Madrid antes de su decisión de emigrar a España, el álbum *Jerry González y Los Piratas del Flamenco* ilustra bien ese sentimiento de regresar a los orígenes. La interpretación del guaguancó *Hubo un lugar* es una danza de seducción. La trompeta abre el canto y el campo por donde se introduce la conga, poco a poco, para cautivar la melodía. La guitarra de *Niño* Josele entra e hilvana el baile. Según González, es "la primera vez que una trompeta se mezcla con el flamenco". Más lejos, en *Gitanos de la cava*, se eleva la voz de Diego *El Cigala*.

Cuando escucho cantar a Cigala pienso en Coltrane. Puede hacer tantas cosas con su voz. Los músicos de flamenco tienen una forma diferente de acercarse a la música; nosotros, con el bebop, nos acostumbramos a una cierta progresión de acordes, aplicamos la lógica de esta escuela. Con ellos, por el contrario, se sale hacia todas las direcciones, las sorpresas no paran. Acompañar a Diego es como acompañar a un solista de jazz, las diferencias están en el ritmo, en los acordes... debes pensar en España constantemente. Soy siempre prudente, primero escucho, no quiero dirigir, es el *cantaor* quien muestra el camino, yo le respondo y si los músicos me abren el campo para un solo, entonces llego a ser como el cantante. La forma en que Diego canta me fuerza a explorar el lado armónico de la música; entonces, aprendo a tocar en claves que casi nunca uso...

Hay otras sorpresas en este álbum, como *Monk's Soniquete*, el *Monk's Dream* sobre un ritmo de bulerías, una señal de complicidad a las interpretaciones anteriores de las composiciones de Monk realizadas por Jerry, y también está *Donnali*, el *Donna Lee* de Charlie Parker a ritmo de guaguancó.

Antes de González, su compatriota, el trombón y compositor William Cepeda, había hecho una incursión notable en el flamenco. En efecto, en su composición *Bomba flamenca* (del álbum *Expandiendo raíces*) mezcla una bulería con una variante original de la *bomba* —una bomba sicá interpretada en 6/4—. Cepeda deja Puerto Rico para estudiar en el Berklee College of Music de Boston. Después, regresa a su isla natal y da clases en la Escuela de Música de Carolina; toca en el grupo *Batacumbele* y alterna con Dizzy Gillespie. En Nueva York, donde finalmente se instala, frecuenta a Donald Byrd, Slide Hampton, Jimmy Heath y Lester Bowie. Forma *AfroRican*, un grupo que debuta en el Heineken Jazz Festival de Puerto Rico en 1993 y le permite presentar un repertorio de jazz cruzado con ritmos afroboricuas. En 1998 Cepeda graba con *AfroRican* el álbum *My Roots And Beyond* al que le sigue *Branching Out*, publicado en el 2000, un álbum explosivo que vuelve a trazar, de alguna manera, toda la historia del jazz latino, desde el flamenco español hasta los ritmos acelerados de Nueva York. Durante un viaje a Puerto Rico, Cepeda decide formar otra orquesta, esta vez con los mejores cantantes, bailarines y percusionistas de la isla; bautiza al conjunto como *Grupo Afro-Boricua*; juntos graban, en 1998, el álbum *Bombazo*.

En septiembre de 2002, tras recibir una beca del programa *Meet The Composer*, William Cepeda inicia una estancia en el Conservatorio de Música de Puerto

Rico; conduce talleres, propone conferencias, pero sobre todas las cosas, visita diversas escuelas regionales de música donde remarca ante los estudiantes la importancia y la riqueza de su patrimonio musical, pues, para él, lo esencial es preservar el conjunto de los géneros musicales de la isla. También, trabaja con la compañía de teatro *Agua, Sol y Sereno* que dirigía Pedro Adorno.

Es con este grupo de actores y bailarines, junto con músicos del conservatorio y varios artistas invitados, como la cantante Nelie Lebrón, la coreógrafa Petra Bravo, el poeta Harry Rexach, el director de orquesta Rafael E. Irizarry, que presenta en el 2003 la *Suite tierra negra*; una suite ambiciosa de 13 movimientos que da una probadita de la abundancia de músicas del Caribe y de Puerto Rico en particular. No obstante, Cepeda también le otorga un lugar a la música clásica occidental, al *rap* (con el rapero 7/9) y a la poesía —además, les pide a algunos poetas de Loiza, su ciudad natal, que creen textos (Carlos J. Cirilo y José Manuel Fuentes)—. Loiza, de hecho, sirve como base y a partir de vivencias cotidianas de esta ciudad, Cepeda espera poder traducir en la *Suite tierra negra* las influencias africanas perceptibles en toda la cuenca del Caribe. Los textos mencionados, los bailes, las músicas, son otras tantas memorias que permiten al público local, regional y nacional comprender mejor sus tradiciones, su historia, las injusticias que han vivido y, también, ver el futuro con confianza. En mayo de 2005 Cepeda presentó el espectáculo *Bomba sinfónica* con 50 músicos, 40 coristas, dos bailarines, Andy Montanez y Nelly Lebron, el tenor Antonio Barasorda y la mezzosoprano Adriana Kraisenberg.

101

Así, William Cepeda necesitó una larga estancia en el continente, una especie de exilio cultural, para reencontrarse y regresar a sus raíces que ahora descubre y amplía con pasión.

La reivindicación de las identidades puertorriqueñas siempre ha sido importante en la historia del jazz latino: desde Rafael Hernández hasta el grupo *Batacumbele*, fundado por Ángel Maldonado; desde Mon Rivera hasta Papo Vázquez; de Rafael Cortijo a David Sánchez —Cortijo, quien sacara la bomba de su marco puramente folclórico al reemplazar los tambores de bomba por congas, timbales y bongos—. En enero de 1995, en San Juan, Puerto Rico, el saxo David Sánchez escribe: "nuestra realidad cultural como parte del Nuevo Mundo ha sido mi mayor fuente de inspiración para hacer *Sketches of Dreams*"; en este álbum un título llama la atención: *Mal social*. El ritmo de bomba ubica el mal social en Puerto Rico, mientras que los solos violentos y furiosos del saxofón se elevan como una protesta que se resuelve en un bebop sereno y estable, que anuncia el retorno deseado a la armonía social; un bebop que, en su época, recordémoslo, traducía un rugido musical contra el orden establecido. En otra parte, en el álbum *Traviesa*, al bajar su formidable composición *Paz pa' Vieques* ("dedicada a los hermanos Vieques") a un seis, la forma más popular de la música rural de los jíbaros, Sánchez no sólo reivindica la importancia de una causa política de actualidad, sino también se posiciona como un guardián y un transmisor de valores culturales. Es por esto, sin duda, que se le encuentra también en el grupo del pianista Luis Marín quien escogió deliberadamente quedarse en Puerto Rico para "buscar las bases de un jazz realmente puertorriqueño", o en el del trompetista Humberto Ramírez. En materia de identidad, Sánchez no se limita a la isla boricua; en su álbum *Street Scenes* ofrece retratos muy *funky* de Nueva York con composiciones como *Urban Frequency, The Soul of El Barrio* y *Street Scenes Downtown*; son representaciones sonoras de barrios donde conviven diferentes comunidades culturales latinoamericanas.

Algunos otros músicos, como el percusionista Raúl Berrios, proponen cultivar la identidad musical puertorriqueña como alternativa al merengue y a la música afrocubana omnipresente en la isla. En 1984 Berrios dispone una alternativa para la clave cubana, la clave tres, que se toca en 2:2 y que se utiliza en la bomba y en la plena. "Musicalmente, ¡Puerto Rico no debe ser una copia de Cuba!" declara con vehemencia el percusionista; "la clave tres está aliada a una coreografía original". El grupo *Samandamia* del percusionista José Manuel Hidalgo participa también en este movimiento de resistencia para reafirmar la identidad musical de la isla. Según Ricardo Rivero, colaborador del proyecto:

La identidad puertorriqueña en *Samandamia* se expresa con un estilo variado de ritmos afrocaribeños. Tanto el son montuno, la guajira, el chachachá, la salsa, la plena, la bomba y otros, combinados con la trayectoria musical, experiencia y creatividad de José "Mañengue" Hidalgo, forman este estilo regional en *Samandamia*. Estando todos estos estilos combinados forman esta especie de "rumbimbástica" musical. La lírica expresa situaciones y/o personajes de la vida real que identifican nuestra cultura de pueblo. *Samandamia* es una expresión musical de nuestra cultura en el siglo XXI. Los ritmos originales que se mencionan son ritmos creados por la combinación de estos. La forma de tocar la percusión de Mañengue, por sí misma, expresa ritmos originales. En adición, la regionalidad del producto separa a *Samandamia* de otros ritmos. En los diferentes pueblos de nuestra pequeña isla se toca de manera distinta; unos ritmos más rápido, unos más lento, identificándose si son costeros o del interior, del sur o del norte.

Como lo confirman las grabaciones de William Cepeda, de Papo Vázquez y de los grupos *Truco y Zaperoko*, *Plena Libre* y *Viento de Agua*, la bomba y la plena expresan también esta identidad. Recordemos brevemente que la bomba es originaria del África occidental y que tomó forma en las costas del norte y sur de Puerto Rico en el curso del siglo XVII; y que durante el XIX, en algunas ocasiones, los "bailes de bomba" fueron utilizados como pretextos para preparar levantamientos de esclavos. La bomba —música, ritmo, danza y canto, basados en un diálogo entre un coro y un solista, es sin duda el género musical más antiguo del Caribe— se interpreta con un conjunto de percusiones que comprende maracas, marímbula y un mínimo de tres tambores: dos buleadores que aseguran el ritmo y el primo (o subidor) que apoya los pasos de los danzantes. A esto se añade el *cuá* que marca la clave, es decir, dos baquetas que se percuten sobre la piel de un tamborcito. La bomba puede tocarse así con una docena de ritmos dependiendo de la región, desde la *bomba sica* que es rápida, hasta la bomba juba más lenta. Los tambores pueden tener tamaños diferentes según sean del norte o del sur de la isla.

Debemos mencionar, asimismo, que antes de dejar Puerto Rico, después de la disolución del grupo *Batacumbele*, el trombón Papo Vázquez había formado ya su primer conjunto llamado *Papo Vázquez Bomba Jazz*. Luego, en Nueva York, dirigió el *The New York Bomba Jazzers*.

La *plena*, que también ilustra el trabajo del trombón, nació a finales del siglo XIX en los suburbios obreros de la ciudad de Ponce, bautizada La Perla del Sur. Es una canción narrativa que hace recordar la práctica de los *griots* de África; una música y baile criollos que también se basan en la alternancia de un solista y un coro donde se juntan influencias africanas, moriscas, europeas e indígenas. La plena se acompaña con una marímbula, güiros, panderetas —tamboriles sin platillos de los cuales los principales son el requinto, el segundo (o punteador) y el seguidor— y, desde principios del siglo XX, con un acordeón de botones o con una armónica. El piano hará su aparición en la plena durante los años cincuenta. En cuanto danza, tiene muchos puntos en común con la rumba cubana y la samba brasileña. En *Plena pa' las Nenas* del álbum *Carnival In San Juan*, Vázquez ofrece un excelente ejemplo de estos puntos comunes, pero también muchas diferencias que forman la singularidad de esta música.

En *¡Caliente!* habíamos hablado de Pedro Guzmán y de su proyecto *El Jíbaro Jazz*; hoy, es necesario señalar el esfuerzo del saxofonista José Furito Ríos quien, con el álbum *Cuatro al Jazz*, grabado con cinco cuatristas, ha puesto nuevamente en evidencia la importancia del cuatro para la identidad puertorriqueña. La música rural de los jíbaros también incluye el aguinaldo, el vals criollo, la mazurca, la décima y la guaracha. El cuatro, una guitarra de cuatro cuerdas, el guicharo (güiro boricua) y el bongó, son los instrumentos básicos de la música jíbara, en la que el seis es la forma más popular. El seis tiene más de 30 variantes, entre ellas el seis chorreao, el seis habanero...; aunque de orígenes africanos, utiliza el modo frigio propio de las canciones folclóricas europeas, lo que le confiere acentos netamente españoles.

*

Aunque originario del estero de Río de la Plata, es decir de las ciudades de Buenos Aires y Montevideo, el tango, este arranque de melancolía, parece ser la danza y la música argentina del exilio por excelencia, como si el músico hubiera sido siempre un exiliado en su propia tierra... En Argentina la melancolía aparenta, en ocasiones, traducir un olvido del sentido que lleva a la población por el camino del pasado, como si le fuera necesario asegurarse sus bases sin cesar. ¿Quizá su raíz es la melancolía? El tango se asemeja a un movimiento de péndulo entre esperanza y tristeza, presente y pasado. ¿Símbolo de una meditación que resultó mal? ¿Símbolo de una crisis de identidad? ¿El ser alienado? ¿Grito de esperanza o refugio? Cada quien responderá a éstas según sus propias interpretaciones de la historia del tango.

Con su mundo de fugas y ostinatos, Astor Piazzolla fue un pionero. Determinado, parece haber querido universalizar esta meditación y mostrar el camino de la luz; rompió con el tango impuesto hasta entonces por

Aníbal Troilo;[7] el tango deja de ser un espectáculo con el cantante en primera línea. Piazzolla se inspira en el jazz y en la música clásica europea de principios del siglo XX. En 1987 graba uno de sus mejores discos, *Tango apasionado*, con Paquito D'Rivera y el contrabajista Andy González para el sello del productor Kip Hanrahan, quien se opone francamente a la demanda del ámbito comercial. A la sombra de Piazzolla emerge otro formidable innovador, Eduardo Rovira, cuya obra, por desgracia, fue muy poco editada. Hoy, son muchos los músicos que se inspiran en el tango para enriquecer su discurso jazzista.

Así, en lo que podría tomarse como un sobresalto brillante, el trompetista Diego Urcola, en su álbum *Soundances*, toca la esperanza y parece rechazar la melancolía; pero, cuando su bandoneón, Juan Dargenton, estira su instrumento en los temas *La Milonga* y *Blue in Green*, se entra de súbito en un desgarre emocional y la melancolía regresa a todo galope. Un poco antes que él, el pianista Adrián Iaies con *Tango Reflections*, un álbum refrescante grabado en Barcelona, había ofrecido algunas reflexiones intimistas en solos o dúos (con el contrabajo Horacio Fumero, el baterista David

[7] En 1904 los mexicanos Ovando y Rosete graban en los Estados Unidos el *Tango de la mulata*. En 1907 Flora Rodríguez de Gobbi graba en París los tangos *El choclo* (también conocido con el nombre de *Cariño puro*) y *Porteñito*. En 1909 la orquesta de Rafael Gazcón graba en México el tango *El Morrongo*. En 1910 el sello Colombia graba a Vicente Greco quien canta *Rosendo y Don Juan*. En abril de 1926, Rodolfo Hoyos graba en La Habana *Tango milonga*, para la disquera Edison Disc. El tango más popular de todos sigue siendo aún hoy *La comparsita*, compuesto en 1917 durante el carnaval de Montevideo.

Xirgu y el bandoneón Pablo Mainetti) de serie, tales como *Boedo* de Julio de Caro (compuesto en 1927) o *Caminito* de Juan de Dios Filiberto (compuesto en 1926), en el cual retoma sutilmente frases de *Caravan*. Iaies también le había hecho honores a Catulo Castillo del que interpreta *Silbando* y *La última curda* que fuera escrita con la colaboración de Aníbal Troilo.

Fernando Otero, quien vive en Nueva York desde 1997, es un músico que corre riesgos; para él el tango es una música de resplandores. Apasionado, encendido, lírico, contemporáneo, tal es su tango. En su primer álbum *X-Tango*, interpreta sus propias composiciones. Las mejores fusiones con el jazz son también las que caracterizan al nuevo tango argentino: *Sublevados* —un tema corto e intenso— y *En apariencia*. *Voy a soñarte* es una composición lenta e hipnótica. *Danza III* —que, en este álbum, ofrece el único solo del pianista— y *Danza IV* son dos largas y magníficas milongas que nos conducen al origen musical del tango. El lenguaje armónico del pianista es "osado"; a menudo, usa acordes politonales y trítonos, ese intervalo de tres tonos enteros, y empuja siempre un poco más lejos las fronteras del género.

En *Plan,* su segundo álbum (en el cual retoma *Sublevados*) asoma un sentido de la urgencia, pero también lo hay del swing y del humor (*La vida gorda*). Aquí, el tango viste un manto sinfónico al tiempo que se lanza hacia la vanguardia (*Lejana*).

El tango es música de Buenos Aires, precisa Otero. El tango llega al interior y se establece en la cultura argentina, pero no es el género de mayor preponderancia en todas las provincias, donde existen muchas diversas expresiones folclóricas. Dentro de la Argentina, el tango representa entonces a Buenos Aires, la metrópoli. Aunque la cuestión no es tan específica en el extranjero. Por medio del baile y su entorno glamoroso, y con un sonido solemne, el tango argentino se estableció en la audiencia internacional como una marca de identidad. Mi música suena argentina, remite al sonido de Buenos Aires. Suena a tango. No me siento exiliado. Vivo en Nueva York y el teléfono, la internet y los aviones me hacen estar en contacto con gente de todos lados, incluyendo de Argentina. No me creo capaz de buscar una identidad, sino simplemente ser. Siento que cada uno de nosotros tiene sus raíces y que quedan reflejadas inevitablemente en la composición e interpretación. El aire de tango esta presente, pero nunca como una recurrencia voluntaria para crear una determinada imagen. Es algo genuino, verdadero. Pienso que la honestidad y una veracidad absoluta son esenciales en cualquier manifestación artística. He integrado la improvisación dentro de mi trabajo de una forma más similar a un contexto jazzístico y en términos de forma, algunas composiciones se asemejan a una sonata o se aproximan más a una estructura de música clásica que al A-B-A-trío-A característico del tango. Son las características melódicas y el estilo de expresión de estas melodías, el planteamiento armónico —aunque extendido— y sin duda el factor tímbrico los que determinan que la atmósfera del tango esté siempre presente. La improvisación está ejecutada asimismo dentro del lenguaje. El uso del bandoneón es un elemento decisivo en la sonoridad del tango, si bien algunas de mis composiciones que no contienen este instrumento o inclusive los trabajos de piano sólo denotan igualmente un mismo punto de partida, una misma raíz.

Katie Viqueira, quien vivió en Boston desde agosto de 1997 hasta octubre de 2004, evoca la dificultad que padecen las mujeres compositoras en el mundo contemporáneo del tango:

El tango representa la identidad del inmigrante que se encuentra con el gaucho, con el criollo del Río de la Plata y de las pampas argentinas. El tango es exactamente eso: la confluencia entre aquellos que bajaron de los barcos y los que los vieron llegar. Podríamos decir: aquellos hijos de la tierra y de los barcos. El tango de alguna manera determinó parte de la identidad del argentino, porque habla de la tierra, del origen, del amor dejado atrás, lejos, del lugar al que nunca se vuelve. A los gauchos y a la gente de Buenos Aires, no les quedó opción más que tener que convivir con los que llegaron, con sus culturas, idiomas, costumbres, relatos, nostalgias. El tango es la identidad de un pueblo que cuenta historias del pasado, con pasión, tristeza, nostalgia, rencor, humor. La identidad argentina representada a través del tango, cuenta cómo diferentes culturas, idiomas, costumbres, melodías, pudieron encontrarse, convivir, enfrentarse y finalmente transformarse en el ser argentino. La identidad argentina es un tema muy complicado de tratar porque es una eterna lucha por aceptar el origen. En esa lucha hay contradicciones y resistencias. Mi manera de interpretar mis composiciones y la elección de los temas, reflejan la visión contemporánea de un estilo que evolucionó con el tiempo y con la influencia de grandes compositores. Interpreto música argentina de todos los tiempos pero en un contexto contemporáneo, en una ciudad cambiada, en donde el amor habla con otros tonos, otros poemas y otras formas, por lo tanto, creo que reflejo el alma de una generación de argentinos en que la música gritaba injusticias, le cantaba al amor, se quedaba horas escuchando a los autores del rock nacional, a Piazzolla, a los folcloristas y que llenaba estadios de football para cantarle a la libertad y al amor. Mi regreso a la Argentina en octubre 2004 influirá en mi vida personal y profesional. El hecho de caminar estas calles nuevamente me permite entender por qué Buenos Aires ha sido mi musa todos estos años que pasé en Boston y por qué esta ciudad "profética y fatal", como dice Eladia Blázquez, produce esa especie de amor-odio, atracción-rechazo. Es bella, es intensa, es difícil, es injusta, es buena y muy mala.

Interpreto y compongo repertorio argentino, tango y folclor. La incorporación del elemento jazzístico en mi repertorio, se inició a partir de mi traslado a USA, donde he conocido a músicos latinoamericanos que ya tenían una intensa formación en el jazz. En USA, yo soy una de las pocas mujeres que se atrevió a permitirse romper la manera tradicional de cantar un tango y darle lugar a los arreglos que introducen armonías no convencionales. Aquí en la Costa este hay otra cantante, Mili Bermejo, que ha incursionado interpretando y componiendo tangos con una mezcla de jazz. La mujer no ha tenido un rol muy activo en los inicios del tango, pero sí fue cobrando notoriedad a medida que se incorporaba a las academias de baile. En Argentina están apareciendo, pero no hay nadie que haya sido reconocido en este estilo. Eladia Blázquez, una de las más notorias compositoras argentinas, ha escrito letras de tangos compuestos por Piazzolla como *Adiós Nonino* o *Siempre se vuelve a Buenos Aires*. En el tango la voz es central y debe estar siempre al frente de la banda. El timbre de la voz de un cantante de latin jazz es generalmente oscuro, no estridente, con resonancia grave y con una extensión amplia que permite libertad en la improvisación. El cantante de tango debe ser una voz intensa en volumen, resonancia y presencia y no necesariamente extensa en registro, si bien, muchos cantantes realizan destrezas vocales durante la interpretación de este género tan particular. Las cantantes del género latin jazz normalmente centran su trabajo en la composición a diferencia del cantante de tango en donde el punto central es la interpretación. Este concepto también puede ser aplicado a las voces masculinas.

El tango ha sido retomado por numerosos músicos en todo el mundo, desde el trompetista italiano Enrico Rava hasta el violonchelista Yo Yo Ma. El grupo alemán *Tango Five* también ha realizado un trabajo notable en su álbum *Obsesión* grabado con el bandoneón Raúl Jaurena. Ahí, el tango coquetea con sonidos de Europa central. Si se quiere un acercamiento totalmente diferente, un tango más aéreo, más contoneado, hay que escuchar *Tango carioca* en el álbum *Noite Clara* del guitarrista brasileño Ricardo Silveira con el acordeonista Gilson Peranzzetta. Esto, sin considerar el número impresionante de cantantes de diferentes países de América Latina que han interpretado tangos. Pero el tango no es todo; incluso si para muchos simboliza al país, la identidad argentina es plural y, como lo habíamos dicho, estos viajes cortos continuarán en el capítulo dedicado a las liberaciones.

IDENTIDAD ESPIRITUAL

Durante muchos años el carácter religioso del jazz se manifestó a través de la fe y la fidelidad de su público que tomaba la forma de una verdadera congregación. En Europa, en los años que van de 1940 y hasta los sesenta, las cuevas de jazz se parecían a las catacumbas donde se reunían, antes que ellos, los primeros cristianos. Fieles, pues, tenían la convicción de participar en una fraternidad; compartían la fe en que la improvisación y el contacto directo con el músico podían aportar algo nuevo a sus vidas. A pocos pasos, bajo las espirales azuladas que emanaban de los cigarrillos, los músicos participaban en el ritual. Hoy, por el contrario, tanto en Europa como en los Estados Unidos y otros lugares, la mayoría de los clubes de jazz son, de hecho, restaurantes. Las cuevas, con su aura mística, han desaparecido así como el misterio que las rodeaba. El ruido de los cubiertos, el sonido de las conversaciones, el resonar de los teléfonos portátiles, forman parte desde ahora del ambiente de los "clubes".

Si se examina la producción discográfica de estos últimos años, se verá que hay mucho sobre Dios en los agradecimientos que formulan los músicos en los fo-

113

lletos que acompañan sus álbumes. Algunos parecen incluso haberse trasformado por la apuesta sobre su existencia. Si la hipótesis de Dios aparece como necesaria ¿es ésta suficiente para reclamar una identidad espiritual? ¿La espiritualidad no está, en todo caso, en la música misma? Un ejemplo estremecedor de espiritualidad es la composición *Misa negra* del pianista cubano *Chucho* Valdés; presentada al público por primera vez en julio de 1969, en el teatro Amadeo Roldán de La Habana durante un concierto de la *Orquesta Cubana de Música Moderna*, orquesta que se formó en abril de 1967 bajo los auspicios del Consejo Nacional de Cultura,[16] *Misa negra* es un regreso a las influencias religiosas que dejaron los esclavos en la música afrocubana; es una obra que se basa en un estudio profundo de las raíces africanas en la música de la isla. Esta pieza ofrece una visión religiosa y cultural de la música afrocubana; para prepararla, *Chucho* asistió a numerosos ritos yorubas y trascribió los textos, cantos y ritmos de sus misas. Mas cuando decidió mezclar el resultado de sus investigaciones con armonías modernas

[16] El saxo Armando Romeu González fue el primer director de la Orquesta Cubana de Música Moderna (OCMM); después, será remplazado por el pianista Rafael Somavilla. Le seguirán Francisco García Caturla y Germán Piferrer, quien será el testigo de su disolución. En realidad, la orquesta estaba en manos de un director musical y de un director artístico, quienes respondían ante la Dirección Nacional de Música que, a su vez, determinaba el repertorio. Tres ciudades de provincia tendrán también su versión de la OCMM: Matanzas, Santa Clara y Santiago. A todo lo largo de su existencia, la OCMM de la capital dio un concierto quincenal en el teatro Amadeo Roldan.

del jazz y con elementos rítmicos del rock, los musicólogos de La Habana lo acusaron de herejía musical. Durante toda su vida, *Chucho* no ha dejado de estudiar las raíces religiosas africanas en las músicas cubanas, de las cuales utiliza los símbolos como fuentes de inspiración. La composición *Briyumba Palo Congo*, en el álbum del mismo nombre, dedicada a la religión de los congos, nos da otro ejemplo.

El poder espiritual que se libera del culto a la Santería, muy a menudo se encuentra en el lado afrocubano del jazz latino, como si estos ritmos, transformados por los mismos músicos, participaran en la comunión de los espíritus que caracterizan al jazz. La comunidad de ritmos y espíritus que puede lograrse, conversa en una misma frecuencia de vibración con la que algunos se identifican. De esa alma, de esa conciencia, es de la que se quería impregnar Igor Stravinsky cuando asistió a las ceremonias religiosas afrocubanas de La Habana.

Para algunos músicos, como el percusionista y saxo Kevin Haynes o el pianista Omar Sosa, el sentido de lo sagrado o el sentido de lo espiritual, aporta fuerza y estabilidad. En ocasiones, al escuchar el álbum *Ori Ire* de Kevin Haynes y su grupo *Elegua*, se tiene la impresión de una continuidad con las últimas investigaciones musicales de John Coltrane: es como un saxofón orando sobre un tapiz de percusiones —un juego de batás en este caso—. "Yo pienso que cualquier instrumento te puede llevar al reino de lo espiritual", declara Haynes. Subyacente a su identidad musical, la identidad espiritual del pianista cubano es así omnipresente, hasta en sus conciertos que trasforma en verdaderos rituales.

Mi espiritualidad es la ciencia de todo, es recibir el mensaje de tu mundo ancestral, sin esta realidad sería imposible para mí tocar música. A veces está más o menos presente y entonces sufro... Sentir esta espiritualidad es como flotar y dejarse llevar por una historia que muchas veces no sabemos qué es (...), sin la espiritualidad la nota que toco no sería la transmisión energética a través de un sonido.

A menudo, Sosa comparte esta espiritualidad con sus cómplices percusionistas John Santos, Gustavo Ovalles y Adam Rudolph.

Numerosas grabaciones pueden testificar sobre estas complicidades, sobre esos arranques espirituales; con John Santos, *La mar* y *De allá lejos*, dos temas en los que participa la cantante venezolana María Márquez. La primera composición es una ofrenda a los océanos, mientras que la segunda es un homenaje a todos aquellos y aquellas que en el pasado (y en el presente) han dejado que la espiritualidad guíe sus pasos. En las percusiones de *De allá lejos*, hay sonidos y un ritmo que sugieren el andar de un viajero que traza el camino de una vida y que se detiene de vez en cuando para ofrecer sus danzas rituales a los dioses. Sin que pueda faltar, se piensa en los mitos aborígenes australianos sobre la creación y en las *Líneas musicales* (Songlines) o *Huellas de los antepasados* (Footprints of the Ancestors); en esa época, al atravesar el continente, los ancestros cantaban el nombre de todas las cosas y de los seres que se encontraban; bautizaban al mundo cantando.

Con Adam Rudolph, en el álbum *Pictures of Soul* la naturaleza es fuente de inspiración para el alma humana que, a su vez, se expresa por medio de los sonidos musicales. Esta espiritualidad que puede desprenderse del contacto con la naturaleza y con el espíritu de los ancestros, también se ve traducida en el álbum *Paisajes* (1993) que marca el encuentro de dos músicos mexicanos, el percusionista Antonio Zepeda y el pianista Eugenio Toussaint. Aquí, dos composiciones admirables dejan predecir los trabajos posteriores de Sosa y sus percusionistas: *Viento de lluvia* y *Piedra de los brujos*. Para Toussaint "fue una búsqueda en ese sentido de incorporar lo autóctono con el jazz mío." Por lo demás, hay que recordar que Zepeda se esfuerza desde hace más de 30 años para recrear un panorama de la música mexicana prehispánica.

Cualquiera que sea la referencia —religiosa, mística, mitológica— el impulso espiritual es con bastante frecuencia la manifestación de un deseo por llenar el vacío de un ser cercano, de una tierra (natal o no), de un estado, de una condición. El dolor de la ausencia, así como la búsqueda de un absoluto, es lo que se siente en el álbum *Vida* de Luis Muñoz, en particular en las composiciones *Journey of Saint Augustine*, *Between Birth and Dying* y *Myth and Resurrection*. "Otro elemento de mi pasado que he notado a menudo presente en mi música es la religión. No me considero como un hombre religioso, sino espiritual. Sin embargo, en ocasiones, parece que busco inspiración en el mensaje general de la cristiandad." Una búsqueda que, musicalmente, puede explicar la selección de instrumentos como el acordeón, la armónica o el violín, los cuales hunden aquí al receptor en un estado de introspección y de meditación.

Otro ejemplo de profunda espiritualidad se encuentra en la música del compositor Marcos Miranda, de origen boliviano y que reside en México.

La espiritualidad es la forma, el camino por el cual se puede llegar al Uno. Es como una necesidad a relacionarse con ese Uno. La unicidad está más allá del lenguaje, de los conceptos. Está en el campo de la experimentación, de la experiencia. Es una llamada que uno tiene. Todos tenemos esta llamada. Algunos tienen capacidad de realizarla de manera consciente. En mi caso la experiencia la tuve con la música. Sentí una necesidad de hacer música, una necesidad profunda que venía de otro mundo. La música es un don divino; una necesidad para conocer esta divinidad, por eso, la música está relacionada con ceremonias religiosas. A través de la escucha de la música de Duke Ellington descubrí la espiritualidad de la negritud. Luego me pasó lo mismo al oír a John Coltrane. La necesidad de hacer música me vino con una serie de sueños. A principios de 1990, en México, estuve en contacto con música que tenía una alta cualidad energética. Descubrí que se podía llegar al *trance* a través de la práctica instrumental. Hoy, a parte de los saxófonos y de los clarinetes, toco la flauta *ney*. Es el instrumento emblemático del sufismo y tocarlo es como una meditación; en cuanto suena, invoca algo. Antes del ney había comprado un salterio. Volví a tocar salterio después de aprender el ney. Muchos músicos tuvieron un papel importante en mi desarrollo espiritual: Thelonious Monk que vivía girando, John Coltrane con la profundidad de su sonido, Steve Lacy un gran místico del silencio, así como Mal Waldron, Albert Ayler, Abdullah

Ibrahim, Olivier Messiaen. Mi compromiso es servir a Dios a través de la música. Y mi primer disco, *Sama*, publicado en 1997 esta dedicado a Dios. Por otro lado, quiero entrar en el universo de Monk, encontrar el misterio de la música de Monk. Quiero tocar Monk a diario para reinterpretarlo. Si puedes oír desde el corazón, entonces todo es música. Eso es lo que me gustó del Free Jazz, su inclusión (...) todo se volvía un discurso musical. Mi labor espiritual es buscar campos comunes entre culturas. Al tocar la *kalimba* pude encontrar puntos comunes. En mi música para kalimba trato de unir músicas. En mi disco *En casa de Nur* mezclo *maqam* con jazz, de hecho es una de las bases de la *Sociedad Acústica*. Con este grupo pienso en términos de maqam interpretando a Monk. De hecho *Bemsha Swing* esta basado en una escala oriental, son ocho compases en do, cuatro en fa, cuatro en do; descubrí que era un maqam. *Well You Needn't* también tiene una escala oriental. Cuando paso de un instrumento a otro, sea en concierto o en un estudio de grabación, es una manera no esquizofrénica de fundir todas las tradiciones en algo.

¿IDENTIDAD DE SEXO O DE GÉNERO?

Ha llegado a ser políticamente correcto hablar de género y ya no de sexo. Para muchos, el simple hecho de empezar una discusión sobre el tema se considera sexista —una palabra que casi se ha convertido en sinónimo de racista—. Hablar de ello es como si uno hiciera de la mujer un objeto sometido al hombre; como si hablar de una diferencia fuera un signo de hostilidad. El moralismo político entra al asalto. Con la palabra género, este nuevo producto de moda, más allá de las oposiciones hombre-mujer y masculino-femenino, se abre también el debate acerca de las sensibilidades de los homosexuales y las lesbianas ante la música. Pues, de hecho, la noción de género encierra la de flexibilidad del comportamiento, cultural o no, que permite la creación de identidades múltiples. Plantear el problema del género sólo crea diferencias, dicen algunos. No entremos en el debate y propongamos francamente el asunto: ¿existe un elemento femenino en el jazz latino?, ¿dónde está? Hasta ahora, este asunto de lo "femenino" tenía que ver, en general, con la música clásica y la canción popular.

En las obras publicadas sobre el jazz latino, hasta la actualidad, casi no se menciona a las mujeres y, sin embargo, hay compositoras, instrumentistas, cantantes, productoras, propietarias de clubes, directoras de programación, animadoras de radio y televisión, periodistas y críticas. Tomemos el *Diccionario de Jazz Latino* de Nat Chediak; de sus notas biográficas, sólo 17 son de mujeres, de las cuales, 12 son cantantes, la mitad brasileñas —que, en general, interpretan canciones escritas por hombres—. Las estadunidenses Shirley Scott, Ella Fitzgerald, Sarah Vaughn, Lena Horne y Peggy Lee, no son verdaderamente versadas en el jazz latino. La única cubana es la innegable Graciela. "En música popular, señala la pianista argentina Lilián Saba, lo que está plenamente aceptado, obviamente, es la cantante femenina, pero no es habitual la mujer tocando instrumentos, menos arreglando y componiendo…". Así, en la misma obra de Chediak las instrumentistas son Michele Rosewoman, Rebeca Mauleón, Eliane Elías, Jane Bunnett,

Joanne Brackeen, Tania María: cinco pianistas y una saxofonista. ¡No es nada! Por otra parte, en su libro *Afro Cuban Jazz*, Scott Yanow menciona siete mujeres, entre ellas: Michele Rosewoman y Pamela Wise; sin embargo no hay ninguna señal de Susana Ibarra, Adela Dalto, Iraida Noriega, Magos Herrera, Olivia Revueltas, Turiya Mareya, Valeria Naranjo, Nora Sarmoria, Lilián Saba, Lila Downs, Annette Aguilar, Sumiko, Clarissa P., Marion Dimbath, Katie Viquiera, Claudia Acuña, Deborah Resto, Bellita, Lucía Huergo, Dania Sogo, Ana Martín, Angélica María, Annelis Elisa Suárez, Elisabeth Corrales, Sylvia Cuenca, Susie Hansen, Lala Angulo, Deanna Witkowski...

Todavía hoy, muchos comparten la opinión de Jean Jacques Rousseau, quien decía que las mujeres no tenían las mismas capacidades intelectuales que los hombres; ellas no pueden aportar nada al arte, pensaba. Desde Rousseau, pues, la mujer desempeñó un papel doméstico y no público, una función decidida por una sociedad patriarcal. En el siglo XIX la producción artística de la mujer se separó de la del hombre; la primera tenía sus actividades domésticas y de vez en cuando pintaba cuadros de flores y miniaturas. La mujer artista era presentada como una excepción. Por lo demás, cuando se usa la palabra artista, se piensa de manera inmediata en un hombre pues ¿acaso no se dice "mujer artista" para calificarla? Se conoce al hombre de ingenio, pero la expresión mujer de ingenio no existe.

En buena medida, el siglo XX continuó ignorando por completo la producción artística femenina. En el transcurso de ese siglo, las mujeres se esforzaron para encontrar su lugar en la sociedad; trataron de conciliar sus labores domésticas con sus aspiraciones y realizaciones artísticas. De entrada, sus creaciones son inferiores en número a las de los hombres y, en muchos casos, en lugar de ser artistas de manera completa, sólo son el producto del trabajo masculino. El asunto, entonces, es saber si ante la hegemonía patriarcal hay que hacer prevalecer los signos femeninos hasta ahora oprimidos. La lucha de los sexos reemplazará a la lucha de clases o bien es el género lo que determinará al ser humano, como se lo pregunta el musicólogo finlandés Eero Tarasti.

La cantante Adela Dalto, opina:

la presencia de la mujer en el jazz latino ha sido poca, por la cultura latina de mantener a la mujer protegida y separada de los varones a través de los padres o hermanos, dominante hasta los setenta. Pero cultivar el feminismo de la mujer también es difícil. Una trompeta en la boca de una mujer antes de los setenta era considerado demasiado masculino. Si uno tiene compromisos como: marido, hijos o un trabajo que no sea en la música, es difícil mantener esa relación. Pocas mujeres lo logran y lo mantienen. Cuando no puedes encontrar una oportunidad para unirte al grupo de alguien, simplemente empiezas el tuyo convirtiéndote en líder de la banda, te haces cargo del negocio, de las contrataciones y de la producción. Las oportunidades para conseguir conciertos están ahí, si tienes todas las piezas en su lugar.

Lilián Saba, considera que:

hoy las mujeres gozamos (generalmente) de la misma preparación profesional que los hombres en diferentes áreas, no quiere decir que no sigan existiendo aún discriminaciones que culturalmente tenemos incorporadas y continúen más allá de los cambios en los sistemas y en las instituciones. Creo que el siglo xx es el siglo del despertar de la mujer en muchos aspectos. Lo que yo observo —sobre todo en mi rol de docente— es que, si bien la mujer suele alcanzar un alto nivel en lo educativo y artístico en su juventud, es común que pasada una determinada edad postergue su profesión o reduzca sus expectativas artísticas para cumplir tal vez con otros aspectos de la vida que "culturalmente" están más aceptados y que por supuesto también son parte importante... Pero, creo que el gran desafío consiste en "tomarnos en serio" desde nosotras mismas en todos los aspectos y continuar desarrollando la vocación profesional o artística, pese a distintas circunstancias y momentos de la vida, sin esperar que la aceptación social provenga exclusivamente por cumplir con los "mandatos naturales" que nos han asignado. Esta problemática íntima de la mujer, sumada a otros prejuicios culturales y sociales que aún persisten suele frenar el desarrollo de grandes talentos femeninos. También, hay que combatir la creencia de la excepcionalidad (sólo unas pocas mujeres lo logran), ésta es otra forma terrible de discriminación encubierta.

Por el contrario, para la flautista Andrea Brachfeld "la cuestión de género parece desaparecer desde el momento en que sé es una buena música. En mi vida profesional, jamás he considerado mi género como un problema." La violinista Susie Hansen parece ir en este mismo sentido: "la mejor situación para las mujeres es

ser aceptadas como iguales con base en su musicalidad. El ser aceptadas como iguales requiere a menudo ser mejor intérprete que los hombres, más bien
que ser iguales a ellos en habilidad." Los mismos propó-
sitos son compartartidos por Rebeca Mauleón: "Lo
fundamental para mí siempre ha sido que la música,
como una forma del arte, está verdaderamente despro-
vista de género; cuando tus ojos están cerrados, no
puedes saber el género del compositor o del intérprete
¡sólo si pueden tocar o no!

*

¿Existen elementos femeninos que entran en la composición de la música instrumental? ¿Hay composiciones que reflejen problemas sociales propios de las
mujeres? O, como se lo preguntan algunos musicólogos: ¿existen convenciones musicales que representen
las experiencias femeninas? O, simplemente, ¿la creación, la composición y la interpretación son asexuales?
¿La música es asexual? Interrogamos a varias músicas
acerca de las metáforas y las convenciones musicales
que podrían manifestar ciertas preocupaciones femeninas, también sobre el timbre y su identidad. De entrada, la musicóloga Susan McClary considera que las mujeres componen música de gran calidad, "música, no
música de mujeres" precisa. Las más de las veces mo-
lestas, las respuestas de la mayoría fueron evasivas;
algunas se portaron casi hostiles, como Sylvia Cuenca:
"No entiendo qué se pretende con estas preguntas… la
música no tiene género. ¡Punto!". Desde luego, no se
trata de asignarle un género a la música. Sin embargo,
otras respuestas fueron más precisas.

No estoy segura de que existan dos estéticas bien diferenciadas, femenina o masculina, dice Lilián Saba, como por ejemplo lo blanco y lo negro, pues el artista,
sea hombre o mujer, posee una sensibilidad para las
cosas, una intuición muy fina. Creo que cada ser humano tiene aptitudes determinadas que van bastante
más allá de su género. Pienso que uno primero es artista, antes de ser una mujer o un hombre. Me parece
que el panorama musical puede enriquecerse en la
medida en que los hombres y, en particular, las mujeres, tengan la posibilidad de expresarse más. Creo que
el discurso de todo ser humano es único y diferente.
Pero, aparte de las influencias y de las épocas, el ser
humano se ha manifestado y ha aportado algo a la historia. Por otra parte, si la música instrumental tiene
una ventaja sobre la canción, es su carácter abstracto
(la consideración "femenino-masculino" y las relaciones
que hacemos por fuera del contexto musical pertenecen, con seguridad, a los prejuicios sexistas que tenemos). Tampoco pienso que haya tensiones sociales,
experiencias o emociones que pertenezcan exclusivamente a las mujeres; todo es el alma que se expresa,
es la expresión humana e incluso los problemas que
consideramos "femeninos" tienen un efecto sobre los
hombres, y aún más de lo que se cree.

Lilián Saba hace referencia a un estado sobrenatural,
a un estado del artista que permitiría al alma de éste,
de ésta, expresarse; un estado fuera del tiempo, fuera
de género, que ofrece al público una total libertad de
interpretación receptiva que dará sentido a lo que escucha. Tal estado presupone que el individuo, ya sea

hombre o mujer, haya aceptado, primero, reconciliar la diversidad que nos habita, una diversidad que todos tenemos la tendencia a negar, a querer homogeneizar. Esta diversidad contiene los modos de expresión de los aspectos femenino y masculino de nuestro ser o de las figuras del género que adoptamos. La reconciliación no implica que el artista renuncie a manifestar las facetas de su diversidad. A propósito de este concepto de reconciliación es interesante escuchar los puntos de vista del compositor y pianista Omar Sosa, quien reconoce haber grabado:

> [...] discos muy machos; con los discos *Mulatos* y *Aleatoric EFX*, que son muy melódicos, descubrí mi lado femenino; me gusta tocar melodías suaves, femeninas. Me gusta este lado hembra muy sutil donde la agresividad esta al lado. La igualdad es punto clave pero el Creador puso hombre y mujer, lo mismo se refleja en la música. Este lado me abre otra puerta. El mundo femenino te lleva a una paz interior; musicalmente puedes dejar las cosas suspendidas sin concluirlas.

La improvisación titulada *Mute Ostinato in C* en el álbum *Aleatoric EFX*, grabada en público en la Radio Bremen de Alemania, es un ejemplo perfecto de este cambio de orientación en la forma de tocar del pianista. Un nuevo mundo en suspenso se abre ante Sosa y su auditorio. Sobre un fondo sonoro electrónico, se abren vías, se echan a volar arranques melódicos, pero, nada se resuelve; es un mundo circular.

Algunas musicólogas, como Susan McClary y Marcia Citron, consideran que los códigos occidentales de

la composición, de la técnica y de la notación musicales, fueron inventados por los hombres y que las mujeres compositoras no tienen, por el momento, la posibilidad de elegir, sino simplemente la de usar los códigos
vigentes. "Las mujeres participan pero no controlan", se
dice. La notación musical de Occidente ha llegado a ser
el reflejo de un código social patriarcal en el cual la mente
domina al cuerpo. Esta situación ha contribuido a hacer
inferiores las músicas populares, como las de América
Latina que son esencialmente "corporales" y que siempre se han considerado como simple diversión.

Cuando una compositora utiliza códigos como *tonal striving* y *clímax*, traduce un aspecto masculino encarnado en esos códigos. Recordemos el famoso cliché
de la energía usada y la tensión que retumba, lo cual
sería, según algunos, una metáfora del acto sexual. Controlar la técnica traduce el instinto racional masculino; los motivos circulares, los *ostinatos*, la ausencia de
la voluntad del desarrollo y de la resolución a toda costa traducen un estado femenino o, más bien, una manera femenina de expresar las cosas. Algunos ven en
esta práctica una réplica del discurso, del lenguaje
hablado femenino. Las músicas, compositoras o intérpretes, ¿deberían descubrir, revelar, su propio lenguaje?
Otros, por el contrario, como el musicólogo Leo Treitler,
consideran que las posiciones de McClary sólo son interpretaciones que vienen del exterior y que no se trata
de características inmanentes a la música.

Para Adela Dalto,

las mujeres tienen la tendencia de tocar instrumentos
de cuerdas, porque creo que la principal preocupación

de una mujer es la igualdad. También, las cuerdas tienen la capacidad de mezclar notas que representan el círculo completo de las emociones por las que atraviesa una mujer, que sobrepasa al del varón. Esto involucra las hormonas y la capacidad reproductiva que tiene la mujer; le da más pasajes vitales que al hombre; por ello, las emociones expresadas son capaces de alcanzar un espacio más amplio y más profundo. Yo diría que una orquesta sinfónica, con los distintos instrumentos tocando una sinfonía y sus movimientos, puede representar muchas vivencias de la mujer. El paso del primer movimiento al siguiente puede representar un paso en la vida. Dependiendo de la estructura de los acordes, dentro del próximo movimiento se puede expresar cualquiera de los distintos sentimientos que experimentan las mujeres; por ejemplo, la felicidad de un nuevo nacimiento o del matrimonio; el siguiente movimiento puede representar la muerte o depresión o excitación.

*

Un aspecto esencial de la interpretación es el timbre.[9] El timbre es el motor del sonido musical; contribuye a su identidad. Por el timbre se enlaza al músico en el proceso de reproducción cultural. ¿Ese timbre que se revela en la interpretación puede reflejar el género del intérprete? El timbre nos despierta al mundo, nos vincula con él; como todo sonido musical, implica una relación social inmediata y un diálogo. La interacción

---

[9] El timbre en los vocalistas es una historia totalmente diferente que no trataremos aquí.

de las notas refleja la interacción social. Desde el renacimiento, parece que el mundo patriarcal de Occidente ha querido descontextualizar y trivializar el universo sonoro para controlarlo; como quiere controlar al mundo y a su propia reproducción, cosifica todos sus componentes. Es pues lógico pensar que en su arranque racional este mundo patriarcal haya deseado cosificar el timbre, para que ya no refleje ninguna relación social.

El pianista mexicano Jorge Martínez Zapata lo explica de la manera siguiente:

el timbre también se llama color; es el resultado de un proceso acústico natural en lo referente a la llamada "ley de los armónicos" y que trae consigo conceptos sobre la resonancia de los cuerpos sonoros. Cada instrumento tiene su propia capacidad para producir esos armónicos y se habla, por ejemplo, de una voz bien timbrada o de un instrumento fino cuando son capaces de producir armónicos de buena calidad y riqueza. Por el contrario, una voz deficiente o un instrumento corriente carecen de estas características. Todo lo anterior, unido a la construcción del instrumento, a su cuerpo, a su forma y a la manera como se produce el sonido en él nos permite diferenciar un violín de una trompeta, de un piano etc. (...) Toca al compositor o al arreglista explotar no solamente las cualidades tímbricas de cada instrumento en particular, sino explorar y experimentar las combinaciones de timbres tal como comienza a hacerse aproximadamente desde Beethoven, concluyendo en los grandes principios de orquestación llevados a sus últimas consecuencias por Debussy y Ravel en sus obras sinfónicas. En el caso de grupos reducidos, como puede ser el de un grupo de jazz o un grupo de sones mexicanos, cada músico se convierte en un explorador de su propio instrumento, extrae de él todos los efectos posibles, inventan nuevos efectos, nuevas técnicas de respiración, nuevas técnicas en el ataque de los sonidos y así se obtiene también un colorido diferente en distintas agrupaciones reducidas. El timbre refleja la emoción más interna del músico, como modificamos la manera de hablar de acuerdo a las emociones que desean ser expresadas; por ejemplo dureza, delicadeza, agresividad y hasta torpeza y porque no, un carácter masculino o femenino.

El timbre no puede ser neutro. Un timbre puro, un timbre demasiado racional e impostado es arrogante, exclusivo, asexuado; es la renuncia al cuerpo en beneficio de una mente demasiado racional. La caricia del sonido es diferente según el género; entre más complejos son el ritmo y las armonías más se siente la diferencia de timbre. Para hacer un bien, habría que emprender un estudio profundo de la envoltura del timbre de diversas músicas y músicos; es decir, el ataque, la permanencia, la extinción. Pero, la idea de un timbre rudo, viril para el hombre, de cara a un timbre tierno y suave para la mujer, es un lugar común que tiende a hacer inferior al género femenino con el fin de controlarlo mejor. Al respecto, Susie Hansen, dice:

Yo pienso, que cualquier creencia en que las mujeres tocan de manera más dulce o amable o suave está fuera de lugar. No sé si el timbre es andrógino, pero sé que la forma en que yo personalmente toco el violín es fuerte y enérgica, no menos que la de un hombre. Desde luego conozco hombres que tocan *swing* y eligen una manera más ligera y aérea.

Las grabaciones de la viola LaDonna Smith no contradicen en nada las palabras de Hansen. Y Lilián Saba va en el mismo sentido de Hansen cuando explica:

Convencionalmente, se entiende por femenino "lo débil" y por masculino "lo fuerte" (así tenemos en la teoría tradicional finales femeninos y finales masculinos de las frases, según terminen en tiempo débil o fuerte) (...). Por otro lado, a mí me han dicho algunas veces "tocas como un hombre" a manera de elogio, de hecho yo lo he tomado así y no me he ofendido porque noté que no había maldad en la apreciación, forma parte de un pensamiento prejuicioso con respecto a la capacidad musical de las mujeres en general. Creo que cuando una mujer tiene decisión en el toque, un pensamiento propio y lleva adelante medianamente bien un proyecto, la gente suele pensar que es algo excepcional y al decir "toca como un hombre" dan su aprobación: "lo hace bien". Es duro, pero forma parte de una tradición cultural muy prejuiciosa.

Pero los clichés llevan una vida dura, como lo recuerda el saxofonista chileno Raúl Gutiérrez:[10] "En Cuba todas las mujeres quieren tocar como hombres. Se trata de sonar macho o de sonar hembra. Sonar hembra im-

---

[10] Muchos ciegos son capaces de identificar en un concierto si un instrumentista es hombre o mujer.

plica que no tiene poder. La música cubana esta basada en el poder. Es igual en el jazz cuando se habla de sonar blanco y de sonar negro."

Cuando le conviene, el hombre construye una rudeza femenina haciendo de la mujer un objeto cuyo aspecto exterior termina por borrar el aspecto interior. Las bailarinas y las coristas de una orquesta de salsa se convierten en objetos decorativos, de espectáculo. El público llega a escuchar a la mujer "música" con los ojos. No hace falta que la mujer llegue a ser un sujeto, sino más bien que siga siendo un objeto. Además, por mediación de la fotografía, el cuerpo femenino deviene un producto de consumo, como por ejemplo en la cubierta del disco compacto *Time Machine* de Cortijo. Y luego, la crítica musical masculina hará una transferencia: si se dice que un contrabajista trata su instrumento como a una mujer, entonces una contrabajista trata el suyo como a su amante.

Más allá de los clichés y de los controles que se ejercen sobre el timbre existen, aunque parezca imposible, distinciones que provienen de las diferencias físicas entre los músicos. Saba:

> Eso depende de la contextura física de cada uno, en el caso de los pianistas tiene mucho que ver el tamaño de las manos. Es cierto que el hombre en general tiene contextura más grande y quizá un toque más pesado, pero conozco hombres con un toque delicadísimo y con manos muy chicas y mujeres con manos bastante grandes y toque fuerte. También hay hombres de gran sutileza en los detalles y mujeres no tan sutiles. Para lo que habitualmente estamos acostumbrados a pen-

sar [...] ¿serían hombres con toque femenino y mujeres con toque masculino? Es muy complicado de determinar [...]. Realmente no lo creo. A veces se dice que lo femenino es más hacia dentro y lo masculino más hacia fuera, pero creo que la interpretación tiene que ver con la personalidad de cada ser, su mundo interior y su forma de exteriorizarlo, más allá del género. En el arte hay, sin duda, un componente físico que juega, pero también es muy importante "lo espiritual", algo que te conecta con "el misterio", por llamarlo de alguna manera. No creo que haya una espiritualidad femenina y otra masculina, y el arte está muy relacionado con este aspecto.

Existe una diferencia de timbre, de fisiología del sonido, según los intérpretes de un mismo instrumento; una variedad de timbres que trasciende la oposición tradicional de masculino-femenino. Si el timbre refleja una variedad de comportamientos, podríamos decir que refleja una diversidad de géneros. Si el género, entendido como comportamiento, permite obtener una autonomía personal, lo mismo sucede con el timbre. El respeto, la motivación de esta diferencia tímbrica, significa alentar la expresión individual dentro de una misma sociedad.

La compositora estadunidense Judith Shatin considera que,

el timbre puede tener cualidades que asociamos con el género —por ejemplo, puede ser seductor, suave, áspero, amenazador, violento—. Pero, en lugar de pensar en él con relación al género, me gusta pensarlo con relación a una amplia gama de respuestas emocionales. ¡Éstas las comparten todos los géneros! Sus cualidades también sirven para definir géneros, tanto en la música popular como en la selecta.

IDENTIDAD CORPORAL

Si se quiere ir más allá del género, uno se puede preguntar, simplemente, si con el jazz latino el cuerpo no podría retomar su derecho y su lugar en una cultura musical de Occidente víctima de su instinto cerebral, racional. Sin hacer distinción de género —o de sexo—¿no sería esto deseable? En *¡Caliente!* ya habíamos planteado este tema remarcando que los diversos aportes de las músicas llamadas folclóricas, tanto del Caribe como de América Latina, podrían devolverle al jazz su carácter bailarín.

Al correr de los años y desde la clausura en 1966 del *Palladium* de Nueva York, el jazz latino parece haber abandonado los cuerpos. ¿Qué ha llegado a ser el baile en el jazz latino? Hoy vemos la rivalidad del cuerpo y de la mente. ¿Qué pasaría si el cuerpo tomara la parte superior? ¿Perderíamos la razón, el control mismo de la música? ¿Por qué la expresión corporal provoca miedo? ¿Por qué se prohíbe al público bailar durante un concierto? Lo que siente el auditorio es la música; si el músico se expresa en un espacio público ¿por qué el público no podría hacer lo mismo? ¿Por qué la policía recorre los pasillos del *Damrosch Park* en Manhattan durante un concierto de Eddie Palmieri si no es para impedir que la gente baile? ¿Será porque la música abre el camino del goce? Ahora que el jazz latino ha sobrepasado el marco de las comunidades étnicas y socioculturales para entrar en un espacio público más extendido, hay que devolvérselo a los cuerpos. Al devolverle al cuerpo su libertad de movimiento se frenará, al mismo tiempo, la trasformación de esta música en un objeto controlable.

El músico debe respetar la norma musical, una cierta homogeneidad, en el mismo nivel en que el ciudadano debe respetar la norma social del momento. Al rechazar las fronteras del sonido musical y la estructura misma de la música, al tocar sobre una cierta ambigüedad, los músicos del *free jazz* —como Arnold Schoenberg antes que ellos— también rechazaron la norma social. Trasmitiendo las impresiones culturales particulares con la plasticidad de sus discursos, los músicos del jazz latino podrían hacer lo mismo, podrían resistirse a la norma social que intenta controlar su expresión así como a las culturas en las que se inspiran. El jazz latino, con su riqueza y su variedad de propuestas, puede ser una música de resistencia. Desde luego, el todo está en saber si esta resistencia será capaz de quebrantar el sistema o sólo es una ilusión, un mito. ¿Cambio radical o simple resistencia? No se trata únicamente de resistir, sino también de proponer algo nuevo, una alternativa; proponer nuevas reglas que cambiarán el carácter del campo dinámico sobre el fondo del cual se desarrolla el jazz latino. (Véase el capítulo dedicado a las liberaciones.)

Aquí, la resistencia podría darse en el aspecto corporal de la música, en su subjetividad, en el gesto de los músicos y en la respuesta del público. Hablar de corporalidad en el jazz latino es, en primer lugar, querer mencionar las formas musicales (la mayoría de ellas tienen un nombre femenino) que constituyen la riqueza de un continente y, a propósito de las cuales, habría que emprender un análisis serio —rítmico, melódico, armónico, tonal—, un trabajo que sobrepasa el marco de este libro. Los patrimonios musicales del Caribe y de América Latina se componen de bailes. Lo corporal de una composición de jazz latino, en tanto que éste se nutre de esos patrimonios, dependerá en gran medida del carácter de la danza en la que se inspire. Lo gestual de una composición; es decir, el conjunto de sus movimientos, implica una intención y una significación trasmitidas por esos mismos movimientos internos. Es impregnándose de su estilo, descifrando la partitura —si existe— interpretándola de manera constante, cual si se tratara de ensayos, como el músico se familiarizará con lo gestual. Al prestar su propio cuerpo a la obra, el intérprete penetra su estructura, abraza sus menores movimientos, sus contornos; baila primero la danza antes de interpretarla. La interpretación pública no sólo refuerza la expresión rítmica de una pieza; sino además, permite al músico, por sus propios gestos, dar forma y envolver los movimientos inherentes a cada composición. Lo mismo sucede con el director de orquesta, el cual hace manifiesta la plasticidad de la obra que dirige. Pensamos en Chico O'Farrill cuando dirigía su orquesta los domingos por la noche en el *Birdland* de Nueva York; sus gestos reforzaban la temática de las composiciones.

De manera más precisa, cuando aquí hablamos de gestos, de lo gestual, de movimientos, tenemos en mente no sólo la articulación de una composición, sino también el arranque de las pulsaciones, las células rítmicas, los motivos que se repiten como signos sensuales, eróticos; pues, más allá de su carácter social, el ritmo repetido ha llegado a ser un cuerpo estético que el público recibe como una experiencia física. Pensamos en los cambios bruscos de ritmos, en la clave cubana que puede de repente cambiar de dirección, en las improvisaciones libres como cuerpos que se sublevan, que se aventuran hacia caminos vírgenes alejándose del orden establecido. Pensamos en la flexibilidad, la incertidumbre, la ambigüedad que puede presentar el rubato.

También tenemos en mente a los tumbaos de conga, de piano o de contrabajo —escuchemos los de Cachao o Al McKibbon—. "Lo que hace grande a un tumbao, explica McKibbon, es la comprensión armónica y también el hecho de saber y comprender lo que hacen los miembros de la sección rítmica". El contrabajo canadiense Allan Johnston considera que el papel de éste músico es el de moderar el curso de las conversaciones armónicas y melódicas dentro de la orquesta, a la vez que se asegura de que avancen por buen camino:

El contrabajo actúa como un traductor entre los instrumentos armónicos y los melódicos. Un gran tumbao de contrabajo debe posicionarse entre el de la conga y el montuno del piano. Es imposible tocar un tumbao de calidad sin estar al tanto de lo que hacen los demás músicos. A menudo, el nivel de comunicación es subliminal, pero innegable. Un buen contrabajo debe hacer gala del sentido establecido del ritmo y debe, en verdad, conocer el papel de su instrumento. No hay que olvidar que en este caso tumbao significa "tumbar", "desenrrollar"; una acción que desde luego se refiere al ritmo.

137

Para el bajo peruano Oscar Stagñaro se necesita, ante todo, "saber en que dirección va la clave. Lo importante también es la duración de las notas; tener en cuenta el acento en 4 si está anticipado o el acento en 2+ si no está anticipado". De manera general, podemos decir que la progresión armónica I-V-I que sigue el contrabajo, el movimiento prolongado, el vaivén entre I y V teje un telón de fondo que conlleva un movimiento contoneado propicio para el baile.

La abundancia de bailes que hay en América Latina puede, pues, volver a dar al jazz latino un carácter bailarín y al cuerpo del músico y del público su libertad de movimiento. Una de las expresiones musicales mexicanas más maravillosa es el son huasteco. En 1969 el pianista mexicano Jorge Martínez Zapata hizo, en San Antonio, Texas —donde vivía entonces— una grabación amateur del violinista mexicano Daniel Terán. Se trata de 11 temas interpretados en solo por Terán que representan el estilo intenso y vigoroso del huapango potosino. Es un documento único, extraordinario, que exalta el orgullo de una cultura. En las improvisaciones de Terán se siente la expresión de los cuerpos de los bailarines. Cuando uno escucha la versión instrumental de un huapango, después de haber asistido a una fiesta local en la que se baila sobre una tarima de madera, uno percibe fácilmente en la música el movimiento de los cuerpos de los bailarines, como si ésta hubiera sido hecha para ellos. En la misma época, Jorge Martínez empieza a fusionar el huapango con el jazz: su composición para piano solo, *Buscando*, es un son huasteco con armonías contemporáneas tomadas de Chick Corea y Keith Jarrett. *Buscando* es pues un baile, y su lenguaje de gestos, que es él mismo un reflejo cultural, y los versos, que en general se improvisan, están encarnados en la música. Según su autor, éste es un ejemplo de la interiorización de una música auténticamente autóctona. El proceso de fusión, de corporizar, puede servir de muestra para el conjunto de las latinizaciones en la creación de jazz. Así, al insuflar un ritmo de chachachá en *My Funny Valentine*, el joven pianista mexicano, Edgar Dorantes, refuerza la corporalidad de la composición original.

A mí me gusta mucho cuando disfruto corporalmente la música que toco. Con el arreglo de *My Funny Valentine*, mi propósito es hacer sentir la corporalidad de la pieza. Los elementos corporales de la composición son, en primer lugar, la secuencia armónica en do menor con la melodía; es una composición muy corporal, sólo tocas la primera secuencia y te mete en ambiente. El músico debe sentir la música en el cuerpo, él debe desarrollar este sentir. De hecho toda la música tiene que ser corporal. Luego, en la parte B de la composición original, hay una sustitución de acordes que te jala. Me gusta también el movimiento de cómo camina el bajo. El chachachá es un baile alegre, totalmente corporal, reforzado con el ritmo del timbal. Se puede sentir el ritmo con cualquiera de las dos claves: 2-3, 3-2. Nosotros, en el trío, simulamos el timbal con la batería.

Retomemos otra vez el álbum *Jazz Argentino* de Fernando Huergo. La composición *Truco* es la expresión más tradicional de una chacarera. Con facilidad se perciben los acentos musicales que marcan los movimientos de los bailarines. En la danza, como lo precisa Huergo "el hombre va chasqueando sus dedos en la primera, tercera, cuarta y sexta corchea del 6/8, lo que corresponde a las *palmas* del flamenco. Los bailarines se van persiguiendo en círculos moviéndose con los acentos binarios del 6/8." Notemos que el malambo tiene también una fuerte influencia del flamenco en el zapateado del bailador que sigue la secuencia rítmica del bombo; después, improvisa usando el tacón de sus botas como instrumento de percusión. Hablando de la chacarera, el baterista Guillermo Nojechowicz añade que "el baile se realiza con ropa típica de la cultura. El hombre usa unas botas con espuelas y realiza el zapateo en el medio del baile mientras la mujer hace el 'sarandeo'. El zapateo marca el ritmo e introduce distintos cambios y variaciones."

LA USURPACIÓN DE IDENTIDAD

En todas las épocas y en todas las disciplinas artísticas siempre han existido seudo artistas de los que casi nunca se habla —o no lo suficiente, según ellos—. Su única opción es, pues, no dejar de hablar de sí mismos con una arrogancia disfrazada de modestia. Es una inflación narcisista permanente; la hinchazón de la palabra y del yo no deja espacio ni para el pensamiento ni para la moral y aún menos para la ética. El mundo del jazz latino no se escapa de esta situación. Envidiosos, están obsesionados con la destrucción del otro, de ese otro que consideran como un obstáculo o como un objeto que le hace sombra a su personalidad egocéntrica. Como *hackers*, inyectan a su alrededor virus que intentan desacreditar a sus estorbos (pienso en aquel contrabajo de la ciudad de México quien durante varios años se esforzó en hacer creer a su entorno que el autor de estas líneas, maliciosamente, ¡había hurtado partituras originales de Chico O'Farrill!). Esto raya en la obsesión. Nunca se acusa de manera abierta, jamás directa, se hace insidiosa, perniciosamente; es testimonio de una mente enferma relevada por otras mentes sin imaginación y que se alimentan de rumores. Al considerar que se merecen la gloria, gozándose con el simple sonido de su voz melosa, obsequiosa en sus relaciones con el público, sólo esperan de este último una reverencia.

Su lengua pérfida quiere envenenar vidas para que la suya sea al fin celebrada. Su condescendencia abyecta —palmaditas intelectuales—, sólo tiene por igual su falsa benevolencia. Muchos se sienten como hijas o hijos desplazados. Nacionalistas, se jactan, no obstante, de viajar y se dan valía gracias a colaboraciones forzadas con artistas de otras partes. Siendo racistas con las minorías de su propio país, abrazan las de otros, y se entregan a pillajes culturales para enriquecer sus obras que presentan como originales. Sin embargo, estas composiciones sólo son simples comentarios, charlatanería, sobre ritmos y melodías originales; algunos se apropian incluso de la alteridad anexando los ritmos. Pero, su vanagloria hace que la música reniegue.

Los más viejos, se complacen en reescribir la historia; los más jóvenes, simplemente, la inventan. Simulan con talento la honestidad. Son piojos, parásitos que están por todas partes. Todo lo han visto, todo lo han escuchado, todo lo saben. Nunca asisten a los conciertos de sus pares. Cortesanos de otras épocas, uno los imagina con una pluma en el trasero para complacer al rey. Otros, los más suertudos, logran obtener buenos contratos con casas de discos de cierto renombre; una vez que se publican sus álbumes, se parecen al papel pintado para tapizar las paredes. No tienen identidad o, más bien, la que pretenden tener es robada.

*

En América Latina el robo cultural es un asunto serio; desde hace varios años se practica en detrimento de las tradiciones orales. La cuestión es simple: muchos músicos van a las comunidades locales, lejos de los grandes centros urbanos; estas comunidades han llegado a simbolizar, con el paso del tiempo, tradiciones musicales orales o, aún mejor, lo que la UNESCO llama el "patrimonio inmaterial". Esos músicos van pertrechados con una grabadora y registran discretamente músicas y letras para luego reproducirlas como sus propias creaciones. Cuando se les pregunta por su comportamiento, se escudan detrás del hecho de que esas obras son de dominio público "pues nadie las ha grabado legalmente"; o, de manera simple, pretenden haberse identificado con esas expresiones. Son muchos los artistas que han pasado al banquillo de los acusados por haber usado de forma irresponsable las músicas llamadas étnicas, ya sea en el ámbito de la música clásica, del rock, de la canción o del jazz.

Tomemos el caso de México, un país donde algunos grupos de intelectuales blancos se visten como los indios mestizos, para mostrar así una comprensión de sus problemas comunitarios. Examinemos brevemente la ley vigente en materia de derechos de autor y los problemas que de ella se desprenden. En primer lugar, según la Ley Federal del Derecho de Autor, una obra está protegida si tiene un autor identificable y, de acuerdo con el artículo 12: "Autor es la persona física que ha creado una obra literaria y artística." Además, según el artículo 3 de la misma: "Las obras protegidas por esta Ley son aquellas de creación original susceptibles de ser divulgadas o reproducidas en cualquier forma o medio." En materia de culturas populares —término que designa groseramente las culturas de las diferentes comunidades étnicas del país—, la ley reconoce que pueden existir obras cuyo autor no está identificado. Así, el artículo 48 del Título VI del Reglamento de la Ley Federal del Derecho de Autor, señala: "Las obras literarias o artísticas de arte popular o artesanal cuyo autor no sea identificable, podrán ser: (...) Expresiones musicales, tales como canciones, ritmos y música instrumental populares." Para estas obras, la única protección que se ofrece está en el artículo 158: "Las obras (...) estarán protegidas por la presente Ley contra su deformación, hecha con objeto de causar demérito a la misma o perjuicio a la reputación o imagen de la comunidad o etnia a la cual pertenecen." Da pena leer el artículo siguiente (159): "Es libre la utilización de las obras literarias, artísticas, de arte popular o artesanal; protegidas por el presente capítulo, siempre que no se contravengan las disposiciones del mismo." Sólo una y miserable consolación: la persona que utilice libremente una creación deberá mencionar su origen (artículo 160).

Desde luego, el primer problema es el que plantea la noción misma de autor. El autor debe ser una persona física. Una comunidad, sea cual sea su parte en la creación de una obra musical, no puede considerarse como autora. Segundo problema, que se desprende del anterior, el autor debe ser identificable. En la tradición oral, identificar al autor es una tarea ardua. Y para coronar el pastel, la ley plantea la cuestión de la originalidad. Sólo puede protegerse una "creación original". ¿Cómo interpretar el concepto de originalidad en una tradición oral?

Es difícil saber si se trata de cinismo, pero las personas que redactaron esta ley admiten que pueden existir, en el campo de las culturas populares, obras cuyos autores no están identificados. Recordémoslo, a pesar de que esas obras pertenecen intelectual, moral y culturalmente a una comunidad, no tienen autor; un autor debe ser una persona física. La seudo protección contra el perjuicio de la imagen y de la reputación es una prueba de condescendencia paternalista y colonialista. Por lo demás, una protección así no tiene mayor importancia, pues, en realidad, cualquiera puede usar libremente esas obras.

Para decirlo claramente: un músico puede recorrer México, grabar los distintos tipos de músicas que descubra durante las fiestas populares, verificar que se trate de composiciones sin autor, tal como lo prevé la ley; de regreso, en su estudio, puede incorporar libremente a sus propias composiciones elementos de lo que grabó; también, puede escribir nuevos arreglos sin tener que pedir la autorización de la comunidad ni entregarle regalías. Las casas de discos pueden así publicar una gran cantidad de álbumes sin tener que preocuparse por los derechos de autor —¡Siempre y cuando esos discos no causen un perjuicio a la imagen de la comunidad! ¡Qué menosprecio, cuánto cinismo!—. En el caso de una tradición oral familiar, que pertenezca ella misma a una comunidad, la cosa es más simple: uno o varios miembros de la familia pueden grabar una obra bajo el nombre de uno o varios autores difuntos y así beneficiarse con la ley.

Continuando con las culturas populares, al margen de las expresiones musicales que no tendrían autor, la misma ley mexicana toma en consideración a "Los instrumentos musicales populares o tradicionales, y (…) la arquitectura propia de cada etnia o comunidad (Título VI artículo 48)"; esos instrumentos existen, pero no gozan de ninguna protección. Su reproducción y su uso son libres.[11]

Hay voluntad por parte de algunas personas para remediar esta situación. Por ejemplo, Emilio Hernández, cuando era el coordinador de la fonoteca del Instituto Nacional Indigenista (INI) de México intentó, durante varios años, llamar la atención de las autoridades acerca de la cuestión del respeto a los derechos de autor de las comunidades indígenas de su país. Durante mucho tiempo este instituto ha grabado la música de diversas comunidades indígenas; su papel era preservar de alguna manera el patrimonio musical. Además de este trabajo, también pretendía controlar el uso del material grabado por terceros interesados; si un artista deseaba utilizar una parte o la totalidad de alguna

---

[11] A guisa de anécdota, es interesante ver en Chile a músicos que utilizan instrumentos bolivianos, como el charango o la quena, para celebrar la identidad nacional chilena.

grabación, ya fuera para un disco o para una película, tenía que pedir permiso al instituto.

En el INI, el Centro de Investigación, Información y Documentación de los Pueblos Indígenas de México (CIIDPIM) tiene como objetivos reunir, generar, organizar y difundir la información más relevante y actual sobre los diferentes pueblos indígenas que hoy habitan en el territorio nacional (poco más de 12 millones de mexicanos). El Instituto atiende las peticiones de ceder derechos sobre algunos fragmentos musicales o sobre una pieza completa tanto para interpretarla tal cual o para su reinterpretación, o para incluirla en materiales fílmicos, fondos musicales. Todo eso tiene que ver con derechos de autor y no ha sido muy pulido y trae consigo muchos problemas. Hay personas que al menos nos hacen la solicitud para el uso del material que hemos grabado, pero hay otros que lo toman sin autorización alguna. Tampoco en muchos de los casos se actúa por parte de la institución, y cuando se actúa en contra de las personas que están mal usando o utilizando estos fragmentos o piezas completas para su beneficio particular o para su quehacer artístico, no hay manera de reclamar. Se queda todo en un intento. La institución no se va a negar, en ningún momento, a aportarle al solicitante el material mientras se especifique claramente el uso que se le dará, la aplicación última que tendrá y un acuerdo en caso de lucro. El artista tiene derecho de crear y recrear todo lo que le rodea pero con ciertas reglas, los intérpretes originales están en las mismas circunstancias y tienen derechos. Nosotros estamos discutiendo el tema de que si, de

146

algún modo, hay lucro, la ganancia o parte de la ganancia pase a favor de los creadores; la lógica funcionaría así, pero la realidad no.

No es tanto por proteger los derechos de la institución, sino por proteger los derechos de los intérpretes. Nuestra tarea también consiste en defender los intereses de los intérpretes, autores, compositores indígenas, que son los últimos de la cadena. Nuestra Institución no tiene ningún beneficio. No hay un registro ante las autoridades de lo que existe, ni la institución ni los autores ni los intérpretes registran sus composiciones o su música. En el momento de editar los materiales que grabamos se determina en las grabaciones cuáles son los orígenes, quiénes son los autores, qué nombres tienen éstos, si tienen autores o no, si son ejemplos musicales de uso ritual, los cuales usualmente no tienen autor sino que pasan por generaciones; entonces, no podemos ponerle dueño a esta música más que la población, y la institución se convierte en el custodio de este material. Si no hay creador específico, ponemos creador anónimo, eso no determina que no haya un beneficiario en este sentido.

*

Después de la música, ya sólo falta apropiarse de las imágenes; una de ellas, la de pertenecer a alguna comunidad cultural o musical, es la más apreciada. Así, vemos desde hace varios años una apropiación y una sobreexplotación de imágenes religiosas asociadas con el jazz afrocubano: fotos, textos yorubas, collares, brazaletes y baratijas están por todos lados. En Cuba la Santería se ha convertido en una atracción turística;

miles de personas pretenden una profundidad espiritual que no tienen. En numerosos casos, los conjuros a los orishas que aparecen al principio de los discos de ciertos músicos se han vuelto clichés. ¿Qué futuro se puede prever a partir de una identidad falsa? El estilo de las fotos que aparecen en algunos discos y documentos de prensa remite a una realidad, a una estética cultural y musical que se supone comparte el público al cual están destinadas. Ahí, se ven objetos simbólicos mostrados con cierto esteticismo, o bien, un músico que se presenta como hombre de cultura, adoptando alguna pose. Otras fotografías dan la imagen de un músico tenebroso concentrado en su instrumento como señal de una intensa introspección. La idea es asumir que el público reconocerá en la imagen una prueba de autenticidad cultural y se hace a despecho de la analogía con una realidad manipulada, pues si existen músicas que no dejan huella, también hay fotos que no la dejan: imágenes en las cuales no hay nada que ver, músicas en las que no hay nada que escuchar.

IDENTIDADES VIRTUALES

La radio nos envía a los oídos bachatas y cumbias sin parar; tenemos acceso a programas de televisión que provienen del mundo entero; en el supermercado, nos enfrentamos con productos originarios de una decena de países; en el camino a la estación del metro, pasamos por restaurantes que ofrecen especialidades de Perú, Colombia, Italia, Grecia o Brasil; nuestro vendedor de periódicos ofrece revistas en siete lenguas diferentes;

148

nuestro nuevo vecino es un contrabajo israelí; el prometido de la hija de nuestro mejor amigo es puertorriqueño. En un medio así es difícil recordar, o incluso, sentirse cerca de nuestras raíces y hasta pertenecer a una comunidad que las comparte.

Las comunidades tradicionales desaparecen poco a poco. Por todos lados aparecen comunidades virtuales cuyos miembros son seres fragmentados, compuestos de identidades parciales que, a pesar o por causa de esta fragmentación, se hayan en comunidades simbólicas, móviles, navegando en internet para compartir razones, valores, costumbres, esperanzas. Dentro de estas comunidades, se desarrollan subculturas con sus propios valores. Con su doctrina del aquí y ahora, la internet alienta la diseminación singular de los encuentros; permite, además, una automultiplicación de uno mismo autorizándonos así a estar presentes, de manera simultánea, en diferentes lugares. Pero también, mediante los foros electrónicos, la internet permite reuniones efímeras alrededor de un artista, de una obra, de una idea; reuniones que a menudo se dispersan enseguida. Estas comunidades en movimiento están en expansión constante. Es el mundo de las identidades migratorias el que da otro sentido de la libertad, una nueva movilidad.

Cabría preguntar si el espacio público tradicional se ha proyectado en el espacio cibernético y si se puede recuperar a través de las prácticas transgresivas que la misma internet permite. Con sus mundos simultáneos y sincrónicos, su arquitectura móvil, la red de redes desestabiliza nuestros conceptos de espacio, de tiempo y de permanencia. Podemos perdernos en un embrollo de redes, recorrerlas a diferentes velocidades, interrumpir nuestro avance, darle nuevas direcciones de forma casi instantánea, sin contar con un plan, una estrategia precisa. Nuestra perspicacia y agudeza mental son nuestros únicos aliados para no dejarnos engullir. Es, pues, necesario recablear nuestros cerebros para adaptarnos a nuevos modos de percepción que favorecen a las memorias de corto plazo.

La internet es un espacio de distribución compartida o, más bien, una multitud de espacios que hospedan artes, músicas, música virtual y donde se expresan individuos y comunidades. Si la red favorece el consumo, la difusión de obras artísticas, la repetición permanente del otro ¿no debería también alentar la creación, el volver a tomar la palabra? Pues, en fin, ¿no estamos ante la eclosión y el florecimiento de culturas musicales minoritarias a pesar o por causa de la técnica? Lo cierto es que gracias a la internet el músico puede reclamar su autonomía y retomar el control del destino económico de su música. En tanto que la industria del disco se fisura, se fractura, y que muchos músicos pierden su domicilio discográfico y se ponen a errar, otros se lanzan a nuevas aventuras en busca de un lugar hospitalario. Muchos, pues, producen sus propios álbumes y los distribuyen sirviéndose de mecanismos creados por el ultra liberalismo. Los usan como armas dirigidas contra un sistema que intenta, demasiado a menudo, mantenerlos en la marginalidad.

Aprovechando de esta forma las nuevas tecnologías, el músico puede establecer su puesto en donde sea; sus obras y su imagen adquieren así movilidad y aquél o aquélla que no tenga su sitio en internet corre el riesgo de ser ignorado.

150

Ahora que el jazz latino se distribuye por internet, con el mismo derecho que cualquier otra música, se ha convertido en intercultural y "entrecultural"; puede deslizarse por todos los intersticios. El jazz latino en la red representa un espacio sonoro policultural compuesto de múltiples realidades. En Tashkent, Uzbekistán, cerca de la estación de metro Pushkin, en el cibercafé *Nuron Relcom*, un aficionado puede descargar un archivo musical del grupo *Afro Bop Alliance* de Washington D.C. Desde el cibercafé *Claudio*, en la calle de San Pedro del barrio La Cisterna en Santiago de Chile, otro aficionado puede conocer la agenda de los conciertos de la *Finnish Afro Cuban Jazz Orchestra* de Jere Laukkanen.

Para Alex García, fundador del grupo neoyorquino *Afromantra* "la internet es vital, es una herramienta muy necesaria hoy en día; todos los contactos los hacemos vía internet, la gente va al *website* y puede escuchar la música que hacemos, leer dónde vamos, nuestro concepto, nuestra filosofía, críticas de prensa, etc…". Los testimonios parecen unánimes:

Sin duda que la internet promoverá el desarrollo del jazz latino —comenta Fernando Huergo—. Es una gran ayuda para los artistas de sellos independientes, como yo, que no pueden competir con la distribución de los sellos grandes. La industria musical esta cambiando rápidamente y muchos artistas de jazz han sido eliminados de diversas compañías por la presión de vender mucho y rápido. Discos artísticos no venden a corto plazo, por eso la internet sirve para que los discos sigan expuestos al público por mucho tiempo, lo cual es un compromiso que los grandes sellos y distribuidores no pueden mantener.

Según el pianista Mark Levine,

> la internet ha sido extremadamente útil para mi promoción, ampliando mi comunidad, haciendo más fácil y menos caro difundir mis conciertos mediante anuncios en el correo electrónico. Hago accesibles algunas descargas desde mi página *web*, no *tracks* completos. He vendido muchos libros y discos a gente de todo el mundo.

"La internet me ha conducido (y a mi música) a un contacto directo e inmediato con admiradores, reporteros de radio, desarrolladores de páginas *web* de jazz latino y muchos de los que considero mis ejemplos a seguir", insiste el contrabajo del *Grupo Jazz Tumbao* Allan Johnston. Y agrega: "He vendido mis discos compactos en los Estados Unidos, Italia, Venezuela, Austria...".

Según el saxo Miguel Zenón, "la gente ha llegado a conocer más de mí y de mi música a través de mi página *web*. Hago en ella actuaciones en vivo que las personas pueden descargar. He vendido discos sólo cuando alguien me contacta porque tiene problemas para conseguirlos en la tienda local".

Con la internet, señala Harvie S.,

> puedes acceder a gente de todo el planeta de manera instantánea y prácticamente sin ningún costo. Si tuvieras que mandar por correo ordinario toda la promoción el gasto sería prohibitivo. Las páginas *web* son muy impor-

tantes para la difusión porque cualquiera puede ir a ellas y obtener toda la información que necesite acerca de ti. También pueden contactarte para algún trabajo o para expresar su interés en el tuyo; para comprar un disco, descargar una melodía o simplemente para hacerte una pregunta general.

Sin embargo, hay algunas reservas, por lo demás bien justificadas, como las de Nando Michelin:

> La internet ha sido útil en algunos aspectos, como permitirme vender discos en línea o enviar material de promoción. Por otra parte, ha añadido mucho "ruido" en el ambiente de la música; ahora es más difícil para el auditorio discernir entre la gran cantidad de música a la que está expuesto, no siempre de la mejor calidad.

*

La internet facilita también la aparición de numerosas revistas musicales; muchas funcionan como comunidades de encuentro: *Jazzeandito/En Clave de Jazz* (Uruguay), *Anapapaya* (España), *Latin Jazz Network* (Estados Unidos), *Latin Jazz Club Magazine* (Estados Unidos), *Latin Jazz Magazine* (Estados Unidos), *Purojazz* (Chile). La mayoría de estas revistas son el fruto del trabajo y la vocación de una persona sola; por ejemplo la uruguaya *En Clave de Jazz* de Jorge Rocha.

> *Jazzeandito* nació por el año 1997 en Caracas, Venezuela, mi segunda patria, cuando entré en contacto con Germán Acero, productor de artistas y espectáculos. Mi trabajo principal entonces estaba dedicado al

diseño de comunicación y gráfico. Mi condición, entre otras cosas, de músico (batería) apasionado del jazz y, a la vez, colaborando en la organización de eventos, nos unió e hicimos *Jazzeandito*, una columna publi-informativa de diario, que después derivó también en programa de radio (el cual conducía) y, con el auge de internet, fue además una columna integrada a un portal musical. Cuando por diversas circunstancias decidí regresar a Uruguay, en noviembre de 2000, proseguí con el proyecto, manteniendo el nombre original y colocando esta versión w*eb-magazine* en un portal uruguayo. En el año 2001, comencé en Montevideo a organizar eventos de jazz, especialmente con las nuevas tendencias y proyectos nacionales originales. Ese evento se llamó *En Clave de Jazz* (jugando con: la clave y con el enclave). En el 2002 busqué otro portal, otra casa donde hospedar mi proyecto. Ya entonces el proyecto había crecido y juzgué oportuno darle una orientación básica más regional, sin dejar la universalidad general de la información. Como el espíritu de los eventos iniciales se parecía mucho al espíritu que tiene el *web-magazine* lo titulé *En Clave de Jazz*. La relación, en resumen, entre *Jazzeandito* y *En Clave de Jazz* es que tienen la misma raíz y orientación, pero, *Jazzeandito* es ahora solamente un resumen informativo de jazz, dentro de una revista digital (*La Onda*). El material es compartido. *En Clave de Jazz* es mucho más amplio y completo. En parte sostengo la revista de mi propio bolsillo. Produzco, edito, escribo, busco, analizo, investigo, entrevisto, yo solo virtualmente, casi todo. También hago intercambio de información y tengo colaboradores *ad honorem*. Escribo y/o mando información a cambio de reciprocidad. Ofrezco mis espacios a comunicadores de todo el mundo, reconocidos por su trabajo. Reproduzco material con autorización, como aquellos que lo permiten condicionados a la mención de la fuente de origen. Artistas, productores, sellos de todas partes del mundo, me envían sus materiales e información a efectos de ser reseñados y difundidos. La información local se complementa con la recopilación de información regional y mundial habitualmente dispersa y la concentra en un solo lugar. La revista en línea tiene una inmediatez absoluta y universal; pero, a la vez, una vigencia y una permanencia condicionada al acceso y la periodicidad de su actualización. Su universalidad hace que el tratamiento de la información (al menos así lo entiendo y lo practico) debe contemplar que será vista en cualquier parte del mundo, en cualquier momento y por disímiles personas. Cuido bastante en la redacción lo que se llama "efecto cultural adverso". Las revistas impresas aún permanecen en lo local, incluso en sus versiones en línea que usualmente son vistas por habitués y aquellos afines al medio en razón de su nacionalidad en distintas partes del mundo. El periodismo de revistas en línea, debe ser más de formación, información y difusión que de opinión.

Historias de foros

En octubre de 1999, desde la pequeña ciudad texana de McAllen, Luis Moreno, profesor de un bachillerato local, lanza un grupo de discusión en internet: *Latin-*

jazz. El foro cuenta hoy con 825 miembros. Por este éxito, Moreno abre un segundo grupo en mayo de 2001: *Jazz Mestizo*. El idioma del primer grupo es inglés, mientras que el del segundo es español.

Fui miembro del foro de Usenet *rec.music.afro-latin* durante unos años. Cuando la discusión en ese foro fue degenerando, pensé que sería bonito tener un espacio dedicado exclusivamente al jazz latino. Después de un año, noté que la participación de quienes eran principalmente hispanohablantes era limitada. Era un contexto familiar, ya que como maestro de secundaria en un área donde se atiende a muchos inmigrantes de México, se presentaba el problema a menudo. Quise entonces establecer un foro dedicado al jazz en donde el lenguaje oficial fuese el español.

Gregory Pappas, profesor de filosofía en la Texas A&M University, moderador del foro *Latinjazz*, recuerda las circunstancias de este primer foro.

Luis Moreno y yo éramos miembros del grupo de noticias *rec.music.afro-latin*. Contribuíamos pero llegamos a estar insatisfechos con la relativa falta de interés en el jazz latino y con los debates políticos ocasionales que pueden suceder en un grupo no moderado. Un día le pregunté a Luis sobre un disco nuevo de Mark Levine que, presumiblemente, había mencionado en una ocasión anterior pero que yo, de alguna manera, me había perdido. Luis me contestó "conoces a Goyo, ¿por qué no buscar un lugar donde podamos tener una discusión más directa y moderada sobre jazz latino?".

Buscó por todas partes en la internet y no podía creer que nadie hubiera empezado un *eGroup* de jazz latino. Entonces ¡él lo inició! Y yo, junto con los 10 primeros miembros, le ayudamos a construirlo. El grupo empezó a crecer más rápido de lo que jamás hubiéramos pensado; básicamente por medio de invitaciones y "radio boca". El primer año, incluso hicimos algunas tarjetas de presentación (que tenían la información básica sobre cómo suscribirse) con el nombre de nuestro foro. Les dábamos estas tarjetas a los músicos de los conciertos a los que asistíamos o las mandábamos por correo a músicos clave del jazz latino en todas partes; por ejemplo, a Mark Levine (de la costa oeste) y a Bobby Sanabria (de la costa este) que son músicos y educadores bien conocidos y respetados en el mundo del jazz latino. Le mandamos a cada uno 100 de esas tarjetas y ellos se las dieron a otros músicos; hicimos lo mismo con *DJ* y periodistas de todas partes. El grupo creció de la misma manera en que lo hacen los mejores movimientos "de base" no lucrativos: a través de la cooperación y la participación voluntarias. Creció tan rápido que después del primer año Luis y yo decidimos que teníamos que "contratar" un nuevo moderador. Allan Johnston (músico canadiense) añadió una perspectiva internacionalista y de músico a nuestras decisiones como moderadores. ¿Dónde más, en todo el mundo, los *DJ* (radio), periodistas, productores, coleccionistas de discos, historiadores, críticos de música, dueños de sellos, pueden conocer a músicos y personas que, de manera seria, escuchan y tocan jazz latino? La internet ha hecho posible que nosotros, público y aficionados de esta música, podamos comunicarnos directamente con los intérpretes. Descubrimos que hay mucho que podemos aprender unos de otros. La perspectiva del que escucha es diferente de la del músico.

Estos foros se constituyen por simples aficionados, músicos, conductores de programas de radio, periodistas, escritores. Los músicos usan esas comunidades como tablero de anuncios para sus actividades, ya sean conciertos o nuevas grabaciones. Algunos remiten a su propia página que alberga archivos musicales gratuitos. Los aficionados, en ausencia de la posibilidad de un encuentro en persona con los artistas, se pueden beneficiar con reuniones virtuales. Los foros tienen sus líderes; es decir, aquellas y aquellos que escriben más a menudo, que mantienen las discusiones, que sugieren los temas. Se exponen ideas personales instantáneas; el cambio de información y su comentario son, a veces, instantáneos; a menudo, la relación con la información es inmediata, tal como tenemos la sensación de una presencia inmediata de los otros miembros.

Paradójicamente, aislado y solitario, confrontando su mundo imaginario y/o su propia realidad con la realidad virtual, el miembro participa generalmente con audacia y convicción. Sin embargo, no puede medir la percepción ni el grado de comprensión de sus mensajes; por mucho, estos foros son extensiones de su personalidad y, a su vez, cada miembro es afectado por su participación en la comunidad. Así, de vez en cuando, hay rugidos: cada punto de vista contrario a la identidad que junta, que unifica a la mayoría de los participantes, es percibida por algunos como un ataque personal y, en ocasiones, se llega a confundir la estética con el gusto. De hecho, en algunos casos, la identidad misma de los participantes puede llegar a ser un objeto estético y, entonces, la comunicación parece más importante que el contenido que se comunica. Entonces, por desgracia, las discusiones se vuelven personales. Se defiende con pasión lo indefendible; se intenta, incluso, reescribir la historia. La pantalla que proyecta esta comunidad virtual se convierte en el signo y el testigo de la realidad. Por ello la necesidad de moderar los foros.

En el grupo *Latinjazz* el primer moderador fue Gregory Pappas, luego el contrabajo canadiense Allan Johnston —explica Luis Moreno—. "Durante un tiempo de mucha actividad, estuvieron temporalmente Mike Doran y Daniella Thompson. En *Jazz Mestizo* el primero fue Pablo Larraguibel, durante algún tiempo entraron también Rafael Bassi LaBarrera y Anxo Mariz. Luego vino Solange Munhoz." A finales del mes de febrero de 2004, Luis Moreno decide quitar a los moderadores de los dos foros; es decir, que los mensajes enviados se publicaran sin pasar por el filtro de éstos. Moreno explica:

Había un par de personas que se dedicaban a denunciar "censura". Así llamaban el tener moderadores. Hicimos un buen y largo intento por educar y explicamos que una discusión moderada no tiene nada que ver con la censura. Explicamos que la verdadera censura era otra cosa y muy seria. Por fin me convencí que sólo eran miembros disgustados por cualquier razón y no iban a aceptar explicaciones. Como además moderar los mensajes implica trabajo, decidí probar a tener los foros sin moderación. Le dimos una buena oportunidad de que

159

funcionara; un año más o menos. Pero por fin, en estos días de agosto del 2004, decidí regresar a un foro moderado después de ver a un miembro agredido injustificadamente. Además, la participación buena y sustantiva había bajado y el número de mensajes enviados fuera de tema se había incrementado. Gregory, Allan y yo, seguimos de moderadores en *Latinjazz*; y yo sigo también con Pablo Larraguibel en *Jazz Mestizo*.

Para el contrabajo Allan Johnston,

ningún otro medio puede reunir admiradores, músicos y gente de la industria y permitir la difusión en tiempo real de información, revistas, promocionales, etc. Los *eGroups* pueden promover el jazz latino poniendo a los músicos en contacto con aficionados (potenciales), *DJ* etc. Entre las fortalezas de los foros, yo mencionaría el tiempo real, la amplitud geográfica y la diversidad demográfica. También reúne a gente de todas partes y les da un sentimiento de comunidad. ¿Debilidades? A veces, algunas personas usan el foro más con fines sociales que para intercambiar información; la falta de sonido hace problemático discutir un medio auditivo (la música) sin la posibilidad de confusión. En ocasiones, la gente que busca cierto tipo de información se ve desanimada por otros miembros con un punto de vista diferente. Mi objetivo como moderador ha sido tratar de convertir a nuestro grupo en una revista de música en línea altamente interactiva e informativa, concentrándonos en el jazz latino. Mi experiencia ha sido feliz y la mayoría de la gente ha entendido por qué mantenemos la perspectiva que tenemos.

Escritora, maestra de español y portugués, moderadora de *Jazz Mestizo* hasta noviembre de 2004, Solange Munhoz, quien vive en São Paulo, concuerda con Johnston:

La presencia de personas representantes de (y que viven en) países distintos y con formación e intereses distintos es una de las fuerzas del grupo. También que sea políglota, es decir, aunque tenga el español como "idioma oficial", se trata de un grupo que divulga mensajes en diversos idiomas, como el inglés, el portugués y, a veces, el francés o el catalán, respetando la importancia de la noticia. En ese aspecto, me parece un punto especial que la membresía haya aceptado que el portugués conquistó su espacio como el otro idioma de presencia diaria y actualmente los dos (español y portugués) conviven en las notas periodísticas sin ningún problema. También es positivo el intercambio de información sobre música (y su cruce con otros temas, como literatura, economía, política, etc.), pero también, sobre cultura y espacio para la expresión subjetiva del miembro. Sin embargo, aunque hay aspectos positivos también los hay negativos, como: la obsesión de algunos miembros por la unidad. Esa obsesión se puede presentar en la exigencia de que se discuta el tema de la música desde una línea de pensamiento específica, hasta el deseo de impedir que otros temas no relacionados con la música sean discutidos. Esa obsesión algunas veces llega al borde de la intolerancia. El moderador es un mediador de conflictos; es una sugerencia de modelo de conducta al que ponemos atención, especialmente los recién llegados. Pienso que debe tener

161

una participación constante en el foro, no sólo para establecer un posible modelo de conducta, sino para que los participantes se sientan seguros de que hay alguien a quien pueden acudir para cualquier tipo de duda, aunque no siempre esté en sus manos (del moderador) resolverla. Un punto interesante de *Jazz Mestizo* es que en los últimos tiempos éramos, al fin y al cabo, tres moderadores de nacionalidad, país de residencia y temperamento distintos, aunque coincidimos en lo que dije respecto a la línea de conducta del foro y, cuando no, nos comunicábamos en línea interna los tres para discutir cuestiones más polémicas.

La labor informativa de estos dos grupos es excelente, confirma Alex García del grupo *Afromantra*, los artículos que se ponen, no sólo se basan en algunos casos en hechos sacados de un libro de historia de la música popular o en críticas sacadas de algún periódico o revista especializada de algún lugar del mundo, sino también, de vivencias personales de los propios miembros y que ahora, gracias a la internet, pueden compartir con el mundo.[12]

Nueva utopía

Mientras que millones de individuos quieren afirmar su originalidad a través de la internet, vemos en paralelo, y por el mismo medio, un crecimiento de lo colectivo. La internet favorece la reivindicación utópica de

[12] Habría que señalar otros dos foros: *Jazz al Sur*, que nació en enero de 2002 de un cisma de *Jazz Mestizo* y que tiene 200 miembros, y *RitmoClave*, dedicado al estudio de la clave cubana.

lo gratuito. El concepto de colectivo crece por la vía de los intercambios, la singularidad está pues a punto de desaparecer. Si todo se confunde en lo colectivo, ya no habrá más autores como hoy los concebimos. Si uno vuelve a poner en duda la noción de autor, también se vuelve a poner en duda el concepto de individuo, de singularidad. Esta tendencia puede entrar en contradicción con el deseo de autonomía del músico, una autonomía que él manifiesta recurriendo a la internet para promover sus creaciones y vender sus discos.

La música se difunde como un flujo mundial —música transparente, inmaterial—. Si se distribuye en la internet ¿perderá su musicalidad, o simplemente se perderá en las redes? Un riesgo cierto es el encuentro con oídos efímeros, nómadas, pues el público tiene una relación inestable con la música. En un mundo de comunicación global, la música que lo refleja está, sin embargo, fragmentada; tenemos una concepción de globalidad producida por músicos con identidades fragmentadas. Y frente a ellos, cada vez más aficionados que consideran que la música debería ser gratuita; es decir, que ya no se trata de comprarla, pues el público tendría el derecho a disfrutarla de manera libre. Mientras que el jazz latino se vuelve cada vez más fácil de exponer, el descargarlo gratuitamente es querer poseerlo aquí y ahora, de forma inmediata. Jugar con el tiempo es también reconstruir el objeto espacial; es poner en funcionamiento nuevos ritos. Bastan unos cuantos minutos para descargar una composición de Poncho Sánchez por medio de *Kazaa*. De la manipulación tecnológica que trasmite la música nace nuestra sed de poseerla. A menudo, una sed compulsiva. Con la exis-

163

tencia de una multitud de foros, de grupos de discusión, se habla de la internet como de una democra-
cia participativa, de un "ágora electrónica", móvil,
donde todo el mundo tendría derecho a usar la palabra
—a tomar la palabra, a tomar la música—.

Como Allan Johnston, la mayoría de los músicos
consideran que "descargar o bajar un álbum sin pagar
a los músicos que lo crearon no es ético." Y para retomar las palabras de Harvie S., "la piratería es muy
clara y simple: es robar, y eso daña a todos en el largo
plazo. El hecho de que todos lo hagan no lo vuelve correcto." Pero, de la misma manera, como Mark Levine
o Miguel Zenón, piensan que la piratería en línea es
inevitable, imparable, y que exige adoptar nuevas estra-
tegias comerciales. ¿Cuáles? Nadie parece tener una idea
precisa.

Los discos compactos cuestan demasiado, dice Levine.
Creo que es inútil luchar contra la piratería. Cuando la
música grabada llegó a ser accesible de manera universal en los años veinte, mucha gente creyó que eso
significaría la muerte para la música en vivo. No fue
así, esta música sobrevivió; simplemente se llegó a un
tiempo para que la comunidad adoptara nuevas es-
trategias; todavía está en evolución la que permita a
los músicos seguir grabando de manera provechosa;
sin embargo, me parece inútil ir contra un avance tec-
nológico que hace tanto bien. Sin duda, vendo menos
discos, pero más gente tiene acceso a mi música.

En efecto, Nando Michelin resume bien la posición de
la comunidad musical:

164

Condeno el hecho de que la gente no quiera comprar música cuando le gusta lo suficiente como para darse el tiempo de oírla. Compartir información acerca de un artista o bajar un par de MP3 para familiarizarse con su trabajo es algo bueno para todos, pero la piratería no lo es. Ganarse la vida como músicos ya es bastante difícil.

La idea de compartir, de intercambiar información musical u otra, está en el principio del problema. Para Pablo Larraguibel, editor de la revista electrónica *Anapapaya*,

> es importante aclarar que cualquier apropiación indebida de los derechos de autor debe estar sujeta a la aplicación de las leyes que castigan ese hecho. Lo que no me queda claro es si compartir archivos digitales sea un delito. Tengo mis dudas de qué pasa si nadie obtiene una ganancia monetaria como producto de ese intercambio. ¿Cuántas veces se pueden compartir archivos digitales sin obtener lucro por ello y sin que sea delito?

¿Se puede hablar de la utopía del compartir? Si hay que hablar de un compartir equitativo y de una verdadera descentralización participativa ¿por qué no concebir para el jazz latino una red calcada del modelo *Xanadu* de Ted Nelson; es decir, del modelo del hipertexto? El hipertexto es un documento informatizado compuesto de nodos relacionados entre sí por ligas; las informaciones se vinculan bajo la forma de una red. Las páginas de los músicos y sus diferentes secciones estarían relacionadas unas con otras por medio de ligas. Cada término propio del jazz latino estaría también ligado a las definiciones, interpretaciones de unos y otros. Si la base de esta red se formara de los sitios mismos de los músicos, se podrían añadir las casas de discos, los medios especializados, las bibliotecas y mediatecas públicas y privadas, los sitios de los aficionados, los grupos de discusión, los fotógrafos, los artistas interesados en el jazz latino tales como pintores y escultores, las salas de conciertos, los clubes, las agencias de colocación de artistas, los diferentes festivales, consejos para la promoción, los escritos de los etnólogos, de los antropólogos, de los musicólogos... Los usuarios tendrían acceso a bancos de datos: discografías, listas detalladas de las interpretaciones de un mismo tema, listas de artículos, de textos que tratan el asunto... Con el acuerdo de los músicos, se podría retomar la idea de Miguel Zenón: las y los que lo deseen ponen gratuitamente a la disposición de los usuarios las grabaciones públicas de sus conciertos. Por el contrario, los discos no serían gratuitos; cada músico ofrecería pequeños extractos de sus composiciones con la opción de descargarlos completos mediante un pago. El mundo del hipertexto permitiría una mejor comunicación y produciría, así, un refuerzo del carácter y de las identidades individuales de todos los músicos. Este hipertexto podría, además, aclarar el enredo de las carreras musicales y el intercalamiento de las obras. El intercambio de los archivos musicales permitiría también a los músicos componer juntos en línea; de alguna manera tal intercambio ya existe; por ejemplo, diversos músicos que viven en Cuba, privados del libre tránsito, envían partituras a corresponsales ubicados en todo el mundo.

¿Utopía del compartir? ¿Será el espacio cibernético el lugar donde todo se puede compartir de manera gratuita? Mientras tanto, la digitalización de la música, de la voz, de las imágenes y la evolución de los medios que los trasmiten nos envuelven cada vez más en un mundo físicamente cerrado, pero, virtualmente abierto. Estetas y rodeados de televisores, computadoras, lectores de discos DVD, de modulares; amurallados por nuestros discos compactos, con el mundo del espectáculo en nuestras salas y la pertenencia simbólica a algunas comunidades virtuales ¿para qué salir de casa? Todos hemos llegado a ser derechohabientes de la música, de la información, de la palabra. Sin embargo, esta música, esta información y esta palabra ¿todavía tienen sustancia? Amurallados, aislados, renunciamos y simplemente perdemos la oportunidad de compartir con los músicos la actualidad en vivo del jazz latino. Pues, de hecho, es en la interpretación en vivo donde la música se desborda: donde está "en exceso" de interpretación. Escuchar a *Jane Bunnett & Spirits of Habana* o al quinteto de Bobby Rodríguez en *The Jazz Bakery* de Los Ángeles, sobrepasará siempre nuestras expectativas. ¿Cómo hacer que el espacio cibernético nos proporcione la misma intensidad?

Para terminar, me parece oportuno señalar que —al margen de estas músicas que calificaremos de tradicionales por su modo de realizarse y producirse (música clásica, jazz, rock, blues, folk, etc. (…) y del nuevo modo de distribución que permite la internet—, la música virtual se desarrolla desde hace unos 10 años, *Brain Opera* de Ted Machover y *The Cathedral* de William Duckworth son dos buenos ejemplos. En el espacio cibernético, el tiempo musical de la música virtual es comparable a un líquido: se extiende de manera simultánea en todas las direcciones. Con esta música las nociones de autor y de obra han evolucionado dramáticamente; cualquiera puede hoy participar en una producción musical interactuando con otros individuos, otras identidades, otras sensibilidades, otras racionalidades.

Del otro lado de la moneda, es decir, el de la recepción, debemos acostumbrarnos a percibir de manera estereofónica: sobre un canal, la realidad real (percibida o no por el prisma de la internet) y, sobre el otro, la realidad virtual con nuevos conceptos de tiempo, de espacio y de velocidad. Porque la distribución de la información (de la música) cambia, su percepción también cambia, acarreando una reestructuración de la conciencia.

APUNTES DE AUTENTICIDAD

UNA NOCHE, a la salida de un concierto de Tito Puente, alguien exclamó: "¡estuvo en verdad súper, verdaderamente auténtico!" El comentario me pareció interesante pues implica que otros conciertos no lo son, o lo son menos. Hoy en día, demasiado a menudo, la palabra "auténtico" se ha convertido en el sinónimo de "bien" o de "bueno". Para decir que un concierto estuvo "bien", la persona que lo piensa debe tener una serie de referencias y, para ello, tenemos cada quien nuestra experiencia, nuestra cultura musical, nuestra historia musical forjada con el paso de los años y que nos permite cierta apreciación. Además, para los musicólogos o los aficionados esclarecidos existen bibliotecas y centros de investigación que permiten comparar diferentes grabaciones.

Sin embargo ¿cómo juzgar si un concierto es auténtico? ¿Qué es la autenticidad en música? Inspirándome en los trabajos del musicólogo Peter Kivy he querido reducir el campo de la pregunta aplicándolo al jazz y al jazz latino en particular. El tema fue lanzado en noviembre de 2003 en los foros *Jazz Mestizo* y *Latin-jazz*; por desgracia, a parte de algunas opiniones dispersas, el asunto no generó gran interés. La mayoría de los diccionarios están de acuerdo sobre las definiciones de la palabra "autenticidad"; aplicadas a la música en general, tendríamos cinco conceptos de autenticidad:

a) la autenticidad en las intenciones del compositor; *b)* la autenticidad sonora; *c)* la autenticidad en la práctica de la interpretación, es decir, la reproducción exacta de la manera en que una obra fue interpretada en la época del compositor; *d)* el hecho de que la obra en cuestión pertenece efectivamente al autor; y, *e)* la autenticidad personal del intérprete, la fidelidad a sí mismo.[1]

La autenticidad de la intención —defendida por una mayoría de músicos y públicos en música clásica— consiste en buscar, a toda costa, las verdaderas intenciones de un compositor, para que sean respetadas por el intérprete en el momento de la representación. Nosotros consideramos que la voluntad de poner al descubierto la supuesta intención del autor puede perjudicar la libertad del receptor; nuestra libertad descubre la música y su movimiento, penetramos sus posibles sentidos a medida que avanzamos en ella. Con esta au-

---

[1] Según el *Oxford English Dictionary* autenticidad es: • de autoridad, autorizado; original, de primera mano, prototípico; que realmente procede de la fuente que se dice o del autor, de origen indiscutible, genuino; que pertenece a sí mismo, que lo posee, propio; que actúa por sí mismo, originado por sí mismo, automático. Según el *Le Petit Robert:* • carácter de lo que es auténtico; que realmente emana del autor; calidad de aquello que amerita creerse, veracidad; cualidad de una persona, de un sentimiento auténtico, sinceridad. Según el *Dicionario de la Real Academia*: • cualidad de auténtico; auténtico; *adj.* acreditado de cierto y positivo por los caracteres, requisitos o circunstancias que en ello concurren; *adj. coloq.* honrado, fiel a sus orígenes y convicciones; *adj. ant.* se decía de los bienes o heredades sujetos u obligados a alguna carga o gravamen; certificación con que se testifica la identidad y verdad de algo; copia autorizada de alguna orden, carta, etcétera.

tenticidad, se trata de reproducir al pie de la letra el espíritu del compositor, considerado, desde el siglo XVIII, como un "súper músico", una idea magnificada en el siglo siguiente por el culto al genio y por la filosofía alemana de Arthur Schopenhauer, quien había ubicado la música por encima de todas las demás formas artísticas. Desde entonces, el compositor fue considerado como un artista infalible; su obra, asimilada a un texto (lingüístico), contiene un mensaje que el intérprete debe entregar intacto.[2] La interpretación de una obra está sujeta en todas sus partes a la notación y al respeto estricto. Esto es la puerta abierta al puritanismo.

El concepto de la autenticidad sonora preconiza un control absoluto de la producción de sonidos, para recrear la sonoridad de la época de la obra original. Aquí se trataría de una empresa de restauración arqueológica, retomando la expresión de Peter Kivy. El tercer sentido de autenticidad, el de la representación, tiende a reproducir la forma en que la música era interpretada en los tiempos del compositor; viene, pues, a consolidar ese puritanismo musical mejor conocido con el nombre de autenticidad histórica. Que una obra en

[2] La aberración de considerar la composición musical como una obra literaria ha sido demostrada por muchos musicólogos y etnomusicólogos. Imaginemos la interpretación de un tema de Count Basie con la repetición del mismo *riff*, una de las principales características del jazz (y de la cultura afroamericana en general). Para "leer" un "texto" así, habría que retroceder todo el tiempo para "leer" el mismo riff antes de proseguir la lectura de la obra. La repetición no es, como en música, una de las características fundamentales de la literatura. Peter Kivy ilustró con abundancia este problema aplicándolo a la música clásica.

verdad pertenezca a su autor, tiene que ver más con el ámbito legal que con el musical; no abordaremos, pues, el tema aquí.[3]

En lo que concierne al jazz y al jazz latino se debería, más bien, hablar de intenciones: la obra es de varios, es la obra en plural, ella borra el culto al compositor y celebra la libertad colectiva. El jazz, no sólo es la liberación de los gestos, como decía el sociólogo francés Roger Bastide,[4] sino también la liberación de las notas y de sus propios músicos dentro del Free Jazz (¡Liberen el jazz! gritaban los instrumentos).

La obra original de jazz cumple una función de referencia para los futuros intérpretes; cada *jazzman* interpreta las notas que él considera esenciales para la identidad de una pieza. Es aquí donde la intención se realiza. Son las diferentes versiones de una composición, es decir, todas las notas que se juzgaron esenciales y que diversos músicos interpretaron en el tiempo, lo que representa su historia. Esta historia, se construye sobre la base de distintas interpretaciones durante las cuales esos músicos deciden tocar o no ciertas notas, añadir otras o no. Disponemos de un buen ejemplo con el tema *Manteca* de Chano Pozo, los añadidos de Dizzy Gillespie ("me senté al piano y compuse el puente", dijo este último) y el arreglo propuesto por Chico O'Farrill tiempo después; o incluso, el arreglo de Jere Laukkanen

[3] No hay nada más molesto que ver en las cajas de los discos etiquetas que anuncian triunfantes: "interpretación definitiva" de tal o cual obra.

[4] Con el jazz latino la música regresa al cuerpo. Se piensa en la gesticulación de los músicos como Tito Puente, pero también en las reacciones de los públicos.

que hace surgir el lado funky de la composición con un solo de guitarra de Markku Martikainen. Otros ejemplos serían varias composiciones de Thelonious Monk interpretadas por Emil Richards (*Blue Monk*), Jerry González (*Rumba para Monk*), Roberto Occhipinti (*Well You Needn't*) o por Marcos Miranda (*Ruby My Dear*).

Son todas estas notas, antiguas y nuevas, las que hacen la tradición de una composición.[5] La tradición evoluciona, así, a través de los cambios que se aportan durante las interpretaciones, es el cambio del pasado al presente. Emancipada, la tradición se convierte en un legado que los músicos mantienen vivo por medio de rechazos, aceptaciones, volver a cuestionar, conversaciones, diálogos con el otro, intercambios musicales con los demás músicos. Su música es y sigue siendo actual. Es, pues así, que la herencia se trasmite para llegar a ser un patrimonio. La tradición es un proceso que absorbe a una obra con el mismo derecho que ésta absorbe a la tradición y la modifica. Dice el percusionista Luis Muñoz:

> Yo respeto la tradición, la aprecio y la honro; a mi manera de ver, la tradición es el punto de partida, la fundación; está justo en el centro de mi ser artístico. Desde ahí, expandes tu visión, haces elecciones estéticas, traduces tus emociones en sonidos y tratas de encontrar tu propia voz como artista. Después, simplemente brin-

---

[5] Añadir nuevas notas plantea el problema de la originalidad de la obra: ¿Se trata de una nueva composición? ¿Cómo considerarla en el plano de la ley y de los derechos de autor?

cas al abismo, sin barreras, sin censura auto impuesta y te expresas libremente. Pero, las raíces y la tradición están siempre presentes, algunas veces de manera más obvia, otras sólo como una pista, como un velo que muy ligeramente cubre tu música. Todo esto es parte de lo que yo llamo "una lucha sin fin para resucitar el pasado". Mantenerte en contacto con tus raíces, tan tenuemente como en ocasiones pudiera parecer (como es el caso de todos los costarricenses, debido a una falta de folclor cultural fuerte en nuestra patria), mientras, al mismo tiempo, tratas de aprender de las diferencias que te rodean y que nos hacen a todos únicos y especiales.

A esta noción de la tradición que trata sobre el contenido, sobre el qué, podemos añadir la tradición estilística (el cómo) que representa en su origen una comunidad social que se trasformará con el tiempo en un colectivo estético. Los diferentes estilos (de Nueva Orleáns, swing, bebop, etc.) dieron a luz a la tradición de la interpretación; ella misma nuevamente cuestionada para llegar a ser un legado.

Como cualquier persona, los músicos crean el cambio. ¿Por qué entonces atenerse a la uniformidad, al estancamiento? ¿La mejor forma de respetar una tradición no es reinventarla de manera permanente? Al alejarse del discurso primero, ya sea una melodía, un ritmo o una composición original, el músico lo reafirma; es la noción de raíz de la que hablábamos antes. Una noción sobre la que insiste la flautista Andrea Brachfeld cuando declara: "El jazz latino es un tipo de música que, sin el conocimiento de la autenticidad del lugar de donde proviene, le faltará la profundidad que se requiere para alcanzar a la audiencia." Evocar el pasado enriqueciéndolo con el presente, es lo que el filósofo alemán Hans-Georg Gadamer llamaría *la continuidad de la memoria*. "A través de la memoria, la tradición llega a ser una parte de nuestro propio mundo y lo que así se comunica puede ser directamente vivido."

Una idea que retomará después Jacques Derrida, introduciendo la necesidad de volver a cuestionar la autoridad intrínsecamente implicada en la tradición. En lugar de "tradición", Derrida prefiere la palabra "legado", la cual nosotros mismos usamos antes. Parece que hay, además, una aceleración en el enriquecimiento de las tradiciones debido al desarrollo de las tecnologías y de los intercambios culturales. El contenido musical es cada vez más inestable. Por otra parte, la cultura no es algo estable, las mezclas y los híbridos que se producen en su seno tampoco lo son. El jazz latino está sujeto a las adaptaciones y las trasformaciones. Porque la tradición recoge valores culturales que se trasforman, porque es dinámica, produce modelos musicales que dan un sentido de la dirección y esta dirección es, de hecho, plural. Lo que queda claro es que el concepto de esencia identitaria objetiva, única y autoritaria, está en vías de extinción. Asimismo, y no hay que perderlo de vista, cuando el músico expresa la tradición, y si además es educador, también hace oficio de historiador.

Al realizar en 1998 un arreglo a *Summertime*, sobre un ritmo de chachachá con una cadencia en ritmo de *bembé*, para su disco *¡Viva La Habana!*, el grupo croata *Cubismo* enriqueció la composición de George Gershwin. El cantante venezolano, Ricardo Luque, interpreta la letra traducida al español; el pianista Zlatan Doslic introduce una cita de la canción *Eleanor Rigby* de los *Beatles* —la cual contiene, ella misma, una buena dosis de música sinfónica—.

En su disco *The Brothers Castro Latin & Hip*, grabado en Los Ángeles en 1962 para Capitol, con Willie Bobo, Modesto Durán, Laurindo Almeida, Clare Fischer y Ralph Peña, el arreglista mexicano, Arturo Castro, propone una versión en 6/8 de *Summertime*. En el mismo álbum, el tema *Perdido* se interpreta con un ritmo de *pachanga*. En 1960, también en los Berkeley, en los estudios de la disquera Fantasy, Arturo Castro, junto con Jorge Castro (conga), Javier Castro (bajo) y Walberto Castro (batería), grabó cinco títulos que nunca fueron publicados —entre ellos *Sun Sun Babaye* y *Fanfa Chachachá*—. Lo importante (y lo histórico) de esta grabación es que Arturo Castro llamó a Mongo Santamaría y a una sección de cinco trombones (entre quienes estaba Frank Rossolino); de manera contraria a lo que habíamos mencionado en *¡Caliente!* este músico sería, así, el primero en incorporar una sección de trombones, antes que Mon Rivera y Eddie Palmieri —los cuales nunca tocaron ni grabaron con cinco trombones—.

Omar Sosa, en su disco *Prietos* (en particular la composición *Elegguá*), aunque también en otros álbumes, por medio de un procedimiento de *collage*, ofrece un resumen musical de la diáspora africana; en 57 minutos, percibimos la evolución de distintas tradiciones musicales que se reunieron en el jazz latino. Sosa utiliza varios idiomas, colabora con músicos de distintos horizontes, junta sonoridades de diferentes épocas y lugares; la introducción del *rap* es testigo de

176

la ciudad postindustrial tal como la vive la diáspora africana en los Estados Unidos. Por lo demás, Sosa había manifestado su interés por el *rap* desde *Travieso*, la primera composición de su álbum *Free Roots*, grabado en 1997; era su primera colaboración con el rapero Will Power. Al apropiarse de los rasgos históricos de diversas culturas, este pianista cubano integra el pasado con el presente —y viceversa—; asimismo, cuando se sitúa en la encrucijada de razas y culturas, habla en nombre de diferentes identidades y, al edificar una cultura y enriquecer la tradición, asume la verdadera posición del jazz latino de hoy. *Prietos* es una expresión tanto poscolonial como posmoderna del jazz latino; lo mismo sucede con las composiciones del álbum *Expandiendo Raíces* del trombón William Cepeda quien, para mostrar de manera clara la actualidad hirviente de ciertas tradiciones de la música puertorriqueña, no duda en fusionarlas con el jazz. O también las composiciones *Crazy Babalou* (versión hip hop jazzy dedicada a la orisha Babalu Ayé) y *For Cosme and Damian* (dedicada a los gemelos Ibedyi), ambas, arregladas para la flautista Mark Alban Lotz, que aparecen en el álbum *Blues for Yemayá*.

Cuando analizan las diferentes interpretaciones de una obra de música clásica, algunos musicólogos hacen mención del concepto de *semejanza familiar*, de *aire de familia*, propuesto por el filósofo Ludwig Wittgenstein, un término que se puede aplicar al jazz. Si comparamos el original de una composición con una mujer o un hombre, podemos considerar sus interpretaciones como las hermanas, los hermanos, los primos o los tíos de aquéllos. No son iguales, pero cada uno posee *aires de la familia* a la cual pertenece; en el jazz, estos *aires* están reunidos en la *lead sheet*. La *lead sheet* es, de alguna manera, un intento de juntar y resumir todos los aires de familia de las interpretaciones de una obra. Cuando se estudia una composición de jazz, en lugar de buscar la esencia a través de los puntos comunes de sus diferentes interpretaciones, sería más enriquecedor apreciar las diferentes versiones; en otras palabras, ladearse hacia la diversidad en la interpretación. Así, como lo remarcaba Wittgenstein mismo, podría decirse que comparar es buscar las diferencias. Más que semejanzas, esos *aires de familia* son diferencias. Esta propuesta permite evitar el esencialismo que abriría la puerta a los excesos de dogmatismo. La interpretación es, pues, determinante. Es en estas diferencias donde se teje la marca de tal o cual composición; entonces, por el estudio de estas diferencias se detectará, en efecto, los *aires de familia* de que habla Wittgenstein. Por lo demás, lo que se dibuja en filigrana acerca de tales diferencias es el carácter continuo de la composición, los rasgos del carácter que atraviesan el tiempo. De esta manera, respetar la naturaleza de una obra de jazz, ser auténtico ante sus intenciones, implica aceptar su evolución, ya que ella está siempre comprometida en un diálogo. En la obra original de jazz existe la intención subyacente de su propio enriquecimiento; su intérprete no debe emplearse en reconstruir un objeto estético, sino más bien en hacerlo evolucionar. Como artistas, Sosa y Cepeda están dedicados a la trasformación de sus tradiciones: son sus grabaciones las que dan testimonio tanto de su propia vitalidad como de la vitalidad de las tradiciones en las que ellos participan

178

Así, llegamos al quinto concepto de autenticidad, la autenticidad personal del intérprete. Ésta se ejerce cuando un compositor interpreta su propia obra —él produce, pues, una nueva interpretación original de su obra— y cuando un músico interpreta una obra que no es suya. Criticada por muchos en el ámbito de la música clásica, ella constituye la base del jazz latino: es fundamental para la autenticidad de la interpretación, refuerza la autenticidad de la intención, contribuye a la tradición, puede oponerse a la autenticidad sonora (a la autenticidad histórica). Sin autenticidad personal, Omar Sosa nunca hubiera podido grabar un álbum como *Prietos*. No es contraria a la tradición; oponer ambas sería meterse en un debate estéril. Un intérprete debe mostrar entusiasmo, curiosidad, mente abierta, deseo de comprometerse en nuevas vías a través de la improvisación, el fraseo, la articulación, la respiración, sus técnicas de arreglo, el arte del collage, de la fusión...; debe ser un verdadero *Homo Ludens* para tener estilo y ser original. Es el saxo Hilary Noble quien se burla de la materia sonora (véase el capítulo de las liberaciones).

Si se considera que para ser auténtica una obra de jazz latino debe estar en constante evolución, sus intérpretes se pueden presentar como arreglistas que representan, en cada ocasión, nuevas versiones de la obra. El músico se convierte en un auténtico artista cuando renuncia a toda imitación y busca llevar la obra hacia nuevos horizontes y, luego, presentarla al público. Así, de alguna manera, todo verdadero *jazzman* es, al mismo tiempo, intérprete, arreglista y compositor. Podemos decir que la intención constituye el centro de la autenticidad personal y de la actitud del músico de jazz. Muda por una voluntad, por deseos, principios estéticos o convenciones, la intención debe ser más que un estado mental, incluso más que una convicción; debe ser constante aun cuando sólo se realice en parte, como en una interpretación, por ejemplo.

La autenticidad personal se manifiesta en la interpretación, ya se trate de un concierto o de una grabación. El músico da forma, por su ejecución, a la obra que interpreta. La autenticidad está en la ejecución, es la intención como acto; debe realizarse con pasión. Sin ésta, el jazz se convertiría en un objeto de museo; ella revela la expresión única del músico único; una obra de arte efímera o permanente. Como el álbum *Blue Tres* del tresero Ben Lapidus y de su grupo *Sonido Isleño*. Como *Los Guachos* de Guillermo Klein. Como la *Manteca Suite* o la *Tanga Suite* de Chico O'Farrill. Estas últimas reflejan bastante la autenticidad personal: muestran un estilo propio (la personalidad de Chico) y son originales (traducen sus intuiciones estéticas). Chico O'Farrill ya había adaptado la forma clásica de la suite al jazz latino con las dos *Afro Cuban Jazz Suites*; sin embargo, en esta ocasión y como materia prima, utiliza dos composiciones de músicos que conoce bien, para desarrollarlas y enriquecerlas a su gusto: *Manteca* de Chano Pozo —ya desarrollada por Gillespie— y *Tanga* de Mario Bauzá.

La manifestación de la autenticidad personal no debe depender ni de la raza ni del medio social. Si el jazz se considera, con justa razón, la quintaesencia de la música popular estadunidense del siglo XX, entonces la necesidad de pertenecer a una comunidad étnica o cultural determinada para interpretarlo, una necesidad reivindicada por un clan de neotradicionalistas, no tiene hoy ningún valor. Lo mismo vale para el jazz latino y sus diferentes ramificaciones. Estas reivindicaciones parecen secuestros. Que el jazz latino y el jazz sean en la actualidad interpretados por músicos de muchos países, cualquiera que sea su clase social —si es que este concepto todavía significa algo— no implica que esos músicos nieguen las raíces originales de estas músicas.

¿Y la autenticidad sonora? ¿A qué se aplicaría ella? ¿A la exacta recreación sonora de un concierto o de una grabación realizada, por ejemplo, en La Habana en 1941? Si se puede recrear una acústica, querer recrear las mismas vibraciones del aire sería confundirlo todo; ya que, en efecto, éstas sólo representan el medio y no el fin. ¿O se hablaría ahora de una autenticidad instrumental? La modernización de los instrumentos la hace un poco difícil, a menos que se usen instrumentos de la época. ¿Qué decir de una interpretación contemporánea de un solo de Chano Pozo con un juego de congas de fibra de vidrio fabricadas industrialmente?

El abanico de instrumentos de una cultura se amplía con el paso del tiempo o, simplemente, el instrumento mismo evoluciona, como fuera el caso del *sanza* o *mbira* africano, el cual llegó a ser en México el marimbol y en Cuba la marimbula. Todavía se recuerda al público que abucheó a Bob Dylan en 1965, durante el *Newport Folk Festival*, porque había cambiado su guitarra acústica por una guitarra eléctrica. ¿Se puede, en verdad, poner en duda (entiéndase negar) el avance de los músicos cuando deciden interpretar cierta música usando instrumentos que hasta entonces no le eran familiares para su interpretación? Escuchemos el primer álbum, notable de principio a fin, del grupo escocés *Salsa Céltica* dirigido por el trompetista Toby Shippey, *The Great Scottish Latin Adventure,* que propone un jazz latino con acordeón, cornamusa, silbatos y violín, sin olvidar las clásicas percusiones afrocubanas. En el primer tema, basado en una composición tradicional de escocia, *Cro t-saile,* interpretada en ritmo de rumba, la overtura es espectacular: la cornamusa se desliza entre bongo y conga con una sorprendente alianza de timbres. Por lo demás, son la cornamusa y el acordeón los que cierran el álbum con una improvisación endiablada.

Imaginemos: ¿qué hubiera pasado si el clan neoconservador que reinaba en aquella época en los corredores del jazz hubiera triunfado y hubiese impedido al conguero cubano Diego Iborra tocar con Dizzy Gillespie y Charlie Parker? ¿O qué si hubiera impedido que Dizzy integrara a Pozo en su gran orquesta? Lo mismo vale para hoy: ¿por qué querer condenar, a toda costa, la aparición de la música electrónica en el jazz? La modernización de los instrumentos permite a los músicos explorar nuevas pistas y enriquecer las tradiciones. Hay que alentar esta tendencia. Querer mantener vivo el espíritu de una música interpretándolo con los instrumentos "de origen" es loable, incluso deseable —¿quién se quejaría de la sonoridad del contrabajo de Al McKibbon fabricado en 1650?—; no obstante, hacer una ley de esto sería, una vez más, caer de manera sumisa en el puritanismo. En este caso, la opción debe estar abierta y no imponerse; no olvidemos que la música no es un arte exclusivo, ella no excluye. En cuanto al jazz latino, por su naturaleza, incluye.

Si se recrea al pie de la letra la sonoridad de una época, de un momento preciso —lo que en realidad es imposible—, el intérprete se desvanece, debe quedar atrás de la música. Por el contrario, el intento de recrear una sonoridad lo puede usar el intérprete como trampolín para ofrecer una versión nueva de alguna obra o, simplemente, una composición original. Tomemos de nuevo a Chico O'Farrill como ejemplo con *Rhapsody for Two Islands* que aparece en el álbum *Carambola*; aquí, los ruidos, los raspones al sonido, hacen recordar la época de los discos de 78 revoluciones, aquélla de las primeras grabaciones hechas en Cuba y que han atravesado el tiempo. De pronto, la música es lanzada a la época contemporánea con la calidad digital de los estudios de grabación neoyorquinos. La rapsodia está completa: viaja en el tiempo y en el espacio de una isla a otra. La autenticidad sonora al servicio de la autenticidad personal del artista.

También, podríamos considerar la autenticidad sonora del jazz latino desde otro ángulo. A menudo se escuchan las siguientes apreciaciones: "me gusta el sonido de tal músico, me gusta el sonido de tal instrumento"; pero, ¿lo que nos gusta es el sonido o la nota, o más exactamente, el sonido que lleva la nota después de la intervención del músico? El sonido producido por un instrumento puede ser en verdad desagradable. Cuando el sonido se convierte en la nota, ésta nos remite al pasado, hacia una cultura del pasado, enseñándonos lo que ese pasado ha llegado a ser hoy. Al mismo tiempo, como si la historia se articulara en nuestra mente, ponemos esa nota en cierta perspectiva en función de nuestra propia trayectoria histórico-cultural.

183

Naturalmente, de este proceso sólo tiene conciencia aquél que de verdad lo desea, que está listo para comprenderlo, listo para aceptar la invitación de la música.

Al escuchar, las vibraciones amplifican nuestro entorno inmediato y respondemos a ello. La respuesta varía según las condiciones del que escucha: solo o en público, lo hace con atención o de manera distraída, como sucede muchas veces —se oye la música más que escucharla—. De esa respuesta sacamos una significación que determinará la naturaleza de nuestra experiencia musical. Esto es lo que comprenden, o de lo que tienen la intuición, todos aquellos y aquellas que celebran musicalmente su cultura; es de esto de lo que son trasmisores. Es por ello, también, que los ritmos, y en menor medida las melodías, revelan las culturas. Cuando escuchamos un solo del percusionista Francisco Aguabella, por ejemplo en la segunda parte de su interpretación de *My Favorite Things* en el álbum *Cubacan*, no es el sonido lo que nos seduce, sino, a través de las notas, el rencuentro con la alteridad así como la manifestación en belleza sonora de una expresión cultural y de una personalidad musical. El cuidado que se pone en el contacto de los dedos con las pieles es como la representación de un rito.

De aquí, la importancia en la selección de los instrumentos, del tratamiento del sonido, de la sonoridad que quiere dar el músico a sus notas y silencios que las anteceden o que cierran su marcha y, luego, la del ingeniero de sonido en la grabación. Es en la danza de esta autenticidad sonora que entra la belleza de las matemáticas. En efecto, Jon Fausty, el ingeniero de sonido más dotado en el campo de las músicas latinas y, por lo tanto, del jazz latino, considera que:

para ser un buen ingeniero de sonido, se necesita una sólida comprensión de las matemáticas que animan todos los ritmos de la música latina. Existen muchos ritmos diferentes, muchos estilos distintos, y uno debe entender la matemática de ellos y la manera en que logran hacer que el escucha se sienta cómodo, incluso si no entiende las matemáticas.

*

Uno de los enemigos de la autenticidad personal es, desde luego, la copia. Cuando un músico se copia a sí mismo es patético; cuando otros lo copian es un homenaje desagradable a su talento. Brevemente, cuando las copias se toman por originales, se maltrata la música y en esto tiene que ver la industria del disco. En primer lugar, ciertas casas hacen que sus artistas reproduzcan una sonoridad propia de un músico del pasado, o que se encasillen en un estilo particular que ya pasó las pruebas comerciales. En segundo lugar, como colmo de la ironía, el disco se reproduce por millares de copias que los departamentos de mercadeo presentarán a la prensa como si fueran originales. La industria del disco se recicla en la producción masiva de imágenes desechables. Para terminar, una prensa servil ratifica el proceso. En efecto, la palabrería de los periodistas de la prensa escrita no siempre ayuda a los músicos; ante la ausencia de crítica musical seria —por eso ésta todavía es de subasta—, los periodistas sólo son, en la mayoría de los casos, repetidoras de los promotores y de las disqueras, de los que únicamente copian los boletines promocionales de tal o cual artista. En su mayoría, las revistas especializadas se han convertido en

185

supuestos árbitros de la producción discográfica: en la práctica, ya sólo hay crónicas de discos cuya selección, a menudo, se basa en la publicidad que decide conceder a los medios respectivos tal o cual sello. No obstante, es necesario subrayar la aparición de numerosos periódicos y revistas en línea que proponen entrevistas y crónicas de discos; al parecer, el mejor periodismo musical se encuentra hoy en la internet (véase el capítulo sobre las Identidades virtuales).

El jazz latino es la expresión de voces únicas; sin duda, es por ello que en su conjunto las casas de discos casi no lo quieren. Con el fin de respetar su espíritu, sus intenciones y de presentar la mejor versión posible de una composición, el músico debe ubicar primero su propia autenticidad. Así, nos llevará más cerca de la música, al hacer resurgir sus mejores cualidades estéticas. En suma, podemos decir que la autenticidad también traduce la calidad del momento que se comparte entre el músico y su público. Hay músicas como el rock, el jazz o el jazz latino que, entregándose a sus aficionados, les devuelven lo que les pertenece: un sentido de la libertad, de la existencia. Al tener recuerdos comunes por medio de la evocación musical, los músicos permiten a los diferentes públicos mantener cierto contacto con sus pasados, con sus patrimonios. Algunos públicos, con su necesidad de aventuras, de encuentros musicales pasajeros, en búsqueda de una fusión comunitaria, viven el jazz latino como un antídoto; otros, como una rebelión contra la saturación social. Pero también piensan en el futuro, pues, para ellos, el jazz latino puede ser una promesa. Asimismo, se podría pensar que existen tantas interpretaciones de la autenticidad como tantos públicos hay. En definitiva, cualquiera que sea la aplicación musical de las nociones de autenticidad, por mucho, será el público quien tenga la última palabra; un público que deberá también juzgar el comportamiento de los músicos en el escenario.

Quizá una última palabra considerando la idea de la autenticidad desde la perspectiva del productor. ¿Cuál es el papel del productor sino el de hacer brotar todas las posibilidades creadoras que duermen dentro de la personalidad del músico? Scott Price se explica:

Conocí por primera vez a Omar Sosa en febrero de 1996, cuando coloqué un anuncio clasificado en un periódico semanal de la localidad, pues buscaba músicos de jazz latino para el nuevo grupo de un amigo. En esa época, yo estaba produciendo un CD para un cuarteto de jazz ubicado en East Bay, que se llamaba *Madhouse* y en el cual yo tocaba el teclado. Omar, quien había llegado a San Francisco en diciembre de 1995, respondió al anuncio y se puso de acuerdo con mi amigo para una audición. Este amigo, Steve Deutsch, con larga trayectoria como saxofón en San Francisco, quedó en verdad muy impresionado y, para nuestra buena suerte, Omar accedió a ensayar con él. Los ensayos se hicieron en el estudio de música de mi casa en Oakland, California. Omar y Steve ensayaron en mi estudio durante varios meses y llegamos a conocernos un poco —a pesar de que Omar no hablaba inglés y yo no hablaba español—. Aquel verano, le propuse a Omar que grabara un solo de piano en mi estudio, lo cual hicimos junto con algunos amigos como público. El resultado fue el primer CD de Omar en *Otá Records*,

Omar Omar, que salió en septiembre de 1996. *Otá* es una palabra yoruba, de la tradición occidental africana de *Ifá*, que significa "piedra", como los íconos de piedra que se usan en la Santería para representar a los diversos *orishas*. Más tarde en ese año, acompañé a Omar a Quito, donde había vivido varios años antes de venir a San Francisco, y a la Habana. En Quito organizamos un concierto de promoción para *Omar Omar* en noviembre de 1996. Después de estos viajes, decidimos oficialmente trabajar juntos. Éste fue el inicio de *Otá Records*. Omar se mudó de San Francisco a Oakland. Como el negocio se desarrolló, asumí el papel de su representante personal y ahora hemos incorporado todas las partes de su carrera bajo un sólo techo, el de *Otá Records* en Oakland. Omar se fue a vivir a Barcelona en septiembre de 1999.

El papel del productor varía de artista a artista y de proyecto a proyecto; pero, en general, en mi opinión, el productor es la persona que ayuda a darle visión y concepto a un proyecto de grabación; también, trabajar con el artista para desarrollar un plan que realice esta visión y concepto, lo cual incluye la selección de los músicos, del estudio y del ingeniero, proveer dirección musical en el estudio durante las sesiones de grabación y trabajar con el artista en mezclar y editar lo grabado. Yo diría que el productor es más auténtico cuando, él o ella, sirve de catalizador y saca lo mejor de las inclinaciones musicales puras del artista, sin tratar de adulterarlas para adecuarse a las tendencias actuales del mercado. Desde luego, este es un punto de vista purista y en mucha música pop los productores más exitosos tienden a tomar la perspectiva opuesta…

*

Regresemos brevemente al desarrollo de una tradición. ¿De qué manera evolucionan una cultura, una tradición, una música? Como todo elemento cultural, el jazz latino se desarrolla, se mantiene y se adapta, evoluciona en un ambiente dinámico a través de un sistema de signos. Algunos de estos signos encierran una memoria que añade su propio deseo autónomo de sobrevivencia. Se podría pensar que esos signos muestran una capacidad de ser reproducidos; tal capacidad tiene, a la vez, una función emisora y de motor; un motor que lanza un llamado hacia un receptor, un receptor que parece escuchar. Es como si la información tuviera en su interior mismo el deseo y la voluntad de ser elegida y reproducida; como si, ante ella, la intuición de los músicos-receptores percibiera y decidiera satisfacer ese deseo. Este motor implica un proceso de selección, de trasformación, de réplica y adaptación, del cual el músico se convierte en instrumento. La adaptación es, de hecho, la integración en una obra musical de elementos que hasta entonces le eran ajenos pero hacia la cual éstos tendían. Cada signo está ahí pero ya es otro; al escoger entre varios posibles, el músico se vuelve, así, un verdadero trasmisor cultural. Sin embargo, esos signos, así como los músicos que los portan, son muchos. Además, no sólo se da cierta competencia de unos con otros, sino que cada músico los adapta a su modo. Para sobrevivir, los signos deben entrar primero en una memoria individual, la del músico; luego, colectiva, la de la comunidad musical a la que enriquecerán; después, irán a enriquecer la información que ya disponen los artistas.

189

En tanto que algunos signos son trasformados y reorganizados de manera individual, conscientemente —entiéndase de forma inconsciente— por uno o varios músicos, otros, por el contrario, se asocian, forman grupos que serán elegidos antes de ser trasformados y reorganizados en su momento. Con anterioridad a los géneros, a los estilos y a los repertorios musicales, estos grupos son riffs, células rítmicas como la clave cubana, armonías, blue notes o notas de paso, un grupo de notas... Como signos individuales son gestos, mímicas, un vibrato, una melodía o parte de una. Estos signos, solitarios o agrupados, constituirán con el paso del tiempo la identidad de alguna composición. La improvisación es aquí un vehículo excelente para todos estos signos, ya que ella los convierte en un puñado de cristales en los que se reflejan lo permanente y lo efímero del músico.

Por lo demás, todo ese proceso de selección, de transformación, de adaptación, de aplicación, puede depender de factores externos, tales como: las presiones sociales o económicas (disqueras), la pertenencia a una comunidad (étnica, geográfica, ideológica...), las tensiones que pueden surgir dentro de una misma comunidad (lucha o competencia entre músicos de una misma ciudad, entre músicos que graban para el mismo sello, que participan en un mismo festival, en un mismo concierto...), entre otros.

El ambiente dinámico en el cual se revelan los signos forja su adaptación. No obstante, a veces, dicho ambiente es demasiado dinámico para los que quisieran aislar y trasformar el signo en ideología (véase el capítulo sobre la liberación del jazz latino). Un ejemplo de ese dinamismo receptivo podría ser el desarrollo de la elaboración de instrumentos de percusión. ¿Cómo suenan, cómo evolucionan las células rítmicas afrocubanas en los nuevos instrumentos de *Latin Percussion*, una empresa que ha fabricado una conga sin cuerpo, una conga portátil formada sólo con la "piel" y su armadura? La naturaleza sonora del signo está bastante forjada por los instrumentos. Otro ejemplo podría ser la introducción de samplers que generan un nuevo ambiente en el jazz, como en los conciertos y las grabaciones de Dave Douglas. Los samplers ofrecen nuevas fuentes de sonidos, suscitan nuevos gestos por parte de los músicos; además, la escucha de ciertas remezclas permite, también, apreciar el desarrollo de una posible composición. En este caso, sin embargo, podríamos preguntarnos si en realidad se trata de la evolución de un signo o, simplemente, de una identidad nueva del mismo signo. Escuchemos la remezcla del tema *Money is the Future Tense* con su ritmo *funky* en el álbum *Paradise in Trouble* del trombón Chris Washburne. Todavía se podría ir más lejos y mencionar el álbum del saxo mexicano Tommy Rodríguez, *Jazz Project: The Waves of the Swing Sound*; grabado en octubre de 2001, contiene el tema *Elsye's House* una fusión de la sonoridad de un quinteto de la época del swing y lo electrónico. En este último caso, se trata claramente de evolución y no de identidad nueva. Las notas producidas por el saxofón tenor de Rodríguez son recogidas, llevadas y catapultadas en un nuevo espacio melódico por los sonidos electrónicos que produce la computadora de Marco Rodríguez.

Dejando de lado las presiones eventuales del exterior, uno se puede preguntar cómo un músico elige e introduce un signo. ¿Es la intención del músico, que se manifiesta en la trascripción y la adaptación del signo, pura o cede a la presión de ese mismo signo?[6] Es difícil responder a estas preguntas sin entrar en la neuroestética, un campo que escapa a los temas de este libro, pero sobre el cual regresaremos en el futuro con otro texto.

Sin embargo, para tratar de ilustrar este proceso de trascripción y adaptación, tomemos una vez más el ejemplo del arreglo de la composición *My Funny Valentine* del pianista Edgar Dorantes:

Primero, me gustan mucho los cuatro compases adicionales que tiene al final, son 36 en lugar de 32. Me abrió la cabeza para diferentes arreglos. Me gusta la primera secuencia armónica, la de do menor, que va do menor, luego do menor con séptima mayor, luego con séptima, con sexta y, por fin, yo la acordé con el sexto grado la bemol. Es una progresión que se usa mucho en lo latino, en salsa; es una sección excelente para montunos y para la improvisación de batería. Yo sabía que en medio podía meter una sección de montuno, tan sólo con este fragmento armónico. Luego, lo que queda muy claro, es que en la parte B la armonía se va al doble, en lugar de un acorde por compás, son dos acordes a cada compás; por lo tanto, la figura de *cha cha* queda increíblemente bien. En otras palabras, la armonía del principio me da libertad. Entonces, de la pieza original, estoy usando sus recursos melódicos

---

[6] La primera etapa es siempre somática y el efecto extrasomático se traduce en la elección de las notas.

con eso voy a saber qué tipo de ritmo le voy a poner;
uso la estructura global de la pieza, para saber si me
da libertad para agregar o quitar secciones. También
me fijo mucho en el movimiento entre bajo y melodía.
La elección de estos elementos depende, de hecho, de
mi evolución personal en materia de música.

De manera similar, el bajista Fernando Huergo explica
cómo introduce en el jazz ciertos elementos de la chacarera argentina. Para él, la preservación de la identidad
original es esencial:

Trato de conservar riffs, cadencias armónicas y giros
melódicos para mantener la autenticidad del estilo,
para que la música tenga fundamento, tratando siempre de mantener la originalidad; es decir, respetando
las raíces tradicionales de la chacarera, mezclándola
con la armonía, improvisación, abertura y mentalidad
del jazz.

"El ritmo es fundamental", señala también el bajista
Oscar Stagñaro; en su álbum *Mariella's Dream* el tema
Festejo para Tere ¡es una fusión de festejo, marinera y
zamacueca!

Traté de mantener el 90% de los ritmos del cajón y de
la quijada. Lo principal es la percusión. Algunos músicos han aplicado la clave 3-2 al festejo como en la música cubana, pero sin ninguna restricción. También
han añadido las congas, la campana y los bongos. En
esta grabación, el percusionista Alex Acuña tocó primero la batería y luego grabó la parte del cajón. Ana-

lizar el sentido rítmico de las melodías y, sobre todo, la forma, para después mezclarlo con la armonía más sofisticada de jazz: esto es el concepto de tener libertad para improvisar, utilizando luego diferentes estilos de improvisación como bebop, *cool jazz*, o el estilo de Theloniuos Monk...

APUNTES DE LIBERACIÓN

¿EN QUÉ tiempo vive el jazz latino? ¿En el pasado, en el presente, en el futuro? ¿En qué ritmo? ¿En el del placer, en el de los proyectos de los músicos, en el del público? ¿Temporalidades dislocadas, heteróclitas, inconciliables? Aquí, el tiempo es la memoria que se manifiesta a través de los ritmos; a su vez, la memoria está ligada a un espacio geográfico en el cual antaño se había desarrollado una cultura. Apenas llegamos a tocar este tema en *¡Caliente!* De hecho, cuando nos hacíamos de nuevo estas preguntas y tratábamos de responderlas, el saxo y conguero de origen suizo, Hilary Noble, vino a enriquecer el debate planteando la pregunta de forma diferente. Así, en 2003, poco después de la aparición de su álbum *Noble Savage*, causó sobresalto en la comunidad del jazz latino cuando habló del *"latin free jazz"*. Las pequeñas frases anodinas lanzadas al azar pueden, a veces, mover montañas —esta frase, en efecto, la habría dicho el ingeniero de sonido durante la grabación—. Pero poco importa, en realidad, quien fue el primero en mencionar este eslogan; tras él, se sueña con la libertad y con su ausencia.

A las preguntas del tiempo se añaden pues estas otras: ¿Cómo puede el jazz latino gozar plenamente su libertad? ¿Le hace falta libertad? ¿Quién quiere liberarlo? ¿Y de qué? ¿Y de quién? *¡Free jazz!* ¿No se trataría también de liberar el jazz de sus músicos y, al mismo tiempo, del yugo que tenían la tendencia de ponerse? Con el imperativo *free jazz*, es también la música la que reclama sus derechos. ¡Liberen el jazz! cantaba el saxofón de Albert Ayler; pero también ¡liberen al pueblo! Pues lo que subtendía el *free* jazz en los Estados Unidos era un movimiento social. Entonces, hoy ¿cuáles podrían ser los campos y cantos de la liberación del jazz latino? ¿Y en qué tiempo(s) vive?

¿Un jazz afrocubano sin clave?

Si le damos un valor simbólico a las notas o a las figuras rítmicas, universalizamos las representaciones y, en realidad, corremos el riesgo de quitarles su sentido. Reducidas a figuras rítmicas escritas, fijadas en papel, las diferentes formas de la clave cubana se ven controladas por esta sustanciación; si se convierten en objetos, a través de la escritura musical, tiempo y espacio tenderán a "desaparecer". Si la clave llega a ser objeto de fetichismo, ya sólo podremos imaginar el pasado que ella podría representar e interpretarla a nuestro gusto; entonces, será escrita para hacerla respetar y analizar. La clave se habrá convertido en una ideología. En el grupo de discusión en internet *Latinjazz*, alguien lanzó como broma la idea de ¡una policía de la clave! Pero ¿era de verdad una broma? La idea de una policía así me parece cercana a un moralismo estético que podría fácilmente desembocar en la intolerancia. ¿Desde cuándo un derrotero hacia el moralismo musical?

Proponemos pues aquí, que la clave se considere como huella digital de la música afrocubana, como la expresión inconsciente de un grupo, de una identidad; sin duda, ella traduce la manifestación de aspiraciones sociales tales como el orden, el equilibrio, la justicia. Así, en la clave estaría el sueño de una ciudad habitada y regida por la música; la cual se podría comprender como fundamento, en el sentido de fundación, de sustrato, no en el de legitimación. La clave canaliza la energía de la composición y la de los músicos; es una seguridad rítmica que garantiza el buen desarrollo de la música; no es el objetivo final, sino un medio para llegar a él; es intencional, introduce lo normativo y asigna una conducta a los músicos.

Como frase rítmica de cinco notas dividida en dos medidas (2-3, 3-2), la clave cubana desembarca en Nueva Orleáns durante el siglo XIX, cuando músicos locales, que regresan de Cuba, y músicos cubanos de paso en Louisiana, se pusieron a interpretar bailes habaneros de moda en aquella época. La clave, al igual que la contradanza[1] y sus descendientes directos, se deslizan enseguida hacia el blues y el jazz. Bajo diferentes formas, se les encuentra en algunas composiciones de Paul Sarebresole

[1] La contradanza francesa era un género conocido en España en los años de 1730, ésta lo exporta a Cuba, a La Habana primero, después a Santiago y, finalmente, a todo el país. Algunos musicólogos han descubierto el famoso ritmo del tango en diversas contradanzas del siglo XVIII, incluso antes de que este género musical llegara a Cuba. Los músicos negros cubanos de origen bantú y yoruba alteran ligeramente la figura rítmica de la contradanza reforzando el ritmo de tango, esta especie de *preswing* conocido también con el nombre de tango-congo que tanto atrajo a Louis Moreau Gottschalk. La contradanza francesa que llega a Santiago algunos años después de su introducción en la isla, es ahora una contradanza criolla. Luego, será modificada nueva-

197

(Sarrebresolles), un compositor de ragtime de origen francés; también, en las de Louis Armstrong, de Jelly Roll Morton, de W.C. Handy, de Freddie Keppard, así como en las de las orquestas *Friars Society Orchestra* y *Original Dixieland Jazz Band*.

¿Su función ha llegado a ser hoy demasiado mecánica? ¿Se ha convertido en una fórmula sobre explotada? En el caso del jazz afrocubano, lo que es cierto es que su ausencia o su mala interpretación causan molestia. La clave no es un cliché si cumple su función y no reivindica ninguna posición de poder dentro de la música. Se convertiría en un cliché a partir del momento en que pretendiera cualquier efecto. El problema se da cuando hace una promesa que no puede cumplir. Según Raúl Gutiérrez,

> los músicos cubanos son extrovertidos y piensan que su clave es lo que debe ser y se aburren en otras culturas; excepciones como Paquito D'Rivera son pocas; pareciera que buscaran imponer su clave y también su religión, ya que está de moda cantarle y rendirle tributos a sus deidades religiosas. No sé si es una moda, un gancho comercial o un verdadera y honesta fe religiosa.

mente gracias a las comunidades negras haitianas que llegaron a Santiago a finales del siglo XVIII, a sus comparsas y a su música conocida con el nombre de *cocoyé*, un nombre que retomará Gottschalk para una de sus composiciones. Es la adaptación de versos a esta contradanza lo que hará nacer la habanera. Con el tiempo, la habanera llegó a ser un género exclusivamente instrumental y, cuando viaja a Argentina, a finales del siglo XIX, dará vida a la milonga y al tango.

¿Se puede concebir un jazz afrocubano sin clave? Cuando se plantea esta pregunta conviene no estar a la defensiva. El jazz latino no es una música exclusiva, recordémoslo. Y sin embargo, Hilary Noble presenta un asunto interesante acerca de la significación social de la clave:

La clave puede ser un símbolo de exclusión; también significa llave, y si no tenemos esta llave no podemos entrar. Por desgracia, para aquellos que buscan los principios de la clave en los libros o en las escuelas, tales principios son bastante ambiguos, tienen mucho de intuición y se trasmiten de manera oral. En la medida que la clave proviene de esta oralidad hermética, creo que constituye un ejemplo de cómo un sistema social africano responde con la exclusión al esclavismo.

"No", piensa el baterista y percusionista Bobby Sanabria, quien siempre procura asociarse con los proyectos más nuevos en materia de jazz latino,

[...] el jazz afrocubano no puede vivir sin la clave. La esencia de la música afrocubana, lo que la hace tan única en comparación con otras formas de música latinoamericana, es el concepto de clave; es lo que hace que esa música sea lo que es. Es su fundamento; es lo que define la música cubana. Este concepto-idea se desarrolló primero en la isla de Cuba y, de manera irónica, llegó a su realización completa en la ciudad de Nueva York. De hecho, diría que sus conceptos están mejor conservados en esta ciudad que en ningún otro lugar del planeta. Dicho esto, estamos en un tiempo muy precario respecto a la preservación de esta forma única de arte. La generación de músicos jóvenes que veo surgir, en su deseo de ser aceptados como intérpretes "legítimos" de jazz, sólo tienen una comprensión muy vaga de la clave; cuando más, superficial; cuando peor, es una falta total de respeto por lo que ha venido antes, sean músicos o sea la música misma. Esto se debe a una ausencia fundamental de conocimiento histórico respecto a la música cubana.

El vocalista, líder de grupo y compositor, Adalberto Álvarez, ha hecho referencia a la "negligencia" de muchos de los jóvenes músicos de la nueva generación en Cuba con relación a la clave. El gran pianista y arreglista cubano, radicado en Nueva York, Sonny Bravo, dijo lo mejor cuando señala: es simple "indiferencia". Podríamos muy bien llegar a un tiempo en que la gente pregunte: ¿Qué era esa cosa que llamaban clave? La situación sociopolítica en Cuba ha dejado a la generación "post 1960" con inmensos vacíos históricos en términos de su conocimiento de la música cubana; muy particularmente, sobre lo que sucedió en la ciudad de Nueva York antes y después de 1960. Figuras tan legendarias como Machito, Cándido, Graciela, Tito Rodríguez, Tito Puente, Ray Santos, Arsenio Rodríguez, Mario Bauzá, etc., son como antiguos nombres olvidados en los *Manuscritos del Mar Muerto* esperando ser descubiertos.

Existen numerosas razones que explican la precaria situación en que estamos. Algunas son: muchos de los maestros de esta música están muertos o muriéndose; la falta de reconocimiento (tanto en Cuba como en Nueva York) de los grandes maestros aún vivos; la ausencia de cobertura radiofónica de la música de este género; la locura de la juventud en esta sociedad mecanizada y dirigida por computadora. Es por esto que cuando estoy en el escenario de un concierto-performance, siempre me aseguro de hablar sobre la música y de dónde viene. Es importante, porque esta es la primera generación de jóvenes latinos que están casi totalmente desconectados de sus raíces culturales.

El pianista Sonny Bravo insiste:

Es bastante evidente que los músicos de hoy (incluyendo a los de Cuba) podrían preocuparse menos de escribir, arreglar o tocar en clave. Sólo se necesita encender la radio o poner un CD de cualquier parte del mundo, para ver la total indiferencia (y, en ocasiones, desprecio categórico) que hay respecto al patrón rítmico fundamental con el que la mayoría de la música cubana (supuestamente) se construye.

"¿Un jazz afrocubano sin clave?... ¡Imposible!" —dice el percusionista venezolano Marlon Simon.

La clave es uno de los elementos más importantes de la música cubana. Por supuesto, hay formas de liberarse de la clave, pero no en la música afrocubana; tendríamos que pasar a ritmos de otros países con origen también africano, pero con otro sabor que no esté basado en la clave. Aunque en las producciones previas de mi grupo *The Nagual Spirit*, llevo la clave a sus límites rítmicos, aún sigo dentro de un cuadro basado en clave, tanto en la percusión como en las melodías.

Con llevarla a sus límites me refiero a que experimento y mezclo ritmos que están en clave, mas no los ejecuto en una forma tradicional. Trato de crear otras figuras rítmicas no tradicionales, pero todavía apoyándome en la clave. En el futuro quiero hacer un breve experimento con ritmos afrovenezolanos. Éstos no se basan en una clave, sino, más bien, en una polirrítmica donde se sienten simultáneamente el pulso del 6/8, del 3/4 y del 4/4. En cierta forma, es hasta más rico y complejo que la música afrocubana [...] En algunos casos, mezclo partes de un ritmo con otro, para escuchar si la fusión que resulta produce un sonido diferente al ritmo ejecutado en su forma pura. He experimentado en mis discos con los siguientes ritmos de batá: *iyesa, cha cha le pa fun,* y el *lalubanche.* También trabajé con rumba, conga, son, songo, y bembé. A veces fusiono los ritmos de batá con los de otros instrumentos de percusión. Una vez establecida la fusión rítmica, me concentro en las figuras rítmicas que serán utilizadas en la melodía, de ese modo la melodía fluirá dentro de una fusión de ritmos en clave. Estas figuras rítmicas son aplicadas a la melodía que, a su vez, debe seguir una secuencia de progresiones armónicas utilizadas en el jazz. Estas progresiones y sus acordes son también muy complejos. Algunas progresiones trabajan mejor con ciertos ritmos; por ejemplo, en la composición *Sandra balandra*, en la que se crea una fuerte tensión durante el solo de tenor que sigue la progresión armónica, apoyándose, básicamente, en el ritmo de mozambique y luego desenlaza a otra progresión, pero con un ritmo de *straigt ahead* jazz. Éste produce un efecto de tensión y relajamiento en el oyente y se podría decir que describe el concepto musical de mi grupo *The Nagual Spirit*.

La liberación, en el caso presente, ¿no significaría la apertura hacia formas musicales cubanas que no estén regidas por la clave? El *changüí* no lo esta necesariamente, ni el *rezo*, el conjuro, la oración, que inicia los cantos dedicados a los orishas. De hecho, la música que deriva de las prácticas religiosas afrocubanas puede constituir una fuente de inspiración para todo músico aventurero.

Como oración, el *rezo* del canto lucumí no tiene tiempo fijo, comenta Noble, es un momento de suspensión, fuera de toda noción rítmica rígida. Es un momento sagrado que nos acerca abundantes fuentes espirituales de la música afrocubana. El *rezo* es la forma folclórica tradicional que más nos acerca al *free jazz*. Por ejemplo, hay pasajes en los que Albert Ayler toca pequeñas melodías simples, de conjuro y casi religiosas, sin una pulsión fija y que se acercan al espíritu del *rezo*. Encontramos momentos parecidos en Coltrane, recordemos que al final de su vida ¡aprendía a tocar cantos yoruba con Olatunji! Si el mambo se ha convertido en un género de manera completa ¿por qué no el *rezo*? Se podría grabar un disco de *rezos* con saxofón. Estos *rezos* se podrían interpretar *ad libitum*, al principio de una manera bastante auténtica (lo que recordaría, quizá, las baladas rubato de John Coltrane, de Albert Ayler con su composición *Ghosts* e, incluso, de Gato Barbieri), pero generarían también improvisaciones que podrían ir en muchas direcciones... Lo que me lleva, continua Noble, a la idea de que el jazz latino podría muy bien vivir sin tiempos ni ritmos fijos. Si usamos un vocabulario armónico y melódico estadunidense sobre fondos de ritmos afrocubanos, ¿por qué no utilizar un vocabulario armónico y rítmico cubano sobre fondos de *free jazz* (es decir, sin tiempos fijos)?

No habría entonces permanencia. ¿El rubato como ideal de libertad? Una nueva música flotante, inestable y, por lo tanto, diversa, esto es lo que propone Noble. Sea la modulación del tiempo, sea que se desplace la música con relación al tiempo, para explorar una nueva estética, nuevos territorios de la música, del otro lado del jazz latino. Es un poco lo que propone el percusionista Kevin Diehl con su grupo *Sonic Liberation Front* en el álbum *Ashé a Go-Go*.

Sanabria considera que el ritmo fijo es indispensable a toda forma musical de América Latina.

Ya sea partido alto de Brasil, tango de Argentina, seis chorreao de Puerto Rico, joropo de Venezuela, son montuno de Cuba, cumbia de Colombia, tonada de Ecuador, etc. El ritmo es lo que colectivamente define la cultura pan-latina. Es tan importante para nuestra existencia que lo damos por sentado; pero, veo que cada vez se trasmite menos y menos esta tradición. Asimismo, debo decir que otro elemento que define la experiencia pan-latina es el baile; tristemente, esta también está muriendo entre nuestros jóvenes. Eso no quiere decir que no pueda haber experimentos con formas libres y *ad libitum* de tocar el jazz con orientación latina. Sin embargo, ésta es un dispositivo que

se usa como color, como efecto o de manera transito-
ria dentro de la música. *Ad libitum tempo* se usa de
manera muy efectiva en diversas secciones del tango,
mas siempre hay un regreso al pulso rítmico definito-
rio que lo determina. De nuevo, lo que define la experiencia Latina es el ritmo y el baile; somos benditos
porque tenemos literalmente miles de formas para usar
y que todavía podemos explorar a fondo. Es nuestra
responsabilidad preservarlas y trasmitirlas; no hacerlo
sería cometer un suicidio cultural.

Sanabria toca un punto fundamental de toda música, a saber: que la melodía, la armonía y el ritmo representan una masa de conocimientos acumulados con el
paso del tiempo. Una disminución en la calidad de
cualquiera de estos elementos constituye una deprecia-
ción del conocimiento y acarreará, en consecuencia, la
pérdida de la memoria. Es importante notar que esta
investigación del "tiempo libre" se produce cuando, en
el fondo, el tiempo lineal tiene la tendencia de hacerse
fluido. Con internet el tiempo ganó una fluidez virtual;
ni siquiera el *guirigay* cibernético logra distraerlo.

Liberar al jazz latino del bebop

Como bien lo señala el saxo David Murray "el bebop es
esencial para aprender un instrumento; yo lo estudio
todo el tiempo. En términos del lenguaje de jazz, en el
instrumento tienes que hablar el idioma del bebop para
tocarlo. Esto no me impide tratar de ampliar el lenguaje de la música. El bebop es algo para estudiar, no para

tocarlo en público, porque esto ya sucedió." El "jazz be-bop latino" es, en verdad, una combinación feliz, pero es necesario abrir nuevos espacios dinámicos y proponer nuevos centros de gravedad. Y explorar el timbre.

En cuanto a explorar, Harvie S. piensa que,

> ... mucha de la experimentación que se realiza en el jazz latino va hacia la fusión; principalmente, se usan ritmos muy complicados, cambios difíciles y, en esencia, se trata de deslumbrar a la gente en lugar de usar esta música como un vehículo para expresarse a sí mismo. En el otro lado, están los solistas de bebop sobre un ritmo estándar y esto también se vuelve aburrido.

En cuanto al joven percusionista, Damon Grant:

> Yo estoy de acuerdo en que el jazz latino va hacia la fusión y en el uso de todos los diferentes aspectos como los ritmos complicados, por ejemplo tocar en métrica impar como 5, 7 y 9. O cambios en los acordes que, quizá, normalmente no se usan a manera de sustitución e, incluso, el llamado "deslumbrante" e una forma de usar la música como una expresión personal. Hablando como percusionista, sé que alguna d la gente con la que toco tiene una increíble facilidad técnica sobre sus instrumentos y sorprenden a las personas todas las noches con su manera de tocar. Esto e así, porque son capaces de usar diversos estilos musicales e incorporarlos a su interpretación. Por ejemplo hay muchas escuelas de música en el mundo para estudiar diferentes tipos de música y otros modos de acercarse a la forma de tocar un instrumento. Además

la facilidad para acceder a grabaciones de distintas músicas de diferentes culturas, así como poder viajar a esos lugares para aprenderlas y experimentarlas de primera mano. No me parece que tratar de "deslumbrar" a la gente sea el objetivo de la nueva fusión de la música, sino más bien, expresar lo que has podido aprender en tus viajes o, simplemente, cómo tu personalidad afecta tu música. Un ejemplo es Richie Flores; es un conguero sorprendente que puede tocar muy rápido. Si conoces su personalidad así es como él toca, en movimiento constante y lleno de energía. También, desde que usa tambores con baquetas, empezó a estudiar sus rudimentos y a tratar de repetirlos en las congas con sus manos. Y aun Horacio "El Negro" Hernández; él empezó tocando la clave con el pie porque no había nadie más que lo hiciera y ahora, tras haber viajado por el mundo, está incorporando otros tipos de música a su forma de tocar. Éstos sólo son dos ejemplos donde los intérpretes ponen su efecto en la música para hacerla suya, a la vez que la mantienen placentera y la siguen tocando; a lo que se suma el desafío a sí y entre sí mismos mientras evolucionan como músicos. Una actuación deslumbrante puede ser el resultado final, aunque no por completo intencional.

Una investigación rítmica (tema al que se refieren Harvie S. y Damon Grant) es toda una empresa para el saxo Felipe Salles.

Lo más maravilloso del ritmo es que no estás limitado a cierta armonía o melodía, si encuentras la forma de tocar lo que quieras por encima. Estoy tratando de explorar diferentes métricas, y hay una cosa del ritmo que me fascina y es el pensarlo como un ciclo rítmico. En la música hindú, a veces, la gente improvisa sobre un ciclo y tienen un cierto número de compases en el que, al final, se encuentran de nuevo. Y, en este caso, pueden tocar casi lo que quieran durante ese ciclo o pueden subdividirlo de diversas maneras. Así, tienes distintos músicos tocando a través de 12 compases, pero de formas completamente diferentes; sin embargo, lo que me maravilla es el hecho de que, sin importar lo que estén haciendo, se vuelven a encontrar al final en el punto donde el ciclo empezó. Cuando escribo muchas métricas impares trato de mantener este tipo de concepto. Ahí está mi tema *Laura's Nightmare* que tiene un ciclo de 13 compases y viaja a través de distintos tipos de ritmos; tiene toda clase de diferentes frases rítmicas que suceden al mismo tiempo en diversas capas y se reencuentran al final de los 13 compases, al terminar el ciclo. Hay una parte donde intento hacer lo que llamo un ritmo multidimensional que es un ciclo de 12 compases, pero la manera en que lo enfocan el baterista, el bajo y el pianista, es muy diferente: el pianista está pensando mayoritariamente en 4, el bajo está tocando un compás de 5 y otro de 7, la batería toca en 12. De esta forma, cualquiera que esté haciendo un solo puede tomar diversas dimensiones hablando en sentido rítmico. Es bastante riesgoso.

Lo que atrae de las grabaciones de Salles, sobre todo, es su talento de compositor, el cual le permite ofrecer una gran variedad de texturas en sus arreglos y soltura en el tratamiento rítmico. *Carla's Tango*, *Noite adentro* y *To Whom it May Concern* ilustran perfectamente esta riqueza; son temas densos, complejos...

En su álbum *When Einstein Dreams*, el pianista uruguayo Nando Michelin explora el tiempo, inspirándose en el libro de Alan Lightman con el mismo título.

En el libro de Lightman, el tiempo toma diferentes formas y es lo que trato de utilizar. Puede ser un tempo que se interpreta de diferentes maneras (modulación métrica) o una ausencia de *tempo* marcado o un intento por vencer la rigidez de éste, etc. En algunos temas usé simplemente subjetividad para interpretar un capítulo del libro. La idea fue darle total libertad a Jeff Ballard para que volcara todo su estilo en la batería. Ese juego con el tiempo es tan importante en la música contemporánea como siempre lo han sido la melodía y la armonía. Es un grado de libertad más que se puede explorar. Hasta cierto tiempo atrás, se daba como parámetro fijo un tempo e inclusive un padrón rítmico fijo. En el tango se oye mucho la variabilidad del pulso dependiendo de la parte de la música en ejecución. Hay casos de Coltrane, por ejemplo, usando su característico "sheets of sound" en los cuales la subdivisión no es exacta ni lo intenta ser.

Como ya lo habíamos mencionado en el capítulo sobre las Identidades nómadas, lo que proponen los músicos que trabajan en torno a los ritmos es, pues, una reconfiguración del tiempo; así, abren un camino ilimitado en el trayecto del cual invitan al público. Para el contrabajista Harvie S. se trata de rechazar la función utilitaria de la música que termina por aburrir a la audiencia; un aburrimiento que sólo puede quitarse con una sorpresa musical, pues, en efecto ¡la única manera de reconfigurar el tiempo es tocando! Sin embargo, al pretender reconfigurar el tiempo, algunos músicos son acusados de querer entrar en un espacio que no es el suyo. Recordemos las palabras del trombón Chris Washburne:

> Hay quienes pretenden que usted sólo puede interpretar la música que corresponde a su cultura. Está bien. Mi madre es ucraniana, mi padre mitad judío ruso mitad inglés, por lo tanto ¡yo no puedo interpretar más que una melodía inglesa asociada con una melodía judía de origen ruso usando instrumentos ucranianos!

Si se trata de un desafío, quizá también sea un juego entre el músico y su audiencia, como si éste le propusiera un pacto a su público. Un reto técnico para el intérprete y un desafío lúdico para el auditorio. De hecho, a partir de su propia perspectiva y de su propia historia, más allá de cualquier desafío rítmico, el público puede escuchar el llamado del jazz latino que representa, ahí, a las diferentes voces de la tradición a la vez que las sobrepasa. Como actor, el público llegará a ser la repetidora para asegurar, después, la continuidad. La escucha trasforma la música; de esta forma, la audiencia también participa en la fusión. Y este oyente o "escucha" confirma el carácter provisional del jazz latino tomado como experiencia.

*

Buscando en las interpretaciones de las obras de John Coltrane, descubrimos que algunos músicos, como el

210

trombón Conrad Herwig, el violinista Pedro Fundora, el conguero Francisco Aguabella, así como los grupos *Tolú*, *Cuarteto Sonando* y *Salsamba*, por citar sólo estos, han latinizado sus composiciones más "clásicas", tal vez porque toda la obra de este saxo contiene una espiritualidad africana que también anima al jazz latino. Pero entonces ¿por qué no explorar la famosa versión, por mucho tiempo inédita, de *A Love Supreme* con Archie Shepp, o *Kulu Se Mama* con Pharoah Sanders y el percusionista Juno Lewis, o *Alabama* o, incluso, el álbum en dúo con el percusionista Rashied Ali, *Interstellar Space*? Estas composiciones son gritos de libertad, formal y espiritual.

Coltrane podría ser, entonces, un excelente punto de referencia para remontar hacia Lennie Tristano y Albert Ayler, para enseguida descender hacia Ornette Coleman (cuyo cuarteto doble podría ser una formidable fuente de inspiración), Eric Dolphy, Cecil Taylor, Archie Shepp (hay que escuchar *The New York Contemporary Five*, su grupo sin piano con John Tchicai, Don Cherry, Don Moore y J.C. Moses), el *Art Ensemble of Chicago*, Yusef Lateef, Dewey Redman, Pharoah Sanders, Bill Dixon y otros músicos menos conocidos, como el trompetista Ahmed Abdullah o el trombón, corneta y compositor Clifford Thornton, quien en su momento fuera atraído por los ritmos afrocubanos y la cultura *fanti-ashanti* de Ghana.

Este último nos conduce a la escena europea, en la cual se presentó durante muchos años. ¿Por qué no buscar del lado de Tony Oxley, Han Bennink, Manfred Schoof, Peter Brötzmann, Peter Kowald, Fred Van Hove, Derek Bailey, la *Globle Unity Orchestra*...? Y más allá: Toshi Tsuchitori, compositor, percusionista y productor de efectos sonoros japonesés, conocido por sus numerosas investigaciones de las músicas folclóricas de Asia y África; el trompetista Toshinori Kondo. El pianista y trompetista Jun Miyake y sus *samplers* ¿no han revisitado el *bossa nova* con un cómplice llamado Arto Lindsay? No hay más que escuchar *Lista de Praia* y *Titia Inocencia* en el álbum *Innocent Bossa in the Mirror*.

De todos estos músicos se puede aprender que la libertad no implica la abolición total de valores como la melodía, la armonía y el ritmo; pretenderlo representaría instalar un sistema despótico. El jazz se abre a la atonalidad; se alienta la improvisación colectiva renunciando a un patrón rítmico y armónico rígido; se juega con la noción de melodía, de forma, pues el *free jazz* es también hacer resurgir el lado lúdico de la música —y con ello el del músico—. El grito, los sonidos llamados "sucios" de los instrumentos (en particular los saxofones, trombones, trompetas y clarinetes) se convierten en música. O, en todo caso, se debería decir que el *free jazz*, como el recién nacido, juega con y sobre el material sonoro como si quisiera liberar el sonido de la nota y hacer del sonido solitario una expresión musical. Uno de los grandes logros de este jazz habrá sido el ampliar las fronteras del sonido musical, para permitir a las notas extender su expresividad en un impulso utópico.

En los Estados Unidos, durante los años sesenta, el *free jazz* estaba relacionado con un movimiento de protesta contra la guerra, contra la política en vigor; impulsaba una igualdad racial y simbolizaba una libertad por reconquistar. El poder central en Washington consideraba este movimiento irracional; igual que los músicos más conservadores concebían al *free jazz* como un ataque a la razón musical. Quizá lo que le hace falta al jazz latino sea una asociación con un movimiento de reivindicación social, para incitarlo a explorar los caminos trazados por Albert Ayler, Eric Dolphy, John Coltrane, Ornette Coleman, Rahsaan Roland Kirk, Dewey Redman, Max Roach, Abbey Lincoln y el escenario europeo del *free jazz*. No se trata aquí de querer politizar una música, sino simplemente de no olvidar que puede existir una relación significativa entre la música y la sociedad en la cual ella se desarrolla.

No obstante, del lado de América Latina, algunos músicos se han comprometido en la vía del activismo social —y estético—, por ejemplo: Gato Barbieri desde hace algunos años; hoy, David Sánchez, William Cepeda, Bobby Sanabria... "Cuando grito con mi saxofón es porque la música necesita de gritos. Quiero reflejar los diferentes sonidos de la vida cotidiana de distintos países de América del Sur; hago de mi música un género de discurso teñido de política" explica Barbieri, quien fuera calificado por algunos músicos como el Pharoah Sanders de América Latina. En aquella época, 1969, después de años en los movimientos de vanguardia al lado de Carla Bley y Charlie Haden, Gato decidió regresar a Argentina para explorar sus raíces culturales. En la década de 1970, para muchos adolescentes europeos, Barbieri era un símbolo de rebelión; su música participaba en el despertar de una conciencia política.

El activismo político y social ha cambiado de forma. Gracias a la internet, los movimientos sociales pueden crearse en todo el planeta en unas cuantas horas. Si no ponen en juego la sinceridad de los partici-

pantes, estas demostraciones "instantáneas" no garanti-
zarán en verdad un esfuerzo de largo plazo. A pesar de
este cambio, el jazz sigue vigente. Mientras que el Departamento de Estado estadunidense envía al extranjero músicos como *Jazz Ambassadors* y que su Congreso
declara al 2003 el año del blues, la asociación *Jazz
Against War* agrupa músicos contra la guerra de Irak.
Por otro lado, sin duda presa de los remordimientos,
Wynton Marsalis, que siempre ha evitado los conflictos,
tanto en su música como en su discurso, ofrece un
concierto de apoyo a la asociación del poeta y activista
Steve Cannon, *The Gathering of the Tribes*, ubicada en
el Lower East Side en Manhattan. No obstante, estamos muy lejos de la época en que el jazz era una forma
abierta de protesta. En el mundo estadunidense poste-
rior al 9/11, la menor reivindicación social se iguala a
una manifestación antipatriótica. El *USA Patriot Act*
no lo desmiente. Este texto de ley, promulgado pocos
días después del 11 de septiembre de 2001, al tratar de
aumentar la seguridad del territorio restringe un gran
número de libertades civiles y permite controlar los
hábitos de lectura y de audición musical de todo individuo que resida en los Estados Unidos.

A falta de un movimiento social subyacente —una
vez más, evitemos la trampa de reducir el jazz latino a
un reflejo social—, diversos músicos responden a preocupaciones estéticas que pueden simbolizar en sí mismas una cierta forma de desobediencia, de desafío. Así
se podría interpretar el deseo del saxo Raúl Gutiérrez:

quiero tomar la música de Astor Piazzolla para ofrecer
una propuesta estética nueva con una big band. Armó

214

nica y rítmicamente siento que su música es más libre, porque existen cambios de métrica, rubatos, efectos sonoros ajenos a patrones rígidos de células establecidas, como por ejemplo, la clave cubana. Estoy pensando agregar elementos *free*, como la improvisación colectiva o semicolectiva... también gritos, quejas y efectos de la voz humana... la utilización de otros timbres, como la flauta en sol, el clarinete bajo, el flautín e instrumentos sudamericanos como las charkas, el palo de agua, etc. Con estos elementos *free*, la música no va a dejar de sonar a Piazzolla. Mi paso por el *free jazz* francés en la ciudad de Lyon al final de los años 1970 dejó semillas...

Por lo demás, hay quienes explican en su música la fragmentación esquizofrénica del ser que se produce desde hace algunos años en nuestras sociedades occidentales. Una fragmentación que también acarrea una fragilidad de las instituciones y de las ideologías (y que musicalmente proyecta al jazz latino más allá del bebop, el cual se consideró en su época, recordémoslo, como una música esquizofrénica); que abre nuevos espacios en la expresión musical donde todo parece horizontal, simultáneo y acelerado; pero, al mismo tiempo, representa un desafío para la conservación de los valores trasmitidos por las tradiciones. Se ven efectos de esta simultaneidad, así como una "singularidad" en la aceptación física del término, en las músicas de Jorge Silvestre, Hilary Noble, Don Byron, David Murray, Steve Coleman, Nico Mora, Edsel Gómez; todos se aventuraron en estos nuevos espacios.

La sacrosanta coherencia, con su noción de unidad, de aspecto orgánico, no puede ser hoy el único criterio para apreciar una grabación. Y sin embargo, a pesar del estruendo que reflejan algunas grabaciones, la "crítica" se esfuerza por encontrar una coherencia que disculparía esta sonoridad. La idea se resume a esto: no es a causa de un enredo de melodías, de un deslizamiento hacia los ritmos impares, de una atonalidad que respinga la nariz, por lo que la grabación no tiene unidad, coherencia. Posición condescendiente ¿no?

En 2003, el guitarrista uruguayo, Nico Mora, publicó en el sello neoyorquino *Big World Music* de Neil Weiss,[2] un disco brillante, ingenioso, lleno de humor, aunque serio a la vez, que lo debería haber impulsado de manera inmediata al frente de la escena internacional. Se trata de varias composiciones grabadas en 1992, 1998 y 2000, que reflejan perfectamente la fusión del jazz con el candombe y la murga. Así, la composición *1 Llamada* levanta el vuelo con un bandoneón en ritmos de tango y de candombe y se despliega con solos de jazz; el tema *Río de enero* es una murga con solos de candombe-funk y *Sentadito en el tablado* es una murga que se percibe como una balada de jazz. Una batería estándar alterna con una de murga: platillos, tambor y bombo. En *La conversa* (1998), tema que da su nombre al álbum, hay un muy breve pasaje *free* —10 segundos— seguido de un ritmo candombe conducido por la guitarra. Este pasaje, en el cual se desencadenan como en una explosión voz,

[2] Neil Weiss es un guitarrista y productor de Brooklyn, New York. Cuando hace su primer viaje a Montevideo en 1996, descubre, dice él "la verdadera esencia del candombé y del jazz uruguayo"; decide entonces, producir para su sello, Big World Music, algunos álbumes con diversos músicos locales.

guitarra, piano, batería y bajo eléctrico, es el punto culminante de la aceleración de lo que toca el baterista. "Lo que quería para ese pasaje de *La Conversa* era un clima de discusión, de enojo, entre los instrumentos que participan de la conversación; entonces, cada uno y a su manera debía expresarse como tal." En realidad, en este álbum, otros instantes que parecen *free* se presentan como relámpagos; y ya sea que brillen dentro de la composición, como es el caso de *La Conversa*; o que constituyan la composición misma, por ejemplo, lo que da *Laberinto 1* (*Intro*) y *Laberinto 1* (*Tema*): 13 segundos. Sintetizador, timbre de despertador, redoble de batería y gritos en el fondo. Estas dos composiciones también datan de 1998.

> El tema *Laberinto* está todo escrito. Lo distinto es el clima del centro del tema que da la impresión de ser *free*, pero la verdad es que trabajamos mucho en esa parte. Conceptualmente, el laberinto es el mundo, y el centro de ese mundo no existe, es simplemente una idea, y descubrirlo nos conduce a la salida.

Alrededor de ese centro se despliegan círculos expresivos intensos, se abren nuevos territorios.

En cuanto a los saxofones, escuchemos el tema *Better Wrapped/Better Unrapped* del saxo Henry Threadgill en su álbum *Too Much Sugar for a Dime*. En esta composición de Threadgill, de repente, después de un minuto y 50 segundos, el impulso musical se detiene por completo para dejar el lugar a solos de percusiones venezolanas: son los tres tambores redondos *culo'e puya* y las tamboritas de *fulia* con la voz por único acompañamiento. La repetición la llevan los violines, una tuba y una guitarra eléctrica. Hay, así, cinco repeticiones, cinco espacios dentro de los cuales las percusiones venezolanas serán acompañadas de manera progresiva por otros instrumentos para, al final, integrarse completamente a la orquesta. Esta es una metáfora que ilustra la evolución del jazz, gracias a la incorporación sucesiva de instrumentos y de ritmos de diferentes culturas.

Discreto, desconocido, antiguo líder del sexteto *Batimco* y miembro de los grupos de Oliver Lake y David Murray, el saxo panameño Jorge Sylvester es un campeón de los *odd meters*, como lo demuestran sus álbumes *Musicollage* e *In the Ear of the Beholder*. En sus discos, jugando con el tiempo musical, Sylvester propone la creación de un imaginario: la reconstrucción del mundo. La ausencia de armonía, de cambios de armonía, remarcada por los *ostinatos* del bajo, las figuras virtuosas del saxofón, las cascadas y las contracciones de acordes; exige variaciones rítmicas, un ritmo libre y medidas inusuales. Hace pensar en los caminos abiertos por otros dos músicos Eric Dolphy y Ornette Coleman.

Hilary Noble es otro subversivo que abre y da forma a nuevos espacios musicales, una nueva territorialidad lejos de la influencia de la notación musical. En su álbum *Noble Savage*, *Rumb'azul* es un tema de estilo improvisado, un tema complejo donde se enredan los discursos de dos saxofones (Noble y Charles Neville) con las percusiones afrocubanas simbolizando el carácter profundamente religioso y místico de Cuba (¿y de jazz?). "En el nivel melódico y armónico, los materiales que se encuentran en los cantos lucumí, así como en los abakuá, me interesan más que las escalas frigias y que las ibéricas menores", precisa Noble. *Terra Australis* es una composición sin tonalidad fija, en tanto que *(N)eurotrash* es completamente *free*, sin piano ni contrabajo, con un saxofón y percusiones navegando en la atonalidad. "Me gusta el ruido y los sonidos difíciles de controlar", dice. En sus composiciones, sin dejar de ser muy intimistas, Noble se desliza en los intervalos de tiempos, en sus intersticios; astuto e imprevisible, se desdobla y es en este desdoblamiento donde su música quiere encontrar a su público.

Noble logra conservar el espíritu de sus composiciones cuando las interpreta en público.

Rumb'azul, señala, se toca con el mismo espíritu, en el mismo sentido. La melodía, al principio y al final; entretanto, hay una improvisación modal bastante abierta (en mi menor) sobre una rumba folclórica interpretada libremente. A veces, no tocamos la melodía al final, pero improvisamos un fin que quisiéramos fuera lo más orgánico posible. *Terra Australis* sigue también la idea general del disco. El todo está en continuar tocando la forma AAB añadiendo, poco a poco, elementos caóticos hasta que ya no haya tiempo ni tonalidad fija —la tonalidad es bastante vaga, incluso al principio—. Se hace hincapié en la improvisación colectiva, sobre todo, cuando la sección rítmica suelta por fin la forma. *(N)eurotrash* nunca se ha interpretado en público. Quería hacer una pieza en la cual tocara yo solo todos los instrumentos; a parte de uno o dos pequeños elementos que Sanabria añadió, éste es el caso. Me gustaría tener un grupo que pudiera tocar cosas como ésta, sólo viento y percusiones, un poco como los grupos folclóricos, pero donde los instrumentos de metal y los de cañas remplacen las voces.

Aunque no se trate de un álbum de jazz latino, algunos ritmos como el bembé o la rumba se asoman de vez en cuando en el segundo disco de Noble, *Friction*. Disco de conceptos en el que ofrece ocho diálogos entre Noble, el contrabajista Albey Balgochian (que toca con Cecil Taylor), el pianista Andy McWain y el baterista Rob Egan. Tras esta incursión nostálgica en el *free* y el *free funk*, Noble regresa al jazz latino con un tercer álbum, *Enclave*, grabado con un cuarteto en 2004, que incluye a la pianista Rebecca Cline, el bajista Fernando Huergo y el baterista Steve Langone. Una composición sobresale en este último disco, *Dragon Slayer*.

En primer lugar, comenta Noble, hay una sección "afro". Trato de acercarme a ella con el saxofón soprano y con un sentido del humor que quizá muestra también la influencia de Steve Lacy. La sección B es un ritmo más bien jazz rock de los años setenta que se toca en 7. Se llega a esto por medio de una modulación métrica bastante complicada. En cuanto a los materiales armónicos y melódicos, creo que Rebecca compuso primero la sección B. Tomamos las notas del *vamp* en 7 (sección B) para construir la melodía de A. Me parece que pensábamos en Cheo Feliciano cantando *El ratón* para conseguir las armonías de A...

En verdad "revoltoso", el álbum *Now is Another Time* del saxo David Murray y su *Latin Big Band*, se mantiene, a final de cuentas, más clásico en su volver a cuestionar, en su búsqueda de libertad.

Varios músicos locales, como Manolito Simonet y el saxo alto Román Filiu, me ayudaron a constituir esta orquesta y grabamos en los viejos estudios de la Egrem en el centro de La Habana. En la composición *Break Out* utilizo un poco la dodecafonía, es una idea del *free jazz* adaptada al jazz cubano; en La Habana ciertos músicos le llamaban a esto *free* cubano.

Considerada por algunos como anecdótica, la aventura de Murray en los ritmos afrocubanos no es por ello menos seria y digna de atención. Además, hay que apreciar las variaciones de timbre que propone, pues él es hoy uno de los pocos saxos que sugieren una odisea así. Su saxofón tenor flota por encima de la orquesta y se aventura a los extremos de su registro; se apoya en músicos de viento estadunidenses que llevó consigo a Cuba (Hamiet Bluiett, Craig Harris) y provoca unísonos. También figura en este disco el saxo cubano Orlando Sánchez (que utiliza cañas de plástico). Sánchez ha realizado varias grabaciones como líder, algunas de las cuales ya se han publicado, como el álbum *Semos* con una composición libre, *Bye, Bye Mr. Williams*, un diálogo entre un saxofón tenor y una trompeta sobre una cama de percusiones.

De todos estos músicos nos quedaremos con la escritura, una escritura que, para liberar el lenguaje musical de la restricción de sus reglas, podría llamarse nómada. Una escritura nómada que hace malabares con su sintaxis y que permite al músico depositar ahí sus ex-

221

periencias con mayor libertad. Y es infringiendo las reglas del lenguaje mismo, liberándolo, como el músico puede llegar a ser un nómada también. Pues, tal vez, de esto se trata cuando se habla de liberación: de encontrar un estado nómada en el seno mismo de la música, al tiempo que se le permite escapar de su autor.

LIBERAR AL JAZZ LATINO DE LOS RITMOS AFROCUBANOS

El jazz latino debería considerarse una cultura que evoluciona sin cesar, poniendo a prueba nuevos elementos que podría absorber en consecuencia. No es necesario querer respetar a todo precio la influencia afrocubana ni la interpretación de sus ritmos. Ante estos ritmos, los demás han sido considerados, por demasiado tiempo, como provincias alejadas. Algunos intentan poner fuera de la ley a aquéllos y aquéllas que pretenden escaparse de la influencia afrocubana, como si ésta ejerciera una legitimidad teórica. No obstante, frente a la hegemonía afrocubana, el jazz latino abre un espacio de libertad para los músicos que encuentran toda su voz y su propia vía. Así, se ven aparecer y afirmarse nuevas corrientes creativas —como si los músicos de América Latina se hubieran comprometido en un proceso de reconciliación con sus públicos y con ellos mismos—. Estas corrientes son como murmullos, ensayos; son voluntades. Desde hace más de 15 años, el jazz europeo busca su inspiración en los folclores de los diferentes países del continente, enriqueciéndose también con la tradición de la música clásica. El jazz latino hace lo mismo.

Esta liberación, este abrirse, puede suceder en dos planos diferentes: en primer lugar, es posible *latinizar* algunas composiciones de jazz, de blues o de *rhythm and blues* (e incluso la música clásica) usando ritmos distintos a los cubanos; en segundo, se pueden *jazzificar* composiciones originales o tradicionales que provienen del Caribe y de América Latina. Nuestro examen tratará aquí, de manera principal, acerca de las riquezas musicales insospechadas de Argentina, Bolivia y México.

LATINIZACIÓN

En materia de *latinización* los ejemplos son muy numerosos; tenemos las *afrocubanizaciones* como: *Saint Louis Blues* de W. C. Handy o *The Nearness of You*, interpretadas por *The Latin Jazz Coalition*, una big band radicada en Nueva York y que dirige el trombón de origen griego Demetrios Kastaris; *Yardbird Suite* de Charlie Parker, la cual Jeff Fuller arregló bajo la forma de son cubano, con una sección rítmica conducida por Amadito Valdés e interpretada por la orquesta del saxo Raúl Gutiérrez; *Nardis* de Miles Davis o, también, *Ceora* de Lee Morgan, ambas en el álbum *Tribute* del trompetista Tony Luján. Asimismo, está el brillante arreglo de la composición de Bobby Timmons *Moanin'*, realizado por Charles Otwell en el álbum *Fly* del trompetista Sal Cracchiolo. O incluso *A Shade of Jade* de Joe Henderson en el disco *Serengeti* de Mark Levine; o *Sugar* de Stanley Turrentine en el mismo álbum. Sin olvidar la extraordinaria versión de la balada *Chelsea Bridge* de Duke Ellington, que interpreta el grupo espa-

223

ñol *La Calle Caliente*, dirigido por el bajista Miguel Blanco.

Más allá, pues, de estas afrocubanizaciones, muchos músicos se esfuerzan para abrir nuevas vías. El saxo chileno Raúl Gutiérrez, declara:

Me gustaría concentrarme un poco más en América del Sur, y grabar con big band piezas de Astor Piazzolla. En la música de Piazzolla puedo introducir el güiro para reemplazar los efectos producidos por el violín. También, podría usar la trompeta con una sordina; de éstas hay cuatro tipos que casi nunca se utilizan: la sordina de sombrero, que usaba Duke Ellington en la década de los treinta; la sordina de goma, empleada por Pérez Prado; la sordina muda y la *Harmon mute*. Asimismo, se pueden usar estas sordinas con un trombón. De igual manera, quisiera explorar los ritmos afroperuanos como el festejo; me gustan mucho los efectos del cajón en este ritmo. Es una música muy alegre (¿no viene del español "fiesta"?) que me daría la posibilidad, en cuanto solista, de usar instrumentos como el clarinete bajo o la flauta en sol que casi nunca uso.

Rumba Club, el grupo formado en Baltimore hace cerca de 20 años y cuyos discos han sido producidos por el contrabajo Andy González, usa el merengue *Moose the Mooch* de Charlie Parker y *Countdown* de John Coltrane, se interpretan con ese ritmo. Estas versiones se separan de otras ya clásicas como *Tanya* de Donald Byrd, *Mamacita* de Joe Henderson o *Straigh Street* de Coltrane, cubanizadas bajo la forma de cha chachá y de mambo, o incluso, composiciones origi nales de los miembros del grupo. El guitarrista peruano Richie Zellon también interpretó una composición de Charlie Parker en ritmo de festejo: *Scrapple from the Apple*. Otro músico peruano, Oscar Stagnaro, latiniza *Too High* de Stevie Wonder en su álbum *Mariella's Dream*.

> La melodía me pareció adecuada para hacerlo, Stevie tiene muchos temas que de alguna manera se pueden tocar en jazz latino. Para las líneas de bajo en unísono con el piano pensé en el concepto de Eddie Palmieri y Ray Barreto de los años 1970-1980. Es un tema que tiene armonía *pop* pero que se presta para la improvisación, también añadí la parte del solo de batería en una onda de los *Van Van*. La clave cambia constantemente.

En el mismo álbum, Stagnaro interpreta *Le Tombeau de Couperin* de Maurice Ravel. La melodía y las armonías se mantienen al igual que el aspecto sinfónico a través del sintetizador; se le añaden los ritmos de una rumba y del festejo sin por ello cambiar el ritmo de la melodía. La instrumentación también cambia: Stagnaro es el solista principal, su bajo reemplaza al oboe de la versión original. Stagnaro retoma también la composición *Yes & No* de Wayne Shorter.

> Siempre me interesa estudiar para tocar en otros tiempos además de los 4/4 y 6/8. Estuve escuchando la composición *Oye mi son* del pianista Emiliano Salvador que es un 7/4. Experimenté entonces con este ritmo de 7/4. *Oye mi son* me dio una pauta de cómo el

bajo funciona en 7 y luego en la parte B usé el tema original de Wayne Shorter en 3/4 para pasarlo luego a un 6/8 más sudamericano. La *intro* es como un guaguancó pero fusión. En la parte B el pulso de la negra en 7 es la misma en la B en 3. En la parte 6/8 uso el mismo valor de la corchea para los dos tiempos.

Al McKibbon y el pianista argentino Pablo Ablanedo latinizaron una misma composición: *U.M.M.G.* de Billy Strayhorn. Estas versiones reflejan dos realidades diferentes o, más bien, dos interpretaciones de una misma realidad —víctima de leucemia, Strayhorn compuso ese tema en honor de los médicos que lo curaban—. La de McKibbon es brillante, rápida, llena de energía, invita al movimiento, al baile; expresa la alegría y el triunfo ante la adversidad. Es un arreglo simple que deja al acordeón, a la guitarra y a la flauta improvisar de manera libre, conducidos por las percusiones afrocubanas en un modelo de mambo y guiados por el tumbao del contrabajo. La otra, por el contrario, la de Ablanedo, es lenta, empieza y termina en modo menor, es melancólica. Contemplativa, invita a la introspección; es un arreglo sofisticado en el que la improvisación no tiene un papel tan importante, con un piano introspectivo y una trompeta que teje una textura sutil.

Latinizar es también mexicanizar.

Si por una parte, explica Jorge Martínez Zapata, el jazz se ha nutrido con diversas influencias, por otra existe la posibilidad de que las piezas originales de los jazzistas se conviertan en música autóctona, por ejemplo, ya se ha dado el intento de tocar blues o Gershwin en huapango, como el caso de *Ain't Necessarily So* presentada a solo con estas características, dentro de un concierto Gershwin en Guadalajara, o *Straight No Chaser* de Thelonious Monk.

Y puesto que se trata de Monk, hablemos de él. Sólo de manera tardía se ha reconocido la importancia para el jazz latino del más africano y también más cubano de los pianistas estadunidenses del jazz. Si la mayoría de las composiciones de este rumbero del piano se prestan a una interpretación sobre diversos ritmos afrolatinos, es porque han conservado en su esencia una estrecha relación con África. ¿No es más africano que *bebopper?* Pero también, y sobre todo, porque las estructuras melódica y rítmica de las obras de Monk son claras y abiertas; es posible entrar de forma natural en su música y arreglarla. Thelonious es el pianista de la alternancia que en una misma composición toca algunas partes en clave, mientras que otras no. Sus frases rítmicas se pegan perfectamente a la clave y recuerdan, al mismo tiempo, los tambores africanos. A gusto, de manera intuitiva, en los dos lenguajes y al modo de Chano Pozo, él es el puente musical ideal entre los descendientes de los esclavos africanos implantados en los Estados Unidos y los llevados a América Latina. Por lo anterior, no es de sorprender que el Thelonious Monk Institute of Jazz haya otorgado su premio correspondiente al año 2000 al joven intérprete de batás cubano Pedro Martínez. Los miembros del jurado eran los percusionistas Ray Barretto, Big Black, Cándido Camero, Milton Cardona, Giovanni Hidalgo y Babatunde Olatunji.

Monk también tiende un puente hacia la música clásica europea del siglo XX. A semejanza de Gillespie y Parker, absorbió técnicas de la música impresionista tocando acordes "a la Ravel", "a la Debussy", al tiempo que improvisaba sobre armonías complejas. Sus improvisaciones son increíblemente exactas, con acordes disonantes. Por lo demás, es posible que haya estudiado la dodecafonía, así como a los discípulos de Schoenberg y Webern, cuyas características principales son la brevedad y el silencio. ¿No es Monk el pianista del silencio por excelencia?

"Monk es el más grande rumbero del jazz", afirmó Jerry González cuando salió el álbum *Rumba para Monk* grabado con su grupo Fort Apache entre 1988 y 1989. En 1996, el pianista Danilo Pérez retoma la idea en su disco *PanaMonk* y declara: "Monk había comprendido la esencia de la música afroamericana". Y Pérez también, ya que interpreta la muy bailable *Bright Mississippi*. Y Harvie S., que realizó un arreglo para contrabajo solo, el *Monk's Mood*. En su álbum *Oye cómo viene* el pianista Chano Domínguez ofrece una síntesis de su visión de Monk con *Monk Medley* —un viaje que parte del ragtime, remonta hasta las bulerías del flamenco, pasando por *Bemba Swing* y *Well You Needn't*, lo que hace de Monk el arquitecto de un nuevo puente entre los continentes—. Otro músico ha remarcado hábilmente la relación de Monk con África, el trombón Roswell Rudd —quien, además, grabó con el saxo Steve Lacy, otro admirador respetuoso de Monk, el álbum *Monk's Dream*—. En 2002 Rudd graba con Touman Diabaté el tema *Jackie-ing*, que apareció después en e disco *Mali Cool*.

JAZZIFICACIÓN

Argentina y Uruguay

En la actualidad, la mayoría de los ritmos afroargenti-
nos se han extinguido. En 1813 se abolió la esclavitud;
25 años más tarde, en Buenos Aires, se cuentan, aproximadamente, 15 000 negros en una ciudad de 65 000
habitantes. Las oleadas sucesivas de europeos que llegan entre 1870 y 1915 desplazan las poblaciones negras
hacia las periferias. Según George Reid Andrews, las
asociaciones de ayuda mutua fundadas por los esclavos que provenían de la región de Kisama en Angola, así como de los hausas de la región norte de la
Nigeria actual, desaparecen a partir de 1860. Los europeos irán, poco a poco, ocupando los trabajos que
hasta entonces desempeñaban los negros. De manera
paralela, las poblaciones negras abandonan sus músicas y sus bailes en beneficio del vals y de la mazurca.
Varios músicos negros, como Manuel Posadas y Zenón
Rolón, obtienen becas del gobierno para ir a estudiar
en los conservatorios europeos.

Argentina es conocida por su gran variedad de bailes, de estilos musicales y de ritmos; así, se podrían citar: la milonga, el tango, el malambo, la chacarera, la
samba, la cueca, la baguala, la vidala, el chamamé,
la chaya, la cacharpaya y el carnavalito. Si el tango es
un testimonio vibrante de la cultura urbana argentina,
la baguala se puede considerar como el símbolo de la
cultura rural. Sabemos que el tango nació del encuentro del ritmo de tango proveniente de Cuba y la milonga, de ello hablamos en *¡Caliente!*

229

Porque casi no son explosivos, los ritmos argentinos aparecen todavía como los más tímidos. Y sin embargo, Gato Barbieri, el precursor burbujeante con su sentido y su tratamiento únicos de la melodía, en sus discos *The Third World, Fénix, Chapter One, Two and Three*, hace fuego de todo leño y abraza el mundo del jazz y del jazz latino con su mezcla de instrumentos tradicionales y "clásicos". Testifica la célebre composición de título simbólico, *Encuentros*, grabada en Buenos Aires el 17 de abril de 1973, con una orquesta de 12 músicos. Es cierto que no todos los instrumentos provienen del folclor argentino, pero la música de Gato sobrepasa el marco estrictamente nacional —una segunda versión, esta vez titulada *Encontros*, incluye una sección de tambores de la Escola do Samba do Niteroi de Río de Janeiro. Otra composición grabada en la misma época, *La China Leoncia*, no tiene ni una sola cana: entre blues, fanfarria y *free* jazz, Gato acompasa la libertad y, por momentos, las percusiones ilustran los sonidos de la naturaleza y de la calle, un poco como lo hace Hermeto Pascual. La música de Gato Barbieri representa una excelente introducción a lo que hoy se hace respecto al jazz latino en Sudamérica, en el sentido de que ya se trataba de una reapropiación de raíces culturales. Muchos músicos argentinos que hoy están en la primera fila de la escena contemporánea crecieron con la música de Barbieri.

Hoy, la pianista Lilián Saba propone una nueva apertura a las músicas argentinas; ella forma parte de ese grupo de músicos que, a pesar de la grave crisis económica que ha golpeado de lleno a su país desde hace algunos años, decidió quedarse en Argentina.

La verdad es que a pesar de que Argentina tiene muchos problemas humanos, políticos, económicos, etc. (...) nunca pensé en irme de aquí, quizá porque siento que es mi lugar en el mundo. A pesar de que las oportunidades actualmente pueden ofrecerse mejor en otros países, sería muy alto el precio que tendría que pagar por estar lejos de mis seres queridos —los amigos y la familia—; cambiar las costumbres culturales cotidianas, abandonar el paisaje, tanto de la ciudad como del campo (yo no nací en Buenos Aires, nací y viví durante 20 años en lo que llamamos la pampa húmeda, en Benito Juárez, que se ubica al sur de la provincia de Buenos Aires)... Y suelo ser muy crítica con respecto a mi país, pero al mismo tiempo, creo que amo profundamente pertenecer a él y pelear desde aquí por un futuro mejor para todos. Hay muchas cosas por hacer en Argentina y en toda Latinoamérica y éste es un desafío que me seduce.

Tres grabaciones de la pianista vienen a ejemplificar esta proposición muy personal: *La bienvenida, Camino abierto* y *Malambo libre*. En su primer álbum, *La Bienvenida*, grabado en 1993 y reeditado en 1999, la pianista pasa revista a la mayoría de los géneros musicales de su país. *Me llaman la carbonera* es una chacarera interpretada en dúo de piano con percusiones. La chacarera es un baile del noreste del país, cuya base rítmica de 6/8 se parece a la del malambo norteño; las más antiguas son monotemáticas, las más recientes ofrecen un segundo tema; además, tiene vínculos de parentesco con el joropo venezolano y desciende en línea directa del festejo peruano.

En su disco *La bienvenida*, las composiciones *Samba para Santiago* y *La arribeña* son sambas. La primera se interpreta en trío con Marcelo Chiodi en la quena; la segunda, una composición de Atahualpa Yupanqui, en dúo con la vocalista Silvia Iriondo. La samba, un baile lento y melancólico, proviene de la *zamacueca*, de la cual se conocen una decena de variantes. Las sambas más antiguas eran monotemáticas, las más modernas son bitemáticas; los temas son generalmente de 12 compases en 6/8, con un rasgueo característico de la guitarra, mientras el bombo va marcando siempre en 3/4 en el parche. Es más lenta que la chacarera (aproximadamente un compás de samba equivale en velocidad a dos de chacarera).

La pieza que da título al álbum, *La bienvenida*, es una cueca o, más bien, una interpretación personal que hace la pianista de la cueca. La cueca, al igual que la samba, tiene su origen en la zamacueca; por lo tanto, en el sentido rítmico, tiene las mismas características. La cueca posee variantes muy diferenciadas según la región donde se toque, cante o baile. En Argentina se pueden diferenciar dos tipos de cueca: la cueca norteña, muy ágil, se la acompaña en especial con charango, guitarra y bombo; las melodías pueden cantarse o tocarse con instrumentos aerófagos típicos del noroeste; de manera formal, es parecida a la samba, aunque sus temas pueden conservar cierta irregularidad (antecedentes de 5 o 6 compases, por ejemplo); en general, se da en modo menor. Luego, está la cueca cuyana, menos ágil que la anterior, tradicionalmente se toca o se acompaña el canto con guitarras; de preferencia, se da en modo mayor.

Del carnavalito, Saba ofrece dos versiones jazzificadas. La primera, *Carnavalito del duende* en el álbum *La bienvenida;* el segundo, *Carnavalito quebradeño* en el disco *Malambo libre.* El carnavalito, mejor conocido en Argentina con el nombre de *huayno*, es un ritmo rápido, ejecutado con soltura, propio del norte de ese país; además, se le encuentra en Bolivia. En quechua *huayno* quiere decir baile, tradicionalmente era una danza colectiva (sin distinción de parejas) posteriormente se fue trasformando en danza de pares. El huayno es un género musical y coreográfico propio del altiplano, anterior a la Conquista; sus tiempos son binarios y en su tradicional fraseo irregular se pueden alternar diferentes compases (lo usual es que combine en su desarrollo dos y tres tiempos, a veces se debe a que los textos son irregulares, aunque los temas instrumentales también conservan esta característica). Melódicamente hablando y en su forma más pura, es el mejor representante del sistema pentatónico.

En realidad, el álbum *Malambo libre*, que contiene chacareras, carnavalitos, sambas y cuecas, es más claramente jazz. La composición *Malambo libre* es una versión libre de malambo norteño y *Contratiempo y distancia* de malambo sureño. El malambo, característico de la Pampa, es un baile rápido, individual, masculino y se acompaña con el zapateo del danzante o con las boleadoras (los movimientos de dos bolas atadas a los extremos de un lazo). También, es el nombre del ritmo sobre el que se interpreta esta danza.

Formalmente es libre, explica Saba; el o los bailarines van improvisando movimientos a medida que el acompañamiento rítmico fluye sobre una armonía básica, en general de IV, V, I. El compás es 6/8 con un rasgueo característico de la guitarra, pero el parche del bombo siempre acentúa los tiempos 2 y 3 de un 3/4.

Corazón de caña es una vidala. Esta música, nacida en el siglo XVIII con influencias tanto europeas como andinas, es un estilo de canción con un carácter triste y melancólico, sobre un ritmo de 3/4. Tradicionalmente, se acompaña con guitarra, golpes de bombo o caja. Es una de las más antiguas representantes del sistema bimodal (canto a dos voces, cada una en modo diferente: dórico la superior, eólico la inferior); en la actualidad, hay vidalas en modo mayor y menor, también existen algunos ejemplos pentatónicos.

Al margen de los ritmos y bailes que propone Lilián Saba, hay otros estilos como el *chamamé*, la *baguala*, la *chaya* y la *cacharpaya* que también pueden servir de inspiración. El chamamé es una especie musical y coreográfica del noreste; su origen tiene una relación directa con el surgimiento del acordeón y, posteriormente, del bandoneón, en esa zona durante las primeras décadas del siglo XX. Posee una fuerte influencia de la polka paraguaya. Las formas musical y coreográfica son libres; la base rítmica es en 6/8 con un rasgueo característico de la guitarra, mientras el bajo o contrabajo marca todos los tiempos del 3/4. Existen chamamés lentos y melancólicos, cuyo desarrollo armónico es muy rico. El chamamé maceta es rápido y muy rítmico y a la forma coreográfica los hombres le suelen agregar zapateos. Tradicionalmente, no lleva percusión, pero en la actualidad se le acompaña con batería.

Los orígenes de la baguala son anteriores a la Conquista. Hay bagualas de compás libre, algunas binarias y otras *ternarias*. Lo que la define es la escala en que se canta: pertenece al cancionero tritónico, es decir, que se cantan o tocan sólo tres sonidos y se duplica alguno de ellos; éstos coinciden con el acorde perfecto mayor (que a su vez se origina en los cinco primeros armónicos naturales de cada sonido, lo cual tal vez tenga relación con los instrumentos aerófagos que se usan en la zona, por ejemplo el *erke*).

La chaya (o vidala chayera) se toca principalmente en época de carnaval en la parte noroeste del país. De hecho, chaya significa carnaval. Se interpreta en 3/8, 6/8 o 9/8. Su forma es libre y suele tener uno o dos temas con introducciones. Se puede acompañar con caja, guitarra y bombo. Proviene del quechua challani, que significa rociar con agua. Chayar es entonces carnavalear, jugar con agua.

La cacharpaya es una canción de despedida, del adiós propio al norte del país y de Bolivia; de ritmo vivo y suelto, pertenece a la familia del huayno. Cacharpaya también se llama la fiesta de despedida del carnaval. En comparación con esta variedad de géneros, sólo existen unos pocos instrumentos de percusión propios de Argentina. La caja, un tambor de tamaño parecido al del redoblante en la batería, se forma con un marco de madera sobre el cual se extienden dos pieles de cabra o de borrego. El bombo legüero es un tambor de madera que puede tener diversas tallas; también, puede llevar una o dos pieles de cabra o de borrego en los extremos, las cuales se percuten con dos baquetas de madera. Asimismo, se pueden mencionar

235

los rototones que sólo son marcos sobre los cuales se tiende una membrana; en general, se montan dos en un pie con un travesaño que los sujeta. El *kultrun* es el tambor de los indios araucanos; se construye a partir de un pedazo de madera y una calabaza; se usa esencialmente en las ceremonias religiosas; a menudo, sobre la piel se hacen dibujos sagrados; se toca con una baqueta de madera o con dos si el instrumento está apoyado contra el suelo. También existe una serie de percusiones menores como la matraca, las maracas y los cascabeles, una especie de cinturón de cuero que se cierra con campanas. Notemos que la mayoría de los grupos argentinos que proponen un trabajo de jazz latino combinado con ritmos argentinos usan las congas cubanas.

*

La *jazzificación* de ritmos argentinos es, quizá, evidente en las composiciones de músicos como Guillermo Nojechowicz, Fernando Huergo, Pablo Ablanedo, Guillermo Klein, Ernesto Jodos, Ricardo Nolé...

Siempre tuve la inquietud de fusionar los ritmos argentinos con el jazz, explica Fernando Huergo. En los Estados Unidos lo hacia con el grupo de Fernando Tarres a principios de los noventa, luego con el de Guillermo Klein a partir del 1995. Cuando ambos retornaron a la Argentina decidí encarar mi versión de esta fusión musical como líder y empezamos la *Jazz Argentino Band* a principios de esa década. Trato de mantener y aportar una estética jazzística o creativa en mi trabajo. Me interesa estudiar tradiciones, estilos, repertorios, ritmos de distintas culturas, pero no como un fin, sino para combinarlos con mis propias experiencias e influencias y lograr algo nuevo, respetando la esencia de las tradiciones, pero libre de inhibiciones artísticas. Estuve buscando coincidencias entre el swing y la chacarera. La "clave" en el swing son los acentos en el segundo y cuarto tiempos de un 4/4. En la chacarera son acentuados el primero y el cuarto tiempos de un 6/8 (figura de negra con puntillo, pulso binario). En mi tema *Espejos*, por ejemplo, traté de combinarlos tocando la misma melodía con los dos ritmos. Tuve que agregar algunos compases de 5/4, para que no se voltee la clave durante toda la composición, así como algunos interludios, para que la transición fluya. La introducción del tema comienza con el cajón tocando solo el 2 y 4, y un solo de bajo sugiriendo una idea de 4/4 *swing*. Al final de los cuarenta compases de la sección de improvisación, toco un compás de 5/4 y continúo mi solo, implicando esta vez un ritmo de chacarera en 6/8 sin cambiar los acentos del cajón. Los ritmos folclóricos que usamos en la *Jazz Argentino Band* son: chacarera, samba, carnavalito, vidala... sin olvidarnos del tango ni la milonga de Buenos Aires. Tratamos de respetar los ritmos, los giros melódicos y armónicos, pero no necesariamente la forma tradicional de los estilos o danzas.

El pianista uruguayo, Nando Michelin, establecido también en Boston desde 1989, acompaña al bajista Fernando Huergo; él propone un concepto del jazz latino un poco diferente del que está en boga. Michelin es un músico visionario; en el mundo de este jazz sus composiciones son únicas.

Lo que siempre quise hacer es llevar a la improvisación latina el concepto de improvisación "basado en" el ritmo y el tema en uso. Entonces, si tenemos a tres percusionistas tocando el patrón rítmico exhaustivamente, queda muy poco para los demás instrumentistas, no podrán hacer más que tocar líneas de bebop sobre una armonía. Esto puede ser brillante en algunos casos; sin embargo, lo que yo intento es crear más libertad, para que el grupo, como uno solo, pueda interactuar. Al no estar ese patrón en la batería, los instrumentos tienen la opción de usar esas figuras o partes de ellas o simplemente ir contra ellas sin provocar una redundancia. Imagina que el arte del piano solo no hubiera pasado más allá de Earl Hines tocando *stride*. Cuando oyes a Chick Corea, por ejemplo, aún esta el *bounce* de la mano izquierda implícito, pero, no lo está tocando, sino que por momentos lo insinúa y otras veces va contra él, creando una forma mas sutil todavía, manteniendo todo ese *groove*. Jack DeJohnette o Bill Stewart tocando jazz, o Airto Moreira o Nene tocando batería en la música brasilera, son un perfecto ejemplo de eso. En el candombe, si se usara la figura del tambor chico todo el tiempo, crearía una tensión bastante restrictiva, ya que usa las semicorcheas de manera constante, lo cual hace imposible jugar con frases *layed back*... De todas formas, admiro profundamente la musicalidad de varios artistas de jazz latino, sin importar cuál sea la vía de expresión que utilicen.

Como lo atestiguan sus grabaciones y sus conciertos, Michelin se inspira en músicas uruguayas como el candombe y la murga.

La influencia del candombe en mi trabajo apareció sin buscarla, simplemente por el hecho de estar haciendo música en Uruguay. Esto se ve reflejado de varias formas. A veces, en el ritmo y en la composición como *Watching from the Outside*, en la cual se graban los tamboriles, o en *Sergio's Magic Touch*, donde el percusionista Sergio Faluotico usa un tambor africano para tocar un patrón puramente candombe. Otras veces, en melodías que suenan a ritmo de candombe, aunque éste se use sutilmente en la batería (las composiciones *Agustina's Dance* o *Marc Chagall*). Hay otros ritmos afrouruguayos que uso de manera constante, como la murga (no sólo el ritmo, sino también el estilo, como en *Farewell*). También uso el tango, la samba, la chacarera; todos éstos son mas reconocidos como argentinos, pero es obvio que cuando surgieron no tenían pasaporte, las fronteras son inventos que la música no respeta.

Lo que también es interesante en algunas creaciones de Michelin es su coda, la forma en que terminan; es decir, con un breve diálogo cómplice entre dos instrumentos o, incluso, con un solo muy corto; *Agustina's Dance*: solo de percusiones; *Sergio's Magic Touch*: dúo de saxofón y percusiones; *Farewell*: dúo de bajo eléctrico y batería; *Marc Chagall*: batería y algunos toques de piano. En realidad, estas composiciones no se terminan verdaderamente; es como si se quedaran suspendidas en el aire, sin conclusión definitiva. La pieza *Watching from the Outside* es un ejercicio de acrobacia; un solo de percusiones abre el camino a un trío de saxofón-piano-percusiones, seguido de un dúo de piano con percusiones y, por último, otro trío de piano-saxo-fón-percusiones, del que se desprende un solo de per-cusiones para cerrar el tema. En todas estas obras, Mi-chelin se acompaña del prodigioso saxo Jerry Bergonzi.

Con los álbumes *Common Grounds* y *Chants*, Mi-chelin toma el camino hacia Brasil.

La música brasilera fue siempre muy importante para mí, desde los inicios. Cuando llegué a Boston, uno de mis primeros trabajos fue con una banda de ese país, acompañando varios cantores locales y otros que via-jaban desde Brasil para hacer giras en los Estados Uni-dos. Así, desarrollé un conocimiento profundo de los diferentes estilos de música carioca y eso, instantánea-mente, se filtró en mis composiciones. En *Chants* se materializa más fuertemente aún y en el *Brazilian Project* uso la canción brasilera como vía de expresión.

A pesar de la evidente reivindicación de una heren-cia musical, lo que cautiva es el trabajo estético sobre la materia sonora, más que la representación cultural. En *Chants*, un álbum de fundido encadenado que se oye como un poema, parece que los cantos brasileños se hubieran tomado como inspiración musical, como una guía para reencontrar los elementos de las músi-cas africanas en el jazz y proponer un discurso con-temporáneo original.

No sabría definir qué me atrae de los cantos. Siempre me fascinó el sonido de los tambores y de la voz, la manifestación más pura de la música. También me atrae cualquier forma del ser humano al comunicarse

240

en otros planos. Ya sea rezando, meditando o cantando. Simplemente, considero la musicalidad de los cantos como una fuerza motriz que me impulsó a escribir esa música, sin ánimo de ser muy ambicioso en la propuesta. El punto final es que la música sea capaz de sostenerse por sí misma, independiente de cualquier concepto intelectual. Mi idea original, y que algún día espero concretar, es una *performance* que incluya las danzas del candombe.

Si, como lo habíamos dicho antes, Michelin se mostró interesado por la narración o, de manera más precisa, por la técnica narrativa de la literatura como fuente de inspiración, también usa la pintura para desplegar su imaginario. Su álbum *Art* está dedicado a esta forma de expresión artística.

Mi intención fue utilizar técnicas o conceptos usados por artistas más que la sola inspiración. Mi interés fundamental no fue ser específico o literal en mi trato de las artes plásticas, sino tratar de mostrarle al escucha qué es lo que siento cuando me enfrento a ese arte. El ideal sería que las personas que oigan *Art* pudieran, al ver obras de esos artistas, asociarlas con mi música, recorriendo el camino inverso. En el caso de *Paul Gauguin* usé, además, un cuadro particular; pero, en general, utilicé recursos técnicos: cubismo en *Juan Gris*, la época azul de Picasso para *Picasso in Blue*, la deformación de la perspectiva en *Henri Matisse*. En *Juan Gris*, mi idea de cubismo en música fue una composición en la cual varias capas de igual peso crean la música. No el concepto de una melodía sobre una armonía, sino de varias voces complementarias. El bajo doblado por el piano, los acordes de mi mano derecha y el saxo se complementan, sin ser uno más importante que el otro. Eso da un efecto auditivo que yo asocio al cubismo. *Matisse* está basada en una serie de *sketches* de una odalisca que comienza siendo lo más aproximada posible a la realidad y, al deformar el concepto de perspectiva, la va llevando a una odalisca en su "lenguaje". Con *Picasso in Blue*, intenté crear todos los movimientos armónicos sólo con acordes menores y una melodía bastante repetitiva y, así, conseguir recrear el sentimiento de ver toda una exposición de Picasso en su época azul, en la cual, luego de un lapso, parece que el ojo distinguiera varios colores dentro de esos tonos de azul. *Vassily Kandinsky* es un contrapunto de formas rígidas y suaves, y el color "menor mayor" de ciertos acordes usados refleja la cualidad que encontré en uno de sus guaches (*Picnic*), en los que la yuxtaposición de dos colores resulta en lo que parece ser un color nuevo. *Joan Miró* trata de recrear la ansiedad y la estética del artista catalán, usando líneas "eléctricas" y un contrapunto que no acaba de resolverse. *Gauguin* está basado en un tríptico *Where we come from, where are we, where are we going?* y las tres partes de la composición reflexionan sobre la belleza de lo pasado, que siempre fue mejor, la angustia del presente y el optimismo de lo que vendrá. La relación entre música, pintura y literatura es muy estrecha, dado que todas son variaciones de un mismo proceso creativo humano. Pensé en usar a Pedro Figari y a Páez Vilaró, dos excelentes pintores Uruguayos, pero ambos tendrían que reflejarse en un candombe tradi-

242

cional, sin necesidad de melodía ni armonía, por lo que significan para el movimiento afrouruguayo. En mi próximo CD pienso incluir una obra titulada *Casa pueblo* que es una de las creaciones de Páez Vilaró como arquitecto.

Otro músico, el baterista y percusionista boliviano Yayo Morales, también está influenciado por la pintura.

Desde muy temprana edad mi conexión con la pintura fue directa (incluso antes que con la música). Mi padre es muy aficionado a ese arte y, de hecho, pinta muy bien. Él utiliza la técnica del óleo, aunque también pinta alguna que otra acuarela. La relación entre la pintura y el jazz es muy íntima; se trata casi de lo mismo, una mezcla de colores, de luz y de sombras, un reflejo de algo que nos llega a tocar los sentimientos, una expresión de lo más sublime e incluso de lo más perverso. Trazos de mil colores... melodías, pegotes de pintura uno sobre el otro, que generan texturas y perspectivas... acordes, armonías, todos unidos en un mismo lienzo, ordenados y dispuestos de tal forma que te hacen palpitar el corazón. Ritmo. Mi trabajo busca esa expresividad de colores: cuando compongo mi música veo imágenes, algunas hermosas, otras dolorosas, pero todas son vivencias, querencias y añoranzas de mi Bolivia natal. Me dejo influenciar por muchas de las músicas y músicos que más me gustan, dejo que los colores y las imágenes que veo y siento cuando los escucho me incentiven, para poder crear una música con recursos propios, con mis propios pinceles. Creo que la música, la pintura y la literatura son dedos de una misma mano, que sin ellas el ser humano estaría mucho más desolado y triste.

En el disco *Los Andes Jazz Project*, la composición *Pinturas al óleo* hace referencia directa a la pintura.

El tema tiene cuatro partes, explica Morales: *Idea*, *Boceto*, *Arte (Mezclando colores)* y *Pincelada final*. La introducción y el tema en su totalidad se pueden analizar de forma pictórica, tal vez con más facilidad que haciéndolo de manera teórico-musical. Es decir, es más fácil, quizá, visualizar todo con imágenes que con música. En la *intro* planteo la idea de una pintura, de un lienzo en blanco que comienza a ser manchado, para poder dar una idea de perspectiva, colores, luz y sombra, con lo cual presento un motivo melódico de contrabajo que, luego, es doblado por la guitarra española y desemboca en un solo de guitarra (...), como si cogiéramos un lápiz de carbón o una crayola y comenzáramos a dibujar figuras que a la larga serán imágenes. El *Boceto* es la presentación del tema en sí (la parte A), para lo cual utilicé un compás de 7/4, sobre el cual desarrollo una melodía muy sentimental que luego se ve reforzada por una sección de trompeta con sordina, trombón y dos flautas. Es, entonces, la parte donde tiene lugar la idea central del pintor, el motivo de la obra ha sido ya definido claramente y lo que ahora queda es el arte de hacer que esos trazos cobren vida. La tercera parte, en la que el pintor suelta su energía a través del pincel, los colores se mezclan en forma de pegotes, pero no en la paleta... si no en el mismo lienzo, buscando esos matices que hacen que el cua dro comience a "sonar" cual música, que la pintura comience a cobrar vida y luz propia. El tema es la parte de los solos, en la que cada uno de los músicos solistas (trompeta, trombón, primera y segunda flauta) tienen asignada una frase melódica que pueden tocar cuando les apetezca y ésta, a su vez, está denominada con un color (la frase del trombón representa el amarillo, la de la primera flauta el rojo...); de tal modo que en el momento creativo de los solos, si el trombón toca esa frase y coincide con que la primera flauta la toca junto a él, entonces, de la mezcla del amarillo y el rojo tenemos el naranja, y así también es su funcionamiento en el campo armónico. Dispuse las frases melódicas de tal forma que, si coincidían las unas con las otras, éstas no chocaran armónicamente, en todo caso, más bien harían que la armonía sonase con más grandiosidad. En fin, el resultado —a pesar de que al principio, en el estudio de grabación, hubieron algunos problemas para transmitir a los músicos la filosofía de este tema— fue sin duda más que óptimo, y aún ahora estoy seguro de que podría haber salido mejor si hubiéramos dispuesto de más tiempo para grabar... Pero, en fin... aún así estoy muy satisfecho. La parte final del tema, cuando el pintor no está todavía seguro de poner o no la firma y darlo por acabado... por eso es tan repetitiva, y por eso se queda como colgada.[3]

[3] Desde luego, Nando Michelin y Yayo Morales no son los únicos músicos que se entregan a la pintura. En México, recordamos el álbum *The Painters* que el grupo Sacbé, de los hermanos Toussaint, grabó en 1986 con el saxo Paul McCandless del grupo Oregon. La contrabajista francesa Joelle Léandre grabó en 1997

Bolivia y Perú

En Bolivia, a finales de 1960 y durante la década de los años setenta, los pioneros del jazz eran poco numerosos: Johnny González (piano), Lucho Mejía, René Saavedra (contrabajo), Eduardo Ortiz, Andrés Molina, Aquiles Jeres, Álvaro Córdova (batería). Por lo común, se reunían en un club de La Paz, La Cueva. Dos discos del pianista Johnny González simbolizan esa época: *Primer Festival de Jazz* (1968) y *Jazz a 4000 metros de altura* (1976). Estas grabaciones fueron recientemente reeditadas. Dos de los músicos que participaron en el segundo LP, *Jazz a 4000 metros de altura*, Fernando Sanjinés y Eduardo Ortiz, constituyeron después el grupo *Sol Simiente Sur*, un sexteto que navegó a los confines de la música folclórica boliviana, del rock, del pop y del jazz. Su propio disco, grabado en 1978, con el mismo nombre del grupo, *Sol Simiente Sur*, fue reeditado en 2003.

El percusionista Fernando Sanjinés vive desde hace 20 años en San Francisco, donde fundó una escuela de samba; ha participado en la grabación de diversos discos, entre los que destaca *Heartbeat of the Jaguar*, su primer álbum como líder.

el disco *18 Colors*, inspirándose en las técnicas propias de la pintura. Por lo demás, muchos *jazzmen* son, ellos mismos, pintores, como el baterista de origen suizo Daniel Humair. También, numerosos pintores son atraídos por el jazz, el cual vive en sus obras: Jazzamoart, Jylian Gustlin, Claudia Ruiz, Tom Hamil... En cuanto a las relaciones entre pintura y música, es interesante leer la obra de Vassily Kandinsky: *Uber der Geistige in der Kunst*.

246

Mis primeros instrumentos fueron un clarinete de juguete, una armónica y un acordeón. Luego, he tenido un grupo llamado *Smoke Fish;* tocábamos rock, blues y música experimental con taladros eléctricos y planchas de metal. Empecé a usar escobillas, baquetas con bolas de felpa... Escuchaba a John Coltrane, Bela Bartok y Frank Zappa. Cuando tenía 15 años, en 1967, frecuentaba bares nocturnos donde se encontraban los músicos bolivianos que vivían de la música y en los descansos tocaban cosas de Walter Wanderley, un bossa nova tocado con órgano, y esto me llamó la atención. En 1973 conocí a Paulo Farias, un percusionista retirado que trabajaba en la embajada brasilera de La Paz, y a partir de entonces formamos la primera escuela de samba, *Sambalivia.*

Sanjinés ha trabajado con los ritmos y bailes de las poblaciones de ascendencia africana que viven en la región de los yungas (del norte y del sur), así como en la región minera de Potosí. Aunque su álbum *Heartbeat of the Jaguar* sea en esencia brasileño, el tema *Saya de San Francisco* evoca la afrosaya, la manifestación musical más auténtica de la cultura afroboliviana, propia de las regiones de los yungas.

Con un lejano origen angoleño, como la mayoría de los ritmos afrobolivianos, la afrosaya es una danza, un canto y una polirritmia; sus instrumentos son un juego de tres tambores llamados cajas o bombos, hechos de corteza de árbol (o incluso con el tronco), un *wancha* o güiro y cascabeles. Los tambores son: el tambor mayor o asentador, el menor o cambiador y el canjengo. En su versión moderna, la afrosaya incorpora otros instrumentos, como la guitarra, el charango y la zampoña; ha llegado a ser una verdadera comparsa urbana con unos 50 bailarines, hombres y mujeres, vestidos con trajes bordados de franjas a colores. Una versión más melancólica de la saya, el mauchi, se interpreta en los entierros. El *tundiqui* es otra variación de la afro-saya original, a la cual está rítmicamente asociado y, en algunas regiones, se conoce también como *tontuna*; asimismo, es un baile colectivo y un ritmo interpretado por un grupo de bailarines blancos disfrazados de negros, algunos cantantes y un conjunto de percusiones. Los instrumentos se componen de un juego de bombos, un reco-reco (un raspador de caña hueca que se frota con un palo) y un timbal (un tambor de madera en forma cónica recta, sin curvas). Cada tambor marca motivos, figuras diferentes; en Salvador de Bahía, Brasil, hay orquestas con más de 50 tocadores de timbal. Tundiqui viene del verbo tundir, es decir, castigar golpeando; algunos musicólogos pretenden que su origen podría ser afrobrasileño.

En ciertas danzas afrosayas y tundiquis, varios bailarines tienen látigos, se les llama caporales y representan a los que mandaban a los esclavos. Este nombre se ha llegado a usar para un baile colectivo que puede agrupar hasta 200 participantes en los desfiles de carnaval. La música de los caporales se interpreta con una fanfarria de 16 a 18 músicos con tambores, trompetas, tubas y címbalos. Los bailarines masculinos llevan cascabeles en las botas, lo que añade colorido a la música; otros, manipulan los látigos haciéndolos chasquear en el aire. En la actualidad, con frecuencia, se asocia el término caporal a la palabra *saya* —saya caporal— para

248

designar una danza, la de los caporales, interpretada con el ritmo de la saya. Además, muchos músicos y el público en general usan de manera muy extendida el nombre de saya para hablar del tundiqui moderno.[4]

Otro baterista, percusionista y compositor, trabaja de manera asidua con los ritmos y danzas de su país: Yayo Morales, de quien ya hemos hablado. Con domicilio en España desde 1990 y donde toca con el grupo *La Calle Caliente*, Morales ha emprendido, hace ya muchos años, investigaciones sobre los ritmos que él llama andinos, afroandinos o afrobolivianos, para fusionarlos con el jazz. Este trabajo de investigación y de fusión es poco común y conviene explicarlo un poco:

> Comencé investigando de dónde habían llegado estas músicas a Bolivia y cuál era su origen africano, cómo se habían mezclado con las músicas aymaras y quechuas y dado pie a lo que hoy conocemos en mi país como afroandino o afroboliviano. Una vez que encontré toda esta información empecé con el trabajo de adaptación de estos ritmos tradicionales al *set* de batería. Este fue el paso más difícil... Cuando estás trabajando sobre algo que nadie ha hecho es difícil encontrar

---

[4] Como parte de los bailes afrobolivianos, se pueden citar la zemba, la *morenada*, la *diablita*, la *cueca negra* y el *huayno negro*. Según la antropóloga Julia Elena Fortún, la morenada apareció en la región minera de Potosí; su coreografía simbolizaría la reacción a la nieve de los esclavos encadenados; la matraca, un instrumento que se utiliza en su interpretación, traduciría el ruido de las cadenas a las que estaban sujetos esos esclavos. Todavía existen allá otros ritmos, sobre los cuales no podemos extendernos en esta obra, como el bailecito el *kantu*...

la forma de hacerlo; me refiero a que si estuviéramos hablando de jazz brasilero o de jazz cubano no tendría ningún problema, pues hay un montón de información desde la que uno puede sacar sus ideas musicales, pero respecto a la música boliviana, afroandina y andina en general, no hay mucho de donde escoger, con lo cual debes seguir tus propios criterios. En ningún momento quise alejarme de los patrones autóctonos y tradicionales, luego hice uso de melodías andinas, criollas y de todo un poco, y las armonice de forma muy moderna y jazzística.

Los primeros resultados del trabajo de Morales aparecen en un álbum fascinante, *Los Andes Jazz Project*, grabado en 2002 con músicos argentinos, uruguayos, estadunidenses, españoles, cubanos y cubanoamericanos,

Los títulos de mis composiciones están basados en su mayoría en danzas o frases en aymara, entre ellos: *El Kallawaya* (El médico brujo), *Awicha* (Abuela), *Pachamama* (Madre tierra) —en la cual los coros escritos en quechua cantan los tres mandamientos del imperio incaico: "no robes, no mates, no mientas"—, *Waca-Tokory* (Baile del toro) —basada en el *waca-waca*, una danza autóctona, de carnaval y cuyo origen se da en la colonia—. Lo que hace posible una fusión entre ritmos afrobolivianos y el jazz son los elementos rítmicos y en mi trabajo, los armónicos, ya que estos últimos son los que le dan ese color jazzístico. Por supuesto, hay que considerar las estructuras de los temas, los solos netamente jazzísticos, así como muchos de los *riffs* que fusionan en definitiva los fraseos pentatónicos de la música boliviana y andina en general con los del blues y del jazz. Los instrumentos de percusión que utilicé son el reco-reco, una especie de güiro pero hecho de caña hueca; los chajchas, un instrumento de percusión andina que esta hecho de pezuñas de cabra y los tambores de saya.

Hay cuatro temas en particular interesantes para ilustrar la fusión de temas afroandinos con el jazz: *Carnaval caporal*, *Waca-Tokory*, *Joselito* y *Pachamama*.

Carnaval caporal es un tema sencillo, alegre y divertido, que refleja exactamente el aire con el que se hace la música en Bolivia y en todas las zonas andinas de Sudamérica. Además, la melodía es muy andina, a pesar de que esté tratada con un criterio un poco más jazzístico, se nota en ella ese aire andino. El tema tiene un contexto armónico modal, es decir, que se desenvuelve dentro de una nota pedal en el bajo, por medio de la cual van pasando ciertos acordes que le dan ese color al "modo" (en este caso mixolidio) y que modula en la parte B a un modo menor (dórico). Los solos tanto de saxofón soprano como de piano conservan ambos ese criterio melódico-rítmico que el tema precisa. *Waca-Tokory*, es la composición más compleja, tanto en los arreglos como en el concepto rítmico; creo, sin duda alguna, que fue el tema que más nos costó grabar a todos (a mí el primero, pues los patrones de batería son bastante difíciles de tocar debido a que el *tempo* del mismo tiene una cadencia muy lenta y es difícil hacerlo caminar). La melodía del tema comienza con mucha dulzura y poco a poco se va haciendo más fuerte hasta desembocar en fraseos complejos y atrevidos. En el fondo, los solos de flauta le dan un toque muy andino y con reminiscencias autóctonas. Las campanas (a *go-go*) emulan el baile de waca-waca. *Joselito* es uno de los temas con que más me identifico, está dedicado a mi hermano (mellizo) José Luis; él también es músico y gran conocedor de la música folclórica boliviana, pues ha trabajado con muchos de los mejores grupos folclóricos de Bolivia, como son *Los Kjarkas, Savia Andina, Altiplano, Kalamarka* y otros más. *Joselito* fue una de las primeras piezas que compuse dentro de este estilo. La introducción, así como la exposición del tema (parte A), están basadas en ritmos de *tundiqui* y la construcción armónica se podría definir como "polimodal unitonal", y la parte B del tema esta basada en un estilo conocido como huayño (o huayñito, característico de zonas como Cochabamba, La Paz y Sucre; su variedad es inmensa: huayño chuta, huayño llamerada, huayño vicuña, huayño tinku, huayño carnavalito, etc. Y también hay variaciones del mismo en el resto de los países andinos como Perú y Ecuador, pero a estos se los conoce como huayno... con "n" en lugar de "ñ"). La parte B es uno de mis pasajes favoritos (me recuerda mi infancia y los juegos que disfrutaba con mi hermano, la flauta juguetea con la melodía mientras el trombón hace lo suyo con un contrapunto. Los solos siguen la estructura del tema y desembocan en el mismo y, para el final, utilizo un motivo melódico con el piano, muy aymara, que se puede decir que se basa en el yaraví, que es una de las formas musicales más típicas y comunes usadas en Bolivia y que tiene a su vez infinitas variaciones. La introducción de *Pachamama* es muy complicada de entender, pero muy fácil de tocar. Está basada en varias polirritmias que generan un estado de tensión rítmica que estalla justo en el momento en el que entra la presentación de la melodía del tema. Esta polirritmia está construida sobre un compás partido 2/2 y la guía de la misma es la línea del bajo. Sobre la misma, está el piano haciendo frases rítmico-armónicas en bloques de tres compases, generando así una de las polirritmias; luego, entra la guitarra que comienza a frasear en 7/4 generando mucha tensión; la batería empieza insinuando lo que será el patrón rítmico final, haciendo que el mismo entre poco a poco en el tema; este patrón desemboca en un ritmo de saya caporal, pero con un tratamiento y enfoque más modernos. Los coros pregonan los tres mandamientos del imperio incaico: *Ama sua, ama llulla, ama kella* (no robes, no mates, no mientas). Los solos cambian de compás y pasan a 6/8 o 3/4 (según se quiera ver) y, poco a poco, van creciendo hasta alcanzar mucha fluidez; el patrón rítmico en el que se basan se puede denominar bailecito, aunque hay muchos otros estilos andinos que usan un patrón similar como el taquirari o la cueca. Para volver al tema, hay un puente muy sugerente y el tema regresa aún con más fuerza, para terminar en un 7/4 con el mismo coro de la *intro*, pero esta vez usando distintos *voicings* y adaptado al 7/4.

*

os ritmos afroperuanos están dispersos, principalmente, en tres regiones. Al norte de Lima, cerca de las iudades de Piura y Trujillo, encontramos el *lindero*, el *tondero* y la marinera. En realidad, esta última se practica a todo lo largo de la costa. No hay que olvidar que a finales del siglo XVIII más de la mitad de la población limeña era negra. En la zona de Lima, donde vivieron congos, carabalís, angolas y mozambiques, encontramos la *zamacueca*, el vals criollo y la marinera limeña. La zamacueca, fruto de la fusión de una danza bantú con el flamenco y el fandango, se extiende en los países del sur: Argentina, Uruguay y Chile, país donde adoptará, al final y tras algunas modificaciones estructurales, el nombre de chilena; después, emigrará hacia la costa del pacífico mexicano haciendo su entrada a esa nación por el puerto de Acapulco. En el sur se haya el festejo (un ritmo que se toca en 12/8) y el lando (en 6/8), los ritmos más auténticos en cuanto a su relación con África. El lando sería un baile llevado por esclavos de origen angoleño. Hoy, la población afroperuana está concentrada en las regiones costeras. También, en las costas se encuentra una danza en parejas que pertenece al género del festejo, el alcatraz, que se interpreta, esencialmente, en épocas de carnaval, con cajón, güiro, guitarra y palmas. Asimismo, como otro género, podemos mencionar el panalivio, un baile cercano a la habanera.

Como fuera el caso en México, el poder español y el de la iglesia prohibieron los instrumentos de percusión, por ejemplo, los tambores y las marimbas. Los esclavos encontraron rápidamente sustitutos: cajas de madera, mesas, sillas... La caja evolucionó para convertirse en el cajón —instrumento peruano que se descubre también en algunas orquestas de flamenco— La cajita, un instrumento en forma de trapecio, viene de una pequeña caja de madera que se usaba en lo tiempos de la Colonia para recoger las limosnas durante la misa. Muchos instrumentos que usaron los esclavos y sus descendientes han desaparecido: la caja, la quijada (mandíbula de burro que se ve en Nueva Orleáns y en México), maracas y tejoletas (una especie de castañuelas). Otros han sobrevivido: el cajón, el güiro y la cajita.

En Perú, un músico simboliza bien la fusión de ritmos afrocubanos con jazz: el pianista José Luis Madueño. Se puede apreciar su trabajo en las grabaciones que hizo tanto con el grupo *Wayruro* como con su propio grupo para el sello de su compatriota, el guitarrista Richie Zellon.

Wayruro es el nombre de la banda que formé con el saxofonista Jean Pierre Magnet y también el nombre de nuestra única producción hasta el momento. Ésta es fusión de música andina con varios estilos, entre ellos, el jazz. Trabajamos con géneros andinos como el huayno (de diversas regiones de la Sierra), la *toyada* (música a base de zampoñas, desarrollada en el Altiplano) y el *huaylas* (propio de la Sierra Central del Perú con predominancia sonora de los saxofones). Estos estilos se nutren de conceptos derivados del rock, jazz, *new age* y la música sinfónica. En esta grabación contamos con la participación de Alex Acuña y Ramón Stagnaro. Mi álbum solista *Chilcano* está más orientado hacia el jazz latino, con una fuerte presencia de ritmos afroperuanos, dando paso a lo que hoy podemos llamar jazz afroperuano. Me empecé a formar como arreglista a los 13 años y me alimenté de la música peruana desde muy pequeño. El jazz vino a los 20 años.

Para escribir arreglos fusionando estos géneros, hay que tener en cuenta que el carácter más importante es el ritmo, ya sea el afroperuano o el andino. Yo empleo los patrones rítmicos utilizados por los instrumentos típicos y los aplico a la batería, el bajo y el piano, o a cualquier otro instrumento. En la música negra (afroperuana) y criolla, los instrumentos básicos son la guitarra y el cajón. En la música andina lo son las zampoñas, las quenas, el charango, la guitarra acústica y el tambor *wankara*, entre otros. En algunos casos, incursiono en innovaciones para estos géneros. El piano es un instrumento poco usado en el folclor andino y la música afroperuana. Ha sido utilizado básicamente en el vals criollo. El jazz como estilo, en mis composiciones, se hace presente en las improvisaciones y en la estructura musical: "exposición de la melodía, improvisación, exposición de la melodía y final", básicamente." Mi interés por la fusión es una consecuencia natural del camino recorrido desde mis inicios en la música. Me gusta mucho la música del mundo y he tocado desde muy joven distintos estilos musicales con diversos cantantes y grupos. Creo que para fusionar dos géneros uno debe conocerlos profundamente, en sus diversas formas. Este conocimiento se basa en sentir el ritmo orgánicamente, así como entenderlo de manera racional. Los ritmos afroperuanos, tal como su nombre lo indica, son ritmos de origen africano. El jazz también tiene parte de sus orígenes, hablando del ritmo, en la cultura africana, ya que, a excepción del blues o del *boogie woogie* (entre otros), la armonía y la melodía tiene su origen en la cultura occidental proveniente de Europa. Esta armonía, desarrollada a fines del siglo XIX comienzos del siglo XX por compositores como Stravinsky, Debussy, Ravel, Satie (entre otros) fue, luego de varios años, adoptada por el jazz. Pero, en realidad, son géneros muy fáciles de diferenciar, cada uno con sus pulsaciones particulares. La música andina tiene su fuente en una cultura muy antigua, la que proviene de Oriente. Antes de la llegada de los españoles a América no se utilizaban las escalas diatónicas (de siete sonidos). Entre otras, la escala principal era la pentafónica. Uno puede escuchar música de la Sierra del Perú y música de países Orientales como China y encontrar con gran evidencia la similitud en el aspecto melódico que tienen estas culturas. Uno de los aspectos comunes entre el jazz y la música andina es la utilización de la escala pentafónica. Ésta es bastante utilizada por los músicos de rock y blues; es, muchas veces, uno de los elementos que aprenden en sus inicios. En realidad, el jazz es música nueva, que data de comienzos del siglo XX, que va adoptando cada vez nuevas formas al fusionarse con otros géneros. Creo que en la fusión de algún estilo en particular con el jazz, es la personalidad rítmica del otro género la que debe prevalecer.

Como lo puede testificar el bajista argentino Willy González, la influencia de las músicas afroperuanas se extendió a los países vecinos.

Mi fascinación con la música argentina empezó desde muy chico, ya que recorrí todo el país en diferentes oportunidades. Lo de viajar fue básicamente por el espíritu aventurero de mis padres. Eso me dio un paisaje y miles de historias que están contenidas en sus habitantes. Lo que encontré fascinante es la gente y sus historias, no tanto lo que viví en lo musical, sino el paisaje humano, sus personajes, la forma de hablar, es muy musical. Cuando tenía 11 años, al llegar de uno de esos viajes, mi hermano me propuso dedicarnos a la música y a partir de ahí fui experimentando con ella y con los músicos que me iba encontrando, que no tenían que ver con la música argentina (rock sinfónico, jazz, fusión). En el Buenos Aires de aquel momento (1978) no estaba de moda el folclor, ni la música latinoamericana, ya que no respondía a los intereses de los militares que la gente cantara en su propio idioma. Esa fascinación sobrevivió latente en mí hasta 1995 donde pude sacar clara y definidamente mi lenguaje musical. Dar a luz esta nueva faceta, me exigió abandonar todo ropaje anterior y abordar un trabajo de investigación y vinculación con músicos que nada tenían que ver con la fusión jazzística que era el género en el cual yo me movía. Descubrí que mi nueva forma de tocar siempre estuvo conectada con aquellos viajes de la infancia. Los primeros músicos que me facilitaron este nuevo camino fueron Chango Spasiuk, Rodolfo Sánchez, Raúl Carnota, Liliana Herrero y Néstor Acuña, entre otros. Con respecto a la música peruana, la descubrí de manos de peruanos. Luego, un trabajo de búsqueda y experimentación hizo el resto. Investigué, más que nada, material discográfico, estudié sus cadencias y patrones, así como sus diferencias. En este trabajo, relacioné el mismo origen de ambas músicas: África. Los ritmos criollos y negroides del Alto Perú, al descender a la República de Argentina se transformaron en el tesoro rítmico que hoy tenemos como música popular y que nosotros, con nuestro aporte, creemos enriquecer.

México

México forma parte de la cuenca del Caribe. En esta zona los músicos viajaban libres entre Pánuco, Veracruz, Campeche, Mérida, La Habana, Santo Domingo, Puerto Rico, Portobelo, Cartagena y Venezuela; dejando a su paso las huellas de su cultura al tiempo que recibían as de aquellas culturas con las que se cruzaban. Del puerto de Veracruz, los barcos se dirigían, primero, hacia Luisiana y el Mississippi antes de fondear en La Habana. En el siglo XIX la polca, la mazurca, la danza habanera, seguidas desde 1878 por el danzón y el son cubano, el ancestro de la salsa, entran a México por la península de Yucatán y el puerto de Veracruz. En la región minera de Zacatecas, donde trabajaban esclavos importados de Cuba, la habanera era muy popular. A principios del siglo XX el tango llegó a Cuba a través de la zarzuela; así, se comprende que algunos aspectos de la cultura musical de la isla no les serán extraños a los músicos mexicanos que viajarán a Luisiana a finales del siglo XIX.

El 16 de diciembre de 1884, en Nueva Orleáns, la orquesta del octavo regimiento de caballería del Ejército mexicano, compuesta de 67 músicos y dirigida por Encarnación Payen, inaugura la *World's Industrial and Cotton Exposition*. En la misma época, las casas editoriales *Junius Hart Music Co.*, *A. E. Blackmar* y *Louis Grunewald Co.*, publican una serie de partituras de com-

positores mexicanos y cubanos contribuyendo de esta
forma a la popularidad de las músicas "latinas". El pianista de *ragtime*, Louis Chauvin, nació en una familia de
mezcla mexicana y afroamericana. En los años treinta,
la clarinetista de origen mexicano, Alma Cortez era
miembro del *International Sweethearts of Rhythm*. Algunos años antes de que terminara el siglo XIX, en la región de Monterrey y en todo el estado de Nuevo León,
las orquestas militares tenían danzones en sus repertorios. Veinte años más tarde, estos danzones serán retomados por las primeras orquestas de jazz de esa ciudad,
como *Le Victor Jazz* (fundada en 1922). En 1924 Armando Villarreal compone *Monterrey Blues*.

La influencia africana se percibe de manera primordial en las músicas de la costa de Veracruz y en la
Huasteca; también se encuentran sus huellas en la música del istmo de Tehuantepec; en el estado de Chiapa
donde, además, se percibe la influencia de los lenca
de Honduras y de los afromestizos de Belice; en el estado de Tabasco, donde se descubre una música de origen africano interpretada por los indígenas chontale
(las composiciones *El tigre* o la *Danza del tulipán*[5] po

---

[5] Asimismo, según Emilio Hernández del Instituto Naciona
Indigenista de México, deberíamos mencionar "... la *Danza del co*
ballito blanco en una región del estado de Tabasco, la cual tam
bién se conoce allá como la *Danza del negrito*. Es un baile de Co
quista; en México el concepto de danza de Conquista es la r
presentación de la llegada de los españoles al territorio mexican
y la imposición de la cultura y de la religión por medio de la fuerz
entonces, es un enfentamiento entre los españoles a caballo y lo
indígenas a pie. En Tabasco, este baile se representa con un hon
bre a caballo que pelea contra un indígena, pero ¡el indígena
un negro! La máscara tiene los rasgos de un negro."

ejemplo); en el corrido, en los *sones de diablos* y los *sones de artesa* dentro de las comunidades afromestizas de la Costa Chica; y también en los cantos populares (*La chacona*), algunos provenientes de las comparsas del estado de Campeche. La marimba, de origen africano, se hace popular en los estados de Oaxaca, Chiapas y Veracruz. Por lo demás, es interesante notar las similitudes entre el bambuco de Colombia y la música de los chontales (el compositor Mario Ruiz Armengol percibe así una influencia colombiana en la música yucateca). Retendremos aquí, de manera principal, la influencia africana que se encuentra en los sones jarochos y los huastecos.

Al contrario de la mayoría de los países de América Latina, no existen en México instrumentos de percusión de origen africano. En la época de la Inquisición, cuando la gente de color cantaba y bailaba al son de su música, la iglesia los reprimía. A partir de 1766 las danzas del *Chuchumbe* y del *Zacamandu* fueron introducidas al puerto de Veracruz por negros que provenían de Cuba. La interpretación de ciertas canciones merecía la excomunión: *El chuchumbe*, *El pan de jarabe*, *El jarabe gatuno*, *El congo*, *El torito*. La Iglesia alentaba la destrucción de instrumentos musicales de las personas de color y presionaba a éstas para que aprendieran a tocar los que venían de España, como la guitarra. En la Huasteca, los esclavos de ascendencia africana escaparon al yugo español junto con los indígenas, llevando vihuelas y otros instrumentos europeos. Fue así como se desarrolló una música negra e indígena. Los esclavos aprendieron pues a transferir a los instrumentos de cuerdas el recuerdo de sus instrumentos de percusión que no pudieron evolucionar en el país. Es como si los instrumentos de percusión penetraran en los de cuerdas, los cuales tienen un papel rítmico. De esta manera, los instrumentos de percusión y los ritmos de origen africano están representados en el rasgueo de las jaranas; de las vihuelas en el caso del mariachi (sobre todo el mariachi del sur de Jalisco y del norte de Michoacán); en la polirritmia que se produce entre una guitarra, una jarana y un requinto, por ejemplo.

De acuerdo con el pianista mexicano Jorge Martínez Zapata,

> es en el tocar del arpa diatónica del son jarocho que también se manifiesta África. Los ritmos africanos en el arpa tienen una expresión muy particular, porque no es sólo el ritmo lo que proporciona el arpa, sino lo que hace es una melodía arpegiada. El sonido tiene un colorido africano y puede llegar a ser muy moderno si se combinan hábilmente las posibilidades armónicas de estos instrumentos rítmicos, como lo hice en *El Jarabe Loco*, por ejemplo, donde combinando las triadas de la vihuela y la jarana, con uno que otro acorde de séptima en la guitarra, se lograron obtener efectos policordales y muchas veces politonales.

¿Cuáles son los principales sones que sirven de inspiración a los jazzistas mexicanos? Los sones huastecos reflejan la identidad musical mestiza del noroeste de México. La Huasteca comprende los estados de Tamaulipas, San Luis Potosí, Querétaro, Veracruz, Hidalgo y Puebla. De los sones huastecos bailables, huapango es el más conocido. Otro son es el *son de costumbre* que se interpreta en las ceremonias religiosas y las festividades comunitarias. El huapango tiene tantas variantes como usos en las diferentes regiones. Cada región de la Huasteca da su nombre a un son.

La palabra huapango proviene del vocablo náhuatl *cuauhpanco* que significa "el lugar de madera", es decir, la tarima donde músicos y bailarines interpretan este género. Si bien la palabra huapango designa un son bailable, también significa la fiesta durante la cual se baila. El huapango tiene sus raíces en la música tradicional española; se interpreta con un violín, una jarana y una guitarra quinta llamada huapanguera; se distingue principalmente por la voz aguda del cantante y la improvisación de versos; sus letras contienen estrofas de versos octosilábicos llamadas coplas. La mayoría de las coplas refleja ya melancolía, ya alegría, ya pasión, y relatan la vida cotidiana del campo. El huapango se baila en parejas zapateando sobre una tarima; el sonido de los tacones acompaña el ritmo de la música. Existen distintas maneras de bailar y cantar según las comunidades. En los años de la década de 1940 apareció una versión moderna del huapango que se interpretó con los instrumentos del mariachi y, como resultado, se fusionó el son huasteco con la canción ranchera. También algunas orquestas usaron la vihuela y el contrabajo. La película mexicana de Ismael Rodríguez *Los tres huastecos* (1948), con Pedro Infante, inmortalizó el huapango huasteco en el cine.

Los sones de mariachi se desarrollaron durante el siglo XIX en el Occidente mexicano, en los estados de Nayarit, Jalisco, Colima y Michoacán. El mariachi es el ejecutante del son con su mismo nombre. Algunos creen que la palabra mariachi proviene de una lengua indígena local y que significa madera; otros consideran que designa al músico y que proviene de la lengua de los indios coca; finalmente, otras personas dicen que se trataba de un rancho en el estado de Nayarit por el río Santiago. Las primeras orquestas tenían violines, guitarra y arpa; la más famosa de la historia fue *El Mariachi Vargas* de Tecalitlán. Su fundador, Gaspar Vargas, popularizó el son de mariachi a nivel nacional cuando llevó su orquesta a la ciudad de México para celebrar, en 1934, la instauración de Lázaro Cárdenas como presidente. Además, lo modernizó agregando trompetas, guitarra y más violines. En la misma época, apareció la primera gran cantante femenina de mariachi: Lucha Reyes. *La Bikina*, obra de Rubén Fuentes, uno de los más brillantes compositores de sones de mariachi, ha sido interpretada por numerosos músicos de jazz, entre otros, por el pianista venezolano Edward Simon. El baterista mexicano Tino Contreras también ha explorado este terreno integrando un cuarteto de jazz a un mariachi.

En la actualidad, la orquesta de mariachi puede tener hasta ocho violines, dos trompetas, una guitarra, una vihuela, un guitarrón y un arpa. Los violines y el registro alto del coro caracterizan el son de mariachi tradicional. Junto con las trompetas, los violines llevan las melodías. Usualmente, las letras son picarescas y bravas; el público responde a la música y a la lírica con gritos y silbidos. Los mariachis son conocidos por tocar serenatas; durante una época los novios se comunicaban entre sí por medio de estas serenatas: el novio enviaba un mensaje que la orquesta iba a cantar debajo de la ventana de la novia. Se baila zapateando sobre un tablado con un abundante taconeo que refuerza el lado percusor de la música; la danza refleja el cortejo entre hombre y mujer. El traje típico del mariachi es el de charro, tradicionalmente hecho de gamuza. La indumentaria simboliza identidades regionales.

El son jarocho, como sus hermanos el jalisciense y el huasteco, simboliza el patrimonio musical de México en el estado de Veracruz. En las regiones del Golfo, durante el siglo XVIII, las formas musicales españolas de Andalucía y de las Islas Canarias se mezclaron con influencias culturales africanas e indígenas. El son jarocho proviene de estas mezclas. Algunos historiadores sostienen que la palabra "jarocho" designaba a los habitantes que vivían afuera de las murallas de la ciudad de Veracruz; el son jarocho era su música. Se interpreta con un arpa, una jarana y un requinto; algunas orquestas usan panderos, un cuatro y una quijada de burro. Los primeros instrumentos tenían cuerdas de tripas de animal.

El son florece tanto en las comunidades rurales como en las urbanas y cada una de ellas tiene su manera de interpretarlo. Posee dos estilos principales, lento y rápido, y se baila zapateando en tarimas de madera. Las mujeres van vestidas de faldas con vuelo; los hombres, de camisas y pantalones blancos con un sombrero de palma. En los pueblos del estado de Veracruz existen concursos de trovadores que compiten con sus improvisaciones: la invención de los versos refleja la identidad de estas comunidades. El son jarocho más famoso es *La bamba* que se representó alrededor de 1775 en el Coliseo de México como un "sonecito del país". En 1946, fue el tema que escogió Miguel Alemán durante su campaña para llegar a ser presidente; en consecuencia, se tocaba el son jarocho en todos los centros nocturnos de la capital mexicana.

Existen muchos puntos semejantes entre el jazz, el blues y los sones mexicanos. Cuando se escucha un solo de violín en el son huasteco, es posible percibir lo que en el jazz se llama las "notas de paso" y que se encuentran en toda ejecución de este estilo.[6] Según el violinista Daniel Terán, el violinista de son huasteco afina su instrumento de manera peculiar, un tono abajo, como si fuera un instrumento en si bemol; las cuerdas del violín son más flojas y se prestan a una serie de efectos característicos del son huasteco. Por otro lado, se da una inflexión muy especial en la voz de los cantantes de falsete, sobre todo del son huasteco, hay una serie de inflexiones microtonales como sucede en el caso del blues. Estas notas de paso están ahí para dar la impresión de música microtonal, de que existe un sonido intermedio entre las notas naturales y las notas bemolizadas. En el caso del son jarocho, se puede apre

---

[6] Por ejemplo, en una escala de do mayor, las notas de paso son las notas añadidas; el tercer grado descendido, en este caso un mi bemol y el quinto grado descendido, un sol bemol. La característica de la escala del blues es que no tiene sensible como las escalas mayores y menores de la música clásica; si no carece de sensible, entonces es un si bemol en lugar de un si que tiende a subir al do y así se obtiene su carácter modal. Estas tres notas de paso —mi bemol, sol bemol y si bemol— se encuentran en toda ejecución jazzística y se improvisan en algunas partes del son huasteco, dándose en la improvisación del violín como algo natural

ciar en el arpa cierto africanismo, aunque se trata de un arpa diatónica, es notable en la manera como se toca y en el acompañamiento al canto del requinto, en su manera de improvisar. Los sones jarochos, con sus diseños característicos del arpa y del requinto, están un poco más ligados al zapateo español.

Las semejanzas entre los sones mexicanos y el jazz han sido estudiadas por dos grandes compositores y pianistas de ese país, Mario Ruiz Armengol y Jorge Martínez Zapata, fundadores de lo que podría llamarse "pianística popular mexicana". Mario Ruiz Armengol nació el 17 de marzo de 1914 en Veracruz.

Nací el día de San Patricio. Mi papá era músico autodidacta. Las compañías de zarzuela que entraban por Veracruz lo traían a él de maestro cuando tenía 17 o 18 años. Mi mamá era corista, cantaba y tocaba un poco de guitarra. Mi tía tenía un piano vertical en su casa, yo iba a tocar de oído. En Veracruz, en esa época, en la primaria se enseñaba solfeo e inglés (...). Luego, mi padre compró un piano de marca Hamilton. Me acuerdo que de chiquito escuchaba discos de la orquesta de Antonio María Romeo; su música me impresionó mucho, así como la música yucateca, la clave yucateca, que nos viene de Colombia, una música de 6/8 —seis octavos de un compás, o sea seis corcheas—. Esta música colombiana tomó carta de naturalización yucateca. En Cuba lo llamaban ritmo de clave, entonces hay clave yucateca y clave cubana. La asimilé desde muy chico. Yo escribí varias composiciones en clave yucateca. Empecé a escribir a los 14 años en la Escuela Industrial de Huérfanos, Tlatelolco, Distrito

Federal, donde me quedé un año; fue un tango. En la escuela aprendí a tocar el saxofón, la trompeta y el trombón. Recorrí varios instrumentos, pero tocaba esencialmente el piano. Toqué el piano con un grupo de jazz que tenía la escuela. Me fascinaba un grupo de dixieland, *Red Nichols and the Five Pennies*. Yo tocaba los solos de cada instrumento. En 1937 cuando oí por primera vez un disco de Art Tatum, me volví loco. Había oído a otros pianistas como Fats Waller y Earl Hines. Todos queríamos tocar como Earl Hines; es quien nos despertó este espíritu, este *swing*, este *groove*. En mis composiciones usé armonías norteamericanas, las apliqué a la música mexicana. Pienso en mi composición *Muchachita*. He hecho fusión de música yucateca con el jazz en canciones como *A mi Mérida* y *A tus manos*.

El joven pianista Edgar Dorantes conoce bien la música de Armengol.

Mario Ruiz Armengol fue un músico muy versátil, incluyendo improvisador en varios estilos. Quizá, sólo hay dos grabaciones donde se le oye tocar el piano con grupo de jazz o, más bien, jazz latino, pero con muy pocas improvisaciones. En realidad, no hay un documento en el que se escuche el Armengol jazzista improvisador. Sin embargo, su aportación es mucha, ya que a pesar de que no fue grabado, cada vez que tocaba alguna de sus canciones o de otros, improvisaba sobre la melodía en el estilo del jazz de los años veinte a cuarenta. Es decir, la improvisación se encontraba más en el arreglo del momento, en las voces internas, en los cambios armónicos. Armengol aprendió todo

.esto de los discos, trascribiendo desde niño y viajando y conociendo a algunos de los músicos de jazz más destacados. Armengol desarrolla desde muy joven un estilo propio basado en melodías muy lógicas y líricas, acompañadas con una armonía muy rica basada en acordes de jazz y movimientos cromáticos avanzados de voces intermedias. Cuando lo escuchaba tocar sus canciones en el piano, siempre había movimientos armónicos y melódicos parecidos a Art Tatum, Bill Evans, Oscar Peterson, John Coltrane, Duke Ellington, pero de una manera muy personal, realmente a lo Armengol. Se pueden escuchar sus discos con su orquesta de cuando él era muy joven y ya ahí se encuentran muchas de estas características armónicas y melódicas en sus arreglos.

Para mí, lo más revelador son sus obras para piano que escribió desde principios de los setenta hasta su muerte. Ahí se encuentra todo su estilo bien marcado. Armengol decidió empezar a escribir música para que muchos pianistas la pudieran tocar, no sólo los improvisadores. Así que las obras para piano están escritas al estilo clásico, todas las notas sin ningún cifrado armónico. Es decir, todo su proceso creativo proviene de una constante experiencia sensorial con la música, como todo buen músico de jazz o de otros estilos. Su armonía, compleja y contemporánea —te puede recordar a Bill Evans, Herbie Hancock, Chick Corea— o más tradicional —parecida a la música cubana, mexicana, clásica europea, folclórica—, siempre funciona gracias a su natural sentido melódico en cualquiera de las voces —melodía principal, contra melodías o línea de bajo—.

Armengol ha sido importantísimo en el desarrollo del jazz mexicano, no por su legado de discos de jazz, el cual no existe, sino por la inmensa influencia que ha causado en muchos músicos. Hasta la fecha los intérpretes jóvenes de jazz en México siguen admirando su música y aprendiendo de ella. Es un músico que no pone barreras, es libre con las formas y estilos que quiere escribir [...] ya sea una danza cubana, o un vals, un capricho, una canción o un tema de jazz... Siempre será Armengol sin limitaciones: pianista, improvisador, arreglista, compositor.

*

Nacido en San Luis Potosí el 17 de mayo de 1936, donde todavía vive, el pianista Jorge Martínez Zapata tiene tras de sí una larga carrera tanto en el jazz como en el campo de la música clásica. En 1969, mientras trabajaba en el Instituto Norteamericano Mexicano de Intercambio Cultural en San Antonio, Texas, Martínez funda el departamento de música donde impartirá sus cursos. Entonces, comienza a interesarse más en las fusiones de los sones mexicanos con el jazz; en realidad, es en este momento cuando por primera vez un compositor mexicano muestra un deseo serio de acercar los sones de ese país al jazz.

Mientras estaba en San Antonio fui invitado a tocar en una banda de jazz dirigida por Paul Elizondo, un músico mexicano-americano que tenía arreglos de Count Basie, Glen Miller [...] Había un saxofonista alto, negro, Marcus Adams. Le gustaban muchos los músicos mexicanos, especialmente los violinistas de la Huasteca por su forma original de improvisar. Sabemos que lo que hace el violín son figuras muy relacionadas con el flamenco; pero, desde luego, todos sabemos también que el son huasteco tiene una gran influencia negra, en los seis octavos, en la media compuesta...

Pues entonces, en San Antonio hubo un festival para presentar la música mexicana; teníamos que poner un concierto. Yo tenía como alumnos a los músicos del único mariachi de San Antonio, el *Mariachi Chapultepec*; daba clases de armonía y de contrapunto. Se me ocurrió hacer algunos arreglos que no fueran muy complicados. Me puse a extraer de grabaciones sones completos, los sones jaliscienses *Las olas*, *El pasajero*, *La culebra* y sones jarochos como *El balajú*, *El jarabe loco*. Hice arreglos para el formato de mariachi con dos violines, una vihuela, una guitarra y un guitarrón, a los cuales añadí un piano, una flauta, que tocó Justo Almario[7] quien era mi alumno y, además, invité de la ciudad de México al cantante tenor Eduardo Valles y al violinista huasteco Daniel Terán. La idea era conservar la esencia del son con algunas cosas escritas, pero dejar que los improvisadores tocaran libre-

[7] "Conocí a Justo Almario en un centro nocturno de San Antonio donde se reunían los músicos latinos, nos reuníamos a tocar. No podía tocar profesionalmente porque trabajaba para el gobierno de México, pero me arriesgué y lo hice con Justo durante siete semanas en el hotel Palacio del Río. Era un cuarteto. Después, Justo se fue becado a Berklee; hicimos juntos un demo para Berklee, lo aceptaron y se fue renovando múltiples becas de seis semanas." Almario y Martínez se reencontraron con motivo de un concierto único el 21 de noviembre de 2004 en San Luis Potosí, en el marco de un festival de jazz organizado en honor de Jorge Martínez Zapata.

mente el violín, la flauta [..] Siendo colombiano Almario entró a los sones como si fuera su casa.

El concierto fue en la universidad Our Lady of the Lake, el 26 de marzo de 1969. Las improvisaciones eran la parte jazzística. Por ejemplo, en los sones huastecos como *La Petenera* o *Tres consejos* se hacía una cadencia, había momentos en que el flautista dejaba de tocar, se tocaba el son, después se dejaba otro espacio para las improvisaciones del piano. Darle al son una actualización sin que pierda su esencia: éste es mi propósito. En el concierto tocamos también sones jarochos, como *El siquisiri, El balajú, El jarabe loco, La bamba;* y sones jaliscienses (*Las olas, El pasajero, La culebra*).

Donde más se acomodó el piano fue en los sones jarochos porque como pianista yo estaba sustituyendo el arpa. Hice un arreglo de *El cascabel, El canelo* y otras composiciones con un trabajo muy elaborado en sus introducciones, en sus puentes, en sus pasajes de transición, en sus codas. Las improvisaciones son cada vez más complicadas en el nivel armónico.

Jorge Martínez también ha jazzificado sones huastecos como *El gusto, El llorar, El fandanguito*. En 1970 se instala en la ciudad de México donde funda la orquesta *Música Integral*, una extensión de lo que había desarrollado en San Antonio.

En efecto, fue en México donde estudié al principio desde 1954 hasta 1965. Estudié el dodecafonismo con Rodolfo Halffter. En los sesenta, el compositor que no escribía dodecafonismo no era digno de ser compositor

tor. Pero eso no funciona en el jazz, porque es demasiado cerebral, demasiado matemático, es prácticamente imposible tener en la mente todas las transposiciones de una serie para acordarte exactamente del orden de las notas a la hora de improvisar. Mientras estudiaba, me encontré con Mario Ruiz Armengol. Le debo mucho; cuando lo conocí era director de las grabaciones de RCA-Víctor. Le llevé mis arreglos; me dijo: dile al maestro Halffter que no tengo nada que enseñarte. Fue una exageración de su parte. Me dio de alta y entonces se entabló una profunda amistad.

Regresando a *Música Integral*, el repertorio era de sones mexicanos jazzeados, sones jarochos, jaliscienses, guerrerenses. Hice varios experimentos agregando a la orquesta oboe, corno inglés, corno francés. En realidad el nombre del espectáculo era *Cuicalco 70* y puse *Música Integral* como subtítulo, por un nombre que dio el embajador Miguel Álvarez Acosta. En la orquesta había más de 20 músicos y tocábamos cada semana en la Casa de la Paz, un teatro de la colonia Condesa. Posteriormente experimenté mezclar blues con huapango. Me parece interesante aprovechar la naturaleza del son mexicano que se presta tanto a la improvisación, para usarlo como pretexto en presentaciones donde el jazz y el son están fusionados. En México son pocos los músicos interesados en fusionar su folclor con el jazz. La razón principal es que los sones son difíciles de tocar, sobre todo trasportados al piano. Un músico clásico, aunque tenga toda la técnica, nunca va a tocar buen jazz si no lo siente, si no tiene *swing*. No todos los intérpretes de música popular, ni siquiera los más habilidosos, tienen el sentido y las facultades claramente definidas para tocar los sones, tal vez por estar metidos en músicas urbanas. La ausencia de fusiones se debe también a la falta de libertad creativa que tiene el músico, ya que debe dedicarse a otras actividades para sobrevivir. En 1970 fundé, con el flautista Sergio Guzmán, el *Centro de Exploraciones Musicales*, una escuela dedicada a la enseñanza de la improvisación en el jazz. Estaba ubicada en el Molino de Santo Domingo. Cerró porque pasé a trabajar en la televisión cultural de México. Después, regresé a San Luis Potosí y, luego, fundé otra escuela enfocada a la improvisación del jazz en Guanajuato, de 1980 a 1984.

*

En una época más reciente, las fusiones han sido obra de dos grupos mayores en la historia del jazz en México: *Sacbé* y *Astillero*. De acuerdo con el compositor y pianista Eugenio Toussaint,

Sacbé, fundado en 1976, logró crear un nuevo lenguaje de jazz que nunca antes se había escuchado en México; pudimos obtener un sonido personal, un lenguaje anclado en una mezcla de corrientes musicales latinoamericanas, proveniente de nuestro país, de Brasil, de Argentina, de Perú, de Cuba; con influencias estadunidenses como las de *Weather Report* y *Return to Forever* e incluso europeas. Nuestra preocupación principal er proponer un jazz que tuviera una sonoridad mexicana, encontrar una identidad sin caer en el chovinismo. Con los sintetizadores buscamos recrear sonidos de l jungla, cantos de pájaros, ruidos de animales; pero, e realidad, esos sonidos no eran naturales.

Los sonidos mágicos de las selvas de Yucatán están presentes a todo lo largo de *Selva Tucanera*, un álbum ingenioso, en el cual participaron, además de los hermanos Toussaint (Eugenio, Enrique y Fernando) y del saxo Alejandro Campos, el cuarteto de base *Sacbé*, varios trompetistas, trombones y saxofones-flautistas-clarinetistas como Gerardo Bátiz y Arturo Cipriano. Pero, sin duda, son las percusiones de Daniel Benítez y los teclados de Eugenio Toussaint los que dan a este disco su carácter particular. De los demás álbumes que se han reeditado como discos compactos, sólo retendremos las composiciones *Mijo*, *Curuba*, *Mozambique* y *Rousseau*.

Una experiencia personal importantísima en mi vida fue un viaje que hice a Yucatán en 1973. Me dejó marcado, porque esa experiencia de la selva y de la cultura maya me abrió el panorama; de hecho, el nombre *Sacbé* es un nombre maya que significa "camino blanco". Buscar una propuesta sonora que se pudiera identificar como mexicana, eso para mí fue lo más difícil: cómo encontrar elementos de música mexicana que no fueran, obviamente, a caer en lo que cayeron los nacionalistas sinfónicos. Con *Sacbé* eran las selvas de Yucatán y era el mar Caribe; era ese exotismo que yo buscaba para mi música. En la *Suite histórica de la ciudad de México*, desde la época de los aztecas hasta la actual, todo tiene que ver de cierta manera con algún lugar de la ciudad de México: el Templo Mayor, la Catedral, la Alameda, el Salón Colombia, Tlatelolco y, de alguna manera, tienen marcada mi visión muy personal de cada uno de esos lugares.

Hoy, Eugenio Toussaint toca en trío con el baterista chileno Gabriel Puentes y el contrabajo mexicano Agustín Bernal.

Fundado hace más de 20 años, el grupo *Astillero* es el verdadero pilar mexicano de las fusiones. El baterista Pablo Anguiano y el bajista Alejandro Pérez-Sáez, son los principales impulsores.

La idea del grupo, siempre, fue hacer música propia original, música mexicana, dar en un lenguaje de jazz una verdadera esencia de lo mexicano, explica Alejandro Pérez-Sáez. Venimos de diferentes escuelas: música clásica, música popular; pero, más que nada, Pablo Anguiano y yo hemos sido muy estudiosos de la cultura de los mexicanos, de las diferentes etnias, de las distintas regiones del país. Gracias al trabajo de *Astillero*, hemos podido viajar y vivirlo, no nada más conseguir música. Nosotros hemos hecho viajes maravillosos de quince o veinte mil kilómetros por tierra, dando conciertos desde Matamoros hasta Cancún; esto ha sido la riqueza de conocer geográficamente nuestro país (...).

Hemos grabado música en vivo, hasta música con raíces negras en Guerrero, en Oaxaca... En algunas comunidades, en esencia, se remontan las raíces a las tradiciones africanas más puras. *Astillero* interpreta un tema de esta región de Oaxaca: *Pinotepa Nacional*. Como mestizaje de las tres culturas, nosotros tenemos la parte rítmica, la parte esencialmente africana, que es donde se juntaba con la música indígena y tenemos los estilos melódicos europeos; la forma de *Pinotepa Nacional*, aquí, es un blues menor que también tiende

276

a ser como un son istmeño. No podemos especificar las regiones africanas de donde vienen los ritmos; sin embargo, existe una predominancia de 6/8 y el famoso sesquiáltero que es 6/8 – 3/4, que no se sabe si es africano o español. Nosotros hemos escuchado música jarocha, tocado música jarocha con jarochos, huasteca con huastecos, música norteña con norteños; hemos indagado nuestras raíces a través de compartir la experiencia con músicos. Por lo tanto nuestra fusión no es de tarjeta postal... nosotros tomamos los elementos más básicos y los mezclamos.

El jazz es libertad expresiva, libertad reinterpretativa, el espíritu de la improvisación, el espíritu de hacer una música circular, esto es un punto de contacto con nuestras culturas indígenas y con nuestras culturas rurales. En uno de nuestros discos hay una pieza que se llama *Trapiche* (de Pablo Anguiano), es un son jarocho que se topa con el jazz. Varios sones de mariachi (como *El son de La Negra*), pero también jarochos y huastecos, tienen la inflexión jazzística. La composición *Candelaria*, que tiene mucho de jazz, es completamente fusión; en la primera parte, nosotros estamos reproduciendo una fiesta de pueblo. Esta pieza tiene influencias de la zona del valle de Morelos. Comienza una peregrinación y se oye un solo de batería, ahí está donde digo que estamos buscando la forma, se oye el órgano de la religión cristiana en la montaña y, después, la fusión indígena y se empiezan a escuchar sones compuestos para esto, pero al estilo de Morelos... aquí, tenemos esta idea de hacer un baile colectivo. (Antes habíamos hecho fusión con músicas árabes. Hay una pieza, *Sofía en sol* que tiene elementos búlgaros).

Finalmente vamos a hablar de un lenguaje tonal que es un lenguaje occidental; los negros que iniciaron el blues lo hicieron con sus bases afros en un lenguaje tonal y armónico; sin embargo, usaban el 12 como un elemento de los compases del blues, como un ciclo: 12 horas, 12 constelaciones... Nosotros hemos descubierto que si bien toda la música es jazzificable, para nosotros hacer jazz mexicano no es tocar la *Valentina* a ritmo de jazz. Nosotros tomamos los esquemas rítmicos, pero no robados... Por ejemplo, aquí tengo un son jalisciense que tiene un sólo cambio de compás que no se nota, y eso es la rítmica, lo que hacemos es tocarla durante unas dos horas a ver que le sacamos a este ritmo; después, cada quien escucha la música correspondiente y el que compone ya se lleva la idea para ver qué va a sobreponer y dónde lo va a usar. Entonces, no robamos los patrones de la música mexicana, sino que los asimilamos para después utilizarlos. Por ejemplo, la composición *Atlacomulco* ¡es un jarabe jalisciense!

Nosotros partimos de la idea de un ensamble acústico; comenzamos con guitarra, para rescatar el sonido mexicano y terminamos con piano, descubriendo que no nos importaba tanto el instrumento como el lenguaje que manejaba. Pablo, en su batería, siempre ha incorporado una mesa de percusiones; en esta mesa tiene una tortuga, huesos, diversos colgantes, campanas, conchas, sonajas, maracas, instrumentos prehispánicos... Las percusiones se pueden utilizar en un ostinato rítmico o por color. También tiene un cajón peruano. ¿Qué hago yo con el bajo eléctrico para decir que soy mexicano? Lo que hago es rasgar como si fuera una jarana, tocarlo como si fuera un requinto jarocho, como si fuera un guitarrón de mariachi; trato de reproducir los sonidos de la música mexicana con las técnicas que son muy complejas en mi propio instrumento. Lo mismo el piano, puede tratar de reproducir un toque de arpa, incluso un toque de jarana.

*

Asimismo, hay que mencionar a *Mitote*, el grupo del flautista y saxo Arturo Cipriano y de su compañera Isabel. Se puede imaginar a Cipriano como el geógrafo de una noble academia de sabios, de sabios músicos. Sus conciertos y sus discos son otro tanto de líneas precisas entre pueblos y culturas de América Latina. Un geógrafo que no sólo se basa en sus investigaciones teóricas, sino que inspecciona el terreno de manera minuciosa. Cipriano ha cuadriculado México tocando en los lugares más insólitos, enriqueciendo su música con influencias culturales locales; abre el jazz a los folclores mexicanos y a los del subcontinente —sean o no de origen afrolatino—. También, se le encuentra en América del Sur, más particularmente en Brasil y Bolivia, donde recorre las comunidades afromestizas en la región de los Yungas. Así, su álbum *Geografatura* (aunque también *Escuela de Bufones*) se escucha como se leería un atlas: con curiosidad y pasión. *"Funklorique*, así es como yo calificaría mi música"*. No se podría pensar un término más apropiado para ilustrar las 11 composiciones originales de este disco, las cuales viajan entre los ritmos del candombe uruguayo, los de la costa del pacífico colombiano, los del istmo mexicano de Tehuantepec o, incluso, los de Sonora, con los tambores de los indios Tarahumaras. La pieza epónima

279

mezcla melodías originales con un tema de Sun Ra y con una melodía del folclor de la ciudad guatemalteca de Chichicastenango. Dieciséis músicos vinieron a unirse al cuarteto base, al discurso original del saxo y flautista que reivindica una influencia neta del *free jazz*, omnipresente en el álbum —presente también en la composición *Huehuenchi* en el disco *Atásquense 'ora que hay lodo*—.

Otros músicos, a través de una trayectoria individual, también han penetrado el fascinante mundo de las fusiones: Rodolfo *Popo* Sánchez, Enrique Nery, Rafael Carrión, Rafael Borceguí, Gerardo Bátiz, Guillermo Olivera y su trío *Vía Libre*. Mencionemos también al contrabajo Roberto Aymes con su álbum *…De corazón latino*. Este disco vale, en esencia, por los delicados solos de saxofón de *Popo* Sánchez y por la complicidad del contrabajo con el pianista Luis Zepeda y su baterista Salvador Merchand; contiene un arreglo original de *Drume Negrita* y la composición de Aymes *Recuerdos*, un bolero conmovedor. Si se juzga por otra excelente composición, *Bolero Mood*, el bolero sería el campo predilecto de Aymes; su última propuesta musical es el *Art Latin Jazz Trio* con el baterista Hilario Bell y el pianista Luis Zepeda. Otro pianista (quien debutara como vibráfono, guitarrista y baterista), Héctor Infanzón, con su álbum *De manera personal*, emprendió una fusión del jazz con sones locales y con ritmos afrocubanos. "Mi primer intento de fusionar el huapango con el jazz es una pieza para piano solo. También estoy escribiendo para un quinteto de cuerdas. En cuarteto exploro los caminos de la chilena, de la cumbia, del danzón…". Aun otro pianista y compositor, Enriqu

280

Nery, incorpora elementos netamente mexicanos en su disco *Mexicanista*. Las composiciones *Cimarrón*, *Paola* y *Vihuela* están grabadas con el *Mariachi Juvenil Tecalitlán*; en el vals *Díos nunca muere*, del compositor oaxaqueño Macedonio Alcalá, se encuentra la marimba *Los Mecateros*.

En el estado de Oaxaca, famoso sobre todo por sus fanfarrias (bandas), orquestas de 15 a 20 músicos que cuentan con una mayoría de metales y con la presencia de intérpretes afros de la región costera llamada Costa Chica, algunos *jazzmen* aislados, como el pianista Guillermo Porras, escriben arreglos de jazz para temas de la cultura popular local, entre otros: *La Sandunga*, *La llorona*, *La tortolita*, *La pinotepa* o *Sabor a mí* de Álvaro Carrillo.

> En la región, explica Porras, tenemos una fuerte inclinación por los ritmos ternarios, como los de la chilena o los de los sones oaxaqueños; estas músicas tienen raíces africanas y europeas. Lo que también me interesa es trabajar sobre una fusión del sonido cubano con los sonidos de Oaxaca.

Asimismo, se podría imaginar el trabajo de un arreglista que decidiera fusionar la tradición de las "bandas" locales de Oaxaca con el jazz... lo que podría suceder pronto, tras el retorno (proveniente de California) de Esteban Zúñiga a su pueblo de San Francisco Cajonos, donde dirige la orquesta local. Educado en la tradición del jazz en los Estados Unidos, actualmente compone arreglos mezclados de jazz para la banda de su pueblo.

Algunos músicos más jóvenes, como el pianista Samuel Martínez o el baterista Efrén Capiz (fundador del grupo *Blurhepecha*), tienen ideas todavía más audaces. Martínez y su grupo *Huazzteco* trabajan en un proyecto de fusión de sones purépechas, huastecos y jarochos con el jazz y el blues, en la idea de usar el zapateo como instrumento de percusión. La diversidad de zapateados traduce figuras rítmicas diferentes según las regiones, lo cual puede enriquecer la música de manera notable. Una opción sería construir una tarima portátil, que se podría usar como un instrumento cabal, y sobre la que el músico golpearía los tacones de los zapatos remplazando a los bastones de percusión.

Lo que intenta *Huazzteco*, explica Samuel Martínez, es retomar el proyecto iniciado por mi papá en 1969, llamado *Música Integral*. Pienso que el huapango, en especial, tiene mucha cuerda para investigar y experimentar por su riqueza rítmica y melódica. Estrenamos el grupo en Huehuetlán, San Luis Potosí, el 10 de noviembre de 2004. Los integrantes del grupo son: Iván Daniel Martínez Reyes (violín y voz), Jesús Castro Adriano (violín y voz), Rodolfo González Martínez (jarana y voz), Jorge Martínez Parga (jarana, huapanguera, arpa y voz), Ramón Sánchez Aviña (flauta y saxofón), Carlos Alberto Zambrano (contrabajo y guitarrón), Manuel Cossío Zacarías (percusión) y Samuel Martínez Herrera (piano, jarana, arreglos y dirección). También contamos con la presencia de Joel Monroy Martínez (violín y voz) —fundador de *Los Camperos de*

Valles—, Guillermo Barrón Ríos (percusión) y Ligia
Guerrero Cervantes (voz).

Otro músico de la Huasteca se interesa también en
la reproducción de zapateados: Evaristo Aguilar. Con
el proyecto de investigación musical *Ritmos de la
Huasteca* (que es, al mismo tiempo, un espectáculo y
un proyecto académico), este percusionista se distingue como uno de los músicos más originales de su país.

Mi trabajo, mi investigación, por un lado, consiste en
la adaptación de la música y la danza del huapango a la
batería y las percusiones; es decir, se toman elementos
del trío de huapangueros, de la ejecución específica de
cada uno de sus instrumentos (violín, jarana y quinta),
acompañamientos rítmicos (manicos, azotes, pespun-
teos, etc.), inflexiones vocales (falsete) y el zapateado
del baile, para recrearlos a través de la percusión; algunas veces de manera muy explícita, otras de manera más abstracta. En la composición *Las conchitas*, de
Elpidio Ramírez, el zapateo se realiza con escobetillas
en una tarola. *Sobre el tablado* es una pieza para tubos
de plástico, baquetas de maraca y cascabeles; es una
composición basada en patrones rítmicos y sonidos de
diferentes bailes de la Huasteca. *Ritmos de la Huasteca*, principalmente refleja algunos símbolos, conceptos
e imágenes sonoras de la Huasteca (rurales y citadinos)
en un contexto contemporáneo, para instrumentos de
percusión. Los sonidos y los ritmos pueden ser de ga-
llos, camiones, el sonido del tablado, un huracán, frutas
cayendo sobre un techo de lámina, el calor de agosto, el
mar, etc. En sí, es todo lo que uno vive y escucha en

283

estas tierras, donde, por supuesto, la música de huapango juega un papel preponderante.[8] El son huasteco, o huapango, es nuestro jazz (el de los habitantes mestizos de la Huasteca y de los mexicanos en general). Uno de los elementos primordiales del huapango (el que ejecutan los huapangueros de cepa) es la improvisación, al igual que en el jazz, es su elemento primordial, su columna vertebral y así, con el jazz, tiene características en común. Un huapango nunca se toca dos veces de la misma manera. En mi trabajo, la improvisación juega una parte vital y trato de plasmar estos elementos del "jazz huasteco". Como músico, tenía la inquietud de conocer a fondo este género y sus ritmos; comencé a explorar el huapango a partir de las voces y las enseñanzas de algunos huapangueros y bailarines de Tampico con más experiencia. La finalidad, en primera instancia es la divulgación del son huasteco con sus características originales y la experimentación de este género y sus riquísimas posibilidades rítmicas, a través de los instrumentos de percusión.

Paralelamente, podemos ver que el músico peruano Manuel Miranda también había trabajado desde 200 en un paisaje sonoro de su país con el grupo *Tinku*. El cuarteto *Blurhepecha* del baterista Efrén Capi (originario de Morelia) propone una fusión de la música purépecha con el blues y el jazz. Capiz retoma lo elementos rítmicos y melódicos de los sones purépechas, de los pirekuas, del son calentano, del de m

<hr />

[8] Esta idea de retomar el ambiente sonoro de la vida cotidian también se encuentra en el trabajo de Omar Sosa.

riachi y del huapango, los cuales fusiona, pues, con el jazz (armonía, melodía, ritmo).

El objetivo que persigo, dice Efrén Capiz, es crear un sonido dentro del jazz que tenga que ver con mi raíz cultural. Considero que en México todavía nos falta desarrollarnos más en este aspecto, para que nuestra música popular suene a nosotros mismos, sea jazz, rock, pop, etc. [...] Espero que cuando me llegue a presentar en lo futuro, en cualquier país, mi música pinte a México. Ya tengo el compendio integrado por 24 piezas, cada una de las cuales se presenta en partichelas para cuarteto de jazz: trompeta o saxofón (Juan Alzate), piano (Mario Patrón) o guitarra, bajo (Iván Lara) y batería. Algunos arreglos presentan una parte para un segundo metal. Trece de ellas tienen que ver con la fusión propuesta.

Mi composición *Blurhepecha* es un son p'urhepecha al estilo antiguo, compuesto sobre una base armónica de blues, la cual se mezcla con algunos elementos rítmicos y melódicos de la música p'urhepecha. Los 12 primeros compases de introducción están a cargo de la percusión o batería; los 12 que siguen son unas flautas que tratan de imitar el sonido de las ocarinas prehispánicas; los 12 siguientes son el tema propiamente y buscan imitar el sonido de las bandas de viento, muy populares en la región p'urhepecha. Las secuencias que siguen son para los solos y presentan una rítmica de son p'urhepecha, un shuffle-rock con un agregado rítmico del teponaxtle azteca que es la *Danza de los concheros* y un son abajeño. Los 12 compases siguientes son una especie de interludio o salida de los solos que también pudiera ser para improvisación; sigue la introducción de las ocarinas, el tema y la coda.

Otra composición es *Triunfo de Leco* de J. Cruz Jacobo, originario de Sevina; compositor, flautista y director, fue uno de los primeros en utilizar el contrapunto en la música p'urhepecha. Se considera como el himno de los p'urhepechas. El arreglo que hice trata de darle un giro hacia el rock-blues de los años setenta. También puedo mencionar a *Mari@chi.neta;* es un son de mariachi fusionado con *shuffle rock. Orquesta de Quinceo* es una composición inspirada por la orquesta de cámara del pueblo de Quinceo en Michoacán, dirigida por Francisco Salmerón Equihua, y es la única orquesta que a la fecha aún toca en el más puro estilo de la música p'urhepecha.

*

Más allá de Argentina, Bolivia y México, otros países también ofrecen una amplia gama de ritmos y bailes. En *¡Caliente!* ya habíamos recordado a algunos de ellos: hablamos de República Dominicana, donde se encuentran numerosos elementos africanos en la música de *palos* y en la de *congos*. Estas músicas se interpretan con juegos de tambores de diferentes tamaños, a los que se les añaden algunas maracas, por ejemplo, la maraca ocoeña en el caso de los palos —un cilindro hueco, de casi un metro de largo, relleno de granos— La música *gagá*, originaria de Haití y que se conoce en ese país con el nombre de *ra-rá*, emplea un tipo de flauta de bambú que produce un sonido grave, así como maracas de metal. También se encuentran elementos africanos en el merengue que, en el siglo XIX, era u género musical de moda en diversos países del Caribe, como Puerto Rico, Colombia, Venezuela y Haití, cada uno produciendo su propia versión. Es en la República Dominicana donde este género conocerá su mayor auge, al punto de llegar a ser el símbolo y orgullo cultural de la nación. Los ritmos afrodominicanos del merengue se extendieron al campo, donde vivía la mayor parte de la población y cuya cultura se nutría de tradiciones africanas. Cada región del país desarrollará su propia variante, usando los mismos instrumentos de base: un tambor llamado tambora, un güiro que será reemplazado por su equivalente de metal, el guayo e instrumentos de cuerda como el cuatro y el tres, los cuales serán sustituidos, poco a poco, por el acordeón a partir de finales del siglo XIX. El merengue tradicional se compone de tres partes: el paseo, el merengue y el jaleo. En la actualidad tiene muchas variantes, las más conocidas son el *juangomero* y el *palmbiche*. En Haití, durante los años de la década de 1950, mezclado con ciertos ritmos locales, este ritmo produjo un nuevo baile, el konpa; asimismo, asociado en los años ochenta con los ritmos de la samba, dio origen a la lambada. La tambora se usa hoy con frecuencia en el jazz latino.

En la cultura garífuna de América Central (Belice, Guatemala, Honduras, Nicaragua) la música más popular es la *punta*, que también es un baile. Las otras son: el *abeimahani*, un canto religioso que celebra la espiritualidad como refugio —se interpreta sin tambor—; la *chumba*, un canto que exalta el espíritu femenino; el *ungunhungu*, un género épico que representa a Yumei, el origen —esta palabra nombra la isla de San Vicente, la cual representa la tierra de los ancestros—;

287

la *wanaragua*, una danza guerrera que evoca la resistencia; la *arumahani*, la *sanbai*… Como para algunos ritos religiosos afrocubanos, los *garinagus* emplean dos juegos de tambores: el primero para sus ritos sagrados, el segundo para las fiestas públicas. En los templos, el primer tambor representa a los ancestros, la vida pasada; el segundo, llamado *Isilei*, representa la vida y, el tercero, simboliza el futuro o los *garinagus* (plural de garífuna) que están por venir. Para sus fiestas públicas, los garinagus usan los tambores *garaon* primera y *garaon* segunda.

Como lo señala el baterista Luis Muñoz, hay en Costa Rica dos regiones cuyos pasados culturales pueden nutrir al jazz latino.

Una es la provincia de Limón, en la costa del Atlántico. Ésta es una región ampliamente poblada por negros, con una clara cultura afrocaribeña, donde se entremezclan la rumba cubana y su santería, el merengue dominicano, el calipso haitiano y, de manera más reciente, el *reggae* de Jamaica, una región donde los "calipsonianos" son unos de los principales guardianes de la historia popular en las comunidades. Durante décadas he visitado a menudo el área, compenetrándome de su cultura. La otra zona es la provincia de Guanacaste un territorio que perteneció a Nicaragua hasta 1858. Su población se compone principalmente de descendientes de españoles e indígenas (los chorotegas, cuyos antepasados emigraron hacia el sur desde México). La música de Guanacaste refleja, de manera clara, las influencias de esas dos culturas. Canciones antiguas basadas en un español trasformado o, simplemente, valses inter pretados de forma primordial por dos de los instrumentos más populares de la región: la guitarra acústica y la marimba. También hay en esta música algunos elementos indígenas; el uso del quijongo, un instrumento similar al berimbau brasileño, pero mucho más largo, con un arco y una calabaza que le sirve de caja de resonancia, y las ocarinas de barro, son dos ejemplos. Yo uso ambos instrumentos en mis presentaciones.

El trío costarricense *Editus* se ha inspirado en el folclor de esta región de Guanacaste, así como en la música barroca, para su composición *Viento y madera*.

Los principales ritmos afropanameños son el *bullerengue* y el *bunde*, los cuales se tocan en la región este del país, hacia Colombia, así como el tamborito, el ritmo más extendido y que se oye en el interior y el oeste de esa nación. Cada ritmo posee su propio juego de tambores. El *tamborito*, cuyo origen se remonta al siglo XVII, se basa en una clave parecida a la cubana de 3-2, pero con una ligera contracción en el primer tiempo de la segunda medida. La clave del tamborito se encuentra también en Nueva Orleáns. Al principio, el baile del tamborito se acompañaba de tres tambores: caja del Darien, pujador y repicador; después, se añadieron la flauta, la trompeta, el acordeón, el violín e incluso el violonchelo. En *¡Caliente!* recordamos el trabajo del pianista Danilo Pérez.

Como lo señala muy a propósito el joven trompetista venezolano Michael Simon, que en la actualidad vive en Holanda, los ritmos de Suriname pueden abrir nuevos horizontes al jazz latino. Fundado hace 25 años por el bajista Vincent Henar, el grupo *Fra Fra Sound* es el responsable de haber escrito en el libro musical del mundo las músicas poco conocidas de ese país.

Me incorporé al grupo en mayo de 1996. Los ritmos principales de Suriname son: *kaseko, kawina, kaskawi* y *sekete* y son los que *Fra Fra* fusiona con el jazz. Kaseko es la música más conocida de Surinam. Esta palabra, "kaseko", una corrupción de la frase francesa "casser le corps", se originó en la Guyana Francesa, país vecino. La estructura de pregunta y respuesta de las melodías ha sido claramente influida por la antigua música africana-surinamés y por la música *winti*. Muchos de estos ritmos se encuentran en todos los discos de *Fra Fra* y, en especial, en el disco *Kulem-banban-Kid Dynamite Tribute*, con títulos como *Broko-pondoplan* y *Pimbadoti* (kaseko), *Tingeling* (sekete). La interpretación de ritmos de Suriname —al igual que la de los ritmos Caribeños— está basada y atada a su propia clave. Están atados a un lenguaje propio, rítmico, formado por patrones comunes a los ritmos caribeños. Poseen también un carácter sólido, fluido, e invita al baile. La música surinamesa enriquece al jazz de la misma manera en que los ritmos de la música latina lo han hecho: rítmicamente. Esta música, al ofrecer un lenguaje rítmico diferente, logra presentar los elementos del jazz de una manera distinta. Por lo tanto, extiende las posibilidades rítmicas.

Aparte de trompetista, con esta agrupación he tenido la oportunidad de resaltarme y desarrollarme como compositor y mayormente como arreglista. Así algunos de mis arreglos son *Mungoman, Sranan Kon dre* y *Fa mi dé go du?* composiciones de Kid Dynamite

También puedo mencionar mi composición *Faily Meetings*. Estas tareas me han estimulado a estudiar la música Surinamesa, con la que me he sentido identificado y a gusto, ya que es similar a la música Caribeña. Esta identificación, o comodidad, me ha permitido desarrollar mi propia voz dentro de ésta música y, de esta manera, aportar a la evolución de la misma. Mis aportaciones son de elementos del jazz, de la música caribeña y de la contemporánea. El trabajo con *Fra Fra* también me ha dado la posibilidad de desarrollarme como improvisador y en la utilización particular de elementos del Jazz.

Similitudes e influencias latinas se pueden encontrar en muchos elementos, como: patrones rítmicos y melódicos, formas de las melodías, formas de los temas, líneas del bajo, montunos del piano, guajeos de la guitarra, mambos, interludio o "specials" de los metales, gestos…. El "special" es similar a un mambo, pero extendido. Es una sección en un tema (generalmente basada sobre la forma de la melodía del mismo) que sirve de interludio para introducir otro solo o regresar a la melodía. Estos elementos se adaptan y se aplican en lugares y momentos adecuados de la música, bien sea en vivo o al escribir.

LA APERTURA HACIA LA PALABRA:
APUNTES DE POESÍA

Existe una poesía asociada al jazz latino? ¿Una poesía uya sensibilidad se identificaría con la de esta música que podría decirse, recitarse, sobre fondos de jazz latino? Apenas recientemente, la poesía y el jazz latino se juntaron para convertirse en uno solo. Esta poesía que le acompaña hace hincapié, esencialmente, en el aspecto social del jazz latino y, a menudo, hace las veces de crónica. Pienso, por ejemplo, en los textos de David González con *The Poetic License Band*, en Harry Rexach con el tema *Toshiko* del álbum *Branching Out* de William Cepeda, en Piri Thomas o incluso en Felipe Luciano y Jesús *Papoleto* Meléndez.

En Cuba se nota una clara influencia de la música folclórica en la poesía y viceversa. En 1928, José Zacarías Tallet escribe *La rumba* y Ramón Guirao *Balaidora de rumba*, considerados como los dos primeros poemas "negros" en la historia de la poesía cubana. Alejo Carpentier, que había puesto en escena el ballet *La rebambaramba*, publica enseguida *Liturgia*, a la cual le pondrá música Amadeo Roldán en octubre de 1931. En 1930, se publica la primera recopilación de poemas "negros" escritos por un poeta negro: Nicolás Guillén, *Motivos de son*; para cuya escritura Guillén reconoce la influencia de la música del *Trío Matamoros* y del *Sexteto Habanero* —una influencia que ya se percibe en la obra de Guirao—. Años más tarde, cuatro compositores escribirán músicas para los textos de *Motivos de Son*: Amadeo Roldán, Emilio Grenet, Eliseo Grenet y Alejandro García Caturla.

El año siguiente, 1931, Guillén publica *Songoro cosongo*, la culminación de un matrimonio sonoro entre la palabra y el son. Desde entonces, la forma de hablar del negro de La Habana forma parte de la poesía nacional. Con el *Cuaderno de poesía negra*, publicado en 1934, Emilio Ballegas impulsa un movimiento que tendrá su apogeo en 1938 con la publicación de la antología de Ramón Guirao, *Órbita de la poesía afrocubana*. En *Comparsa habanera* Ballegas escribe:

> *Rembombiando viene,*
> *Rembombiando va...*
> *La conga rembomba*
> *Rueda en el tambor.*

Con Guillén, Marcelino Arozarena, otro poeta negro autor de *Liturgia etiópica*, y Ballegas, la rumba entra en la poesía cubana. Mientras que el ritmo y el lenguaje de los negros de la isla llegan a ser una parte importante de la identidad nacional, el son junta por fin a públicos de todas las razas y clases sociales. Además, compositores como Amadeo Roldán, Alejandro García Caturla, Gonzalo Roig, Ernesto Lecuona y Eliseo Grenet, reconocen explícitamente los valores socioculturales de la herencia africana que traducen en varias de sus obras.

Esta poesía negra que se ve en Cuba está presente en la mayoría de los países de América Latina. En Puerto Rico, con Fortunato Vizcarrondo o Luis Pales Matos quien publica *Danza negra* en 1928:

> *Es la danza negra de Fernando Póo*
> *El alma africana que vibrando está*
> *En el ritmo gordo del mariyandá.*

En Uruguay, con Pilar Barrios, Ildefonso Pereda Valdés *La guitarra de los negros*, 1926; *Cinco canciones negras*, 1958) y Virginia Brindis de Salas; en Panamá con el poeta chiricano Víctor Franceschi; en Colombia con Jorge Artel y Juan Zapata Olivella; en Perú con Nicomedes Santa Cruz que escribe sobre las músicas de su país (*Ritmos negros del Perú*, 1957; *Guitarra Llama cajón*, 1958). En su álbum *Acuarela de tambores* Alex Acuña hace un homenaje a Santa Cruz con el tema *Pa' Don Nicomedes*.

En México con José Vasconcelos, *El negrito poeta*; en Argentina, donde la poesía entra en la música a través del tango; en República Dominicana con Manuel del Cabral que publica *Doce poemas negros* (1935) y *Trópico negro*; en España con el poeta andaluz Federico García Lorca.[9] E incluso en Ecuador, con Nelson Estupiñán Bass y Adalberto Ortiz quien publica la novela *Juyungo* y los poemas *Jolgorio* y *Tierra, Son y tambor*.

> ... *el negro no baila tango,*
> *El negro tan sólo baila carioca,*
> *Marimba y rumba*
> *Batuque, marimba y bomba*

A esta poesía se añade una de la tradición oral que se escucha en la costa del Pacífico en la región de las

[9] A pesar de que se trata de un mundo muy diferente, pero a la vez tan cercano, hay que citar, asimismo, a Langston Hughes Poeta del Renacimiento de Harlem, a la búsqueda de una nueva identidad, Hughes adaptó la sensibilidad del blues y del jazz a su poesía. En sus textos *The Weary Blues* (1926) y *Fine Clothes to the Jew* (1927), Hughes traspone la estructura del blues y del jazz a sus poemas, para hacer eco a los cantantes de blues de su época y refleja, así, la realidad de la "América negra". Años más tarde los poetas de la *Beat Generation* se esforzarán por traspasar la estructura del discurso de los músicos de jazz a su poesía.

esmeraldas, donde Ortiz nació. En esta zona de la antigua República de Zamba floreció el currulao, un baile de la marimba interpretado con éste instrumento, cuya sonoridad simboliza al esclavo liberado, se acompaña, además, con tambores (los bombos), un cantante masculino y un coro de mujeres que tañen campanillas. También, con música de las esmeraldas, Omar Sosa se inspiró para su álbum *Bembon Roots III*.[10]

En la poesía de todos estos autores se reafirma una toma de conciencia del mestizaje, de lo híbrido y, a menudo, una búsqueda de identidad. Poesía y jazz latino han tenido caminos paralelos; en todos estos casos, es la música la que ha influido en la palabra y en la organización de esas palabras. Recientemente, el camino es distinto: la palabra poética se alía con una música instrumental para crear una forma de expresión nueva. La palabra propone que la música instrumental se abra al texto, una apertura que traduce con frecuencia una agitación urbana, como en el caso de Felipe Luciano, un poeta puertorriqueño negro nacido en Nueva York, durante largo tiempo miembro de *The Last Poets* (él remplazó a David Nelson) y comprometido también con la reivindicación de la identidad puertorriqueña. Sus principales composiciones son *Library, Puerto Rican Rhythms, Jazz, Riffle Prayer* y *Jibaro/My Pretty Níger*; de esta última, recordamos la versión interpretada en 1972 con la orquesta de Eddie Palmieri en la prisión de Sing Sing. Más cercanos a nosotros tenemos a Jesús

---

[10] En el valle de Chota, al norte de Quito, vive otra comunidad de ascendencia africana cuya cultura está representada por el grupo Oro Negro.

Meléndez, Piri Thomas, Harry Rexach, Paul Beatty y David González, cuyo disco *City of Dreams* hace un boceto de las culturas urbanas presentes en Nueva York, ciudad soñada, pero también, ciudad de sueños despojados.

En tanto que la composición *The Secret of the Ceiba Tree*, del álbum *City of Dreams*, hace referencia a los orígenes cubanos y puertorriqueños de González, otras son en particular explícitas en cuanto a la vida neo-yorquina: *El Barrio, Yankeelandia* —sobre un fondo de *Take the A Train*—, *The Cross Bronx Expressway*. Otras son puramente poéticas, entiéndase espirituales, como *Neruda's Eagle*, un dúo de voz y contrabajo, *Angel Dust* y *Rest my Warriors*. También se encuentran huellas de esta poesía espiritual (espiritualidad poética) en los textos que acompañan la música de Kevin Haynes (véase el capítulo sobre la identidad espiritual). Al evocar la vena cubana del jazz latino y su relación con la declamación poética, David González considera que,

dado que esta música está enraizada en la clave y tiene una muy fuerte tradición de baile, yo diría que el elemento rítmico del discurso es central para la unión de ambos. En mi trabajo con Bobby Sanabria y John DiMartino en *City of Dreams* trato de estar en "el mismo saco" con ellos, como si mis palabras y mi voz fueran otro instrumento, no cantando, sino hablando desde el mismo lugar en que ellos tocan: el lugar de la corriente, la dinámica y el drama. Mi espectáculo *¡Sofrito!* creció a partir de una colección de cuentos del Caribe que he venido narrando desde hace ya un buen tiempo. Tuve la oportunidad, en 1997, de montar una producción significativa en el *New Victory Theater* en Broadway, Nueva York, y obtuve los recursos para contratar la orquesta de mis sueños. Conocí a Larry Harlow en una conferencia de arte y cuando le propuse la idea de colaborar con él se emocionó. Trabajamos durante seis meses en la música —escribiendo, investigando, ensayando, etc.— y debutamos en el invierno de ese mismo año. A partir de entonces, hemos llevado el espectáculo en giras a lo largo del país. Larry trajo una versión reducida de la *The Latin Legends Band* para la puesta en escena; empezamos con Yomo Toro y Adalberto Santiago, además de Guillermo Edghill, Bobby Sanabria, Chembo Corniel, y Pete Nater. Durante el espectáculo yo narro dos cuentos yorubas: *Obatala y la creación del mundo*, y *Chango y el poder del tambor*. Éstas son dos antiguas historias tradicionales en las que cantamos y tocamos los ritmos asociados con los orishas particulares involucrados. Tienes que saber quién es quien y qué es que; de otra manera corres el riesgo de mal representar la tradición y de insultar a los practicantes de la fe. Chembo Corniel, quien toca la conga, así como el mismo Larry Harlow, han sido iniciados en la tradición —ellos saben cómo "hacerla real"—.

Todos estos poetas tienen algún vínculo con la cultura *hip hop*, una cultura que representa bien el rapero Will Power, que sigue una carrera original en el mundo del *performance* y grabó con Omar Sosa. Así, en el tema *froCuEs A Dada*, Power hace *rap* ya sobre un fondo de coro *abakuá*, ya sobre uno de *gospel*, ya acompañado por un solo de saxofón alto. En *Blanco in Africa* se mezclan textos leídos en yoruba por Martha Galarraga, otros en árabe y algunos rapeados, como si se tratara de recordar la importancia de la tradición oral en la poesía africana. En algunas piezas, las palabras de Power son las que guían la música; la musicalidad de esas palabras dichas en inglés se enlaza de manera perfecta con los sonidos latinos de las notas de Omar. Éste es el más bello éxito de su colaboración, pues en el juego del mundo de las palabras con el de los sonidos, lograron vencer la resistencia que parece existir entre la melodía de un texto poético y la de la música.

Las poderosas declamaciones de Will Power, aunque también en otros lugares las de Meléndez, Luciano, Thomas y González, parecen proceder de un ritual en cuyo transcurso el cantante denuncia los demonios del momento (que a menudo se manifiestan como permanentes) —miseria, pobreza, desempleo y, también, las tentaciones del dinero y el poder—. Las descargas emocionales de las voces, su *groove*, llaman, invocan, a los dioses ausentes en estas ceremonias. Asociada a una música cuyos ritmos traducen en sí mismos una identidad cultural, la palabra puede reforzar la imagen de una comunidad, evocar sus preocupaciones y trasmitir su discurso al mundo. Es un poco lo que se produce con el proyecto *Cartaya & The Enclave* del bajista Oskar Cartaya. Influido por Marcus Miller, Cartaya ofrece una versión hip hop de ritmos puertorriqueños con la participación del rapero Nathanie Dawkins, del DJ Gabriel Wein y, también del saxo Justo Almario y del trombón Arturo Velasco.

*

Si bien existen sonidos africanos presentes en el jazz y en el jazz latino, también hay en el español hablado y escrito de América Latina sonidos y palabras africanas, en particular, de origen bantú (pienso, por ejemplo, en la confusión entre /l/ y /r/). En algunos cantos, se escuchan fonemas de origen africano, como *ajá ombe, bonyé, aijoó, omba*... Cuando se cantan, estos fonemas se acompañan, incluso, con percusiones africanas. En la poesía de América Latina de los siglos XVII y XVIII, en realidad, se encuentran huellas de lo que se llama español bozal; a saber, un lenguaje que hablaban los esclavos nacidos en África (véase las obras de Simón de Aguado, Félix Lope de Vega o aun de Sor Juana Inés de la Cruz). A partir del siglo XIX, asistimos a una imitación casi sistemática de este español bozal en los textos de escritores argentinos, cubanos, peruanos y puertorriqueños; la mayoría de ellos son parodias racistas. En la actualidad, como lo señala el lingüista John Lipski, este español ha desaparecido y da lugar a un lenguaje afrohispánico inventado.

En el plano del sonido, hay que mencionar también a la onomatopeya: verdadera síncopa musical de la poesía que rima no sólo al texto poético, sino también a la obra musical. Escuchemos a Bobby McFerrin o a Xavier Camino, un músico mexicano que vive en la ciudad de Quebec, Canadá, y cuyas composiciones *Kapauk Design y La Cucacrach* reflejan un talento naciente. Sin embargo, el sonido en sí mismo eclosiona de manera maravillosa en el *scat*, esa expresión absoluta de lo oral que se encuentra en el flamenco, el ragtime, el jazz y el jazz latino. El *scat* es una forma de poesía improvisada en el momento, es la poesía como intuición, la intuición poética; una experiencia sensorial inmediata opuesta a la intelectualización forzada, engendrada, por el uso de las palabras en una canción. Si bien en el jazz son muchos quienes han utilizado el *scat* en sus repertorios, en cambio en el jazz latino son raros; de hecho, sólo podemos citar tres nombres: Francisco Fellove; Bobby Carcassés y Williams en La Habana...

En el *scat* de Francisco Fellove se expresa toda el alma musical afrocubana.

Cuando era niño, en La Habana, se recuerda Fellove, me paseaba por las calles con un tambor y *scateaba*. Sin embargo, allá no es como en Nueva York, donde se buscaba lo original. Siempre ha habido mucha originalidad en Cuba, pero nadie se daba cuenta en verdad. Yo tenía más o menos 13 años cuando empecé a *scatear*, en 1935 o 1936, pues creía que era necesario aportar algo diferente a la música, la rutina no me gustaba; me decían que estaba loco... De cualquier manera, cantaba por diversión, ya que no tenía la edad para hacerlo como profesional en los cabarés. Recuerdo que *Guapacha* me seguía por todas partes en las calles cargando su conga, cuando yo *scateaba* él se plantaba enfrente de mí y me escuchaba sin moverse. También tocaba la guitarra y cantaba con el *Niño* Rivera; él interpretaba la melodía en el tres y yo improvisaba y solía cambiar la guitarra por los tambores. A menudo me invitaban a las fiestas y cuando la orquesta tocaba guarachas yo *scateaba*, improvisaba. Iba a cantar y a *scatear* al *Show de Mediodía* en la CMQ con el *Conjunto Casino*, en el cual estaban *Patato* Valdés y Roberto Faz

Después, descubrí que Dizzy Gillespie hacía lo mismo que yo en Nueva York... me puse a llorar, porque yo hacía todo eso mucho antes que él y él se llevó todos los créditos. Por desgracia, nunca grabé ningún disco de *scat*...

En La Habana, varios músicos consideran a Fellove como un pionero. Así, Carlos Emilio Morales recuerda:

Entre 1963 y 1964, habíamos hecho unos discos instrumentales con el grupo de Chucho Valdés: *Chucho Valdés y su grupo, volúmenes 1 y 2*. Después éste descubre a *Guapacha*, pero antes de *Guapacha* estaba Fellove. Él hacía *scat*; un *scat* criollo, con cosa cubana. *Guapacha* tocaba el bajo y de vez en cuando cantaba; le encantaba la cosa de Fellove. Siempre hacía este tipo de cosas y *Chucho* dijo: "Oye, aquí no se oye esto desde la época de Fellove. Vamos hacer un disco. ¡Que *Guapacha* se inspire en Fellove!". Fue un éxito. Se hizo un intento de grabar un segundo disco. No tuvimos tiempo de hacer conciertos y fallece *Guapacha*. Él tenía un hermano tumbador, Pedrito, quien trabajó con el grupo de rock *Los Barbas*. Fellove fue un pionero. Dandy Crawford, según que era jamaiquino, cantaba en inglés cosas de jazz. Nunca fue popular. Fellove, *Guapacha* y Dandy nunca tuvieron un gran éxito en Cuba.

A partir de este *scat* habanero nace, en la ciudad de México, el *chua-chua*.

Así es, afirma Fellove, en 1955 el vicepresidente de RCA-Víctor en México me propuso grabar un disco.

301

Junto con Batamba, autor de *Parlez-vous français*, montamos un sexteto con Lalo Montaner en la flauta, Raúl Cerda al piano, Héctor Leal al güiro, *El Lobo* en la tarola y *El Ratón* en el contrabajo. Yo había inventado el chua-chua, una especie de *scat*. En mi grupo *Lobo* y *Melón* hacían los coros. Cuando Batamba se fue a Europa, rebauticé al grupo como *Los Chuabaras*; entonces, *Lobo* y *Melón* organizaron su propia orquesta. En la década de 1960, yo solía *scatear* y tocar las congas en los cabarés de la ciudad de México.

El 27 de septiembre de 1956, Fellove graba su composición *Mango mangue* que calificará como ritmo chua-chua. El chua-chua llega a ser la base de las improvisaciones vocales que se escuchan en la mayoría de sus grabaciones. Las diferentes introducciones, escritas con base en sílabas, sirven después, además, como sustento para sus improvisaciones: *pa re ro re ro ro pa pa ra pa ru a pa ru a paao pa pa po pa.*[11] Estas vocales acentúan el movimiento.

Escribíamos las introducciones en un pedazo de cartón y cada miembro del grupo tenía el suyo... Yo usaba repeticiones, pues son más fáciles de memorizar. El uso de las vocales *u* y *a* me permitía acentuar una nota; también son las vocales más brillantes. Yo improvisaba los mambos *scateando* las partes de trompeta, de saxofón y de trombón.

[11] Las cinco vocales del español son: /i/ /e/ /a/ /o/ /u/. Los 19 fonemas consonánticos son: /p/ /b/ /t/ /d/ /k/ /g/ /m/ /n/ /ñ/ /r/ /rr/ /f/ /z/ /s/ /x/ /l/ /ll/ /ch/ /j/.

Algunos arreglos imitaban, pues, instrumentos como la trompeta: *cha ru ba ra ba ra po pa pa pa pu-a pa ru-a pa ru-aa* o incluso *pa re ru reruree papara papara pare-rurà paru-a a ru-aa*. Asimismo, muchas frases terminaban con dos repeticiones de *pu-a pu-a*; el coro respondía y Fellove comenzaba a improvisar —siguiendo una alternancia de coro-improvisación—. En estas improvisaciones Fellove incorpora y utiliza, la mayor parte del tiempo, las sílabas *bi, ti, bi, pi, pa, ra,* así como el fonema *e*.

> La música es como un espíritu que tengo adentro; antes tenía que detener mi velocidad porque cantaba muy rápido. Durante años busqué a alguien que transcribiera todos mis sonidos para poder luego escribir unos arreglos basado en mis frases. Lo hubiera hecho yo mismo, pero nunca estudié música...

LA APERTURA INSTRUMENTAL

Al dejar la vía libre a otros instrumentos el jazz latino enriquece su sonoridad; también, tendrá acceso a otros repertorios. Esto ya sucede con la incorporación de instrumentos de percusión de diferentes culturas e incluso de silbatos, como en el caso del percusionista boliviano Yayo Morales. En Madrid, durante la década de 1980, Tarik Banzi introdujo el darbuka en el flamenco; a partir de entonces, este instrumento entrará de manera progresiva en el jazz flamenco. Otro instrumento que parece haber hecho una entrada discreta en los últimos años es el violín. Federico Britos, violinista uruguayo y fundador del grupo *Jazz Ta*, considera que esta discreción se debe a un problema educativo.

La formación de los violinistas sólo está encaminada a la música clásica; técnicamente, se les prepara para tocar esta música; peor aún, para ser solistas de música clásica. Esa era la mentalidad, y aún sigue en muchos lados. Los profesores europeos que llegaron a Latinoamérica sólo enseñaban la técnica clásica del instrumento, pero jamás hablaban con sus alumnos de música popular, salvo raras excepciones. En los libros de solfeo que se usaban, sólo aparecían dos lecciones con síncopas. Ahora, los tiempos han cambiado y el criterio es más amplio. Los estudiantes trabajan para tocar bien su instrumento y luego toman el camino que cada uno siente o cree que debe tomar. Eso incluye la música popular

En la cuenca del Río de la Plata, naturalmente existe una enorme cantidad de violinistas tocando tangos, pero es muy raro encontrar a quienes improvisen dentro del tango. Yo no tuve ningún ejemplo en mi juventud de violinista de jazz en vivo. En Cuba encontramos violines en el danzón y en charangas; sin embargo, durante muchísimos años la mayoría de los violinistas no han improvisado. Ahora, ha aparecido la nueva generación de jóvenes que sí tienen el don y la posibilidad de improvisar. La educación que recibe el violinista no le permite, si no es por voluntad propia y por deseo muy especial, hacer música popular. Por otra parte tocar las síncopas le duele mucho al músico en general.

El violinista cubano Pedro Fundora, quien vive en Monterrey, México, parece pensar de la misma manera.

304

No existe en Cuba una enseñanza del violín aplicada a la música popular. En las charangas, más que todo, el violín ha sido tratado como un instrumento del reino armónico-rítmico. Algunos músicos destacaron, como Rafael Lay o Enrique Jorrín, pero no hubo un movimiento importante tocando jazz latino. En Cuba, en términos de violinistas extranjeros, sólo escuché a Jean-Luc Ponty y Michael Urbaniak. Creo que los violinistas hemos rechazado un poco el estudiar las nuevas técnicas de improvisación; sin embargo, pienso que hay cosas que el violín podría explotar igual que el saxofón explota los armónicos. Una característica del jazz latino es sus improvisaciones rítmicas; los violinistas no somos muy dados a esto por la educación que tenemos. Creo que la improvisación del violín hacia el jazz latino va por la explotación de las sonoridades tímbricas respecto a las percusiones. Necesitamos estar pegados con un percusionista, oír lo que está haciendo. Necesitamos ponernos a estudiar lo que han hecho otras personas en el ámbito global, en el nivel morfológico, en el nivel rítmico; lo que ha hecho, por ejemplo, Chucho Valdés con *Misa negra* y cómo aplicar eso al violín, para luego poder sacar su estilo propio. Hoy todavía, resulta casi imposible encontrar un método de improvisación para el violín.

El primer problema es que no se da una educación donde el violín responda a nuestras raíces latinas; por lo tanto, no podemos adaptar las cosas de percusión al violín. Desde niños nos enseñan a pasar el arco desde el talón hasta la punta como un sonido parejo, a tratar que los crescendos sean parejos, que los diminuantes sean parejos. A la hora de empezar a tocar latino, nos damos cuenta que esa no es la manera de tocar de los músicos latinos, sino de los europeos de los siglos XVII, XVIII y XIX. Tenemos que cambiar toda nuestra manera de tocar, tenemos que dividir el arco de manera irregular para poder hacer toda la polirritmia de los ritmos latinos. Lo cual implica aprender de nuevo cómo pasar el arco. Al tocar jazz latino, las articulaciones son más cortas. La coordinación entre las dos manos tiene que ser mucho más exacta porque los ritmos no son simétricos. Para tocar jazz latino y no ponerme en problemas con las acentuaciones de la clave, he tenido que cambiar mi manera de pasar el arco, así como la manera de picar los *staccatos* y la forma de articular la mano izquierda.

Otro problema es la integración del violín a un grupo de jazz latino. La tecnología ha permitido al violín integrarse a un grupo con batería, percusiones, piano y contrabajo. Yo toco violín Zeta. Es un sistema que traduce las vibraciones de las cuerdas en pulsos, en signos digitales, y esto hace que con mi afinación algún banco de timbres de la nueva generación de sintetizadores de MIDI responda a las notas que estoy tocando, de manera que tengo acceso a todos los timbres de un sintetizador. Tengo, entonces, la posibilidad de hacer algunos sonidos que no son propiamente de violín como tal, sino de trompeta o flauta, pero sobre todo, sonidos sintetizados. En realidad, imitar con el violín sonidos que ya están hechos, como aquellos de la flauta, del saxofón, es trabajo perdido, porque nunca los vas a hacer igual; sin embargo, los timbres sintetizados me dan la posibilidad de armonizar lo que estoy tocando, me abre mucho más el horizonte sonoro de

306

violín. También, el violín Zeta se puede utilizar como violín eléctrico normal.

Durante los últimos años, Britos ha estado relativamente activo en el mercado de los discos —con el contrabajo Charlie Haden, con su propia formación, con Bebo Valdés y *El Cigala*, así como con Cachao—. En realidad, como se recordará, su carrera musical empezó hace más de 40 años, cuando en 1962 se instala en La Habana y se une a la Orquesta Sinfónica. Entonces, forma su propio grupo, el *Cuarteto Montevideo*, junto con otro uruguayo, Federico García. Meses más tarde, Britos funda otro grupo, *Los Federicos*, que sólo interpreta el *bossa nova*. En 1967 forma *Nuestro Tiempo*, un grupo de música contemporánea, al lado de Chucho Valdés, Carlos Emilio, Enrique Pla y un cuarteto de cuerdas. Radicado ahora en Miami, Britos rinde homenaje a los músicos cubanos con el grupo *Danzón by Six* (violín, flauta, piano, bajo, timbales y percusiones), el cual recrea la elegancia y el refinamiento del danzón. El disco *The First Danzón* ofrece algunos temas originales, pero sobre todo, clásicos, como *Fefita*, *Angoa* y *Las alturas de Simpson*, todas magistralmente interpretadas. Cachao hace una aparición en *Vivian Flavia de las Mercedes*; este tema permite entender mejor la influencia de Cachao y de su hermano Israel en el nacimiento del mambo. En efecto, es Israel quien introduce un montuno en un danzón; este nuevo ritmo se conoce como danzón mambo. Con citas de Mendelssohn y Massenet la influencia clásica se percibe a todo lo largo del álbum. *Elegante*, la nueva grabación de *Danzón by Six*, incluye tres composiciones originales de Britos, quien en el disco *Candombe*

& Jazz reúne 14 temas también originales que ilustran una cierta idea del maridaje entre el candombe y el jazz. Un casamiento discreto, sutil. En particular, nos quedaremos con las composiciones *Montevideo-Miami*, un dúo de violín con tambores, y *Palermo*, que contiene un solo del saxo tenor José Vera.

No es común tocar candombe con el violín, ni en Uruguay ni en ningún lado. Grabé los tamboriles en Montevideo, en noviembre de 1999, con la cuerda de *Mundo Afro*, músicos de una organización que se dedica al estudio de la cultura afrouruguaya. Unos meses antes, en marzo de 1999, se había estrenado el ballet *Ebola y Anacleto*, para el cual escribí la música y fue interpretado por la Orquesta Sinfónica del SODRE (siglas del Servicio Oficial de Difusión Radioeléctrica). El tema *Ebola y Anacleto* se encuentra en el disco *Jazz en blanco y negro*.

En verdad no es común interpretar el candombe con cuerdas, por eso conviene saludar la iniciativa del guitarrista uruguayo Juan Pablo Greco, quien lo hace con guitarra, violonchelo y contrabajo.

En Buenos Aires estaba Héctor López Fürst, un violinista (y guitarrista) fantástico, influido por el *Quintette du Hot Club de France*, quien también fuera el pionero del violín eléctrico en su país, instrumento que adoptó en 1971. En California se encuentra la violinista Susie Hansen; en La Habana, la joven Elisabeth Corrales y en San José, Costa Rica, Ricardo Ramírez, el violinista del grupo *Editus*. Hace algunos años, el trío costarricense *Editus* (Ricardo Ramírez en el violín

Edin Solís, guitarra, y Carlos Vargas, percusiones) realizó en colaboración con el *Sexteto de Jazz Latino* un álbum excepcional, *Calle del Viento*, un largo poema de 15 composiciones, de las cuales, la mayoría, son del pianista y saxo Walter Flores y de Lalo Rojas. Asimismo, el disco tiene una composición sorprendente y llena de nostalgia, *Una vez más*, de Alón Yavnai, actual pianista de Paquito D'Rivera. Atraído por el jazz latino, *Editus* debería presentarse dentro de poco, bajo la forma de quinteto, con el pianista Walter Flores y un contrabajo.

Hoy, en Cuba, aparte de Lázaro Dagoberto González de la *Orquesta Aragón*, de *El Sopilón* (José Antonio Pérez) de *Opus 13*, de Santiago Jiménez y de la joven Elisabeth Corrales, ningún violinista parece interesado en el jazz.

Mi padre, Alberto Corrales, siempre me ha alentado para aprender las técnicas de la improvisación. Cuando tenía ocho años, entré a una charanga de Guanabacoa. Lo que se enseña en Cuba es la música clásica y creo que no se puede llegar a ser un buen improvisador sin tener la base de esta música. De hecho, me interesan todas las músicas y compongo tanto jazz como danzón. Por lo demás, logré formar un quinteto con bajo, piano, violín, flauta y percusiones.

Reconocida principalmente en el mundo de la salsa de la charanga, la violinista Susie Hansen, que también toca el violín Zeta, explora asimismo el jazz. Aunque bien disimulados detrás de los instrumentos de percusión, sus breves solos en los temas *Mujer chicana* la electrificante *Mamacita caravana*, en el primer volumen de *Jazz on the Latin Side Allstars*, constituyen un ejemplo de su gran talento. Asimismo, el álbum *Solo Flight* permite apreciar otro talento, el del flautista y saxo Pedro Eustache, un músico demasiado discreto en el mundo del jazz latino. Las composiciones *Solo Flight*, *Circles* y *Back Talk* abren el camino a improvisaciones fantásticas. En su segundo disco, *The Salsa Never Ends*, Hansen se inspira de manera principal en las músicas cubanas, aunque también en el merengue dominicano, como en su composición original *Blues con Fuego* que, junto con *Alibi*, son los dos temas estrella de este álbum esencialmente salsero.

El cuerpo sólido y eléctrico del violín Zeta produce un sonido muy parecido al del violín tradicional, sin la necesidad de tener una caja de resonancia; el instrumento está bien diseñado, por lo que se siente y pesa exactamente lo mismo que un violín acústico. Pero, no tiene toda la realimentación ni los problemas que surgen con la amplificación eléctrica ¡de un instrumento que está hecho para amplificarse por sí mismo! El sonido es muy parejo en toda su amplitud y no requiere ecualizarse ni es propenso a la realimentación de hecho, no produce ningún problema de este tipo, ni siquiera en volumen alto.

Respecto al papel rítmico del violín en la charanga si no tienes una sección de cuerdas, sino simplemente un violín, (¡yo!), entonces el violinista tiene una libertad ilimitada para improvisar dentro de la tradición de esta música. En la charanga el violín, o la sección de cuerdas, tocan un tumbao rítmico y repetitivo que complementa el montuno del piano y le queda como guan

310

te a los patrones de toda la sección rítmica. Si existe sección de cuerdas, estos patrones deben arreglarse con antelación y adherirse de manera bastante rígida para que el efecto rítmico y armónico funcione; si no existe y yo soy el único violinista, entonces, tengo la libertad, dentro del contexto de la composición, de cambiar el patrón y de permitir que se desarrolle en el transcurso de una canción o de un solo de flauta o percusión. Como ejemplo de un instrumento que tiene la misma latitud en este tumbao, está el piano; cuando escuchas los patrones rítmicos que se tocan en un montuno de piano, tendrías que decir que lo que se toca es repetitivo; esta es su función. Sin embargo, si tuvieras que transcribir el montuno de algún gran pianista de jazz latino, de salsa o de charanga, encontrarías que las variaciones, así como los desarrollos de su patrón, son sustanciales, son un personaje que contribuye grandemente, un interés melódico y una conducción rítmica para la melodía. Con un único violín, se puede tener este mismo poder de improvisación; en las manos de un buen violinista improvisador, los patrones rítmicos del violín son fascinantes y pueden ser una parte importante de la fuerza de propulsión del tema. El violín desempeña muchas funciones en el jazz latino y en la charanga; se le considera un instrumento rítmico, una parte integral de la sección rítmica, como cualquier aficionado a la charanga sabe. Pero, el violín también tiene asignado tanto un papel melódico, tocando una melodía escrita y líneas armónicas que complementan a las líneas vocales, como uno de melodía independiente de otras secciones y, aquí, hay latitud para la improvisación.

Sin embargo, en cuanto solista, el violín en la charanga puede de verdad brillar. Si se es un buen improvisador, la tradición de esta música siempre brinda al violinista mucho espacio para los solos. El violín no toca solos en todos los temas, como sí lo hace la flauta, pero los del violín se encuentran consistente y frecuentemente en la historia grabada de la charanga. En mi grupo ¡yo cierro con un solo todas las canciones! La clave para un buen solo en el jazz latino, la charanga y la salsa, además de las cualidades obvias de un óptimo contenido melódico, es tener una conducción rítmica convincente. Combinando esto con un vocabulario de jazz persuasivo, se obtienen oportunidades de improvisación sin límites.

Cada vez más músicos integran un violinista a sus orquestas. Bernardo Parrilla graba con el saxo español Jorge Pardo. Gregor Hübner participa en el grupo *Eye Contact* de Harvie S. En la composición *African Heartbeat* el toque de Hübner tiene una sonoridad *gipsy* de Europa Central, lo que hace sus discos tanto más interesantes. Cabe destacar que en su álbum *Januschke's Time* Hübner retoma tres temas de Harvie Swartz, de los cuales *Habana mañana* se encuentra en el disco epónimo. Además, Harvie utiliza el arco para entablar la larga y maravillosa balada sentimental *Luna romántica*, a la que se junta de manera progresiva el violín, la guitarra y la trompeta. Estos diálogos sutiles entre el contrabajo y el violín, por un lado, y el contrabajo y la guitarra por el otro, son una excelente idea que revela una imaginación brillante. Recientemente, Harvie parece haber renunciado a esta fórmula de cuerdas. Otro contrabajo, Andy González, había acariciado un día el anhelo de un grupo de instrumentos de cuerdas: *Strings Attach* (contrabajo, tres, cuatro, violín, mandolina y percusiones). Otros violinistas, como Gilles Appap y Charlie Bisharat, aparecen en los discos *Compassion* y *Vida* de Luis Muñoz, o incluso Jenny Scheinmann en el álbum *From Down There* del pianista Pablo Ablanedo.

Más discreto, el violonchelo se abre, no obstante, un "hueco" en varios discos interesantes ¡el instrumento ya es una estrella en la música pop! Está la magnífica versión de *Bachianas brasileiras Nº 5* de Héctor Villalobos con el extraordinario violonchelista Charles Curtis en el álbum *Alegría* de Wayne Shorter. También Misha Bodnar (conocido por su participación en los grupos *Béla Lugosi* y *Venus Bitch*) en el tema *Azure* del disco *Compassion* de Luis Muñoz y Andrew Smith en el álbum *Vida* del mismo Muñoz. Se puede también mencionar al violonchelista Elliot Kavee en *Para dos* del álbum *Free Roots* de Omar Sosa; aquí, el tercer "instrumento" es una puerta que se cierra y se abre dejando pasar los cantos de un pájaro y los ladridos de un perro —son pequeñas escenas de la vida cotidiana que se encuentran en la mayoría de las grabaciones de Sosa y que permiten al que escucha reubicar la música en su contexto urbano. Descubrimos también a Kavee, esta vez como baterista, en los demás discos de Sosa. Asimismo, está el *Chamber Jazz Trio* de Paquito D'Rivera con Mark Summer.

Si bien se encuentra a la guitarra con bastante frecuencia en el jazz, no sucede lo mismo en el jazz latino, sobre todo si se trata de hacer de ella un instrumento solista. Así, el fundador del grupo *Abataloa*, el guitarrista cubano José Luis Beltrán, radicado en Chile, considera que:

> la mayor influencia de la guitarra en la música cubana está en la trova tradicional y en el *feeling*. No se asume la guitarra como un instrumento de percusión, de responsabilidad armónica, para mantener una base. No se toma en serio el papel de la guitarra. No hay una banda salsera donde se encuentre la guitarra como instrumento líder en cuanto a los tumbaos. En el jazz latino, la guitarra se usa como instrumento solista, pero no como elemento que defina el tumbao dentro del sistema rítmico. Se utiliza la guitarra para dar el color de la música, para hacer la música cubana más atractiva, pero no tiene un papel protagónico. Es lo que trato de buscar.

Es este papel el que le da el guitarrista Eric Susoeff a su instrumento en su quinteto sin piano *Salsamba* ubicado en Pittsburg; así, en el álbum *Mambo del sol*, ofrece un largo solo de guitarra con algunos guiños a *Manteca* y a Dizzy Gillespie en la composición *Guataca*. Se puede notar que en el disco *Latinventions* Susoeff convoca a un violonchelista de la Orquesta Sinfónica de Pittsburg, Louis Lowenstein. Benjamín Lapidus ofrece una visión más actual del papel de la guitarra en el jazz latino:

> Sí, en la salsa, la guitarra es superflua; hay una qu toca líneas orquestadas, no solos, en los discos d Paulito F.G. Sin embargo, cuando tocaba en Colombia, en el 2004, vi que el grupo de Isaac Delgado tení

dos teclados y una guitarra, y la guitarra era inaudible. Si oyes a Harry Viggiano tocando con Eddie Palmieri y *Los Kimbos*, escucharás una guitarra eléctrica tocando tumbaos. Para mí, el segundo teclado en los grupos actuales de timba desempeña el papel que tenía el tres en la época de Chappottin, de Arsenio, de *Estrellas de Chocolate*, etc. Pero, hay muchos soneros que se han acompañado, y continúan haciéndolo, con la guitarra y ejecutan especies de montuno con este instrumento y tumbaos de bajo simultáneamente. De hecho, esto es lo que se espera en el 2004. También hay que tomar en cuenta el patrón de octava nota que realiza la guitarra en una presentación tradicional de son con tres, con o sin bajo, bongo, etc. En definitiva, contribuye mucho al *swing* y a la conducción del grupo; por esto, yo lo consideraría parte del tumbao general. Si te fijas en la música brasileña, no hay discusión: Joao Bosco, Rafael Rabello, Gilberto Gil, Djavan, etc. Yo no estaría de acuerdo con la noción miope acerca de lo que un instrumento puede o no puede hacer; si estuviera de acuerdo, no tocaría jazz con el tres; categóricamente, estoy en desacuerdo con la siguiente afirmación: "En el jazz latino, la guitarra se usa como instrumento solista, pero no como elemento que defina el tumbao dentro del sistema rítmico. Se utiliza la guitarra para dar el color de la música, para hacer la música cubana más atractiva, pero no tiene un papel protagónico." Yo toco todos los tumbaos en mi grupo y casi nunca me presento con un tecladista. Para mí, el teclado es lo que en verdad es voluminoso y consistente en un nivel dinámico del jazz latino; ocupa demasiado espacio de timbre y, en

315

lo sonoro, opaca el canto de la percusión —ya que es un instrumento de golpe y su expresión encubre los bellos tonos de la percusión—. Ahora bien, hay grandes pianistas con un toque sorprendente y un conocimiento profundo de las dinámicas que contradicen mi afirmación; pero, por alguna razón, no tocan de esta manera salvo en tríos o cuartetos. Para mí, el tecladista es el músico que proporciona un color de fondo, y ésta es la manera en que uso el teclado en las escasas ocasiones en que siento que la composición lo necesita (*El asunto*, *Mi mujer*, *I Remember Cambron*, *It Was Going To Happen Eventually*, *Chuletas*). En última instancia, se debe recordar que los patrones del piano y del teclado en la música cubana vienen de los montunos que toca el tres y, en cierta medida, la guitarra. ¿Qué tal el intérprete de guitarra eléctrica del grupo de Pacho Alonso tocando tumbaos en octavas, como ejemplo de la guitarra en la salsa? ¿Qué las grabaciones de Senen Suárez? También las grabaciones de Reve incorporaron la guitarra eléctrica. En todos estos casos, la guitarra añade algo a la parte del piano y al montuneo en general.

El guitarrista Vinny Valentino, que toca con John Benitez desde hace 10 años, añade:

No hay mucho jazz latino grabado que le quede a la guitarra, pero esto sólo sucede porque la industria no sabía cómo categorizarlo. Yo he venido tocando jazz latino desde que empecé a tocar jazz. Hay muchos músicos de este tipo de jazz en Nueva York que usan guitarras en sus grupos: Héctor Martignon, John Benitez

Santi Debriano, Yosvany Terry, John Patitucci... En verdad, no estoy buscando abrir ningún espacio para la guitarra en ningún estilo musical; simplemente interpreto la música y disfruto con los músicos con los que me gusta tocar. Los espacios se abren por sí mismos; la naturaleza del jazz permite a los músicos que sólo estén limitados por su imaginación; si se añade la música latina a esta mezcla, terminas en una fusión musical. El jazz latino es la fusión de armonías, melodías y ritmos latinos con la improvisación del jazz. "Si suena bien... tócalo".

Si Pedro Guzmán logró incorporar el cuatro al jazz, se podría decir que Benjamín Lapidus con su grupo *Sonido Isleño* hizo lo mismo con el tres cubano. El camino recorrido desde las grabaciones de El *Niño* Rivera ha sido largo —y enriquecedor— y Ben Lapidus lo ha absorbido perfectamente. El álbum *Blue Tres* (así como la composición del mismo nombre inspirada en el disco *Blue Trane* de John Coltrane) hace un buen resumen de su trabajo discográfico iniciado en 1998; un trabajo innovador, lleno de insinuaciones, de humor y de imaginación.

No conozco a ningún músico ni grupo que haya incorporado el tres en un arreglo de jazz latino, aparte de mí o de mi grupo, *Sonido Isleño*. Esto no quiere decir que no existan otras grabaciones de este jazz con tres distintas de las mías; sino simplemente que yo no las conozco. Por lo tanto, diría que el tres no desempeña ningún papel recurrente en el jazz latino, yo estoy tratando de entender cómo podría ser este papel mientras lo trabajo en mi música, y durante las grabaciones y las representaciones con otros músicos. Yo, de manera personal, nunca he oído un tres en ninguna presentación en vivo de grupos de jazz latino, ni en ninguna grabación cubana, puertorriqueña, estadunidense, europea ni de ningún lugar del mundo. El tres no fue hecho, ni se desarrolló desde un punto de vista técnico, teniendo en mente al jazz. En cualquier tiempo, el mayor número de distintos tipos de tono que puede dar es tres, una seria limitación para un acompañamiento de cuerdas. Asimismo, la melodía tradicional *gG-cc-Ee* presenta un reto formidable cuando se improvisa sobre secuencias armónicas del jazz. En Cuba hay muchos intérpretes que tocan el tres e incorporan armonías y contornos melódicos de jazz, pero no están tocando jazz ni jazz latino. Músicos como Efraín Ríos, Pancho Amat, *Papi* Oviedo y, más claramente, Cotó, han avanzado mucho el estado del instrumento y, en mi opinión, están definiendo su papel en los arreglos tradicionales. En definitiva, El *Niño* Rivera debe señalarse como un intérprete influyente con un verdadero concepto armónico, desarrollado y moderno, que es jazzístico; pero, yo no lo llamaría jazz, sigue siendo son; en sus ejecuciones como solista se queda muy atrás del ritmo, como Wes Montgomery. Sigue sin ser jazz. En Puerto Rico y en la ciudad de Nueva York, las presentaciones de Mario Hernánde tienen elementos jazzísticos, pero él es sonero.

El acordeón, que en ocasiones remplaza al ban doneón en el tango, tiene en el jazz una nueva fuerza gra cias al impulso de algunos músicos visionarios. A sucede con Jorge Pardo acompañado de Gil Goldstein en su álbum *Mira*; así también con Al McKibbon y su disco *Black Orchid*, y lo mismo con Luis Muñoz. McKibbon quería grabar con un grupo acústico sin piano; convocó a un guitarrista y un acordeonista profundamente anclados en la tradición del jazz y que nunca habían tocado música latina: Barry Zweig y Frank Morocco. Entonces, el acordeón remplaza al piano, se traza la melodía con la flauta y la guitarra, a la vez que se proporciona la armonía. ¡Esta combinación es una verdadera novedad!

Muñoz llama a Brian Mann para el álbum *Vida*, no sólo como alternativa al bandoneón, sino también para aportar colores colombianos o mexicanos. "El acordeón es un instrumento ampliamente utilizado en la música latina; desde la norteña de la frontera México-estadunidense, hasta el vallenato colombiano, el tango argentino, etc.", dice Muñoz.

Sin embargo, mi decisión fue en principio una de "orquestación". Pensé que sería un buen vehículo para las partes, con un ataque sostenido (necesario para las melodías rápidas), con un sonido fuerte, apasionado, que combinara bien con los demás instrumentos, uno capaz de expresar el aspecto emocional que quería sacar en cada una de esas piezas. Lo mismo se aplica al uso de la armónica cromática o de la guitarra de pedal steel en otros temas que buscan esto; a mí me encanta el sonido evocador y nostálgico de esta guitarra. Piazzolla también fue un factor de consideración, así como tener a mano a Brian Mann, un excelente intérprete de acordeón.

En el álbum *Black Orchid* está también la presencia de Justo Almario en la flauta. Almario se inscribe en la tradición de los grandes flautistas del jazz latino: Alberto Socarrás, Rolando Lozano, Paul Horn, Frank Wess, Pat Patrick, Bobby Capers, Hubert Laws, Mauricio Smith, Bobby Porcelli, Mario Rivera, Dave Valentín, Néstor Torres, Maraca y Andrea Brachfeld.

La flauta, dice Almario, tiene un doble papel: melódico, es un rol muy llamativo que captura el oído, y otro rítmico. Así, cuando llega el montuno la flauta se identifica más con la percusión, con un tambor, aunque también lo hace con el baile. Se debería usar más. Pero no se utiliza porque la mayoría de los músicos que pueden tocar flauta son saxos. Para tocarla se necesita estudio. Los saxofonistas practican mucho el saxofón y poco la flauta. Hubert Laws dejó de tocar el saxofón para tocar la flauta.

Andrea Brachfeld y Sumiko Fukatsu son dos flautistas que han sobresalido durante los últimos años. Aunque se les conoce esencialmente por su participación en charangas, las dos se han aventurado en el jazz latino. Hay que remarcar aquí la audacia de la que hace gala Fukatsu en su disco *Sumiko en la Habana* y en particular, en el tema *Blues para Chano* de Bobby Carcassés.

Tú sabes, dice Andrea Brachfeld, cuando conoces un tipo de música, como la charanga o el jazz latino o el jazz, y tienes un concierto en cualquiera de estas músicas, es inevitable no combinar ninguna de las cara

terísticas de una de ellas con las otras. Sería inapro-
piado tocar una frase de pregunta y respuesta de cuatro compases si estuviera interpretando *Giant Steps*,
porque los cambios de las cuerdas son diferentes; sin
embargo, no sería inadecuado para mí tocar un *riff* de
charanga en una melodía de jazz latino que tiene los
mismos cambios, pero el ritmo puede ser más complicado. Creo que, en realidad, depende del momento y
de dónde quieres llevar la música; si tienes músicos
que de verdad te están escuchando mientras tocas, y
tienen conocimiento acerca de muchos tipos diferentes de música, entonces puedes, de manera literal,
ir musicalmente a cualquier lugar que quieras.

Cuando empecé a improvisar por primera vez a los
16 años, fue tocando jazz. Mi intención principal era
simplemente tocar sin la música escrita y crear. Siempre he tenido una banda de jazz; entonces, cuando
Mauricio Smith me acercó a tocar charanga y fun-
cionó, dije sí sin dudarlo. Apenas podía tocar los *riffs*
típicos de la charanga; pero, conforme tocaba más y
más, me di cuenta de que había algunas cosas que
necesitaba aprender. En la charanga tienes que pensar
en frases de dos compases que cuadren con la clave.
Una forma de improvisar es que necesitas pensar en
un formato de pregunta y respuesta dentro de esas dos
frases. Porque no había micrófonos cuando se empezó
a tocar la charanga, los flautistas siempre tocaban en
el registro más alto posible para ser escuchados; esta
característica se convirtió en estándar, incluso cuando
se inventaron los micrófonos y se usaron en esta música; entonces, necesitaba practicar el registro más alto.
También hay *riffs* establecidos que tenía que aprender

escuchando a los maestros como Richard Egües y Antonio Arcaño. La transición de la charanga al jazz latino no fue una transición para mí, pues toco *riffs* de charanga cuando interpreto jazz latino y *riffs* de jazz cuando toco charanga. El jazz latino tiene ciertas características que provienen de la armonía del jazz que uno debe estudiar para tocarlo bien. Los ritmos de la charanga se pueden mezclar fácilmente con el jazz latino, por lo que la transición es muy natural.

La flauta nunca ha sido un instrumento solista y líder en el jazz latino; pienso que en esta música, y en el jazz en general, la flauta siempre se ha considerado como un instrumento femenino o como uno extra, porque se le considera un aumento de los saxofones. Creo que el campo de la música ha estado dominado por los hombres, por lo que es natural que no se le dé a la flauta lo que se debe, en términos de una voz solista añadida al jazz. Es comprensible que para sobresalir en la música, uno necesitara ser muy fuerte y vendible; así que la flauta fue incluida con el clarinete, con el cual me parece que comparte el mismo destino. Si tú piensas como yo, que lo que determina el éxito en este campo no es el instrumento, sino la fuerza de la voz que tiende a reinar sobre el cual tocas; entonces, tiene sentido que algunos músicos muy exitosos sólo toquen un instrumento y no necesiten dominar ninguno más. Algunos buenos ejemplos son John Coltrane, Miles Davis y Benny Goodman. Creo que hay diferentes tipos de músicos; están los que simplemente ganan su vida tocando en grupos para bodas, haciendo diversas presentaciones; luego, está aquellos que se toman el tiempo de estudiar la música y la vida, y que exploran muy dentro de sí mismos para tocar. Estos últimos son los que mueven a las personas y cambian sus vidas. Esos dos o tres flautistas en los que pudieras pensar, Dave Valentín, Herbie Mann, Hubert Laws, todos tenían la determinación de tocar la flauta a pesar de las cosas en contra, e hicieron que sus voces se escucharan en el instrumento que eligieron. Sus espíritus, así como sus voces, son y fueron muy distintos en sus naturalezas y todos son y fueron grandes intérpretes.

Una gran variedad de instrumentos de viento siguen apareciendo en el jazz latino. Desde luego, recordamos las fabulosas grabaciones de Gato Barbieri, *Chapter One* y *Chapter Two Latino America* con Raúl Mercado y Antonio Pantoja, quienes tocan la quena en los temas de la *India, La China Leoncia* y *Para nosotros*. Un poco más reciente, tenemos a Nuria Martínez, que también toca la quena y el sicus en las grabaciones de la pianista argentina Nora Sarmoria. A parte de la quena, otros instrumentos andinos se pueden usar, como el *pinkullu*, una flauta larga con boquilla, de caña o de bambú; la *jula-jula*, una flauta de pan con una doble fila que se toca en grupos de hasta 20 músicos a la vez, y el *sikuri*. Jay Collins utiliza la flauta hindú *bansuri* en la composición *Aum*, de John di Martino, en el álbum de Bobby Sanabria *Quarteto Aché!* Remi Álvarez, del grupo mexicano *Astillero*, usa una flauta turca en el disco *Tequio*.

Algunos músicos quieren volver a darle un papel preponderante al saxofón barítono, pero ahora en otro contexto. Así, para Raúl Gutiérrez, la sonoridad del saxofón barítono da muchas posibilidades, como crear frases al unísono con el contrabajo y doblar cierres en la sección rítmica. Es obvio que cuando se habla del saxo barítono casi siempre se piensa en *big bands*. Diversos connotados arreglistas, tales como Chico O'Farrill, Neal Hefti, Thad Jones y Horacio González, entre otros, han usado este saxofón casi como un comodín en la sección de cañas y con el contrabajo, haciendo contracantos y otros recursos que enriquecen el sonido de la *big band* moderna.

Asimismo lo confirma el saxo y flautista Justo Almario:

Usualmente, se emplea como soporte a las líneas del bajo y también como ancla de la cuerda de saxofones, pero Duke Ellington cambió esa forma cuando escribió arreglos para Harry Carney, donde el barítono llevaba la melodía principal. Después, podemos hablar de músicos como Gerry Mulligan que tocó su barítono en cuartetos de jazz. En lo latino, sólo empieza a destacarse como instrumento melódico e improvisador cuando gente como Mario Rivera y Ronnie Cuber comienzan a usarlos en agrupaciones pequeñas, de lo contrario el barítono se sigue usando como instrumento de acompañamiento.

Desde hace algún tiempo vengo reflexionando acerca del uso que se le ha dado hasta ahora, continúa Raúl Gutiérrez, y creo que aún se puede hacer mucho. Como Latinoaméricano y sin necesariamente "volver" a mis raíces (que de verdad todavía es un tema que no me preocupa), creo que poner el saxo barítono en un papel preponderante y fusionarlo con sonidos que var mas allá de la tesitura de éste, podría ser muy interesante; por ejemplo, con la música andina, el son jarocho, los choriños brasileños... En todos estos géneros musicales siempre se usaron instrumentos con tesituras de sopranos, altos, contraltos; pienso que quebrar este esquema y usar al saxo barítono pudiera ser muy interesante. También quiero incursionar en la música de Piazzolla con el barítono, pero mucho más libre que lo que hizo Gerry Mulligan con Astor Piazzolla. Cuando hablo de libertad me refiero a llegar a bordear las fronteras del *free jazz*.

Tras su *Suite Llatina 0.7* Ramón Escalé le ha dado un talante catalán a su jazz al añadir la *tenora* de Jordi Molina. La tenora es un instrumento de viento representativo de Cataluña. Así pues, este jazz latino catalán tiene un aire y perfume de patria chica, como en las composiciones *El cant dels ocells* y *Els sons dels vents del Sud*.

La composición *Els sons dels vents del Sud* quiere rendir un homenaje a muchas de las influencias que han llenado mi vida musical. Partiendo de un tipo de sonido y melodía absolutamente enraizados en mi país, Cataluña, este tema se ha ido entremezclando con percusiones e instrumentos muy lejanos de mi cultura, como son el berimbao, el pandero cuadrado, o los curiosos instrumentos de viento, a parte de la tenora. Se trata de todo un arsenal de instrumentos de viento que su intérprete, Xavi Lozano, ha ido adquiriendo por el mundo entero. Es una mezcla que podría definirse como una "batucada" de origen vagamente brasileño, aunque se va transformando con una melodía de claras influencias "bluesy". Antonio Sánchez participa en *Caurus*, *De viatge*, *Somnis de rumba* y *Els sons dels vents del Sud*. Este álbum es, para nosotros, un punto de partida y de llegada al mismo tiempo. Por una parte nos sentimos absolutamente cómodos e identificados con este nuevo sonido y, por otra parte, nos damos cuenta de que por fin empezamos a adentrarnos en un terreno totalmente desconocido. Terreno del cual no hemos encontrado ninguna guía, ni mapa, ni huellas a seguir. Disfrutar de esta sensación es, quizá, el más excitante de todos los placeres que nuestra profesión puede ofrecernos. La tenora se había utilizado en formaciones ajenas a su entorno más frecuente que es la "Cobla", pero nunca en un grupo de Jazz, ¡ni tampoco sus intérpretes la habían usado para la improvisación!

Continuando en España, el cuarteto *Amaraún* fusiona el jazz con aires tradicionales de la cultura vasca; su solista, Ander Erzilla, toca el oboe; en ocasiones el grupo se acompaña de un quinto elemento que toca el txistu, una flauta vasca de tres agujeros.

La cornamusa es el instrumento imposible del jazz latino. ¡Y a pesar de todo...! Cuando los músicos escoceses atacan la música latina, se obtiene una de las orquestas más originales de Europa: *Salsa Céltica*, dirigida por el trompetista y arreglista Toby Shippey. Dos composiciones dan testimonio de su propuesta musical: *Salsa Céltica* y *El Agua de la Vida*. La originalidad del grupo está en la fusión de las percusiones afrocubanas con los sonidos particulares de la cornamusa, del violín y del banjo. Fraser Fifield toca dicho instrumento y los violinistas son Kenny Fraser y Chris Stout. Lentamente, la bruma escocesa se eleva con las composiciones como *Rumba Escocia*, un arreglo construido a partir del tradicional *Cro Chinn T-Saile; Yo Me*, con solos de cornamusa y *riffs* cortantes de trompeta; *Cumbia céltica*, con solos de trombón, acordeón y banjo; *El Agua de la vida* es un baile celta interpretado con violines y percusiones afrocubanas; *Ave María de Escocia* es una rumba versión escocesa inspirada en el clásico *Ave María* de Ignacio Piñeiro. Por último, para cerrar la aventura está *Auld Lang Syne*, un tema tradicional en el que la queja melancólica de un violín se trasforma poco a poco en una expresión de alegría, gracias a los ritmos de las percusiones afrocubanas, a un solo de saxofón tenor y a los arabescos de la trompeta.

Algunos músicos, como los mexicanos Gibrán Cervantes y Ariel Guzik, y el percusionista Fellé Vega de Santiago en la República Dominicana, parecen dedicar toda su vida a la creación de instrumentos para descubrir otras fuentes de sonidos musicales, enriquecer la música existente y abrir así nuevos horizontes.

Descubrí que soy percusionista desde que nací, comenta Vega. Mi infancia estuvo llena de "otros mundos", cosas imaginarias, juguetes construidos por mí mismo; siempre había algo que armar o desarmar y una interminable imaginación. Más de una vez le tomé a mi madre las pailas y los jarros de la cocina para jugar a ser músico. Ya en mi vida de adulto, estudié la carrera de mecánico de aviación porque tenía que estudiar algo, pero la ejercí por muy poco tiempo, pues me pasaba muchos ratos tocando las alas de los aviones, sonando los cubos de aceite y toda la gama de piezas y partes que encontraba por doquier... Todas esas herramientas e historias fueron forjando en mí una carrera que me permite "ver y oír" nuevos instrumentos posibles casi en cada paso que doy y, al mismo tiempo, he desarrollado un "ojo clínico" para darme cuenta si pueden o no ser instrumentos de música. Me inicié como músico cuando contaba con 25 años y en aquel entonces tocaba todos los instrumentos de percusión comunes y convencionales que todo el mundo conoce. La sola idea de pasarme el resto de mi vida "tocando los instrumentos de siempre" me aterraba. Vivo la vida "tocándolo todo", sin poder evitar la necesidad de escuchar cómo suenan todas las cosas que voy encontrando a mi paso, sobre todo cuando llego a ambientes nuevos. Existen unas fuerzas inherentes en mí, como hombre, que han sido los motivos para crear nuevos instrumentos casi de manera inconsciente: la búsqueda de lo desconocido, el mejorar mi entorno, el dar a los demás y el no quedarme en el mismo lugar. A través de todos los años que tengo como percusionista, siempre tuve la inquietud de encontrar "mi propio sonido", lo que me ha llevado a experimentar con nuevas formas y elementos sonoros que quizá podrían utilizarse en todos los eventos en los que he participado en mi carrera musical: presentaciones, grabaciones, musicalizaciones, etc., en todas uso la mayoría de mis propios instrumentos, ya que me aportan una gama más amplia y diferente de sonidos.

El aporte por la experiencia que he tenido en esta profesión es el enriquecimiento a la música con nuevos timbres y colores, además de que los instrumentos con los que trabajo son de muy bajo o ningún costo, por lo tanto, accesibles a más gente. La necesidad de compartir conocimientos y expandirlos hacia otras personas fue lo que básicamente me impulsó a impartir los talleres motivacionales "Tocando la vida", los cuales consisten en un amplio "paseo" generacional que habla sobre el inicio de la música, sobre el cuerpo y la voz ,como los primeros instrumentos hechos por el hombre, hasta llegar a nuestros días. Incluye la muestra y la explicación de cómo construir instrumentos naturales, fabricados con materiales reciclables, caseros, etc. Se usan instrumentos no convencionales para hacer música, tales como cubos de plástico, tanques plásticos de jardín, latas de leche, pomos de mayonesa vacíos, tapitas de corcholata, alambre dulce y un sinnúmero de elementos.

No sólo en el jazz latino se pueden usar estos instrumentos, sino en casi todos los géneros de música, llegando a emular incluso instrumentos convencionales, y para ir mas lejos, sustituyéndolos, como es el caso del *boombakiní* y el *támbiro*. El boombakiní es un instrumento de percusión hecho a base de madera preciosa. Su diseño particular y curvo da la impresión de tener en mano, más que un instrumento de percusión, una obra de arte. La idea de este instrumento surge como respuesta a mis inclinaciones de búsqueda y experimentación con sonidos nuevos en el área musical de la percusión. El primer diseño del boombakiní fue elaborado hace 17 años y ha sido modificado a través del tiempo, atendiendo a necesidades técnicas y estéticas, mejorando así la calidad del sonido y la comodidad de uso de dicho instrumento. El mismo ha venido a llenar mis expectativas sonoras y también me ha brindado la facilidad de poder tocar emulando varios instrumentos (congas, bongos, batá cubano, cajón y tambora) en esta sola unidad, permitiéndome así una mayor versatilidad musical a la hora de tocar, además de evitar la tediosa carga y ocupación de espacio en el traslado, debido a que el boombakiní es muy liviano. La gama de sonidos que el boombakiní produce al tocar en la tapa es la siguiente: en la parte plana, emite sonidos graves y al final de la primera curvatura, golpes secos. En la primera curvatura, emite sonidos agudos y en la segunda curvatura final emite sonidos secos (graves y secos, agudos y secos) y al ser percutido con escobillas de metal o de madera, emite sonidos de batería. La madera moldeada sobre su tope tiene todas las características del sonido que emite el cuero tensado que se utiliza en los tambores membranófonos. Un dato importante es saber que al hacer el registro de marca y diseño del producto en mi país, descubrimos que es el primer instrumento musical diseñado y originario de territorio dominicano, en toda la historia musical, que tiene una patente de invención. El támbiro es un instrumento fabricado con un tanque de gas freón, al que se le hacen varios cortes en arco, para darle diferentes notas, y se pueden afinar en quintas. Se pueden hacer dos acordes diferentes de ambos lados. El sonido que produce el támbiro al golpearlo con los dedos es muy particular, parecido al de la marimba. Es uno de mis instrumentos favoritos, ya que al tocarlo se da una sensación de paz y es de mucho agrado para aquellos que lo escuchan.

EL JAZZ LATINO COMO
VOCACIÓN

EL JAZZ latino se puede escuchar como una gran novela de aventuras, en donde se mezclan y resuenan los descubrimientos, las conquistas, los romances, las pasiones, las traiciones. Cada quien encuentra sus héroes: Mario Bauzá, Machito, Chano Pozo, O'Farrill, Cal Tjader, Mongo Santamaría, Tito Puente, Thelonious Monk, Dizzy Gillespie, Poncho Sánchez, Danilo Pérez... Si con la internet este jazz parece haber dejado el lugar por el espacio, sin embargo, se desarrolla sobre todo en las ciudades y en escenarios particulares; es el fruto de miles de músicos que cada día luchan en su nombre. Como lo señala Miguel Zenón: "cada vez hay más gente involucrada en la escena deseando expandir y ser más abiertas en lo conceptual." E insiste Nando Michelin: "Siento que los que escuchan se están familiarizando con la noción de borrar las fronteras que dividen a los estilos y aprecian las influencias de la inmensa gama accesible a los artistas".

De todos estos músicos, quizá, el público nunca haya tenido la oportunidad de escucharlos. Unos son miembros de grupos, como John Benitez, Ray Armando, David Faro... Otros, luchan por dar a conocer su proposición a calidad de líderes: Gerardo Núñez, Bennet Paster, Gregory Ryan, Humberto Ramírez, Michael Philip Mossman, Wendell Rivera, Deanna Witkowski, Ray Vega,

331

Steve Kroon, Brian Lynch, Curt Moore, Jon Eriksen, Allan Johnston, Dafnis Prieto, Rolando Matías, Alberto Muñoz, Miguel Blanco, Manuel Valera ¡y tantos más!

Y ciertamente se trata de una lucha, al punto que uno se llega a preguntar cómo hacen algunos músicos para encontrar la energía que sin cesar les anima a seguir. Desde Vancouver, Canadá, Allan Johnston constata con amargura:

> quizá haya más conciertos para pequeños conjuntos con repertorios bailables, pero no para grupos de jazz latino más exploradores. Por desgracia, los clubes de jazz, aquí, todavía se niegan a incluir el jazz latino en su definición de jazz, por lo que estos grupos hacen la mayor parte de su trabajo durante la época de festival en verano.

El pianista Ramón Escalé, autor de una de las proposiciones más interesantes que hayan surgido en Europa durante los últimos años, exclama consternado

> Sólo diré que la *Big Latin Band* está a punto de desaparecer por falta de conciertos y por la falta de interés total y absoluto que hay para nuestra banda. El público sólo asiste a los conciertos de los nombres consagrados, pero a grupos como el nuestro ¡no lo conoce ni de oídas! En cuanto a la industria del disco, ocurre más de lo mismo. La compañía que editó el último que he publicado ha hecho suspensión de pagos esa misma semana. Esa es la cruda realidad de la globalización: unos pocos están en todas partes y muchos estamos a punto de diluirnos en la jungla mediática.

Un punto de vista que no coincide por completo con el de Pablo Larraguibel:

en Barcelona el jazz latino ha tenido una presencia permanente. También es interesante la presencia de grupos catalanes estables con apenas un par de músicos originarios del Caribe o sin ellos. El auge que tiene hoy en día el jazz flamenco en toda España da un añadido de popularidad a esta forma que suele llamar la atención del público cuando se anuncian experiencias de ese tipo en los clubes.

En la actualidad, la mayoría de los músicos no reciben el apoyo de los medios masivos de comunicación ni el de las casas de discos y, escasamente, el del público.

Las disqueras tienen muy bien en sus cabezas la idea de que el jazz latino no vende, señala el timbalero Ralp Irrizarry, director del grupo *Timbalaye*. Si tú no tienes un disco en la calle y la radio tocándolo, es muy difícil conseguir trabajo. La situación en Nueva York es muy difícil; los dueños de los clubes quieren músicos con nombres establecidos. Todos nosotros, John Santos, William Cepeda, Ray Vega, Wayne Wallace, no tenemos nombres de Mongo Santamaría, Ray Barreto, Eddie Palmieri... Cuando estaba con Rubén Blades (me quedé 14 años con él; su grupo *Seis del Solar* se creó en 1983), siempre nos apoyó diciendo que teníamos que hacer un disco de jazz latino. Hicimos dos discos de este jazz con *Seis del Solar* para el sello Messidor. Nadie quería tomar la responsabilidad de buscar trabajo. Me vino la idea de formar otro grupo de jazz latino. En 1996 busqué gente para hacerme arreglos, quería algo diferente. Grabé un demo, traté de venderlo, pero me decían que lo mío era muy progresivo... Después de tocar un año, vino una reseña en el periódico *The New York Times*. Se acercaron productores y sellos disqueros...

Desde la sombra, todos estos músicos constituyen la base real del jazz latino; gracias a ellos la música entra, poco a poco, en el conjunto de los lugares públicos. La mayoría ejerce una segunda profesión, como es el caso del trompetista Elliott Caine. Originario de Indianapolis, acunado por Cal Tjader, Celia Cruz y Johnny Pacheco, de quien descubre la música mientras vive en México durante 1976. Elliott Caine vive en California desde hace más de 20 años. De 1979 a 1990, toca con grupos de salsa y cumbia en la región de Los Ángeles, antes de entablar una larga colaboración con el conjunto *Jump With Joey* del bajista Joey Altruda,[1] con quien graba cuatro discos: *Ska-Ba*, *Generations United*, *Strictly for You (Vol. 2)*, *Swingin' Ska Goes South Of The Border*. En el álbum *Strictly For You*, el tema *Un poquito de tu amor* es una mezcla de ska con ritmos afrolatinos; está inspirado en las descargas animadas por Altruda en el King King Club de Los Ángeles. En 1998 Caine crea su casa de discos, EJC Music, y se lanza en una carrera de líder con la grabación *Orientation*. *Le Super Cool* es su segundo álbum. Es un viaje sonoro hacia la época gloriosa del sello Blue Note, aunque también, una mirada

[1] Joey Altruda produjo un álbum para Francisco Fellové grabado en Los Ángeles con Chocolate Armenteros, hasta hoy este disco sigue inédito.

futuro con un delicado toque afrocubano: "Mis maestros son Morgan, Clifford Brown y *Chocolate* Armenteros." Si bien es verdad que la influencia de estos músicos es perceptible, Caine no ha desarrollado menos un lenguaje y un sonido personales.

La vida social es muy limitada en mi caso, ya que puedo estar en una función o ensayando todas las noches, o practicando la trompeta, lo que hago mucho. A la inversa de lo que piensan algunos compañeros de mi trabajo diurno —soy oculista—, que a menudo han creído que tenía una vida de fantasía —fuera tarde en la noche, ser una "celebridad" y todos los demás clichés—. Tal vez esto sea así, porque su vida después del trabajo gira alrededor de la televisión o de la familia. Respecto a la política, cuando tenía 20 años, estuve activo algún tiempo como izquierdista; todavía me considero uno, a pesar de que ya no hago mucho. No creo ser especialmente cínico ahora que mi perspectiva es un poco diferente. En un momento dado, tuve que tomar una decisión; puesto que trabajar en el día era necesario, con todo el tiempo y energía que requiere, tuve que elegir entre el activismo político y la música, pues sólo tengo esa cantidad de tiempo y energía sobrantes. La elección no era en particular difícil, así que tomé la música. Lo que últimamente me parece raro es que yo me he sentido mejor con mi forma de tocar, pero más frustrado con el ambiente, tratando de promoverme, lidiando con los dueños y los administradores de los clubes, tratando de conseguir presentaciones, etc. Creo que porque había tenido algunos muy buenos conciertos y festivales, mis expectativas

335

eran mayores. Supongo que muchas otras personas tienen el mismo problema. Esto simplemente me está matando; creo que sólo me debería concentrar en resolver mi próxima grabación.

Hay muchos músicos en mi situación, es decir, tratando de conciliar su vida no musical con la musical. En mi caso, aparte de la angustia por el tiempo y la energía, están los viajes que vienen con relación a mis recursos; a pesar de que me he presentado por todo el mundo, de que he tocado y grabado con grandes músicos, que he tenido muy buenas críticas y correo de admiradores, tanto en los Estados Unidos como en el extranjero, aún así, no he sido capaz de ganarme la vida modestamente con la música; a estas alturas, puede ser un golpe a mi ego. Por un ingreso modesto entiendo poder pagar una renta o hipoteca, un carro, mantener a mi hijo en la universidad, además de alimentarme, etcétera.

Puedo escribir música de manera más eficiente s no tengo que estar batallando todo el tiempo en con seguir presentaciones (también lo hago mejor cuand de forma consciente dejo de buscarlas) para mi grup o cuando no estoy demasiado estresado por el tiempo Incluso trabajar en el estudio técnico de la trompet puede quedar en el camino del proceso necesario par componer música. Muchas de mis ideas para los te mas vienen, simplemente, de estar probando difere tes patrones de acordes en el piano y, luego, imagina do una melodía sobre esos acordes, ya sea un ostinat o alguna progresión particular; o, algunas veces, pu do ir caminando o conduciendo sin rumbo fijo y n llega una melodía fuerte a la cabeza, entonces, la tra de recordar mientras regreso a casa y la escribo, o bien, la canto en la máquina contestadora de mi teléfono desde dondequiera que esté. Para mí, el escribir música tiene que llegar desde una perspectiva "espaciada". De alguna manera, se parece mucho a la mejor forma de improvisación: cuando estoy en un contexto de tocar, en el que me encuentro totalmente relajado y percibo lo que el momento rítmico comunica (suponiendo una buena sección rítmica), entonces, estoy muy cercano a interpretar en un nivel más alto que en una situación en la que siento que debo impresionar al público, a otros músicos o a mí mismo; tampoco puedo llegar a ese nivel si estoy mentalmente preocupado con alguna tontería que me haya estado sucediendo en mi vida. Esto no quiere decir que mis experiencias "externas" no afectan lo que digo con mi trompeta o mis composiciones, sólo que no puede ser consciente o, de otra manera, interfiere con el proceso creativo. Al escuchar mi música favorita —además de analizar una buena parte de manera objetiva—, necesito percibir su alegría, casi como lo que sentí cuando la escuché por primera vez. Muchas veces, cuando voy a una presentación, pongo música de Lee Morgan, Woody Shaw, *Chocolate* Armenteros, etc., no necesariamente para poder copiar sus "lengüetazos", sino sólo para encenderme con el efecto de su música.

La primera vez que me mudé a Los Ángeles, también tenía en mente ser un comediante, un poco en la vena de Lenny Bruce; incluso escribí algunas rutinas, asistí a un taller de actuación y obtuve buenas respuestas a mis cosas. Después de un rato, me di cuenta de que no podía hacer todo, por lo menos no al mismo tiempo, fue cuando decidí que la música era mi mayor pasión y, entonces, ese fue el camino que he seguido. Siento que tomé la decisión correcta. En lo artístico, he ido más allá de lo que pude haber soñado hace 20 años. También he recibido grandes placeres de la música y de su mundo. Es la angustia psicológica de estar subempleado, siempre dependiendo de la "presentación del día" para sobrevivir, y el que te insulten, lo que eventualmente es devastador. Asimismo, a esto se le añade el hecho de que el mundo del jazz se está "encogiendo". A lo mejor éste es otro tema; pero, la cultura *underground* del jazz es mucho más pequeña hoy de lo que fue hace más o menos 20 años, lo que también ha limitado las posibilidades de empleo.

El percusionista venezolano, Marlon Simon, es otro ejemplo de un músico que lucha para mantener vivo su proyecto musical, pero en esta ocasión lo hace desde una pequeña ciudad de la costa este de los Estados Unidos.

Llegué a los Estados Unidos en 1987 sin conocer a nadie. Al salir en 1991 de la escuela, en Nueva York con el título de Bachelor in Fine Arts, me vi forzado a realizar trabajos de día, como de construcción y en fábricas, durante 10 horas diarias para poder pagar la renta; después, practicaba mi instrumento hasta media noche para luego volver al otro día al trabajo. En los fines de semana hacia trabajos en los clubes de jazz de Nueva York por 50 dólares la noche... Ésta fue mi rutina durante cinco años. Finalmente, en 1995 Hilton Ruiz me dio la primera oportunidad com baterista en su grupo; me quedé ocho años con él. De ahí en adelante, comencé a trabajar como baterista para otros líderes, como Dave Valentín, Bobby Watson, Jerry González; sin embargo, hasta el día de hoy mantengo trabajos de día para sostenerme, más que todo dando clases y seminarios sobre ritmos afrocaribeños. También soy miembro de la Universidad de las Artes en Filadelfia.

Ha sido un largo y arduo camino de incansable trabajo durante 20 años, desde que llegue aquí. Hoy vivo en Cherry Hill, una pequeña ciudad a 20 minutos de Filadelfia y a hora y media de Nueva York. Me perjudica un poco el no estar en Nueva York, pero en realidad, puedo vivir más cómodo y por menos costo aquí donde estoy. El principal problema que encuentro es que no puedo mantenerme sólo de tocar, como *sideman* o con mi banda. Hay que entender que muchos grandes músicos y bateristas de renombre vinieron a este mundo ya con un fuerte apoyo financiero, gentes como Chick Corea, Miles Davis y bateristas como Dave Weckel, son personas que ya tenían dinero y podían dedicar 10 horas diarias a su instrumento. Yo, en cambio, no tuve esa dicha; siempre me tuve que preocupar por pagar una renta y tener un techo para así poder practicar y componer en el tiempo que me quedaba libre.

Los Estados Unidos es un país donde te sientes aislado de la vida en general, es sumamente individualista. Me siento un tanto aislado; no tengo el reconocimiento que uno se merece, pero uno se acostumbra y aprendes a vivir sabiendo que en este país un músico no es considerado un profesional, sino otro peón o esclavo de la sociedad de consumo. Mi vida social es muy limitada, me la paso de trabajo en trabajo, dando clases en escuelas públicas. En 2003 estuve dando seminarios en Francia sobre jazz latino a músicos franceses profesionales. Ha sido muy duro para mí producir los tres discos compactos como líder. Además, no hay suficiente trabajo para este tipo de música, por lo tanto, mantener una banda fija es difícil; hasta ahora he contado con el sacrificio de los músicos que adoran mi música y hasta hacen trabajos sumamente baratos para mantener el nombre de la banda afuera, (...) no puedo negar que el grupo ha alcanzado cierto nombre en el ámbito nacional e internacional, pero el costo ha sido mucho sacrificio. He dedicado toda mi vida a la música y no podría hacer otra cosa.

*

Ubicado en Nueva York, Michael Philip Mossman, primera trompeta de la *Jazz at Lincoln Center's Afro-Latin Jazz Orchestra*, es uno de los compositores y arreglistas más interesantes en el medio del jazz latino. Dedica su vida a la enseñanza y a la composición, en la cual cierne bien las características contemporáneas.

Hoy, un factor que le está dando forma al ambiente es que se pueden conseguir músicos con conocimientos en una amplia variedad de estilos. Tenemos intérpretes de muchos países que son lo que fueran Lester Young, Monk, Dizzy, Ellington; pero, también llegan con especialidades étnicas, como el flamenco, el tango, estilos cubanos y brasileños, por mencionar algunos. Esto me permite, como compositor, escribir en esos estilos y, aún más importante, mezclarlos de manera libre. Otro factor muy valioso ha sido el creciente apoyo a los conciertos y la solicitud de trabajos por parte de organizaciones artísticas poderosas; lo cual permite a los compositores escribir temas más desarrollados y presentarlos con suficiente tiempo de ensayo. En este sentido, podemos reclamar nuestro derecho natural, como lo establecieron Mario Bauzá, Chico O'Farrill y Dizzy Gillespie, para crear fusiones en un nivel superior de profundidad musical y no, simplemente, escribir música con un "sabor étnico". Un ejemplo es la pieza *Mayte's Allen Room Caper* que recientemente compuse para la *Jazz at Lincoln Center's Afro-Latin Jazz Orchestra* (dirigida por Arturo O'Farrill Jr.). Este tema fue una fusión de milonga, mambo, cha-chachá y bembé, que también presentó a mi esposa, Mayte Vicens, y su pareja de baile, en la inauguración de la nueva sala *Rose Hall* en Nueva York. Otro avance más es la participación de grandes artistas en la educación de músicos jóvenes. Muchas universidades, como Queens College, donde yo enseño, están contratando excelentes músicos profesionales para que den cursos de jazz y, en particular, de jazz latino. De esta forma, podemos garantizar mejores generaciones de nuevos músicos. Mis retos más grandes son seguir con nuevas técnicas de composición y nueva tecnología, al mismo tiempo que hago mi trabajo actual; también, tengo que mantener mi toque en la trompeta mientras escribo. Un nuevo desafío para mí es aprender a bailar tango y salsa, para entender cómo conectar mejor la música con el movimiento; otro, es crear nuevos proyectos y asegurar fondos suficientes para tener el tiempo de ensayo necesario y para la promoción. Mi interés principal ahora son las presentaciones que incluyen danza y teatro con la música.

Con relación a mis propuestas, en principio, señalaría mi primer trabajo con Mario Bauzá, por ejemplo, mi *chart*[2] en *Lourdes' Lullaby* (la última melodía que Mario escribió) como un caso de desarrollo temáticamente sustentado en un jazz latino; este tema se encuentra en el disco *944 Columbus* (también su última grabación). La pieza transcurre en el mismo tipo de trasformaciones que la mayoría de la música para orquesta. Entre otros temas más recientes que he hecho, está mi arreglo sobre la melodía de Paquito D'Rivera *Lorenzo's Wings*, que hice en un estilo afrobrasileño para la *NDR Jazz Orchestra* en Hamburgo, Alemania. Todavía más reciente, hay un álbum completo que realicé con la *WDR Jazz* Orchestra en Colonia, Alemania; este disco presenta a la vocalista cubana Xiomara Laugart y en el trombón a Juan Pablo Torres; recorre las personalidades de los distintos orishas, pero de manera musical. Al crear estas piezas originales, tuve que buscar la banda para la cual iba a escribir, las habilidades especiales de los invitados, a los orishas mismos y, después, encontrar los temas adecuados a cada uno y desarrollarlos. También escribí mis primeras canciones con letras en español (con los valiosos comentarios de Ray Barretto); quizá sería in-

---

[2] "Chart" es una partitura especial que se usa en el jazz, en la cual sólo se dan una vez y al principio la clave y la métrica; así mismo, únicamente se escriben la melodía, la letra (si la hay) y los acordes. [T.]

teresante el bolero *La justicia de Oya*, que trata de una mujer joven cuyo amante la abandona; ella le pide a Oya su ayuda y recibe justicia, pero, de una manera más dura de lo que esperaba. También incluí un tributo a Mario Bauzá, *Mario's Lullaby*.

Mossman colabora también con una orquesta radicada en España:

Sedajazz es un grupo originalmente ubicado en Sedaví, Valencia, España. Lo inició el saxo Francisco *Latino* Blanco, quien ha mantenido un seminario de jazz en el Palau de Música durante ocho años y yo he enseñado ahí durante otros siete. Nuestro primer álbum lo hicimos con una *big band* compuesta casi únicamente de novatos en el jazz; luego, llegaron a convertirse en un grupo itinerante y han realizado muchos proyectos. La primera grabación de *Sedajazz Latin Ensemble* se llamó *Éste también*, con la presencia de Horacio *El Negro* Hernández, Arturo O'Farrill Jr. y *Perico* Sambeat.

El baterista Bobby Sanabria tiene una visión clara del derrotero al que nos conduce hoy la composición.

De verdad tienes que regresar al *NYC Aché* que se grabó hace 11 años, en 1993; ahí exploramos otros estilos junto a los canónicos de la música afrocubana; por ejemplo, la cumbia colombiana, la plena puertorriqueña, el bembé de la tradición yoruba de Nigeria y el joropo venezolano. De Cuba, experimentamos con el chachachá, el guaguancó estilo habanero, el songó, el mozambique con su variante neoyorquina, el bolero, un mambo tipo Palladium, el son montuno, así como el *blues* y el *hard hop*. Todo esto se hizo de una manera realmente no artificial, con una estética de jazz. En el grupo contamos con el vocalista y percusionista Hiram Remón, natural de Colombia y con el saxo alto y flautista Gene Jefferson de Panamá. Por medio de ellos y de mi propia curiosidad y visión, amplié el espectro de mi propio ser nuyorican y abracé toda la música latinoamericana. Cuido mucho los antecedentes históricos, ellos han contribuido a mi desarrollo y esto es lo que me separa de la mayoría de los líderes de grupos: mi conocimiento de la historia, la cultura y la espiritualidad. Ha habido otros que han hecho una alusión indirecta a este tipo de diversidad: Mongo grabó algunas melodías usando el joropo venezolano y otras cosas, con una orientación de bossa nova ligero, y Herbie Mann, quien usó el funk y elementos de *R&B*, como también hizo Mongo. Pero, para mí, fue en verdad exploración en un nivel de novedad. Me aseguré de que formara parte integral de la identidad de mi grupo el que estuviéramos abiertos a explorar todas y cada una de las facetas del ritmo latinoamericano y de usarlo como trampolín para la composición, el arreglo y la improvisación. Que los ritmos afrocubanos tengan mucho que ver con la identidad de todos mis grupos es simplemente natural: Cuba ha tenido el mayor impacto en toda la música americana. Ahora se ve una visión pan-latina entre la siguiente generación de músicos de jazz latino.

Con la grabación del 2001 de mi *big band*, avanzamos el carro de la tradición de estos grupos de jaz al siglo XXI. Desde el punto de vista armónico, rítmico, de los arreglos y, también, de la improvisación, este disco todavía no se ha igualado; se hicieron cosas que nunca antes se habían hecho en el contexto de las *big band*, como las transiciones sin costura desde el ritmo afrocubano al jazz, y viceversa; la escritura que presenta de todo: del *hard bop*, bebop, funk, avant garde, abacua y elementos de la santería, hasta la descarga pura. Es como cualquier obra de arte: hay mucha sangre, sudor y lágrimas detrás del trabajo y que nadie conoce; pero al final, vale la pena. Esta visión pan-latina que empezamos con *Ascensión*, a principios de la década de 1980, ha continuado con mi *big band* y, con mi reciente grabación de *Quarteto Aché!*, está llegando hoy a su completa realización. Este es el futuro de la música, una visión pan-latina y mundial. La creciente migración de latinos a los Estados Unidos, provenientes de Centro y Sudamérica está provocando que esta música alcance, finalmente, su sobrenombre: jazz latino. Yo solía reírme cuando este término se usaba en los años setenta, cuando todos tocaban ritmos afrocubanos. Los brasileños, para su buena fama (y ferviente nacionalismo) nunca sucumbieron a este "nombre genérico" y siempre han llamado a su música de este estilo jazz brasileño. Hoy, por fin, el término jazz latino se ha validado.

A mí me gusta la especificidad y la no trivialización de las referencias culturales y musicales; si haces esto, te puedes olvidar de la historia, del linaje y, desde luego, de la verdadera evolución. Creo que es importante saber por qué algo es como es. Constantemente recuerdo lo que leí en la universidad en la poética sobre música de Igor Stravinsky, él dio una conferencia en una clase de Harvard y dijo: "Uno no puede tener libertad sin disciplina". En otras palabras, la estructura y el conocimiento de la estructura son muy importantes antes de empezar a romper las reglas. Esta nueva estructura, con el conocimiento y el canon de los ritmos, son estilos que llegan de Centro y Sudamérica a los Estados Unidos con la nueva migración; también forman parte de esta mezcla los ritmos que vienen de España, del Medio Oriente, etc. A esto somos conducidos: a un jazz pan-latino y mundial. Es simplemente natural: somos la gente más multicultural del planeta.

Ésta es una época muy excitante que le pedirá más a los músicos, en especial, a los que tocan la sección rítmica, pues tendrán que aprender más. Y lo están haciendo. Todos mis discos son puntos de referencia para esto; por ejemplo, en mi último álbum, *Quarteto Aché*, hay bomba xica, samba cansao, songo, timba, mambo, soca, chachachá, hard bop, bembé, jazz waltz y swing; esto es lo que grabé con el formato clásico de cuarteto de jazz. Piano, bajo, batería y trompeta, sin absolutamente ninguna percusión adicional. Para mostrar cómo esta visión pan-latina del jazz puede explorarse de una manera auténtica, no artificial, he estado haciendo esto desde el principio. Hay una advertencia: con esta nueva exploración y experimentación uno debe ser muy cuidadoso. Existe un peligro real que en el esfuerzo, en la prisa de explorar estas fuentes vírgenes, muchos se verán diluidos en el proceso, perdiendo su autenticidad y su poder. Debemos estar siempre en guardia contra esto o perderemos cosas, como la belleza de tocar en clave dentro de música afrocubana o el sentido del *saudade* en la brasileña.

Por el momento, los únicos retos están verdaderamente en la parte del negocio. ¿Cómo vas a lograr que se documente tu música en grabaciones con el actual ambiente desagradable de la industria del disco? ¿De qué manera encontrarás oportunidades para presentar tu música a un público más amplio? Es muy descorazonador. Pero yo voy haciendo avances con nuestras presentaciones en Cuba y República Dominicana con el cuarteto y, más recientemente, hicimos nuestra primera gira a San José, California, con *Ascensión*, y tocamos en el Chicago Jazz Festival con mi *big band*; esto fue gratificante, pues se escuchó a nivel nacional por medio de la National Public Radio. Es una lucha maravillosa.

*

Continuando en el ámbito de la composición, y como alternativa a las declaraciones intempestivas de algunos músicos acerca de la imposibilidad de fusionar el flamenco con el jazz ¿por qué no escuchar las grabaciones de dos pianistas: Chano Domínguez (de quien a hablamos en *¡Caliente!*) y George Colligan?[3] Los viajes a España de Colligan produjeron una colaboración con el trío español compuesto por *Perico* Sambeat

[3] En realidad, se puede remontar el tiempo hasta 1958 con el disco *One Minute of Flamenco for Three Minutes* de Slim Gaillard; luego, pasar al año de 1966, durante el cual Tino Contreras, baterista mexicano, grabó varios temas de los compositores Benito y Gonzalo Lauret para el sello español *Sesión*. Vendrá después Pedro Iturralde, de quien recordamos su trabajo *¡Caliente!*

347

(saxofón), Marc Miralta (batería, cajón, percusiones) y Mario Rossy (contrabajo). Con el impulso del productor Jordi Pujol, esta colaboración ha dado dos discos notables: *Desire* y *Sobre cómo la vida puede ser*. Este último álbum se grabó en Barcelona con tres invitados: Guillermo McGill (cajón), Antonio Serrano (armónica) y Tom Guarna (guitarra). Dos composiciones hacen referencia directa al flamenco: *El gitano de Nueva York* abre el disco *Piedra solar*; es una pequeña obra maestra, tanto en la escritura como en la ejecución; una danza hipnótica en la cual el saxofón y el piano se miran, se separan y finalmente se reencuentran siguiendo cada uno su propia vía y voz. La otra, *Sobre cómo la vida puede ser*, es una bulería desenfrenada con un largo solo de saxofón soprano interpretado por Sambeat y un formidable solo de piano de Colligan apoyado por el cajón de McGill; el tema se resuelve de manera abrupta, dramática, como las grandes composiciones de flamenco. Desde hace algunos años, Sambeat se ha aventurado en la fusión del jazz con el flamenco no sólo con Colligan, sino también con el guitarrista Gerardo Núñez, quien es autor de proposiciones originales que se encuentran en sus discos *Calima*, *Cruce de caminos* y *Pasajes*. También se pueden mencionar las recientes grabaciones del contrabajista Renaud García Fons.

*

Si bien sería presuntuoso querer presentar hoy a Nueva York como la capital mundial del jazz latino, no obstante, habría que reconocer la importancia de su papel. Algunas salas de conciertos (las del Lincoln Center), algunos clubes (Birdland, Jazz Gallery...), son siempre

348

etapas necesarias en la carrera de los músicos. Así, la Jazz Gallery organiza desde julio del 2000 un ciclo de conciertos bautizado *La exploración de la tradición del jazz cubano*. Al principio, la formación básica era la del cuarteto del saxo Yosvany Terry (Luis Perdomo, John Benitez, Dafnis Prieto), incrementada con músicos excepcionales, como el percusionista Pedro Martínez, los trompetistas Brian Lynch y Roy Hargrove, el saxo Ravi Coltrane, los trombones Frank Lacy y Steve Turre. A finales del 2001, el grupo de Dafnis Prieto reemplaza al de Terry y, desde entonces, la Gallery ha ampliado su oferta musical no limitándose ya al jazz afrocubano.

¡Pero el jazz latino también está presente en otros lados! Es innegable que el aumento de la popularidad de las culturas de América Latina ha acarreado un nuevo interés por las músicas latinas y, con él, por el jazz latino. Para apreciar bien la diversidad cultural de los Estados Unidos, es importante comprender las diferencias históricas de todas las comunidades que forman este país. No hay una cultura latina, sino varias, y han emergido con fuerza durante los últimos años. Todas participan en una comunidad trasnacional; en Nueva York, los puertorriqueños, salvadoreños, guatemaltecos, hondureños, peruanos, colombianos, ecuatorianos, cubanos, mexicanos, dominicanos, panameños y brasileños, constituyen hoy un cuarto de la población, un porcentaje equivalente al de los afroamericanos. Los diferentes géneros musicales reflejan las inquietudes de cada comunidad; lo mismo sucede en la mayoría de las grandes ciudades del mundo: Amsterdam, París, Moulin (asiento del famoso grupo francés *Yo Pepe*), Berlín, Londres, Hamburgo, Madrid, Roma,

349

Tokio, Sydney con su orquesta *Mucho Mambo* de 18 músicos... En los Estados Unidos también: Nueva Orleáns con *Los Hombres Calientes*; Santa Fe con *Yoboso*; Colombus con el *Afro-Rican Ensemble*; Miami con *Latin Jazz Crew*; San Francisco con John Santos y el *Cuarteto Sonando*; San Antonio con la pianista mexicana Olivia Revueltas y Henry Brun con su orquesta *The Latin Players*; Albuquerque con el *Albuquerque All Stars*; Washington con el vibrafonista Chuck Redd y su grupo *Echoes of Rio*...

*

Salir de sí para el otro —atestiguar, salir de sus lugares de origen para ir al encuentro de espacios diferentes— descubrir; tal parece ser la vocación del jazz latino y también de aquéllas y aquéllos que le dedican su vida y lo miran cara a cara. Confluencia de voces diferentes, de caminos, que atraen a la tradición.

Luc Delannoy
Ciudad de Nueva York
diciembre de 200

DISCOGRAFÍA

Ablanedo Octet, Pablo, *From Down There, Fresh Sound,* New Talent, 2001.

Acuña, Alex, *Acuarela de tambores,* DCC-Compact Classics, 2000.

———, *Rhythms For A New Millenium,* Tonga Records, 2000.

Acuña, Claudia, *Rhythm of Life,* Verve, 2002.

Afro BlueBand, *Impressions,* Milestone, 1987.

Afro Bop Alliance, *Encarnación,* Afro Bop, 2004.

Afrocuba, *Acontecer,* Discmedi Blau Records, 1992.

———, *Lo mejor de Afrocuba,* Egrem, 1996.

———, *Rey Arco Iris,* Caribe Productions, 1996.

Afro Cuban All Stars, *Distinto y diferente,* Nonesuch, 1999.

AfroMantra, *AfroMantra,* autoproducción, 1999.

Afro Rican Ensemble, *Fruit from the Rhythm Tree,* Cu-Bop, 2000.

guabella, Francisco, *Agua de Cuba,* CuBop 1999.

———, *Cubacan,* CuBop, 2002.

———, *Francisco & His Latin Jazz Ensemble,* H20, CuBop, 1996.

———, *Hitting Hard,* CuBop, 1999.

———, *Ochimini,* CuBop, 2004.

Alegre All Stars, *Alegre All Stars,* vols. 1 a 4, Alegre, 1961-1966.

Alf, Johnny, *História, som & imagem,* Ventura Music, 1996.

Alf, Johnny, *Olhos negros*, RCA, 1990.

———, *O que é amar*, BMG-Brasil, 1989.

Almeida, Laurindo, *Braziliance*, vols. 1 y 2, World Pacific, 1953 y 1958.

Almario, Justo, *Heritage*, Blue Moon, 1992.

———, *Soul Song*, Tonga Records, 1999.

Alvarado, Julito, *Del Sur al Norte*, Changing Routes, Jual Music, 2002.

Amram, David, *Habana/ New York*, Flying Fish, 1977.

Armando, Ray, *Mallet Hands*, CuBop, 2000.

Armenteros, Chocolate, *Rompiendo hielo*, Cobo, 1994.

Armstrong, Louis, *Plays W.C. Handy*, Columbia, 1997.

———, *Portrait of the Artist as a Young Man*, contiene 4 CD, Columbia.

Astillero, *360 grados*, Aro Records, 1997.

———, *Antología*, Aro Records, 1991.

———, *Antología*, Aro Records, 1993.

———, *Astillero*, Aro Records, 1984.

———, *La máquina del tiempo*, Aro Records, 1986.

———, *Nostalgia para el futuro*, Aro Records, 1989.

———, *El sexto continente*, Aro Records, 1991.

———, *Tequio*, Aro Records, 2002.

Austerlitz, Paul, *A Bass Clarinet in Sto. Domingo an Detroit*, Xdot 25, 1998.

Aymes, Roberto, ...*De corazón latino*, Schnabel, 1996.

Azeto Orkestra, *Fanfare à la croisée des chemins*, Azet Editions, 2000.

Azpiazu, Don, *Don Azpiazu*, Harlequín, 1992.

Babatunde, Lea, *Soul Pools*, Motéma Music, 2003.

Banzi, Tarik, *Vision*, Al-Andalus Records, 2001.

Barbería del Sur, *Arte pop*, Warner, 1999.

———, *Una noche en el 7º*, Warner, 2000.

Barbieri, Gato, *¡Caliente!*, A&M, 1976.

———, *Chapter III, ¡Viva Emiliano Zapata!*, Impulse 1974.

———, *Fenix*, Flying Dutchman, 1971.

———, *Fire and Passion*, A&M, 1984.

———, *El pampero*, RCA, 1971.

———, *The Shadow of the Cat*, Peak/Concord, 2002.

———, *The Third World*, Flying Dutchman Records, 1971 (Jazz Tripulation, 1997).

Barbosa-Lima, Carlos, *Mambo núm. 5*, Khaeon Records, 2001.

Barreto, Julio, *Iyabó*, Connector, 2001.

Barretto, Ray, *Ancestral Messages*, Concord Picante, 1994.

———, *Homage to Art*, Sunnyside, 2003.

———, *Latino con Soul*, WS Latino, 2000.

———, *My Summertime*, EMI-France, 1995.

———, *The Other Road*, Fania, 1973.

———, *Portraits in Jazz and Clave*, RCA-Víctor, BM-France, 1999.

———, *Taboo*, Concord Picante, 1994.

———, *Trancedance*, Circular Moves Records, 2001.

Batácumbele, *Afro Caribbean Jazz*, Montuno, 1987.

———, *Con un poco de songo*, Disco Hits, 1989.

———, *En aquellos tiempos*, Disco Hits, 1991.

———, *Hijos del tambó*, Bata, 1999.

———, *Live at The University of Puerto Rico*, Montuno, 1988.

Batimco, *Batimco*, J&N Records, 1993.

Batista, Pablo, *Ancestral Call*, DBK Records, 1999.

Bauzá, Mario, *944 Columbus*, Messidor, 1993.

———, *Afrocuban Jazz*, Caimán Records, 1986.

———, *My Time is Now*, Messidor, 1992.

Bauzá, Mario, *Tanga,* Messidor, 1992.

Bellita y Jazztumbata, *Bellita y Jazztumbata,* Round World Music, 1997.

Bellson, Louis, *Ecué Ritmos Cubanos,* OJC, 1991.

Benitez, John, *Descarga in New York,* Khaeon Records, 2001.

Berrios, Steve, *And Then Some,* Milestone, 1996.

———, *First World,* Milestone, 1995.

Big Latin Band, *La Suite Latina 0.7,* Ayva Music, 2003.

Black Chantilly, *Peaux sensibles,* Production Studio Blatin, 1997.

———, *Segundo soplo,* autoproducción, Distribution Tripsichord, 2000.

Blakey, Art, *African Beat*, Blue Note, 1962.

———, *Drum Suite,* Columbia, 1956.

———, *Holidays for Skins,* Blue Note, 1958.

———, *Orgy in Rhythm,* Blue Note, 1957.

Bobè, Eddie, *Central Park Rumba,* Piranha Musik, 1999.

Bobo, Willie, *Juicy,* Verve, 1967/1998.

———, *A New Dimension,* Verve, 1968/2002.

———, *Spanish Grease/ Uno, dos, tres,* Verve, 1965/ 1966, 1994.

Boiarsky, Andres, *Into the Light,* Reservoir, 1997.

Bongo Logic, *Bongo-licious!,* Montuno, 1993.

———, *Charanga-rama,* Montuno 1999.

Bonilla, Luis, *Latin Jazz All Stars,* Pasos Gigantes, Candid, 1991.

———, *Luis & Friends,* ¡Escucha!, 2000.

Bosch, Jimmy, *Salsa dura,* Ryko Latino, 1999.

Brachfeld, Andrea, *Remembered Dreams,* Shaneye Records, 2000.

Britos, Federico, *Blues Concerto,* Manoca Records, 1989

Britos, Federico, *Jazz en blanco y negro*, Manoca Records, 1990.

———, and Danzón by Six, *Elegante*, Pimienta Records, 2004.

———, *The First Danzón*.

———, and Jazz Ta, *Candombe & Jazz*, Universal Latino, 2002.

The Bronx Horns, *Catch the Feeling*, 32 Jazz Records, 1994.

———, *Silver in the Bronx*, 32 Jazz Records, 1998.

Brun, Henry, & The Latin Players, *Spiritual Awakenings*, Pulsar Records, 2004.

Buena Vista Social Club, *Buena Vista Social Club*, Nonesuch, 1997.

Bunnett, Jane, *Alma de Santiago*, Connector, 2001.

———, *Chamalongo*, Blue Note, 1998.

———, *The Cuban Piano Masters*, World Pacific, 1993.

———, *Habana Flûte Summit*, Naxos, 1996.

———, *Jane & The Spirits of Habana*, Blue Note, 2000.

———, *Spirits of Habana*, Denon, 1991.

Byron, Don, *Music for Six Musicians*, Nonesuch, 1995.

———, *You Are [núm.] 6, More Music for Six Musicians*, Blue Note, 2001.

Caceres, Juan Carlos, *From Buenos Aires to Paris, Best of 1958-2003*, Mélodie, 2003.

Cachaito (Orlando López), *Cachaito*, Nonesuch, 2001.

Cachao (Israel López), *Cuban Jam Sessions in Miniature*, Panart, 1957.

———, *Jam Session with Feeling*, Maype, 1958.

———, *Latin Jazz Descarga*, Tania, 1981.

———, y su Ritmo Caliente, *Monte adentro*, Blue Moon, 2000.

Caine, Elliott, *Le supercool*, EJC Records, 2000.

Calatayud, Juan José, *Algo especial*, autoproducción, 1995.

Calzado, Rudy, and Cubarama, *A Tribute to Mario Bauzá*, Connector Music, 1999.

Calle Caliente, *La Mozambique Soul*, Youkali Music, 2002.

Calloway, Cab, *Conjure. Cab Calloway Stands In for the Moon*, American Clave, 1988.

Calloway, John, *Diáspora*, Bombo Music, 2001.

Camilo, Michel, *Live at the Blue Note*, 2004.

———, *Michel Camilo*, CBS, 1988.

———, *On the Other Hand*, Sony, 1990.

———, *Thru My Eyes*, Tropijazz, 1996.

———, *Triángulo*, Telarc, 2002.

———, *Why Not?*, Evidence, 1992.

Candido, *Beautiful*, Blue Note, 2003.

———, *Brujerías*, Tico, 1971, Vampisoul, 2004.

———, y Graciela, *Inolvidable*, Chesky Records, 2004

Cano, Eddie, *Cole Porter & Me*, *Deep in a Drum*, BMC 1993.

———, *Duke Ellington & Me*, RCA, 1956/1957.

Caravana Cubana, *Del Alma*, Dreamer Music/ Warne Music Latina, 2002.

———, *Late Night Sessions*, Dreamer Music, Rhine 1999.

Carcassés, Bobby, *La esquina del afrojazz*, RMM, 198•

———, (Roberto), *Invitation*, Velas Records, 2000.

———, *Jazz timbero*, Tumi Records, 1998.

Caribbean Jazz Project, *Birds of a Feather*, Conco Picante, 2003.

———, *Caribbean Jazz Project*, Heads Up, 1995.

Caribbean Jazz Project, *The Gathering*, Concord Picante, 2002.

———, *Island Stories*, Heads Up, 1997.

———, *New Horizons*, Concord Picante, 2000.

———, *Paraíso*, Concord Picante, 2001.

Casino de la Playa, *Orquesta Casino de la Playa*, Harlequín, 1995.

Castellini, Nardy, *Identity*, Nuba Records, 2002.

Cepeda, William, and AfroBoricua, *Bombazo*, Blue Jackel, 1998.

———, and AfroRican, *Branching Out*, Blue Jackel, 2001.

———, *My Roots and Beyond*, Blue Jackel, 1998.

Ceruto, Juan Manuel, *A Puerto Padre*, Unicornio, 2001.

Chicoy, Jorge, *Cubaneando*, Egrem, 1996.

———, *Tranquilo*, Egrem, 1999.

El Cigala (Diego), *Corren tiempos de alegría*, Tablao/BMG-España, 2001.

Cipriano, Arturo & Isabel III, *Escuela de bufones*, autoproducción, 1997.

———, *Somos y seguiremos siéndonos*, autoproducción.

Clarissa y las Diablitas, *Todo es meloso*, Happy Hour, 2002.

Clave Tres, *From Africa to the Caribbean*, FDAM, 1995.

———, *Kokobalé*, FDAM, 1999.

———, *Kónkolo Salsero*, FDAM, 1997.

Clave y Guaguancó, *Déjala en la puntica*, Enja Records, 1996.

———, with Celeste Mendoza & Changuito, *Noche de rumba*, Tumi, 1999.

Colligan, George, *Como la vida puede ser*, Fresh Sound New Talent, 2001.

Coltrane, John, *¡Olé!*, Atlantic, 1961.

Columna B., *Twisted Moon*, Bombo Music, 2001.

Conga Kings, *The Conga Kings*, Chesky, 2000.

Conga Kings, *Jazz Descargas*, Chesky, 2001.

Corniel, Wilson (Chembo), *Portrait in Rhtytms*, Chemboro Records, 2004.

Cortijo, Rafael, *Caballo de hierro*, Coco Records, 1977.

————, *Time Machine*, Music Productions Records.

Costanzo, Jack Mr., *Back From Habana*, Ubiquity Records/ Cubop, 2001.

————, *Bongo Plays Cha-Cha-Cha*, Palladium, 1993.

————, *Chicken and Rice*, GNP/ Crescendo, 2000.

————, *Latin Fever*, Capitol Records, 2003.

————, *Scorching Skins*, Ubiquity Records/ Cubop, 2002

————, y Gerry Woo, *Latin Percussion with Soul*, Vampisoul Records, 2003.

Cracchiolo, Sal, y Melanie Jackson, *Fly*, SaMel Music 2000.

Crego, José Miguel, *Al año del cometa*, Caribe Productions, 1997.

————, *Jardín del jazz*, Caribe Productions, 1994.

————, *Top Secret*, vols. 1 y 2, Bis Music, 1999.

Cuarteto Sonando, *7 Steps to 850*, Sonando Productions, 2002.

Cubanismo!, *Mardi Gras Mambo*, Hannibal, 2000.

————, *Reencarnación*, Hannibal, 1998.

Cuber, Ronnie, *The Scene is Clean*, Milestone, 1994.

Cubismo, *Cubismo*, Aquarius Records, 1997.

————, *Motivo cubano*, Aquarius Records, 2000.

————, *Viva La Habana*, Aquarius Records, 1998.

Cubop City Big Band, *Arsenio*, Tam Tam Records, 200?

————, *The Machito Project*.

————, *Moré & More*, Tam Tam Records, 1998.

Curbelo, José, and his Orchestra, *Live at the China Doll in New York, 1946-1954*, Tumbao, 1996.

———, *Rumba Gallega*, 1947-1951, Tumbao.

Dalto, Adela, *La crème latina*, Mujeres Latinas, 2002.

Dalto, Jorge, *Sólo piano*, Melopea Records, 1983.

Davies, Rick, y Jazzismo, *Salsa Strut*, Musicians Show Case Records, 2001.

Davis, Miles, *Sketches of Spain*, Columbia, 1960.

DeBriano, Santi, *CircleChant*, High Note Records, 1999.

———, *Panamaniacs*, Evidence, 1997.

———, *Santi Debriano Group*, Evidence, 1993.

———, y CircleChant, *Artistic License*, Savant records, 2001.

Deep Rumba, *A Calm in the Fire Dances*, American Clave, 2000.

———, *The Night Becomes a Rumba*, American Clave, 1998.

DeLory, Al, *Floreando*, Music Makers, 1996.

D'Rivera, Paquito, *The Clarinetist*, Universal, 2002.

———, *Habanera*, Enja Records, 2000.

———, *Live at the Blue Note*, Half Notes Records, 2000.

———, *Mariel*, Columbia, 1982.

———, *A Night in Englewood*, Messidor, 1993.

———, *Portraits of Cuba*, Chesky, 1996.

———, *Why Not*, Columbia, 1984.

———, *Who's Smoking?*, Candid, 1991.

Diamond, Joseph, *Island Garden*, Basileus Music, 2002.

———, *Not Your Typical New Yorker*, Basileus Music, 1999.

Dominelli, Sandro, *Café Varzé: Plays the Music of Donald Anthony Varzé*, Varzé Records, 2003.

Domínguez, Chano, *Chano*, Nuba, 1995.

Domínguez, Chano, *En directo*, Nuba, 1997.

———, *Hecho a mano*, Nuba, 1996.

———, *Imán*, Nuba, 2000.

———, *¡Sí!*, Stunt Records, 2001.

——— (Septeto), *Oye cómo viene*, Lola Records, 2002.

Dorantes, Edgar, *He's Coming!*, Todo en su Lugar Records, 2004.

Dorham, Kenny, *Afro Cuban*, Blue Note, 1995.

Durán, Andy, *Latin Jazz Club*, AVR Records, 2003.

Durán, Hilario, *Francisco's Song*, Just in Time, 1996.

———, *Habana nocturna*, Just in Time, 1999.

———, *Killer Tumbao*, Just in Time, 1998.

Editus con el Sexteto de Jazz Latino, *Calle del viento*, Tres, 1998.

Either Orchestra, *Afro Cubism*, Accurate Records, 2002.

Elías, Eliane, *Eliane Elías Plays Jobim*, Blue Note, 1990.

Elis Regina, *13th Montreux Jazz Festival*, Warner, 1979.

———, *Elis & Tom*, Polygram, 1974.

Escalé, Ramón, *ERZ Café*, Ayva Música, 1999.

Escovedo, Pete, *E Music*, Concord Jazz, 2000.

———, *E Street*, Concord Jazz, 1997.

———, *Watcha Gonna Do*, Concord Jazz, 2001.

Estrada Brothers, *Get Out of My Way*, Milestone, 1996.

———, *Rumba Jazz*, The Estrada Brothers, 1991.

Estrellas Caimán, *Descarga brava 2000*, Caimán Records, 2002.

Estrellas de Areito, *Estrellas de Areito*, vols. 1 a 5, World Circuit, 1979.

Fania All Stars, *Fania Latin Jazz Party*, Fania, 2000.

Fattoruso, Hugo, *Homework*, Big World, 1998.

——— (Trio), *Trio Fattoruso*, Big World, 2001.

Feldman, Víctor, *Latinsville*, Contemporary/ Fantasy, 2004

Fellove, Francisco, *Goza mi ritmo,* BMG Music, 1994.

———, *El gran Fellove,* Dimsa/ Orfeón, 1998.

Feyjoo, Elliot, *Rebirth,* Hi!, 2002.

Fisher, Clare, *Just Me,* Concord Jazz, 1995.

———, *Latin Patterns,* MPS.

Flynn, Frank Emilio, *Ancestral Reflections,* Blue Note, 1999.

———, *Barbarísimo,* Milán, 1996.

———, *The Cuban Piano Masters,* World Pacific, 1993.

———, *Drume negrita,* Caney, 1959/ 2002.

———, *La gran descarga en Santiago de Cuba,* Promusic, 2000.

Fonseca, Roberto, *Elengo,* Egrem, 2001.

———, *Tiene que ver,* Egrem, 1999.

Formel, Juan Carlos, *Las calles del paraíso,* EMI/ Latin, 2002.

Fort Apache Band, *Crossroads,* Milestone, 1994.

———, *Fire Dance,* Milestone, 1996.

———, *Moliendo café,* Sunnyside, 1992.

———, *Obatala,* Enja, 1988.

———, *Pensativo,* Milestone, 1995.

———, *The River is Deep,* Enja, 1982.

Fra Fra Sound, *Kid Dynamite Tribute-Kulembanban,* Pramisi Records, 2004.

———, *Kultiplex,* Pramisi Records, 2003.

Freeman, Chico y Guataca, *Oh, By the Way...,* Double Moon, 2002.

Fukatsu, Sumiko, *Asa Branca,* BMG Japón, 2002.

———, *Sumiko en La Habana,* Orisha Plans Records, 2001.

Fundora, Pedro, *Con vista al mar,* autoproducción, 2003.

Galliano, Richard, *Piazzolla Forever,* Dreyfus Jazz, 2002.

Garcia-Fons, Renaud, *Entremundo,* Enja, 2004.

Garner, Erroll, *Mambo Moves Garner*, Mercury, 1954.

Getz, Stan, *Bossa Nova, Jazz Masters 53*, Verve, 1996.

Gilberto, Astrud, *Jazz Masters 9*, Verve, 1994.

Gillespie, Dizzy, *Afro*, Norgran Records, 1954, Verve, 2002.

―――, *Dizzy Gillespie and His Big Band In Concert*, Featuring Chano Pozo, GNP Records, 1948/ 1993.

―――, *Dizzy's Diamonds*, Verve, 1954-1964.

―――, *Jambo Caribe*, Verve, 1965.

―――, *Gillespiana/ Carnegie Hall Concert*, Verve, 1960-1961.

―――, and the United Nations Orchestra, *Live at Royal Festival Hall*, Enja, 1989.

Gismonti, Egberto, *Dança des cabeças*, ECM, 1976.

―――, *Música de sobrevivencia*, ECM, 1993.

―――, *Solo*, ECM, 1979.

González, David, *Jazz Mex*, Meridian Records, 2000.

―――, y The Poetic License Band, *City of Dreams*, LH Records, 2002.

González, Jerry, *Jerry y Los Piratas del Flamenco*, Lola records, 2002.

―――, *Rumba para Monk*, Sunnyside, 1988.

―――, *Ya yo me cure*, American Clave, 1979.

González, Johnny, *Jazz a 4 000 metros de altura*, Lyra Discolandia, 1996.

González, Ruben, *Indestructible*, Egrem, 1997.

González, Willy, *Verse negro*, Acqua, 2003.

Gottschalk, Louis Moreau, *Louis Moreau par Eugen List*, Vanguard Classics, vols. 1 y 2, 1992.

―――, *Piano music par Richard Burnett*, 1996.

Graciela, *La fabulosa Graciela con Machito y su orquesta*, Alma Latina, 1995.

Grant, Damon, *Sonidos nuevos*, 2004.

Greco, Juan Pablo (Quinteto), *Nacimientos,* Pretal, 1999.

Grupo Caribe, *Son de melaza,* CMS Records, 2000.

Grupo del Cuareim, *Candombe,* Big World, 1999.

Grupo Exploración, *Drum Jam,* Bembé, 2000.

Grupo Folklórico y Experimental Nuevayorquino, *Concepts in Unity,* Salsoul, 1994.

———, *Lo dice todo,* Salsoul, 1998.

Grupo Jazz Tumbao, *¿Qué Bolá?,* GJT Records, 2000.

Grupo Yanqui, *Grupo Yanqui,* autoproducción, 2001.

Guerra, Juan Luis, *Bachata rosa,* Karen Records, 1990.

———, *Soplando,* WEA, 1984.

Güines, Tata, *Pasaporte,* Enja, 1994.

Gutiérrez, Julio, *Progressive Latin,* Gema, 1994.

Guzmán, Pedro, *Jíbaro Jazz 6,* Rodven, 1996.

———, *Pedro Guzmán y su Cuatro Rumbero,* CDT, 1998.

H.M.A. Salsa/ Jazz Orchestra, *California Salsa,* Sea Breeze, 1991.

———, *California Salsa 2,* Dos Coronas Records, 1994.

Habana Ensemble, *Todo incluido,* Latin World, 2002.

Haden, Charlie, *Nocturne,* Verve, 2001.

Hancock, Herbie, *Future Shock,* Columbia, 1983.

Hanrahan, Kip, *All Roads Are Made of the Flesh,* American Clave, 1995.

———, *Tenderness,* American Clave, 1990.

Hansen, Susie, *Solo Flight,* Jazz Caliente Records, 1993.

———, *The Salsa Never Ends,* Jazz Caliente Records, 2002.

Hargrove, Roy, *Habana,* Verve, 1997.

Harlow, Larry, *Live at the Birdland,* Latin Cool Records, 2002.

Hart, Antonio, *Ama tu sonrisa,* Enja, 2001.

Haynes, Kevin, y Groupo Elegua, *Ori Ire,* Egbe Oduniyi Productions, 2003.

Hedman, Norman y Tropique, *Taken by Surprise*, Palmetto, 2000.

Hermanos Castro, *Estrellas de Radio Progresso*, Bárbaro, 1999.

Hermanos Palau, *La ola marina*, Tumbao, 1994.

Hernández, Rafael, *Rafael Hernández 1932-1939*, Harlequín, 1996.

Hernández, René, *Early Rhythms*, Audio Fidelity, 1961.

Herwig, Conrad, *Another Kind Of Blue: the Latin Side of Miles Davis*, 2004.

———, *Hieroglyphica*, Criss Cross, 2001.

———, *The Latin Side of John Coltrane*, Astor Place Records, 1996.

Hidalgo, Giovanni, *Hands of Rhythms*, Tropijazz, 1996.

———, *Worldwide*, Tropijazz, 1993.

Hip Bop Essence All Stars, *Afrocubano Chant Two*, Hip Bop, 2000.

Los Hombres Calientes, *Los Hombres Calientes*, vol. 2, BasinStreet Records, 2000.

———, *New Congo Square*, BasinStreet Records, 2001.

The Hübner Brothers, *Memories*, Satin Doll Productions, 1998.

Hübner, Gregor (Quintet), *Januschke's Time*, Satin Doll Productions, 2000.

Huergo, Fernando, *Jazz argentino*, Fresh Sound Records, 2002.

———, *Jazz argentino. Live at the Regattabar*, Fresh Sound Records, 2004.

———, *Living These Times*, Brownstone Recordings, 1998.

Hurt, James, *Dark Grooves*, Blue Note, 1999.

Hutcherson, Bobby, *Ambos mundos*, Landmark, 1989.

Iaies, Adrián, *Tango Reflections*, Ensayo, 2001.

Iaies, Adrián, *Las tardecitas de Minton's*, Acqua Records, 2000.

——— (Cuarteto), *Round Midnight y otros tangos*, Lola Records, 2002.

Incelli, Robert, *From Bolivar to L.A.*, Tonga, 2000.

Infanzón, Héctor, *De manera personal*, Opción Sónica, 1993/ 2001.

———, *Nos toca*, Opción Sónica, 2000.

Irakere, *Babalu ayé*, Egrem, 1998.

———, *The Best of Irakere*, Columbia, 1978/ 1979.

———, *Indestructible*, Sony, 1994.

———, *Misa negra*, Messidor, 1986.

———, *Yemayá*, Egrem, 1997.

Irazú, *Pasión Latina I*, Caribe Productions, 2000.

———, *Rumberos del Irazú/ Puro Sabor*, reedición, Caribe Productions, 1999.

———, *Vicio Latino I*, reedición, Caribe Productions,1999.

Irizarry, Ralph, *Best Kept Secrets*, Shanachie Records, 2000.

———, *It's Time*, BKS Records, 2003

———, *R. Irrizarry and Timbalaya*, Shanachie, 1998.

Iturralde, Pedro, *Jazz flamenco*, vols. 1 y 2, Hispavox/ Blue Note, 1996.

———, *Jazz Meets Europe*, MPS, 1997.

Jazz on the Latin Side Allstars, *Jazz on the Latin Side Allstars*, vols. 1 y 2, Ubiquity, 2000.

———, *The Last Bullfighter*, Sangú Records, 2004.

Jazzismo, *Salsa Strut*, MSR Records, 2001.

Jean-Marie, Alain, *Biguine Reflections*, Karac, 1992.

Jinga Quintet, *A Day Gone By*, grabado en 2002, Fresh Sound Records, 2003.

Jinga Trio, *Isla Tortuga*, Fresh Sound Records, 2000.

———, *New Beginings*, Seaside Recordings, 1997.

Jobim, Antonio Carlos, *The Antonio Carlos Jobim Songbook*, Verve, 1995.

———, *Jazz Masters 13*, Verve, 1994.

———, *Wave*, A&M, 1967.

Jones, Quincy, *Bossa Nova*, Mercury, 1962.

Jones, Robin, *Changó*, Parrot Records.

———, *Latin Underground*, Parrot Records, 1998.

Juanito's Kariba All Stars, *Salsoca Beat*, Happy Hour, 2002.

Jump with Joey, *Strictly for You*, Rykodisc, 1997.

Kekele, *Congo Life*, Stern's Africa, 2003.

———, *Rumba Congo*, Stern's Africa, 2001.

Kenton, Stan, *Cuban Fire*, Capitol, 1956.

———, *The Formative Years*, Decca, 1941-1952/ Verve, 2002.

Kerpel, Gaby, *Carnabailito*, Nonesuch, 2003.

Ketama, Diabaté Toumani, y Danny Thompson, *Songhai*, Hannibal, 1988.

———, y José Soto, *Songhai 2*, Hannibal, 1994.

Klein, Guillermo, *Los Guachos II*, Sunnyside, 1999.

———, *Los Guachos III*, Sunnyside, 2002.

Klimax, *Giraldo Piloto and Friends*, Cuba Chevere, 2002.

———, *Nadie se parece a ti*, Egrem, 2004.

Kozlowski, Mimi, *Nueve tangos y un candombe*, [s/f].

Kroon, Steven, *In my Path*, World Blue Records, 2000.

———, *Señor Kroon*, Kroon-A-Tune Productions, 2002.

LadyJones, *Aquemarropa*, Aiyui Records, 1997.

Laietana Jazz Project, *Selva*, Ayva Música, 2005..

Latin Giants Play the Music of the Palladium, *Tito Lives...*, Gigante Records, 2004.

The Latin Jazz Coalition, *Trombón con sazón*, Latin Cool Records, 2003.

Latin Jazz Crew, *Bridges Crossed,* Sunset Records, 2000.

Latin Jazz Quintet, *Caribe,* Prestige, 1960.

———, *¡The Bye-Ya!,* A-Records, 2001.

Latin Percussion Jazz Ensemble, *1980 Live at the Montreux Jazz Festival,* Latin Percussion 2000.

———, *Just Like Magic,* Latin Percussion, 1979/ 2000.

Laukkanen, Jere, *Finnish Afro Cuban Jazz Orchestra,* Naxos, 2000.

Le Masne, Luc, *Le Manacuba,* Buda Musique, 2003.

———, y Grand Orchestre Bekummernis Ménélas, *Le cercle de pierres,* Buda Musique, 1986.

———, *Hommage à Fernand Léger,* Buda Musique, 1983.

———, *Nosi,* Buda Musique, 1994,

———, *Til C,* Buda Musique, 1988.

Lea, Babatunde, *Soul Pools,* Motema Music, 2003.

Levine, Mark and Que Calor, *Keeper of the Flame,* 1998.

———, y The Latin Tinge, *Hey, It's Me,* Left Coast Clave Records, 2000.

———, *Serengeti,* Left Coast Clave Records, 2001.

Lewis Trio, *Battangó,* Nube Negra, 2000,

Libre, *Incredible,* Salsoul, 1981.

———, *¡On the Move!,* Milestone, 1996.

Lighthouse All Stars, *Contemporary,* 1952-1956.

The LP Rumba Ensemble, *Montvale Rumba,* LP Records, 2002.

Loco, Joe, *Mambo Loco,* Tumbao, 1951-1953.

López-Nussa, Ernan, *Figuraciones,* Magic Music, 1994.

———, *From Habana to Rio,* Velas Records, 2000.

Lotz, Mark Alban, *Blues for Yemayá,* Via Records, 1997.

———, *Le coq rouge,* Via Records, 1996.

Lucca, Papo, *Latin Jazz,* Fania, 1993.

Lujan, Tony, *Tribute*, Bella records, 2004.

——, *You Don't Know What Love Is*, Bella Records, 2001.

Lynch, Brian, *Tribute to the Trumpet Masters*, Sharp Nine Records, 2000.

Machete Ensemble/ John Santos, *Machetazo!*, Bembé, 1998.

——, *Machete*, Xenophile, 1995.

——, *Tribute to the Masters*, CuBop Records, 2000.

——, *S.F. Bay*, Machete Records, 2002.

Machito, *Baila Baila Baila*, Harlequín, 1999.

——, *Kenya*, Roulette Records/ Blue Note, 1958/ 2000.

——, *Mucho Macho*, Pablo, 1948-1949.

——, *With Flûte to Boot*, Roulette, 1958.

——, y Arsenio Rodríguez & Chano Pozo, *Legendary Sessions*, Tumbao, 1947-1953.

——, y Dizzy Gillespie, *Afro Cuban Jazz Moods*, Pablo, 1975.

——, & His Afro Cubans, *Dance Date with Machito* Palladium.

——, *Guapampino*, Tumbao, 1945-1947.

——, *Latin Soul Plus Jazz*, Fania.

——, & His Salsa Big Band, *Live at North Sea 82* Timeless, 1982.

Madueño, José Luis, *Chilcano*, Songosaurus, 1996.

Mangual, José, *Buyu*, reedición, Latin Percussion, 2000.

Manhattan Vibes, *Christos Rafalides's Manhattan Vibes* Khaeon, 2002.

Mann, Herbie, *At the Village Gate*, Atlantic, 1961.

——, *¡Flautista!*, Verve, 1959.

——, *Jazz Masters 56*, Verve, 1957-1960.

Mantilla, Ray, *Hands of Fire*, Red, 1984.

——, *Synergy*, Red, 1986.

Manzanita, *Sueño de amor,* Horus, 1995.

Maraca, *¡Descarga total!,* Warner France, 2000.

———, *Habana Flûte Summit,* Naxos, 1996.

———, *Sonando,* Ahi-Namá, 1998.

———, *Tremenda rumba,* Warner France, 2002.

———, y Afro Cuban Jazz Project, *Descarga uno,* Lusáfrica, 1998.

Marín, Luis, *Inconsolable,* Isis Music Inc, 1997.

———, *Live at the Nuyorican Café 2,* Isis Music Inc, 2004.

Maroa, *Asimetrix,* Dorian, 1993.

Marques, Jayme, *En directo,* BMG Records.

———, *Lo mejor de...,* RTVE Records.

Márquez, María, *Princesa de la naturaleza,* Adventure Music, 2003.

Martignon, Hector, *The Foreign Affair,* Candid, 1998.

———, *Portrait in White and Black,* Candid, 1994.

Martínez, Eddie, *Privilegio,* Nuevo Milenio, 1995.

Martínez, Sabu, *Jazz espagnole,* BP, 1961/ 1998.

———, *Jazz espagnole,* Vampisoul, 2004.

———, *Palo Congo ,* Blue Note, 1957/ 2000.

Martínez, Tony, y Julio Padron, *La Habana vive,* Blue Jackel, 1999.

———, & The Cuban Power, *Maferefun,* Blue Jackel, 1999.

Martínez Zapata, Jorge, *Buscando,* Instituto de Cultura, San Luis Potosí, México.

———, *Vertientes encontradas,* Secretaría de Cultura de San Luis Potosí, México, 2004.

Los Más Valientes, *Gira caribeña,* Laughing Buddha, 2001.

Masliah, Leo, *Eslabones,* Big World, 2001.

Matos, Bobby, *Footprints,* CuBop, 1996.

369

Matos, Bobby, *Mambo Jazz,* CuBop, 2001.

——, y Afro Cuban Jazz Ensemble, *Chango's Dance,* CuBop 1995.

——, *Live at* MOCA, CuBop 1999.

——, y Heritage Ensemble, *Collage Afro Cuban Jazz,* Night Life, 1993.

Maza, Carlos, *Tierra fértil,* Universal Jazz France, 2000.

Mauleón, Rebeca, *Latin Fire,* Rumbeca, 2004.

——, *Round Trip,* Rumbeca, 1997.

McKibbon, Al, *Black Orchid,* Niche Records, 2003.

——, *Tumbao para los congueros de mi vida,* Niche Records, 2003.

Mendoza, Chico, *Chico Mendoza & The Latin Jazz Dream Band,* Budda, 1985.

Meurkens, Hendrik, *Samba importado,* Optimism, 1989.

——, *Sambahia,* Concord Picante, 1990.

Mezcla, *Akimba!,* Khaeon Records, 2002.

Miguel's Trio, *Azul,* Unicornio, 2001.

Mingus Big Band, *¡Qué Viva Mingus!,* Dreyfus Jazz, 1997.

Mintzer, Bob, Big Band, *Latin from Manhattan,* DMP, 1998.

Miranda, Manuel, *Tinku,* producción independiente, 2002.

Mitote, *Escuela D Bufones,* Producción Mitote, 1997.

Mitote Jazz, *Atásquense 'ora que hay lodo,* autoproducción.

——, *La geografatura,* autoproducción, 2002.

Miyake, Jun, *Innocent Bossa in the Mirror,* Tropica Music, 2002.

Montez, Bobby, *¡Jungle Fantastique!,* CuBop, 2001.

Montoliu, Tete, *Temas hispanoamericanos,* Ensayo Records, 1974/ 1999.

Mora, Nico, *La conversa*, Big World Music, 2002.

Morales, Noro, *Live Broadcasts & Transcriptions 1942-1948*, Harlequín, 1996.

———, *La rumba buena*, International Music Records, 2000.

———, *Serenata rítmica*, International Music Records, 1999.

———, *Walter Winchell Rhumba*, International Music Records, 2000.

———, & his Piano and Rhythm, *Rumba Rhapsody*, Tumbao.

Moran, Chilo, y Corona Leonardo, *Mexican Favorites*, Coyoacán Records, 1993.

Moreira, Airto, *Samba de Flora*, Montuno, 1987.

———, *Seeds on the Ground*, Buddah, 1971.

Morton, Jelly Roll, *His Complete Victor Recording*, Bluebird.

———, *Jelly Roll Morton*, Milestone, 1923-1926.

Mosman, Michael Philip, *The Orisha Suite*, Connector, 2001.

——— (Sextet), *Mama Soho*, TCB Records, 1995.

Muñoz, Alberto "Molote", *Mucho Molote*, Carons Choice, 2002.

Muñoz, Luis, *Compassion*, Fahrenheit Records, 1998.

———, *The Fruit of Eden*, Fahrenheit Records, 1996.

———, *Vida*, Pelin Music, 2004.

Naranjo, Alfredo, *Cosechando*, Lyric Jazz, 1993.

———, *Vibraciones de mi tierra*, Latin World Entertainment Group, 1999.

Narell, Andy, *Fire in the Engine Room*, Heads Up Records, 2000.

Nery, Enrique, *Mexicanista*, Sala de Audio Records, 2004.

Nettai Tropical Jazz Band, *Live in Yokohama Japon*, Tropijazz, 1998.

———, *Nettai Tropical Jazz Big Band*, Tropijazz, 1999,

———, *My Favorite Things*, RMM, 2000.

Noble, Hilary, *Enclave*, 2004.

———, *Friction*, 2004.

———, *Noble Savage*, Whaling City Sound, 2003.

Nojechowicz, Guillermo, *El eco*, Two Worlds, Dreambox Media, 2002.

Nueva Manteca, *Afrodisia*, Timeless, 1991.

———, *Congo Square*, Munich Records, 2002.

———, *Let's Face the Music and Dance*, World Pacific, 1996.

———, *Night People*, Azúcar, 1998.

Nuñez, Gerardo, *Calima*, Karonte, 1999.

———, *Cruce de caminos*, Resistencia, 2001.

———, *Pasajes*, Resistencia, 2002.

Oaktown Irawo, *Funky Cubonics*, Tonga, 1998.

Occhipinti, Roberto, *Trinacria*, Modica Music, 2000.

O'Connell, Bill, Latin Jazz Project, *Black Sand*, Random Chance, 2001.

O'Farrill, Arturo Jr., *Bloodlines*, Milestone, 1999.

O'Farrill, Chico, *Carambola*, Fantasy, 2000.

———, *Chico y su orquesta*, Orfeón, 1996,

———, *Cuban Blues*, Verve, 1996.

———, *Frenesí*, Egrem Records, 2001.

———, *Heart of a Legend*, Fantasy, 1999.

———, *In Memoriam*, Orfeón Records, 2001.

———, *Pura emoción*, Fantasy, 1995.

O'Farrill, Chico, & His All Star Cuban Band, *Antologí musical*, Panart/ Rodven Records, 1994.

Oliva, Long John (Actimbaz), *Buscando la ortographia*, Orisha Records, 2003.

OPA, *Golden Wings/ Magic Time*, Fantasy/ Milestone, 1997.

Orquesta del Sol, *Rumba del sol*, Canyon, 1998.

Orquesta Goma Dura, *Live*, Mother Corp Records, 2000.

Orquesta La Moderna Tradición, *Gozo conmigo*, Hitman Records, 2000.

Orquesta Riverside, *Baracoa 1953-1954*, Tumbao, 1995.

Otero, Fernando, *Plan*, Twinz Records, 2003.

——, *X-Tango*, Twinz Records, 1990.

Ortiz, Luis Perico, *My Own Image*, 2000.

Padrón, Julio, *Buenas noticias*, Sunnyside, 2001.

——, *Descarga santa*, Real Rhythm Records, 2000.

Palmieri, Charlie, *A Giant Step*, Tropical Budda, 1984.

——, *Mambo Show*, Tropical Budda, 1990.

Palmieri, Eddie, *Arete*, Tropijazz, 1995.

——, *Palmas*, Elektra, 1994.

——, *El rumbero del piano*, RMM, 1998.

——, *El sonido nuevo*, Verve, 1966.

——, *Vortex*, Tropijazz, 1996.

——, & The Harlem River Drive, *Live at Sing Sing*, vol. 1, Fania, 2000.

Pardo, Jorge, *2332*, Nuevo records, 1997.

——, *Las cigarras son quizá sordas*, Fantasy, 1991.

——, *In a Minute*, Milestone, 1999.

——, *Mira*, Nuevos Medios, 2001.

——, *Veloz*, Fantasy, 1997.

——, y Chano Domínguez, *10 de Paco*, Fantasy, 1995.

Paredes, Osmany, *Con Menduvia*, autoproducción, 1999.

Pascoal, Hermeto, *Brasil Universo*, Som de Gente, 1986.

——, *Hermeto e Grupo*, Happy Hour, 1982.

Pascoal, Hermeto, *A música livre de Hermeto Pascoal,* Verve, 1973.

Paster, Bennett, & Gregory Ryan, *Grupo Yanqui,* auto-producción, 2001.

Patitucci, John, *Communion,* Concord Jazz, 2001.

Paúnetto, Bobby, *Commit to Memory,* Tonga, 1976/ 1998.

Peraza, Armando, *Wild Thing,* DCC Records, 1968/ 1997, Vampisoul Records, 2003.

Perelman, Ivo, *Ivo,* K2B2, 1989.

———, *Tapeba Songs,* Ibeji, 1996.

Pérez, Danilo, *Central Avenue,* GRP/ Impulse! 1998.

———, *The Journey,* Novus, 1994.

———, *Motherland,* Verve, 2000.

Pérez, Tony, *From Enchantment And Timba... To Full Force Jazz,* Pimienta Records, 2001.

———, *PanaMonk,* GRP/ Impulse! 1996.

Pérez Prado, Dámaso, *¡Mondo Mambo!,* RCA, 1950-1962.

———, *Voodoo Suite,* RCA, 1955.

Peruchín, *La descarga,* Nuevos Medios, 1995.

———, *Piano con Moña,* Egrem, 1996.

Peterson, Oscar, *Soul español,* Limelight/ Verve, 1966/ 2002.

Piazzolla, Astor, *Reunión cumbre,* Music Hall, 1974.

———, *The New Tango,* Atlantic, 1986.

———, *Tango apasionado,* American Clave, 1987.

Pike, David, *Peligroso,* CuBop Records, 2000.

Pla, Roberto, and his Latin Ensemble, *¡Right on Time!,* Tumi Records, 1995.

Plena Libre, *Plena libre,* Ryko Latino, 1998.

Pleneros de la 21, *Somos boricuas ,* Henry St. Records 1996.

Poleo, Orlando, *El bueno camino,* Sony Jazz, 1998.

Polirritmia, *Jazz en su tinta,* Auto production, 1999.

Ponce, Daniel, *Arawe,* Antilles, 1987.

Pouchie, Steve, *Vibe mania,* LJS Records, 2002.

Pozo, Chano, *Chano with Dizzy Gillespie,* The Real Birth of Cubop.

———, *Legendary Sessions,* Tumbao, 1947-1948.

———, *El tambor de Cuba,* Tumbao, 2001.

Professor Longhair, *Fess: Professor Longhair Anthology,* Rhino Records.

Pucho, *¿How Am I Doing?,* Cannonball Records, 2000.

Puente, Tito, *Cuban Carnival,* RCA, 1955-1956.

———, *Dançamania 99,* [s/f].

———, *Mambo Birdland,* RMM, 1999.

———, *Out of this World,* Concord Picante.

———, *Puente Goes Jazz,* RCA, 1956.

———, *Top Percussion,* RCA, 1957/ 1992.

———, and his Latin Ensemble, *El rey,* Concord Picante, 1988.

———, *Salsa Meets Jazz,* Concord Picante, 1988.

Puente, Celeste, & Santiago Vázquez, *Celeste Puente,* Musical Antiatlas Producciones, 1999.

———, *Pasando el mar,* Musical Antiatlas Producciones, 2002.

Puentes, Ernesto Tito, *El alacrán,* La Boutique Productions, 2000.

Pullen, Don, *Kele Mou Bana,* Music & Arts, 1991.

———, *Ode to Life,* Blue Note, 1993.

Puerto Rico Jazz Jam, *Puerto Rico Jazz Jam,* AJ Records, 1999.

Purim, Flora, *Butterfly Dreams,* Fantasy, 1973.

———, *Stories to Tell,* Milestone, 1974.

Quintero, Juan Carlos, *Los músicos*, Moondo Records, 2001.

———, *Through the Winds*, Nova Records, 1992.

———, *The Way Home*, Size 11 Records, 1997.

Rada, Rubén, *Montevideo*, Big World, 1997.

———, *Montevideo dos*, Big World, 2001.

Rafalides, Christos, *Manhattan Vibes*, Khaeon Records, 2001.

Ramírez, Bobby, *Ritmo Jazz Latino*, Ritmo City Records, 2000.

Ramírez, Humberto, *Con el corazón*, CDT, 1999.

———, *Dos almas*, AJ Records, 2002.

———, *Treasures*, TropiJazz, 1998.

——— (Jazz Orchestra), *Paradise*, AJ Records, 2000.

———, & Hidalgo Giovanni, *Best Friends*, AJ Records, 1999.

Ramírez, Manuel, *Al maestro Lavoe*, Tumi, 1998.

Reinoso, José & Repique, *South American Jazz*, Fresh Sound World Jazz, 2001.

Reyes, Daniel de los, *San Rafael 560*, Sabor Records, 2000.

Reyes, Jorge, *Tributo a Chano Pozo*, Bis Music, 1999.

Reyes, Rodolfo, *El Nazareño*, Carijazz Records, 2000.

Ribot, Marc, y Los Cubanos Postizos, *La vida es un sueño*, Atlantic, 1998.

Richards, Emil, *Luntana*, Interworld, 1996.

———, *Yazz Per Favore*, Vampisoul Records, 2002.

Ríos, José Furito, *Cuatro al Jazz*, S&R Records, 2002.

———, *The Time: (6:38)*, S&R Records, 2001.

Ritmo Oriental, *Euforia cubana*, Globe/ Sony, 2000.

Rivas, María, *Café negrito*, Ashe Records, 2000.

Rivera, Mario, *El Commandante*, Groovin'High, 1994.

Rivera, Wendell, *Among Friends*, WPR Music, 2002.

———, *Portfolio*, WPR, 1998.

Rizo, Marco, *Habaneras*, Sampi Records, 1998.

Roditi, Claudio, *Gemini Man*, Milestone, 1988.

———, *Jazz Turns Samba*, Groovin'High, 1995.

Rodríguez, Alfredo, *Cubalinda*, Hannibal-Rykodisc, 1996.

———, *Monsieur Oh La La*, Caimán Records, 1996.

Rodríguez, Bobby, *Latin Jazz Explosion*, Latin Jazz Productions, 2000.

———, *Latin Jazz Romance*, Latin Jazz Productions, 2001.

Rodriguez, Tito, *Live at Birdland*, 1961.

Rodríguez, Tommy, *The Tommy's Super Big Band*, Actus, México, 2001.

Rogers, Shorty, *Manteca-Afro Cuban Influence*, RCA, 1958.

Rollins, Sonny, *Don't Stop the Carnival*, Milestone, 1978.

Romero, Miguel, *Cuban Jazz Funk*, Alafia Music, 2000.

Ros, Lázaro, Conjunto Sol Naciente, *Ori Batá*, Enja Records, 2000.

Rosales, Gerardo, *Riatmico & Pianístico*, A-Records, 2001.

———, *Señor Tambó*, A-Records, 1998.

———, *El venezolano*, A-Records, 1999.

Rubalcaba, Gonzalo, *Antiguo*, Blue Note, 1997.

———, *Giraldilla*, Messidor, 1990.

———, *Live at Montreux*, Blue Note, 1990.

———, *Live in Habana*, Messidor, 1986.

———, *Live in Habana*, Messidor, 1987.

———, *Suite 4 y 20*, Blue Note, 1993.

———, *Supernova*, Blue Note, 2001.

Rudd, Roswell, y Toumani Diabaté, *Mali Cool*, Universal Music, 2002.

Ruiz Armengol, Mario, *Night in Acapulco*, BMG, 1997.

Ruiz, Hilton, *El camino*, RCA, 1987.

———, *Live at Birdland*, Candid, 1994.

———, *Manhattan Mambo*, Telarc, 1992.

———, *A Moment's Notice*, Novus, 1991.

Rumba Calzada, *Boying Geronimo's*, autoproducción, 1995.

———, *Generations*, autoproducción, Distribution Festival, 1997.

Rumba Club, *Desde la Capital*, Palmetto Records, 1995.

———, *Espiritista*, Palmetto Records, 1999.

———, *Mamacita*, Palmetto Records, 1997.

———, *Radio Mundo*, Palmetto Records, 2001.

Rumbajazz, *Tribute to Chombo*, Sunnyside, 2000.

Rumbatá, *Encuentros*, Challenge Records, 1995.

Saba, Lilián, *La bienvendia*, LSMC, 1999.

———, *Camino abierto*, LSMC, 1997.

———, *Malambo libre*, LSMC, 2003.

———, *Pequeñas alegrías*, Llajta Khuyaj 2001.

———, y Nora Sarmoria, *Sonideras*, autoproducción 2001.

Salles, Felipe, *Further South*, Fresh Sound Records, 2002

Salsa Céltica, *The Great Scottish Latin Adventure*, Green trax, 2000.

Salsa Céltica, *El agua de la vida*, Greentrax, 2003.

Salsamba, *Latinventions*, Clave Records, 1999.

———, *Mambo del sol*, Clave Records, 1994.

———, *The Traveler*, Clave Records, 2003.

Salvador, Emiliano, *A Puerto Padre*, Unicornio, 2000.

———, *Ayer y hoy*, Qbadisc, 1992.

———, *Nueva visión*, Egrem 1978, Qbadisc, 1995.

———, *Pianíssimo*, Unicornio, 2000.

Sambeat, Perico, *Sambeat,* Lola Records, 2001.

Samuels, Dave, *Del sol,* GRP, 1992.

——, *Tjader-ised,* Verve, 1998.

Sanabria, Bobby, *New York City Ache,* Flying Fish, 1993.

——, *¡Quarteto Ache!,* Khaeon Records, 2002.

——, *¡Quarteto Ache!,* Zoho Records, 2004.

Sanabria, Bobby, and his Afro Cuban Jazz Dream Big Band, *...Live and in Clave !!!,* Arabesque, 2000.

Sánchez, David, *Melaza,* Columbia, 2000.

——, *Obsesión,* Columbia, 1997.

——, *Sketches of Dreams,* Columbia, 1994.

——, *Street Scenes,* Columbia, 1996.

——, *Travesía,* Columbia, 2001.

Sánchez, Orlando, *Semos,* grabado en 1998, Egrem, 2001.

Sánchez, Poncho, *Conga Blue,* Concord Picante, 1996.

——, *Conga Caliente: ¡Fuerte! & ¡La Familia!,* Concord Picante, 2002.

——, *Freedom Sound,* Concord Picante, 1997.

——, *Keeper of the Flame,* Concord Picante, 2001.

——, *Latin Soul,* Concord Picante, 1999.

——, *Latin Spirits,* Concord Picante, 2001.

——, *Sonando,* Concord Picante, 1982.

——, *Soul of the Conga,* Concord Picante, 2000.

Sandoval, Arturo, *L.A. Meetings,* CuBop, 2001.

——, *My Passion for the Piano,* Columbia, 2002.

——, *Trumpet Evolution,* Crescent Moon Records, 2003.

——, *Tumbaito,* Messidor, 1986.

Santamaría, Mongo, *A la Carte,* Vaya, 1996.

——, *Afro American Latin,* Legacy Records, 2000.

——, *At the Blackhawk,* Fantasy, 1962.

Santamaría, Mongo, *Fuego*, Vaya, 1996.

———, *Greatest Hits*, Columbia, 2000.

———, *Live at the Village Gate*, OJC Records, 1963.

———, *Live at the Yankee Stadium*, Vaya, 1974.

———, *Mambo Mongo*, Chesky, 1993.

———, *Mongo's Greatest Hits*, Fantasy, 1958-1962.

———, *Mucho Mongo*, Concord, 2001.

———, *Skin on Skin*, Rhino, 1999.

———, *Soca Me Nice*, Concord Picante, 1988.

Santamaría, Monguito, *Hey Sister*, Vampisoul Records, 2003.

Santiago, Al, *Al Santiago Presents Tambó*, Ryko Latino, 1997.

Santos, John, *La Mar*, Machete Records, 2002.

———, & Machete Ensemble, *20th Anniversary*, Machete Records, 2005.

Sarmoria, Nora, *Espacio virgen*, autoproducción, Dist. Argendisc, 1998.

———, *Libre de consenso*, autoproducción, Dist. Acqua Records, 2002.

———, *Verde madre*, autoproducción, Dist. Acqua Records, 1999.

———, *Vuelo uno*, autoproducción, Dist. Argendisc 1995.

———, y Lilián Saba, *Sonideras*, autoproducción, 2001

Saudade, y QJO, *Habana*, DSM, 2002.

———, *Quand la salsa se jazz*, DSM, 1999,

Schifrin, Lalo, *The Latin Jazz Suite*, Aleph Records 1999.

———, *Tin Tin Deo, Re-release*, Fresh Sound 2001.

Schunke, Sebastian, *Euro Latin Progression*, Symbiosis, Timba Records, 2003.

Seda Jazz Latin Ensemble, *Éste también*, Fresh Sound World Jazz, 2000.

Seis del Solar, *Alternate Roots*, Messidor, 1995.

———, *Decision*, Messidor, 1992.

Sepúlveda, Charlie, *Algo nuestro*, Verve, 1993.

———, *The New Arrival*, Verve, 1991.

———, *Watermelon Man*, Tropijazz, 1996.

Será Una Noche, *La segunda*, M, A, Recordings, 2003.

———, *Será una noche*, M, A, Recordings, 1999.

Shades of Jazz, *Afro-Latin Jazz and Salsa*, Absolute Pitch, 1989.

———, *Art Webb: The Prophet*, Absolute Pitch, 1995.

———, *From Africa to New York*, Absolute Pitch, 1997.

Shearing, George, *The Best of George Shearing*, Capitol, 1955-60.

Sheila E, and the E Train, *Writes of Passage*, Concord Jazz, 2000.

Shew, Bobby, *Salsa caliente*, Mama Records, 1998.

Shorter, Wayne, *Native Dancer*, Columbia, 1974.

Silveira, Ricardo, *Noite clara*, Adventure Music, 2003.

Simon, Edward, *Beauty Within*, Audio Quest, 1993.

———, *La Bikina*, Mythology Records, 1998.

———, *Edward Simon*, Kokopelli, 1995.

———, y David Binney, *Afinidad*, Red Records, 2001.

Simon, Marlon, *The Music of...*, K-Jazz Records, 1998.

———, & The Nagual Spirits, *Live in La Paz Bolivia*, Intrigue Productions, 2004.

———, *Rumba a la Patato*, CuBop 2000.

Simon, Michael, & Roots United, *Revelación*, Munich Records, 2004.

Sin Palabras, *KM 0*, Naïve, 2002.

———, *Orisha Dreams*, Déclic, 1999.

Smith, Mauricio, *Madera*, Wenmar Records, 1996.

Snake Trio, *The Dance of the Snake*, Mapanare Records, 2000.

Snowboy and The Latin Section, *Acid Jazz*, 2000.

———, *Afro Cuban Jazz*, Ubiquity Records/ CuBop, 2000.

———, *Mambo Rage*, Ubiquity/ CuBop, 1998.

———, *New Beginning*, Chilli Funk, 2004.

———, *Para Puente*, Ubiquity Records/ CuBop, 2002.

Solla, Emilio, y Afines, *Apertura y afines*, PDI Records, 1997.

———, *Folocolores*, PDI Records, 1998.

Sonido Isleño, *El asunto*, Tresero Productions, 1999.

———, *Blue Tres*, Tresero Productions, 2004.

———, *¿Quién tiene ritmo?*, Tresero Productions, 1998.

———, *Tres is the Place*, Tresero Productions, 2001.

Sosa, Omar, *Aelatoric EFX*, Ota, 2004.

———, *Ayaguna*, Ota/ Skip Records, 2003.

———, *Bembón Roots III*, Ota, 2000.

———, *Free Roots*, Price Club Records, 1997.

———, *Inside*, Ota, 1999.

———, *Mulatos*, Ota, 2004.

———, *A New Life*, Ota, 2003.

———, *Omar Omar*, Price Club Records, 1996.

———, *Prietos*, Ota, 2001.

———, *Sentir*, Ota, 2002.

———, *Spirits of the Roots*, Ota, 1999.

———, y John Santos, *Nfumbe for the Unseen*, Price Club Productions, 1997.

Soul Sauce, *Got Sauce?*, Guacamole Records, 2000,

Spanish Harlem Orchestra, *Across 110th Street*, Libertad, 2004.

———, *Un gran día en El Barrio*, Ropeadobe, 2002.

Strunz and Farah, *Frontera*, Milestone, 1984.

Sublette, Ned, *Cowboy Rumba*, Palm Pictures, 2000.

Swartz, Harvie, y Eye Contact, *Habana mañana*, Bembé Records, 1999.

——, *New Beginning*, autoproducción, 2001.

Sylvester, Jorge, *MusiCollage*, Postcards Records, 1996.

—— (Afro Caribbean Experimental Trio), *In the Ear of the Beholder*, Jazz Magnet Records, 2001.

Tancredi, Edú, y Bandón 33, *Ongoing Dreams*, Fresh Sound, 2002.

Tango Five, *Obsession*, SatinDoll, 1998.

Tania María, *Europe*, TKM, 1997.

——, *Lady from Brazil*, EMI, 1986.

——, *Piquant*, Concord, 1980.

Tarris, Claudio, *Nocturnos*, Musical MCM, 1992.

Los Terry, *From Africa to Camaguaey*, Tonga, 1996.

Thomas, Piri, *No Mo Barrio Blies*, Cheverote Productions, 1996.

——, *Sounds of the Streets*, Cheverote Productions, 1994.

Threadgill, Henry, *Too Much Sugar For a Dime*, Axiom, 1993.

Tico All-Stars, *Descargas at the Village Gate Live*, Vampisoul Records, 2003.

Timor, *Leonardo and his Cuban Jazz Band*, Fresh Sound Records 1963/ 2001.

Tjader, Cal, *Amazonas*, OJC Records, 1975/ 1995.

——, *Black Orchid*, Fantsay, 1993.

——, *Blackhawks Nights*, Fantasy, Records, 2000.

——, *Descarga*, Fantasy, 1971/ 1995.

——, *Mambo with Tjader*, Fantasy, 1954.

——, *La onda va bien*, Concord Picante, 1979.

Tjader, Cal, *Plays the Contemporary Music of Mexico and Brazil,* Verve, 1962.

———, *Plugs In, Lighthouse Live/ Red Onions Live,* Vampisoul Records, 2003.

———, *Solar Heat/ Sounds Out Burt Bacharach,* Vampisoul Records, 2003.

———, *El sonido nuevo,* Verve, 1966.

———, *Soul Bird: Whiffenproof,* Verve, 1965/ 2002.

———, *Soul Sauce,* Verve, 1964/ 1994.

Tolu, *Bongo de Van Gogh,* Tonga, 2002.

———, *Rumbero's Poetry,* Tonga, 1998.

Torres, Nestor, *Treasures of the Heart,* Shanachie, 1999

Torres, Juan Pablo, *Cuban Swings,* Universal, 2001.

———, *Together Again,* Connector, 2000.

———, *Trombone Man,* Tropijazz, 1995.

Toucan Trio, *Toucan Trio,* Vee Records, 1996.

Toussaint, Eugenio, *Trio,* M&L Music, 2004.

Towns, Mark, *Flamenco Jazz Latino,* Salongo Records 2000.

———, *Passion,* Salongo Revords, 2004.

Tribute to Chombo, *RumbaJazz,* SunniSide, 2000.

Triff, Alfredo, *21 Broken Melodies at Once,* America Clave, 2001.

Triopépé Sextet, *Sixtus,* autoproducción, 1998.

Truco y Zaperoko, *Fusión caribeña,* Ryko Latino, 199

Tumbaito, *Otros tiempos,* 1998.

Turre, Steve, *In the Spur of the Moment,* Telarc.

———, *Lotus Flower,* Verve, 1999.

———, *Sanctified Shells,* Antilles, 1993.

———, *TNT,* Telarc, 2001.

Tyner McCoy, and The Latin All-Stars, *Tyner McCoy a the Latin All-Stars,* Telarc.

Urcola, Diego, *Libertango,* Fresh Sound Records, 2000.

———, *Soundances,* Sunnyside, 2003.

Valdés, Amadito, *Bajando Gervasio,* Caramba Records, 2002.

———, *Deep Rumba/ A Calm in the Fire of Dances,* American Clave, 2001.

———, *Deep Rumba/ This Night Becomes A Rumba,* American Clave, 1998.

Valdés, Bebo, *El arte del sabor,* Lola Records, 2001.

———, *Bebo Rides Again,* Messidor, 1994.

———, *& His Habana All Stars: Descarga caliente, 1952-1957,* reedición, Caney, 1996.

———, *Descarga caliente,* Caney, reedición.

Valdés, Carlos Patato, *Authority,* reedición, Latin Percussions, 2000.

———, *Masterpiece,* Messidor, 1984/ 1985/ 1993.

———, *Ready for Freddy,* reedición, Latin Percussions, 2000.

———, *Ritmo & Candela I and II,* Round World Music, 1995/ 1996.

Valdés, Chuchito Jr., *Encantado,* Town Crier, 2001.

———, *La Timba,* Sony, 2002.

Valdés, Chucho, *Bele Bele en La Habana,* Blue Note, 1997.

———, *Briyumba Palo Congo,* Blue Note, 1999.

———, *Fantasía cubana,* Blue Note, 2002.

———, *Live at the Village Vanguard,* Blue Note, 2000.

———, *Lucumí,* Messidor, 1988.

———, *New Conceptions,* Blue Note, 2003.

———, *Solo Live in New York,* Blue Note, 2001.

———, *Solo Piano,* Blue Note, 1993.

Valdés, Gilberto, *Classic Jazz Generation,* autoproducción, 2001.

Valdés, Marta, y Chano Dominguez, *Tú no sospechas,* LCD Records, 2002.

Valdés, Mayra Caridad, *La diosa del mar,* Jazzheads, 2002.

Valdés, Miguelito, *Inolvidables,* Verve, 1999.

———, *Miguelito Valdés with the Orquesta Casino de la Playa,* Harlequín, 1994.

Valentín, Dave, *Primitive Passions,* Tropijazz, 1996,

Valle, Jaime, *Different World,* Top Music International, 1996.

———, *Round Midnight,* Top Music International, 1996.

Valle, Luis, *¡Agárrate!,* Sabroso/ Habana Club, 2002.

Valle, Ramón [Quintet], *Danza negra,* ACT Music, 2002.

Los Van Van, *Songo,* Island Records, 1989.

Vázquez, Papo, *Breakout,* Timeless , 1991.

———, *Carnival in San Juan,* CuBop, 2003.

———, Pirates & Troubadours, *At the Point,* vol. 2, Cu-Bop Records, 2000.

Vázquez, Ramón, *On the Move,* A-Z Music Records, 2003.

Vázquez, Roland, *The Tides of Time,* RV Records, 1991.

Vega, Ray, *Boperation,* Concord Picante, 1999.

———, *Pa'lante,* Palmetto Records, 2002.

———, *Ray Vega,* Concord Picante, 1996.

———, *Squeeze, Squeeze,* Palmetto Records, 2004.

Vladimir & His Orchestra, *New Sounds in Latin Jazz* Fania, 2000.

Viento de Agua, *De Puerto Rico al mundo,* Agogo/ Qba disc, 1998.

Vitier, José María, & Tata Guines, *Cuba dentro de ur Piano,* Eurotropical, 2000.

———, *Habana secreta,* Milán, 1996.

Wallace, Wayne, *Three in One Spirit,* Nectar, 2000.

Washburne, Chris, and The Syotos Band, *Nuyorican Nights*, Jazzheads, 1999.

———, *The Other Side*, Jazzheads, 2001.

Webb, Chick [con Mario Bauzá], *Spinnin' the Webb*, Decca.

Witkowski, Deanna, *Having to Ask*, Tilapia Records, 1998.

Yeska, *Skafrocubanjazz,* Axtlán, 1998.

Zellon, Richie, *Café con leche,* Songosaurus, 1994.

———, *Metal Caribe*, Songosaurus, 1998.

———, *The Nazca Lines*, Songosaurus, 1996.

Zenon, Miguel, *Ceremonial,* Marsalis Music, 2004.

———, *Looking Forward*, Fresh Sound New Talent, 2001.

Zepeda, Antonio, y Eugenio Toussaint, *Paisajes,* PF Records, 1993.

COMPILACIONES

Afro Cuban Jazz Now, Blue Note, 2001.

The Best of Cuban Jam Sessions, Panart/ Rodven Records, 1994.

Best of Latin Jazz, Verve, 1993.

Calle 54, EMI/ Chrysalis, 2000.

The Colors of Latin Jazz, *¡Cubop!,* Concord, 2000.

————, *¡A Latin Vibe!,* Concord, 2000.

————, *¡Sabroso!,* Concord, 2000.

————, *¡Soul Sauce!,* Concord, 2000.

Cuba without Borders, Six Degrees Records, 2000.

Cuban Big Band Sounds, *Tumbao Cubano,* Palladium.

Cuban Big Bands 1940-1942, Harlequín, 1995.

Cuban Latin Jazz, Tuttoturismo Records, 1999.

Folkloyuma, *Music from Oriente de Cuba,* Nimbus Records, 1995.

Grandes flautistas cubanos, Egrem, 2002.

Hot Music From Cuba 1907-1936, Harlequín, 1993.

Jam Miami, Concord Records, 2000.

El Jazz Cubano, World Pacific, 1993.

Jazz a la Mexicana, Global Entertainment, 1996.

¡Latin Cool! Essential Latin Jazz, Metro Records, 2000

¡Latin Hot! Hot Latin Jazz From The Big Apple, Metro Records, 2000.

More than Mambo. The Introduction to Afro Cuban Jazz, Verve, 1995.

The Music of Puerto Rico, Harlequín, 1992.

¡*Nuyorica! Culture Clash in NYC, Experiment in Latin Music 1970-1977,* Soul Jazz Records, 1996.

The Original Mambo Kings. An Introduction to Afro Cubop, Verve, 1993.

Orquesta Cuba, *Contradanzas and Danzones,* Nimbus Records, 2000,

Rampart Street Rumba, Hannibal, 2001.

Romance del cumbanchero. La música de Rafael Hernández, Banco Popular de Puerto Rico, 1998.

Roots of Afro Cuban Jazz, Blue Note, 2001.

Sacbé, *Todo Sacbé,* Global Entertainment, 2001.

¡*Saoca! Masters of Afrocuban Jazz,* Rhino, 2001.

Síntesis, *Lo mejor,* Unicornio, 2000.

The United Nations of Messidor, Messidor, 1995.

United Rhythms of Messidor, Messidor, 1994.

BIBLIOGRAFÍA

Libros, revistas y periódicos

Acosta, Leonardo, *Descarga cubana: el jazz en Cuba 1900-1950*, Ediciones Unión, La Habana, 2000.

Aguirre Beltrán, Gonzalo, *La población negra de México*, FCE, Tierra Firme, México, 1972.

Les Afro-Américains, núm. 27, Institut Français d'Afrique Noire, 1952.

Béhague, Gérard, *Musiques du Brasil*, Cité de la Musique/ Actes Sud, 1999.

Brunn, H.O., *The Story of the Original Dixieland Jazz Band*, The Jazz Book Club, Sidgewick & Jackson Londres, 1963.

Calle 54, Editions Le Layeur, París, 2000.

Carles, Philippe (ed.), *Dictionnaire du Jazz*, Laffont París.

Chediak, Nat, *Diccionario de jazz latino*, Fundación Autor, Madrid, 1998.

Clave, núms. 13 y 15, La Habana, 1989.

———, año 2, núm. 1, La Habana, 2000.

———, año 3, núm. 1, La Habana, 2001.

Daily Picayune, Nueva Orleáns, 24 febrero de 1885 y de enero de 1890.

Deslinde, núm. 23, agosto-septiembre, Bogotá, 1998.

Díaz-Ayala, Cristóbal, *Cuando salí de La Habana*, Fundación Musicalia, San Juan, Puerto Rico.

Díaz-Ayala, Cristóbal, *La marcha de los jíbaros*, Fundación Musicalia, San Juan, Puerto Rico.

———, *The Roots of Salsa: The History of Cuban Music*, William Zinn, 2001.

Dos Santos, José, *Jazzeando*, vols. 1 a 7, Ediciones Abril, La Habana, 1991.

Down Beat Magazine, Chicago, 1947, 1948, 1954, 1974, 1978, 1982.

Evora, Tony, *Orígenes de la música cubana*, Alianza, Madrid, 1997.

Fernández, Raúl, *Jazz History Program* (entrevista a Mongo Santamaría), Smithsonian Institute, 10 y 11 de septiembre de 1996.

Fiehrer, Thomas, "From Quadrille to Stomp", en *Popular Music*, vol. 10, núm. 1, 1991.

Figarola, Joel James, *Sistemas mágico-religiosos cubanos*, Ediciones Unión, La Habana, 2001.

Flores, Juan, *From Bomba to Hip Hop*, Columbia University Press, Nueva York, 2000.

La Gaceta de La Habana, 15 de febrero de 1854; 15 de marzo de 1854 y 27 de abril de 1854.

Gadamer, Hans-Georg, *Wahrheit und Methode*, J.C.B. Mohr, Tübingen, 1960.

———, *Zur Fragwürdigkeit des ästhetischen Bewusstseins*, II Giudizio Estético, Atti del Simposio di Estetica: Venezia 1958, Edizioni de la Revista di Estetica, Padua, 1958, pp. 14-23.

———, y Silvio Vietta, *Im Gespräch*, Wilhelm Fink Verlag, München, 2002.

García-Barrio, Constance, "Blacks in Ecuatorian Literatura", en *Cultural Transformation and Ethnicity in Modern Ecuador*, University of Illinois Press, 1981.

García de León, Antonio, *El mar de los deseos. El Caribe hispano musical*, Siglo XXI, 2002.

Gillespie, Dizzy, *To Be or Not... to Bop*, Doubleday, 1979.

Giro, Radamés, *El mambo*, Editorial Letras Cubanas, La Habana, 1993.

———, *Panorama de la música popular cubana*, Editorial Letras Cubanas, La Habana, 1998.

Glasser, Ruth, *My Music is My Flag: Puerto Rican Musicians and Their New York Communities, 1917-1940*, University of California Press, 1997.

Gomez, François-Xavier, *Les musiques cubaines*, Librio Musique, París, 1998.

Grenet Emilio, *Popular Cuban Music*, La Habana, 1939.

Guilbault, Jocelyne, *Zouk. World Music in the West Indies*, University of Chicago Press, 1993.

Hamel, Reginald, *Gottschalk*, Guérin Editeurs, 1996.

Inventing New Orleans, Writings of Lafcadio Hear University of Mississippi, 2001.

Jazz Journal International, vol. 40, núm. 4, 1987.

Jazziz Magazine, París, marzo de 1986; abril de 1986 marzo de 2001 y abril de 1991.

Jazz Review, vol. 2, núms. 8 y 10, Nueva York, 1959.

Journal of Southern History, noviembre, 1941.

Keil, Charles, *Sociomusicology*, manuscrito inédito, 196?

Kinzer, Charles, "The Trios of New Orleans", en *Blac Music Research Journal*, 1996.

Latin Beat Magazine, marzo 1995, febrero 1997.

León, Argeliers, *Del canto y del tiempo*, La Habana, 197

Leymarie, Isabelle, *Cuba et la musique cubaine*, Ed tions du Chêne, París,1999.

———, *Cuba, la musique des dieux*, Le Layeur, Par 1998.

McClary, Susan, *Feminine Endings, Music, Gender, and Sexuality*, University of Minnesota Press, 1991.

McGowan, Chris, y Ricardo Pessinha, *The Brazilian Sound: Samba, Bossa Nova and the Popular Music of Brazil*, Temple University Press, 1998.

Martínez Montiel, Luz María, *Presencia africana en el Caribe*, Conaculta, México, 1995.

———, *Presencia africana en Centroamérica*, Conaculta, México, 1993.

———, *Presencia africana en México*, Conaculta, México, 1995.

Mauleón, Rebeca, *101 montunos*, Sher Music, 1999.

Menzies, Gavin, *1421: The Year the Chinese Discovered America*, Bantam Doubleday, 2002.

Metronome, agosto de 1947.

Mondragón Barrios, Lourdes, *Esclavos africanos en la ciudad de México*, Ediciones Euroamericanas, México, 1999.

Moore, Robin D., *Nationalizing Blanquees*, University of Pittsburgh Press, Pittsburgh, 1997.

Morales, Ed, "Spanish Harlem on His Mind", en *New York Times*, 23 de febrero de 2003.

Muzio, María del Carmen, *Andrés Quimbisa*, Edición Unión, La Habana, 2001.

Narvaez, Peter, "The Influences of Hispanic Music Cultures on African-American Blues Musicians", en *Black Music Research Journal*, vol. 14, núm. 2, 1994.

Newsweek, 13 de noviembre de 1995.

Ngon-Mve, Nicolás, *El África bantú en la colonización de México (1595-1640)*, Consejo Superior de Investigaciones Científicas, Agencia Española de Cooperación Internacional, Madrid, 1994.

Orovio, Helio, *Diccionario de la música cubana*, Letras Cubanas, La Habana, 1992.

Ortiz, Fernando, *Africanía de la música folklórica de Cuba*, Editorial Universitaria, La Habana, 1965.

Padura Fuentes, Leonardo, "Conversación en 'La Catedral' con Mario Bauzá", en *La Gaceta de Cuba*, noviembre-diciembre de 1993.

Pauta, vol. VI, núm. 22, México, abril de 1987.

Persichetti, Vincent, *Twentieth-Century Harmony*, W.W. Norton.

Pérez Fernández, Rolando, *La música afromestiza mexicana*, Universidad Veracruzana, 1990.

Ponce, Daniel, *Extraits d'une interview réalisée en 1985* [por Jorge Camacho].

Puente, Tito, y Jim Payne, *Tito Puente's Drumming with the Mambo King*, Hudson Music, 2000.

Quiñones, Tato, *Ecorie Abakuá*, Edición Unión, La Habana, 1996.

Quirarte, Xavier, *Ritmos de la eternidad*, Conaculta, México, 1998.

Reid, Andrews, George, "Race *versus* Association: The Afro-Argentines of Buenos Aires, 1850-1900", en *Journal of Latin American Studies*, vol. 11, núm. 1 Cambridge University Press, 1979.

Revista Santiago, Universidad de Oriente, Cuba, marzo de 1974.

Revolución y Cultura, La Habana, febrero de 1975 febrero de 1976; diciembre de 1985; mayo, junio septiembre de 1986; marzo y abril de 2001.

Ricoeur, Paul, *Soi-même comme un autre*, Editions d Seuil, 1990.

Roberts, John Store, "Latin Masters", en *Melody Maker*, 1 de febrero de 1975.

———, *The Latin Tinge*, Oxford University Press, 1979.

Robbins, James, "Practical and Abstract Taxonomy in Cuban Music", en *Ethnomusicology*, vol. 33, núm. 3, 1989.

Roy, Maya, "Musiques cubaines, Cité de la Musique/Actes Sud (France)", en *Musiques du Monde*, 1998.

Sala-Molins, Louis, *L'Afrique aux amériques. Le code noir espagnol*, PUF, París, 1992.

Schaffer, William J., *Brass Bands & New Orleans Jazz*, Louisiana State University Press, 1977.

Sosa, Enrique, *Abakuá: una secta secreta*, Publicigraf, La Habana, 1993.

Stevenson, Robert, "Afro-American Musical Legacy to 1800", en *The Músical Quarterly*, octubre de 1968.

Toch, Erns, *The Shaping Forces in Music*, Dover, 1977.

Vibrations, Lausanne, Suiza, núms. 4, 15 y 17, 1998 y 1999.

Yanow, Scott, *Afro-Cuban Jazz*, Miller Freeman Books, 2000.

ENTREVISTAS[*]

Aguilar, Evaristo, octubre de 2004.

Alemañy, Jesús, Nueva Orleáns, octubre de 2000.

Almario, Justo, Pasadena, agosto de 1999 y agosto de 2003. San Luis Potosí, noviembre de 2004.

Andreu, Miguel, Nueva York, enero de 1999.

Anguiano, Pablo, México, junio de 2002.

Arnedo, Antonio, Nueva York y Bogotá, junio y julio de 1999.

Aymes, Roberto, ciudad de México, noviembre de 1998.

Barbieri, Gato, Nueva York, agosto de 1999.

Barreto, Giraldo Piloto, La Habana, julio de 1999 y febrero de 2002.

Barrientos, Jorge, ciudad de México, noviembre de 1998.

Bauzá, Mario, Nueva York, febrero de 1989.

Beledo, José Pedro, Nueva York, agosto de 1999.

Bellita, La Habana, mayo de 1999.

Beltrán, José Luis, La Habana, febrero de 2002.

Berrios, Raúl, San Juan, julio de 1999.

Blanco, Miguel, Madrid, mayo de 2005.

Bobé, Eddie, Nueva York, octubre de 2004.

Bosch, Jimmy, Nueva York, diciembre de 1999.

Brachfled, Andrea, Nueva York, octubre de 2004.

---

[*] En todos los casos corresponde a: "Entrevista(s) inédita(s) con el(los) autor(es)", y cuando se consideró necesario, se anotaron los datos completos. [E.]

Britos, Federico, Miami, octubre de 1999 y septiembre de 2004.

Brown, Henry Pucho, Nueva York, junio de 1999.

Buch, Abelardo, La Habana, mayo de 1999.

Bunnet, Jane, Toronto, octubre de 1999.

Cabral, Chichito, Montevideo, julio de 1999.

Cachaito, La Habana, febrero y mayo de 1999.

Caine, Elliott, Pasadera del Sur, agosto de 2003 y noviembre de 2004.

Calzado, Rudy, Nueva York, febrero de 2000.

Capiz, Efrén, por correo electrónico, diciembre de 2004.

Carrillo, Leo, México, marzo de 2001.

Cepeda, William, México, julio de 2001 y Vic Fezensac, julio de 2001.

Conrad, Tato, San Juan, Puerto Rico, julio de 1999.

Contreras, Mario, México, marzo de 2001.

Contreras, Tino, México, noviembre de 1998.

Corrales, Elisabeth, La Habana, febrero de 2002.

Costa, César, México, abril de 2001.

Cuenca, Sylvia, por correo elecrónico, octubre de 2004.

Dalto, Adela, Nueva York, febrero de 2004.

DeLory, Al, Nashville, Tennessee, 1999.

D'Rivera, Paquito, Nueva York, junio y julio de 1999; ciudad de México, septiembre y octubre de 2001; Miami Beach, marzo de 2002 y Cocoyoc, México, julio de 2004.

Díaz-Ayala, Cristobal, San Juan, Puerto Rico, marzo de 1999.

Dorantes, Edgar, Xalapa, México, junio de 2004.

Durán, Hilario, Toronto, octubre de 1999.

Escalante, Pucho, Nueva York, febrero de 2000.

Escalé, Ramón, Barcelona, octubre de 2004.

Fausty, Jon, La Habana, febrero de 2002.

Fellove, Francisco, Veracruz, julio de 2001; ciudad de México, septiembre de 2001 y marzo de 2002.

Fernández, Raúl [s/i].

Fleming, Leopoldo, Nueva York, diciembre de 1998.

Flynn, Frank Emilio, La Habana, febrero de 1999.

Formell, Juan, La Habana, mayo de 1999.

Fundora, Pedro, Monterrey, México, marzo de 2002.

Garcia, Alex, Nueva York, noviembre de 2001.

García Caturla, Francisco, La Habana, febrero de 2002.

González, Andy, Nueva York, julio de 1999.

González, David, Nueva York, septiembre de 2004.

González, Elmer, San Juan, Puerto Rico, marzo de 1999.

González, Jerry, ciudad de México, marzo de 2003.

González, Juan de Marcos, La Habana, septiembre de 1999.

Grant, Damon, Nueva York, octubre de 2004.

Güines, Tata, La Habana, mayo de 1999.

Guerrero, Felix, La Habana, mayo de 1999.

Gutiérrez, Juan, Nueva York, julio de 1999.

Gutiérrez, Raúl, La Habana, mayo de 1999, febrero y abril de 2002.

Hansen, Susie, Los Ángeles, abril y octubre de 2004.

Harlow, Larry, Nueva York, noviembre de 1998.

Hartong, Jan Laurens, por correo elecrónico, junio y julio de 1999.

Hentoff, Nat, Nueva York, diciembre de 1998.

Hernández, Horacio, La Habana, mayo de 1999.

Hernández, René Kike, junio de 1999.

Huergo, Fernando, Boston, enero de 2004.

Iborra, Diego, Miami, marzo de 1999, febrero y agosto de 2002.

Infanzón, Héctor, ciudad de México, junio de 2001.

Irrizarry, Ralph, La Habana, febrero de 2002.

Iturralde, Pedro, Madrid, octubre de 1999.

Johnson, Howard, Nueva York, marzo de 1999.

Johnston, Allan, Vancouver, noviembre de 2001, agosto de 2004.

Kaufman, Andy, Nueva York, diciembre de 1998.

Keyes, Gary, Nueva York, enero de 2001.

Lapidus, Benjamín, Nueva York, noviembre de 2004.

Larraguibel, Pablo, por correo electrónico, septiembre de 2004.

Lees, Gene, Ojai, California, marzo de 1999.

LeMasne, Luc, París, septiembre de 2004.

Levine, Mark, agosto de 2004, y por correo electrónico, septiembre de 2004.

Lindsay, Arto, Nueva York, de 1999.

López, Modesto, México, noviembre de 1998.

López, Paul, Hollywood Norte, California, marzo, abril y junio de 1999 y Pasadena, agosto de 2003.

López Nussa, Ernan, La Habana, febrero de 1999.

Lucca, Papo, ciudad de México, noviembre de 1998.

Madueño, José Luis, Lima, octubre y noviembre de 2004.

Mann, Herbie, junio de 1999.

Martínez, Samuel, San Luis Potosí, marzo de 2003.

Martínez Zapata, Jorge, ciudad de México, marzo de 2002; San Luis Potosí, febrero de 2003 y mayo de 2004.

Mas, Gustavo, Miami, marzo, abril y mayo de 1999.

Mauleón, Rebeca, por correo electrónico, junio de 2004.

McKibbon, Al, Hollywood, agosto de 2003.

Merwijk, Lucas van, Amsterdam, julio de 1999.

Michelin, Nando, Boston, octubre de 2004.

Miranda, Miguel, La Habana, mayo de 1999.

Mora, Nico, Montevideo, enero y agosto de 2004.

Morales, Carlos Emilio, La Habana, febrero de 2002.

Morales, Yayo, Madrid, agosto de 2004.

Moreno, Luis, McAllen, Texas, febrero, agosto y diciembre de 2003; abril de 2005, y por correo electrónico, agosto de 2004.

Morimura, Ken, Tokio, mayo de 1999 y Nueva York, junio de 1999.

Mossman, Michael P., Nueva York, noviembre de 2004.

Munhoz, Solange, por correo electrónico, agosto y noviembre de 2004.

Muñoz, Luis, Santa Bárbara, California, agosto de 2004.

Murray, David, París, diciembre de 2003.

Nojechowicz, Guillermo, Boston, diciembre de 2003 y enero de 2004.

Newman, Estrella, México, marzo y abril de 2001.

Nora, La Habana, febrero de 1999.

O'Farrill, Arturo [Chico], Nueva York, 1997, 1998, 1999, 2000 y 2001.

O'Farrill, Arturo Jr., Nueva York, 1998 y México 2001.

O'Farrill, Miguel, La Habana, mayo de 1999.

Otero, Fernando, Nueva York, octubre de 2004.

Pacheco, Johnny, Nueva York, 1998.

Padura Fuentes, Leonardo, La Habana, febrero y mayo de 1999.

Palmieri, Eddie, Nueva York, diciembre de 1998.

Pappas, Gregorio, por correo electrónico con el autor, agosto de 2004.

Pancho [Tío], Nueva York, junio de 1999.

Pérez, Danilo, junio y julio de 1999.

Pérez, Graciela, Nueva York , agosto, septiembre y noviembre de 2000.

400

Pérez-Sáez, Alejandro, ciudad de México, noviembre de 2001.

Pla, Enrique, La Habana, mayo de 1999.

Porras, Guillermo, Oaxaca, México, noviembre de 2001.

Pouchie, Steve, Nueva York, marzo y julio de 1999.

Pozo, Petrona, La Habana, febrero y mayo de 1999.

Price, Scott, Oakland, California, diciembre de 2003.

Ramsey, Doug, Nueva York, enero de 1999.

Richardson, Jerome, Nueva York, marzo de 1999.

Rivera, Mario, Nueva York, agosto de 1999.

Roach, Max, Junio de 1999.

Roditi, Claudio, Nueva York, marzo de 1999.

Rodríguez, Tommy, México, marzo de 2001.

Rubalcaba, Gonzalo, Miami, marzo de 1999.

Ruiz Armengol, Mario, ciudad de México, diciembre de 2001 y abril de 2002.

Saavedra, Manolo, Miami, mayo de 1999.

Saba, Lilián, Buenos Aires, enero de 2002 y enero de 2004.

Salazar, Max, Nueva York, diciembre de 1998 y julio de 1999.

Salles, Felipe, Nueva York, agosto de 2003.

Samuels, Dave, Fairfield, Connecticut, julio de 1999.

Sanabria, Bobby, Nueva York, marzo, junio y julio de 1999.

Sánchez, Orlando, La Habana, mayo de 1999 y febrero de 2002.

Sánchez, Poncho, Nueva York, febrero de 1998.

Sandoval, Arturo, Nueva York, junio de 1999.

Sanjines, Fernando, San Francisco, enero y agosto de 2004.

Tarmoria, Nora, Buenos Aires, enero de 2002.

Schifrin, Lalo, Beverly Hills, California, junio de 1999.

Silva, Javier, Oaxaca, México, noviembre de 2001.

Simon, Marlon, Cherry Hill, Pennsylvania, noviembre de 2004.

Socarrás, Alberto (Entrevista con Max Salazar), Nueva York, enero de 1974.

Sosa, Omar, Vic Fezensac, julio de 2001 y ciudad de México, mayo de 2004.

Stagnaro, Oscar, Nueva York, junio de 1999 y Boston, octubre de 2004.

Swartz, Harvie, Nueva York, octubre de 1999 y septiembre de 2004.

Ténot, Frank, París, enero de 1999.

Terry, Clark, entrevista vía telefónica (inédita) con Wendell Gault, Nueva York, de 2004.

Torres, Juan Pablo, Nueva York, febrero de 2003.

Toussaint, Eugenio, ciudad de México, octubre de 2001.

Truco y Zaperoko, San Juan, Puerto Rico, diciembre de 1999.

Valdés, Amadito, La Habana, febrero de 1999 y ciudad de México, marzo de 2003.

Valdés, Bebo, Estocolmo, junio-julio de 1999.

Valdés, Chucho, La Habana, febrero de 1999.

Valdés, Patato, Nueva York, marzo de 1999.

Valle Orlando, Maraca, La Habana, febrero, mayo y septiembre de 1999.

Valentino, Vinny, Nueva York, noviembre de 2004.

Vega, Fellé, Santiago, República Dominicana, noviembre de 2004.

Vera, Julio, México, abril de 2001.

Viqueira, Katie, Boston y Buenos Aires, octubre de 2004.

Washburne, Christopher, Nueva York, diciembre de 1997, marzo de 1999.

Watrous, Pyer, Nueva York, febrero de 1999.

White, Lenny, Nueva York, diciembre de 1998.

Zellon, Richie, Nueva York, marzo y julio de 1999,

Zenón, Miguel, Nueva York, septiembre de 2004.

Carambola. Vidas en el jazz latino se terminó de imprimir y encuadernar en el mes de agosto de 2005 en los talleres de Impresora y Encuadernadora Progreso, S.A. de C.V. (IEPSA), Calz. de San Lorenzo, 244; 09830 México, D.F. En su composición, parada en Ediciones de Buena Tinta, S. A. de C. V., se utilizaron tipos New Aster de 8, 9, 9.5 y 12 puntos. La edición, que consta de 2 000 ejemplares, estuvo al cuidado de *Agustín Herrera Reyes*.